Reinhard Stöckel
Der Lavagänger

Liebe Kolleginnen und Kollegen
in Sortiment und Presse,

gern überreichen wir Ihnen dieses Leseexemplar
und wünschen Ihnen eine anregende Lektüre.
Über Ihre Rückmeldung würden wir uns freuen.

Rezensionen
bitten wir Sie hinsichtlich des geplanten Erscheinungstermins Ende Februar 2009 *nicht vor dem 21. Februar 2009* zu veröffentlichen.

Mit freundlichen Grüßen

Ihr Aufbau Verlag

Reinhard Stöckel

Der Lavagänger

Roman

aufbau

ISBN: 978-3-351-03244-9

Aufbau ist eine Marke der Aufbau Verlag GmbH & Co. KG.

1. Auflage 2009

Einbandgestaltung Heilmann/Hißmann, Hamburg
Vorsatzgestaltung Rainer Fischer
Druck und Binden CPI – Clausen & Bosse, Leck
Printed in Germany

www.aufbau-verlag.de

Etwas Dunkles an meiner Seite. Ich glaubte, es sei mein Schatten. Dann sah ich dieses Du wie einen Bruder … Erst fürchtete ich, ich müsse vergehen. Dann spürte ich eine Berührung, fühlte Stärke, Zärtlichkeit, Mut. Die Möglichkeit einer anderen Existenz. Da lief ich los …

Hans K. Brügg, »Von der Kunst des Lavagehens«

Nachspiel

Vor dem Gasthof blühten die Kastanien. Wind machte sich auf, als Henri Helder den Festsaal betrat. Der Chor der Eisenbahner, gebildet aus dem Stationsvorsteher und der dreiköpfigen Stellwerksbesatzung von Krahnsdorf-Brandt, verstärkt durch den vietnamesischen Betreiber der Imbissbude vom Bahnhofsvorplatz, sang gerade »Ännchen von Tharau«. Noch steif von der langen Fahrt vom Flughafen blieb Helder einen Moment lang unentschlossen in der Tür stehen und starrte auf die Rücken der Sänger. Er hatte sich verspätet, obwohl er ein Taxi genommen hatte und nicht, wie es sich für einen Eisenbahner gehörte, den Zug. Vorsichtig stellte Helder seinen Koffer ab und schob ihn sacht mit dem Fuß über die in Jahrzehnten abgetanzten Dielen zur Seite.

Das Lied endete, man klatschte, und die Sänger setzten sich zu den anderen Gästen, die sich wieder ihren Kuchentellern zuwandten. Die Mutter winkte und nun, aufmerksam geworden, auch der Vater. Helder hob leicht die linke Hand zum Gruß, während die Finger der rechten sich fester um die Henkel einer abgenutzten Kunststofftüte krampften.

Irgendwo fiel eine Kuchengabel klappernd zu Boden.

Da lief er los. Er lief quer durch den Festsaal, die im jahrelangen Büroalltag nach vorn gefallenen Schultern zurückgedrückt, und sein blassblauer Blick schien alles beiseiteschieben zu wollen, obwohl da niemand war, den er hätte zur Seite schieben müssen. Etwas in ihm sagte: Du musst das nicht tun! Der, der lief, antwortete: Doch, ich muss. Bloß nicht stehen bleiben. Umkehren erst recht nicht.

Das angeregte Gemurmel wurde leiser, hier und da klirrte noch ein Löffel, wurde eine Tasse mit leichtem Scheppern abgesetzt. Helder griff einen der Stühle, die unbenutzt neben dem alten Saalofen standen, und postierte ihn seinen Eltern gegenüber, gleich neben dem Platz, der für ihn reserviert war. Dann holte er aus der Tüte ein Paar Schnürschuhe, die, wie jeder sah, weder neu noch ungetragen waren. An den Sohlen schienen sie verschmort, und auf Höhe der Knöchel war ein merkwürdiges Muster ins Leder geprägt.

Als der Vater die Schuhe erkannte, erblassten seine eben noch glühenden Bäckchen. Selbst die goldenen Knöpfe seiner Eisenbahneruniform zogen, so schien es, ihr Glänzen zurück. Die Mutter nestelte nervös an dem goldenen Kranz in ihrem blaugrauen Haar, die Serviette mit der goldenen Fünfzig glitt unbeachtet zu Boden. Wer von den Gästen gemeint hatte, der nächste Programmpunkt habe begonnen, begriff langsam, dass er sich irrte.

Helder stellte die alten Schuhe auf die Sitzfläche des Stuhls, und die Gesellschaft verstummte. Stille. Nicht einmal eine Stecknadel wagte zu Boden zu fallen.

I

Der Lavagänger ging vorüber. Unter seinen Schuhen riss der Asphalt. Kleine Flämmchen züngelten unter den Sohlen hervor. Sie hinterließen eine glühende Spur, die plötzlich aufbrach, einen Abgrund, und Helder fiel …

Gegen fünf schreckte Helder aus seinem Traum. Er stand auf und schlurfte zur Toilette. Auf dem Weg zurück ins Bett veranlasste ihn ein unbestimmtes Gefühl, die Tür zum Badezimmer zu öffnen. Susanne lag reglos im dampfenden Wasser der Wanne.

Was ist denn los?, fragte Helder verschlafen.

Nichts!, sagte sie. Dann: Ich lag einfach wach. Der Termin heute.

Unsicher, ob er von diesem Termin wissen müsse, gab er ein bestätigendes Brummen von sich. Er tappte ins Schlafzimmer zurück und wälzte sich noch eine knappe Stunde schlaflos im Bett.

Wieder im Badezimmer, wischte er mit der rechten Hand dreimal quer über den Spiegel, auf dem sich Dampf niedergeschlagen hatte, und begann, sich zu rasieren. Susanne, einen Fuß auf den Wannenrand gestellt, lackierte gerade ihre Zehennägel, wie immer tiefrot. Sie redete. Er ließ sie reden und schabte mit dem Rasierer vorsichtig den Schaum von Hals und unterer Kinnpartie. Sein Kehlkopf ragte kühn hervor. Ein Grund mehr, zu schweigen und sich darauf zu konzentrieren, unverletzt zu bleiben. Immer geschickt die Gefahrenstellen umfahren.

Das ist er, Helder, im Spiegel und auch davor: der Kehlkopf knorpelspitz. Die Nase ragt ihm im schmalen Winkel aus dem Gesicht. Das scharf Gezackte seiner Physiognomie und eine gewisse Sprunghaftigkeit erinnern an ein Heupferd. Seine Haare sind heufarben. Ein Wirbel oberhalb der rechten Schläfe lässt eine Haarsträhne über die Stirn tentakeln. Ein einzelner Fühler, vielleicht auf der Suche nach seinem Zwilling. Nachts, wenn er wieder einmal aus seinen Träumen schreckt, nennt sie ihn Schreck, Heuschreck.

Gefräßig ist er auch. Kuchen seine Lieblingsspeise, Bäckereien sind sein bevorzugter Aufenthaltsort. Genauer: die dort befindlichen Stehtische. Denn gelassen dasitzen, noch dazu allein in einem Café, dicke Torte gabeln, eine Zeitung lesen von Seite zu Seite, mal kopfschüttelnd, mal nickend, hin und wieder die Tasse zu den Lippen führen, Leute angucken – das ist ihm unvorstellbar, das erlaubten weder seine Zeit noch sein rastloses Gemüt. Deshalb tanzen die Finger auf dem Weg von der Ladentheke zum brusthohen Tisch auf dem heißen Becher, verbrüht sich die Zunge am Kaffee, wird am Kippeltisch die Streuselschnecke in den Mund gestopft und der große Bissen schnell mit Kaffee hinuntergespült …

Alles tat Helder in Eile. Auch die morgendliche Rasur. Rasch betupfte er die fleischlosen Wangen mit einem dezenten Rasierwasser. Er ertappte sich, wie seine Lippen, sei es bei einem Satz Susannes, bei einem seiner eigenen Gedanken oder einfach aus Gewohnheit, sich zu einem leicht schmollenden *O* formten. Er presste sie zu einem entschlossenen Querstrich zusammen. Da erhoben sich seine schmalen Brauen zu einem skeptischen *Ach*.

Ach, nimm doch mal Grün.

Susanne begutachtete ihre Zehen, und Helder wiederholte seinen Vorschlag: Ja, Grün.

Wieso Grün?

Warum nicht?

Nein, Grün, also nein.

Dann nimm wenigstens den Bimsstein weg.

Der Bimsstein hatte zwar nichts mit der Farbe ihrer Fußnägel zu tun, aber das Ding, mit dem sie regelmäßig die Hornhaut von ihren Fersen schrubbte, lag wie immer auf dem Wannenrand. Und das störte ihn, wie immer.

Und wie immer überhörte Susanne seine Bemerkung. Sie griff ihre Haarbürste, beugte sich zum Spiegel herüber, bürstete ihre exakt geschnittene Frisur und fragte Helders Spiegelbild:

Wann kommst du heute?

Und er sagte ihrem Spiegelbild: wie immer. Nein … Helder betastete seinen Fühler, ich glaube, ich geh erst noch zum Friseur.

Tschüs und Bussi.

Tschüs und …

Das alles war nicht sehr romantisch. Doch etwas anderes war Helder nicht gewohnt. Etwas anderes hätte ihn verwirrt. Grüne Fußnägel zum Beispiel. Susanne, fand er, war eine gute Frau. Was er an ihr mochte, waren ihre Arme, ihre schönen runden Oberarme, nicht fett, nicht muskulös, einfach rund, weich und kräftig. Doch nach ihrem vierzigsten Geburtstag hatte sie begonnen, Kostüme zu tragen, selbst im Sommer keine ärmellosen Blusen mehr. Auch keine ärmellosen Nachthemden. Sie hatte seit jeher eine Neigung zu frösteln, doch war diese in den früheren Jahren ihrer Ehe von anderen Neigungen überdeckt worden. Helder war emanzipiert genug, ihre Kostüme und Nachtjacken zu respektieren. Immerhin waren ihm ihre kleinen spitzen Eckzähne geblieben, mit denen hatte sie ihn in jüngeren Jahren verführerisch zu zwicken verstanden. Spätestens aber, seit sie in Brüssel hospitiert hatte, rechnete Helder damit, diese Zähne eines Tages vom Zahnarzt rund geschliffen zu sehen.

Weiß Gott, ihre sexuelle Bereitschaft war noch immer hinreichend und Helders Alter angemessen; die Hausarbeit hielt sich, da beide kinderlos waren, in Grenzen;

und seit man ein zweites Fernsehgerät besaß, traktierte sie Helder auch nicht mehr mit Quizsendungen.

Los, Henri, sag schnell: A, B oder C.

Ich weiß es nicht.

Was? *Das* weißt du nicht?! Aber das *muss* man doch wissen! B natürlich, wollen wir wetten?

Was gibt's denn morgen?

Wie wär's mit Pizza?

Schon wieder?

Du könntest ja auch mal kochen! Siehst du, ich hatte recht: B war richtig.

Das Essen, nun ja, das Essen …

Sicher erwog Helder, da seine Frau Fertiggerichte bevorzugte, das eine oder andere Mal selbst zu kochen. Manchmal nannte er sie scherzhaft seine kleine Privatkantine. Ihr im herben Bereich angesiedeltes Lächeln riet ihm jedoch, auf derlei Männerhumor zu verzichten. Immerhin boten kollegiale Geburtstage Gelegenheit, das eine oder andere leckere Törtchen oder Pastetchen zu verspeisen und so seine sinnlichen Bedürfnisse im Dienst, wenn auch nicht zu befriedigen, so doch am Leben zu erhalten.

Übrigens hatte Helder den Beruf des Eisenbahners bewusst gewählt. Aber da gab es weder eine romantische Dampflokomotivengeschichte noch eine rührselige Spielzeugeisenbahnerinnerung.

Nein, er wollte von Anfang an Fahrpläne erstellen. Wollte Abfahrten festlegen, Fahrzeiten berechnen, Züge koordinieren. Ein reibungsloses Netzwerk, eine Landkarte, durchzogen von pulsierenden Adern, ein harmonisches Ineinandergleiten an- und abfahrender Züge. Güter und Menschen, die über die Schienen glitten. Fahrgäste, die umstiegen. Waggons, die rangierten. Minimale Wartezeiten, verlustlose Wege, eine Schöpfung, im Vergleich zu der Gottes präzise und nützlicheren Regeln unterworfen.

Mit einem Ziel: die Ankunft. Pünktlich und sicher. Endstation. Aussteigen, und alles war gut.

Natürlich gab es Verspätungen, natürlich Kunden, die sich beschwerten, auch Bahnhöfe, die er aus dem Fahrplan streichen musste, defekte Oberleitungen, Kühe auf den Gleisen oder Selbstmörder und manchmal eine Bombendrohung – Vorfälle also, die alle Berechnungen zunichtemachten. Niemals aber hatte Helder etwas anderes als eine Herausforderung darin gesehen, dem Leben, wie er es verstand, bei seinem Zweck zur Seite zu stehen: schnell und sicher zu sein, schneller und sicherer zu werden.

Schneller allerdings, als es Helder lieb gewesen war, hatten sich gegen Ende des letzten Jahrhunderts mit den zwei deutschen Staaten auch zwei deutsche Bahnen vereinigt. Und sicher war sich Helder seines Arbeitsplatzes bei der neuen Deutsche Bahn AG nur kurze Zeit gewesen.

Helder rangierte und hängte seinen Lebenswagen um: *Wir fahren. Zum Glück. Für Sie. – Rail4You … Rail4You – Das Unternehmen mit der Aktie an der Zukunft.*

Helder ging an diesem Tag nicht zum Friseur, schuld war der GENERAL.

Der GENERAL agierte schon einige Wochen bei Rail4You. Bis dahin hatte Helders Abteilung in mühseliger Kleinarbeit die Fahr-, Dienst- und Betriebspläne am Computer erstellt, mit denen der Deutschen Bahn koordiniert, mit den eigenen Dienst- und Betriebsvorschriften abgestimmt und immer wieder die Einsparvorgaben der Leitung mathematisch ad absurdum geführt. Das aber erledigte jetzt alles der GENERAL. Nein, nicht alles. Der GENERAL setzte auch die Einsparvorgaben um.

Der Chef hatte wie ein siegesgewisser Feldherr gestrahlt, als das GENEtisch Relational ALgorithmische Datenbanksystem, kurz: der GENERAL, die ersten Ergebnisse lieferte. Damit werde sämtlichen Gegnern eines pünktlichen und kostensparenden Bahnverkehrs der Garaus gemacht!

Sicher, was der GENERAL im Ergebnis auf dem Monitor als vielfarbig blinkenden Streckenplan präsentierte, war jedem Eisenbahner ein optischer Genuss. Doch sollte der Fahrplan des GENERALs tatsächlich, was das Verhältnis von Kundenfreundlichkeit und Betriebskosten betraf, unschlagbar sein?

Wochenlang hatte Helder versucht, dem GENERAL nachzuweisen, dass er sich irrte. Helder hatte nach einer unakzeptablen Umsteigezeit gesucht, nach einer nicht berücksichtigten Baumaßnahme oder, was einer absoluten Disqualifizierung gleichgekommen wäre, nach einem von zwei Zügen gleichzeitig befahrenen Blockabschnitt.

An diesem Nachmittag, noch den Geschmack kalten abgestandenen Kaffees auf der Zunge, erkannte Helder plötzlich und unwiderlegbar: Seine Aussichten, einen Fehler zu finden, waren weitaus geringer als die von Kasparow, Deep Blue zu besiegen.

Er hätte sich dennoch über diesen elektronischen Kollegen freuen können. Er hätte sich, während der GENERAL rechnete, aus der Bäckerei ein Nougatschiffchen holen können. Er hätte sich einen frischen Kaffee brühen können, um dann mit hinter dem Kopf verschränkten Armen auf das Ergebnis zu warten. Freu dich doch, hatte auch Susanne gesagt. Aber er freute sich nicht. Er konnte es nicht. In des GENERALs siegreicher Schlacht war er das erste Opfer.

Mit hängenden Schultern, hängendem Kopf und ratlos baumelnder Strähne verließ Helder das Büro, stieg ins Auto und fuhr los. Als er in seine Straße einbiegen wollte, lief jemand direkt vor ihm über die Kreuzung. Er sah aus wie ein gewöhnlicher Spaziergänger, an sich unauffällig. Doch unter seinen Schuhen züngelten kleine Flammen hervor. Er hinterließ eine glühende Spur.

So wie in Helders Traum. Nur der Abgrund blieb aus …

Verblüfft, so wird Helder eines Tages erzählen, habe er den seltsamen Fußgänger hinter der nächsten Hausecke verschwinden sehen. Er sei sogar aus dem Auto gestiegen, um den Asphalt näher zu untersuchen. Ja, er habe sich hingehockt und vorsichtig jene Stellen betastet, wo die glühenden Fußabdrücke nur noch zu vermuten waren. Zu sehen oder zu fühlen sei da nichts gewesen. Erst das Hupen eines ungeduldigen Zeitgenossen habe ihn zur Besinnung gebracht. Irritiert, auch von seinem eigenen Verhalten, sei er nach Hause gefahren. Urlaubsreif, dachte er.

In den Abendnachrichten wurde gerade eine Stadt bombardiert, und Susanne besprach am Telefon mit seiner Mutter die Garderobe für die Goldene Hochzeit.

Auch das noch, dachte Helder. Familienfeiern waren ihm von jeher ein Graus. Der geballte Aufmarsch der Verwandtschaft. Das Tantentätscheln und Schultergeklopfe lustiger Onkel, zappelnde Cousins und zanksüchtige Cousinen. Die immergleichen Fragen nach Schule und Berufswünschen. Später auch: Und hast du denn schon eine Freundin?

Nein, ich masturbiere noch – hatte er nicht gesagt, nur gedacht. Stattdessen brave Antworten und wieder: Tantentätscheln, Onkelklopfen.

Dagegen halfen nur heftige Ausbrüche von Fieber. Dreitagefieber. Dreitageruhe in einer Dreitageburg aus Federkissen. Nur unterbrochen von nassen Lappen um die Waden und einer kühlen Mutterhand auf der Stirn. Draußen rauschte der Kosmos in der Krone der Esche vor dem Haus, schickte Schattenbilder in seine Höhle: Flora und Fauna tanzen auf der Tapete, Hirsche mit goldenem Geweih springen vorüber, Bäume sprechen mit wiegendem Haupt, steinerne Blumen brechen auf … Später auch die Historie: Seeräuber schwingen die Säbel, Indianer preschen auf Mustangs heran, Rotarmisten springen über Schützengräben. Der Kämpfe war kein Ende. Doch. Nach drei Tagen war Friede. Die Feier, von der nur dumpfes Rumoren und ab und zu ein gellendes Gelächter in Henris Universum gedrungen waren, ausgefeiert und beräumt.

Aber nun kündigte sich eine Feier an, der fernzubleiben unmöglich war. Diese Feier war die Feier der Eltern, die fünfzigste Wiederkehr ihrer Hochzeit und damit der formellen Begründung seines Lebens. Verliebt, verlobt, verheiratet, gezeugt (musste wohl passiert sein) und geboren, gelebt und gestorben. Gestorben? Nein, das nicht, noch nicht.

Plötzlich schien ihm, dieser Mann mit den glühenden Sohlen sei gekommen, um ihn abzuhalten vom Sterben, das eigentlich ein Totstellen war. Merkwürdig, Helder bedauerte das. Leben war so anstrengend und öd. Es war so öd, weil es so anstrengend war. Und es war so anstrengend, weil …

Es war wie jetzt: Stadt und Himmel waren nur noch ein einziges graues Ineinanderfließen. Das gleichförmige Fallen des Regens beruhigte ihn. So als würde alles, was bedrohlich irgendwo schwelte, zischend zum Verlöschen gebracht. Jemandem von seinem Erlebnis erzählen? Wie peinlich! Überhaupt, *ob* erledigte sich, wenn man nicht wusste, *wem*.

Helder kochte sich einen Johanniskrauttee.

Manchmal, so wird Helder später sagen, stelle ich mir vor, dass es tatsächlich Großvater war, dem ich begegnet bin. Der Lavagänger. Von diesem Tag an, da Susanne morgens in der heißen Badewanne gelegen und der GENERAL mich endgültig geschlagen hatte, habe ich ihn täglich gesehen. Er ging vor mir über die Straße, überquerte einen Platz, lief einen Fußweg entlang, eilte über eine Brücke … Von seinen Sohlen schlugen Flammen, knöchel-, ja kniehoch. Jedes Mal. Dort, wo der Asphalt sich wölbte und unter seinem Tritt brach, hinterließ er eine rotglühende Spur. Schnell aber verschloss die Erde ihr Inneres wieder.

Staub, Regennässe, Reif oder Schneematsch bedeckte die Straße vor dem Haus, und ich sah sie nur mehr, wie alle sie sehen.

Ein Tagtraum, wird Helder sagen, sicher. Doch niemand weiß, wo Großvater begraben liegt. So wie er damals einfach verschwunden ist, könnte er doch auch wieder aufgetaucht sein. Hier in meiner Straße, vor meinem Haus, vor meinen Augen. Könnte doch sein?

So oder so: Helders Leben begann sich zu ändern.

Schon nach seinen ersten nächtlichen Träumen vom Lavagänger hatte Helder gespürt: Es ging ein Riss durch sein Leben, das fünfundvierzig Jahre lang auf Sicherheit gegründet war. Doch dieser Riss erschien nicht über Nacht, er war schon immer da gewesen. Kein klaffender Spalt, eher die Andeutung eines Risses. Man hatte ihn nicht bemerken müssen, man hatte darüber hinwegsehen können. Jetzt aber nicht mehr. Jetzt hatte er Angst. Er ging zum Arzt, sprach allgemein von nächtlicher Unruhe, Störungen seines Schlafes und Herzklopfen.

Ein EKG zeigte Normalität an. Der Arzt verschrieb Magnesium für den Körper und Johanniskraut für die Nerven.

Es half nichts. Nächtens versank er wieder und wieder in unerwartet aufbrechenden Klüften. Sauber gefegte Plätze teilten sich plötzlich, sein Auto schoss nach einer Kurve unvermittelt in einen Abgrund hinein, die Rasenfläche vor seinem Büro wurde ohne das kleinste Vorzeichen wie von einem Blitz – zickzack – zerrissen. Alles neigte sich einem glühenden Fluss entgegen. Und immer wieder ging er vorüber, der Lavagänger.

Nun also auch schon am Tage. Helder fröstelte. Er schlürfte den heißen Johanniskrauttee. Er schwitzte. Rosa Wölkchen klebten inzwischen am Horizont, und der Krieg im Fernsehen machte Pause. Susanne schwebte in schimmerndem

Pink und englische Vokabeln psalmodierend durch die Wohnung. Sie hinterließ eine intensive Duftspur.

Willst du weg?

Na, das weißt du doch: mein Kurs.

Sie stand vor dem Flurspiegel und begann, ihre Augenbrauen mit einer Pinzette zu bearbeiten. Helder schob eine Lasagne samt Aluminiumfolie in den Herd, während er Susanne von einer einmaligen Chance sprechen hörte.

Übrigens, so klang es zu Helder herein, der Termin heute ... mein Chef hat mir eine neue Aufgabe angetragen. Allerdings – stell nicht wieder so heiß, sonst ist sie oben schwarz und innen noch kalt – in Brüssel.

Ich geh immer nach der Backanleitung. Brüssel? Du willst nach Brüssel? Helder starrte durchs Sichtfenster des Herdes, als wäre dort Brüssel zu finden. Die Stadt wölbte erste Käseblasen auf. Er schwieg und sah zu.

Nicht gleich, rief sie und zupfte an ihren Brauen. Erst in ein paar Wochen. Und keine Sorge, bei der Goldenen Hochzeit bin ich selbstverständlich dabei.

Helder reagierte noch immer nicht. Nach einer Weile begann Brüssel zu blubbern, und Helder fragte endlich nach seinem Platz in Susannes Plänen.

Du, sagte sie und steckte den Kopf zur Tür herein, bleibst hier!

Helder riss die Herdklappe auf, zog die Lasagne heraus und setzte sie mit Schwung auf den Tisch, so dass ihm die heiße Soße ins Gesicht spritzte. Verdammter Mist!

Aber was hast du denn? Brüssel liegt doch nicht aus der Welt.

Waren ausbleibende Fertiggerichte ein Argument gegen Brüssel? Seine schmutzigen Socken? Seine Hemden, seine Unterhosen, sein Liebesleben? Half es, mit Bordellbesuchen zu drohen? Zwecklos, sie wusste doch, schon ein verschnupfter Kollege machte ihn panisch, wie erst eine von aller Welt konsultierte Hure?

Später am Tisch, als beide mit vorgerecktem Kopf und spitzen Lippen heiße Bissen von ihren Gabeln fischten, tröstete sie ihn. Belgien verfüge ebenfalls über Gleise und Züge, vielleicht sei da ja was zu machen. Sie sah jedoch nicht aus, als würde sie das ernsthaft hoffen. Er sah sich hilflos aufs Abstellgleis rollen, dem Prellbock entgegen, zwei, drei Mal von ihm zurückgestoßen, ohne wirkliche Chance, jemals wieder aufs Betriebsgleis zu kommen.

Einige Tage später kam Post von einer Anwaltskanzlei aus Hamburg. Ja wollte sie sich jetzt gleich noch scheiden lassen? Bitte schön, von mir aus! Mit einem Mal wurde Helder klar, dass er seine Frau verloren hatte. Nicht erst jetzt, mit diesem Brief, nicht erst, seit sie sich entschlossen hatte, ihre berufliche Karriere andernorts und ohne ihn fortzusetzen. Es gab überhaupt kein Ereignis, das er hätte benennen können als den Anfang dieses Endes. Keine Affäre, kein heimliches Laster, nichts. Es war ein schleichender Verlust gewesen, schmerzlos, überdeckt von einer angenehmen Vertraulichkeit und vertrauten Annehmlichkeiten Es war alles sicher gewesen, planbar, verlässlich. Einzig die jährlich wechselnden Urlaubsorte ungewiss, bis wieder feststand, wohin die Fahrt des nächsten Jahres ging.

II

Helder öffnete den Brief und sah, das war noch nicht das Ende. Nicht um eine Scheidung ging es, sondern um eine Erbschaftsangelegenheit. Er machte keine Luftsprünge. Nur sein Herz sprang auf und nieder. Denn es ging um ein Testament seines Großvaters, mütterlicherseits. Das war er. Der Lavagänger. Wie hatte er den vergessen können. Jetzt hatte er auch einen Namen: Hans Kaspar Brügg. Der unbekannte Großvater. Der in ferne Feuerberge verbannte Zauberer seiner Kindheit.

Doch war dieser Großvater nicht schon lange tot? Länger, als man zwischenstaatlichen Bürokratien zutrauen konnte, eine Erbschaftsangelegenheit zu verzögern? Wie hatten die alten Weiber immer gesagt: Dein Großvater ist verdampft auf den Lavafeldern von Hawaii.

Also, auf nach Hamburg!

Natürlich fuhr Helder mit der Bahn, auch wenn er einen Moment lang erwog, an seinem Arbeitgeber Rache zu nehmen: Rache wegen des GENERALs, Rache für seine absehbare Überflüssigkeit. Doch dann siegte das Pflichtgefühl über private Gefühlsanwandlungen.

Graugriesel, Schneegriesel, der November patschte gegen die Scheiben, rann herab, ohne Chance, hereinzukommen in das beheizte Abteil. Draußen zog leicht schaukelnd die Welt vorüber: das matte Erdbraun der Felder, das ins Ocker verblasste Gras der Wiesen, das Nebelgrau, schwarz durchzogen von Geäst. Auch ein Gesicht, immer wieder dasselbe: das eigene Gesicht, gespiegelt im trüben Glas, mal deutlich, mal unscharf. Je nach Lichteinfall mal mehr Selbst, mal mehr Welt. Und mal vorbeifliegende Fetzen von Erinnerungen: der lachende Mund eines Mädchens. Eine Tüte mit Himbeerbonbons. Kleine offene Waggons voller Kinder. Ein Windstoß reißt seine rote Schaffnermütze davon. Ein schwarzer Tunnel verschlingt Mütze, Bonbonpapier und Mund.

Helder zuckte unwillkürlich zurück, als ein großer schwarzer Vogel dicht am Fenster vorüberschoss. Er zog eine Zeitung hervor, las und vergaß im selben Moment, was er gelesen hatte. Man musste sich das auch nicht merken, man würde es am nächsten Tag wieder lesen, und am übernächsten auch. Die Namen wechselten, manchmal auch die Orte, doch das, was geschah, geschah immer wieder, nur anderen Menschen, an anderen Orten.

Helder leistete sich einen Kaffee. Das vom Kunststoffbecher aromatisierte Getränk schlürfend, versank er einen Augenblick in der Betrachtung der Ohrmuschel einer jungen Frau. Sie saß schräg gegenüber, und ihm fiel ein, dass Susanne einmal das Ruckeln und Stoßen der Gleise erotisch genannt hatte. Damals hatte er mit seinem Dienstvierkant die Abteiltür verschlossen. Doch als Susanne gerade auf seinem Schoß Platz genommen hatte, klopfte es energisch an die Tür. Der Schaffner verlangte nach den Fahrkarten. Helder war damals noch nicht lange bei der Bahn und leichtfertig der Meinung gewesen, Susanne ohne Weiteres auf seinen Freifahrtschein mitnehmen zu können. Der Kollege wies ihn streng zurecht, dann gab er ihm aber zu verstehen, ein Auge zudrücken zu wollen. Dies wiederum ging Helder, besonders in Susannes Gegenwart, gegen die Ehre, und er bestand darauf, für seine Begleiterin eine Fahrkarte nachzulösen. Einschließlich Nachlösegebühr, versteht sich!

Heute waren die Gleise weitgehend erneuert und die Züge besser gefedert. Da ruckelte nichts mehr, und zu Hause warnte Susanne bei einschlägigen Gelegenheiten: Vorsicht, der Schaffner!

Helder enthielt sich solch unnützer Phantasien und wandte sich seinem Taschenfahrplan zu, gespannt, ob der Zug seine Haltepunkte fahrplanmäßig erreichen würde. Na, also: Der Zug fuhr pünktlich 10 Uhr 38 im Hamburger Hauptbahnhof ein.

Helder hatte darauf verzichtet, mit seinen Anverwandten zu telefonieren. Er würde sie beim Anwalt früh genug wiedersehen, um ihre Fragen nach Frau und Arbeit mit der dreisten Lüge zu beantworten: Ja, denkt euch, ich bin befördert worden, beaufsichtige jetzt einen General.

Komische Dienstgrade ham die bei deiner Bahn!

Und Susi, Junge?

Susanne, ach die …

Und ihrerseits würden sie säuseln:

Also, wir ham ja den Opa immer sehr bewundert …

Und geliebt.

Dir, Mutter, dachte Helder, würde ich das sogar glauben.

Für den Rest der Familie aber war der Lavagänger wahlweise Inbegriff für Verantwortungslosigkeit oder Verrücktheit.

Hat irgendwer auf dieser Welt, so pflegte Helders Vater zu fragen, wobei er seine Daumen hinter die Hosenträger hakte und der Wirkung halber seinen Satzanfang wiederholte, hat irgendwer auf dieser Welt irgendeinen Nutzen davon, wenn ein Mensch in Honolulu über Lavafelder springt?

Als ob es in Honolulu Lavafelder gäbe. Aber es ging dem Vater ja auch nicht um geographische Genauigkeit, obwohl man das von einem Eisenbahner erwarten konnte. Honolulu, das war irgendwo weit weg, der fernste Ort, das andere Ende der Welt. Was dort geschah, brauchte niemanden zu interessieren, war ohne Bedeutung, jedenfalls für die Familie, zumal es dorthin keine Zugverbindung gab.

Vorzugsweise hatte der Vater seinen rhetorischen Eisenbesen dazu eingesetzt, Einwände jedweder Art gegen die eigene Meinung nicht nur vom Tisch, sondern gleich ganz aus der Wohnung zu fegen. Ich, sagte er und ließ die Hosenträger gegen den schmalen, aber vorgereckten Brustkorb knallen, stehe schließlich den ganzen Tag hinter dem Schalter. Das hieß, man möge ihn nach einem anstrengenden Arbeitstag mit lästigen Anfragen oder Debatten verschonen.

Die Arbeit, mit der Bertram Helder sich das Recht auf häuslichen Frieden erwarb, bestand darin, hinter dem Fahrkartenschalter des Cottbuser Bahnhofs Knöpfe und Hebel einer großen Maschine so geschickt zu bedienen, dass das Ungetüm mit lautem Ächzen und Rattern am Ende eine Fahrkarte ausspie. Nicht irgendeine Fahrkarte, sondern genau die Fahrkarte, die der Fahrgast verlangt hatte. Es war ein feierlicher Moment gewesen, als sein Sohn Henri, nachdem der Apparat lange gekeucht und gerattert hatte, aus den Händen des Vaters die erste Fahrkarte seines Lebens in Empfang nahm, ein kleines braunes Papptäfelchen mit geheimnisvollen Schriftzeichen. Ihm war, als wäre das, was er in Händen hielt, die Eintrittskarte ins Leben. Eine Welt voller Möglichkeiten: Da eine vergrabene Schatztruhe – er hatte den Plan. Dort ein tückischer Troll – er kannte den Bannspruch. Und endlich hier die verwunschene Königstochter – das erlösende Wort wusste nur er.

Na Junge, nun musst du auch fahren, sagte der Vater. Er war aus seinen Diensträumen getreten und stand jetzt vor ihm: groß und dunkelblau, mit blitzenden Knöpfen. Sein Zeigefinger hob sich, senkte sich herab und erklärte die Zeichen.

Das kleine Kärtchen wurde zur Gebotstafel, und Henri, der sie empfangen hatte, stand vor dem Vater wie Moses am Berg. Kein Märchenheld mehr, aber immerhin noch ein Moses.

So, nun beeil dich!

Die Mutter zog Henri hinaus auf den Bahnsteig, der Zug schnaufte heran, und los ging es zum sonntäglichen Großmutterbesuch nach Krahnsdorf-Brandt. Erst später begriff Henri, dass des Vaters Sonntagsdienste zwar bei der Mutter, doch nicht beim Diensttuenden selbst unbeliebt waren, obwohl er bestimmt das Gegenteil beschworen hätte. Doch Mutter hütete sich, ihn zum Eid zu nötigen, denn, so ahnte sie, wer, wie sie, einen Lavagänger zum Vater hat, der darf nicht noch am Pflichtbewusstsein eines deutschen Eisenbahners zweifeln.

Erschwerend kam hinzu, dass die Mutter hatte, was der Vater einen undichten Drall nannte. Eine Wortbildung, nicht ohne poetischen Reiz, weil er sie doch auf solche Dinge bezog, wie Bücher, welche, von Dichtern verfertigt, die Menschheit so wenig voranbrächten wie der undichte Kessel einer Lokomotive einen Zug. Sie, die Dichter, sollten also, folgerte der Vater, eher Undichter heißen.

Kurzum: Rosa Helder liebte das Künstlerische. Und obwohl sie die zeichnerische Leidenschaft ihrer Jugend abgelegt hatte, war sie nicht ohne einen gewissen Trotz gegenüber ihrem allen Künsten abgeneigten Mann. Während der Besuche in Krahnsdorf-Brandt nämlich frönte sie der Kunst des Stickens. So war eines Tages jedes Wäschestück, sogar Henris Nachthemd, von romantischen Blumengirlanden oder klassischen Mäandern gesäumt, und manch neue Tischdecke von verlockend unbesticktem Weiß wurde beschafft.

Henri hörte den Frauen zu, machte Knoten in die Fransen des Tischtuchs oder untersuchte das Porzellangetier auf der Anrichte.

Wirst Langeweile haben, Jungchen, nich, sagte die Großmutter und kramte aus einer Schublade ein altes abgegriffenes Kartenspiel hervor. Guck mal! Sind schöne Lokomotiven drauf und schmucke Uniformen.

Beim Sonntagssticken war neben der Mutter und Großmutter ein backpflaumenartiges altes Weiblein anwesend, das Henri bei seinen ersten Besuchen für eine leibhaftige Hexe hielt, mit der gut zu stellen er sich durch artiges Dienern bemühte. Später begriff er, dass es sich mitnichten um eine Hexe, sondern um die ältere Schwester der Großmutter handelte. Von ihr, Tante Erdmuthe genannt, vernahm Henri auch zum ersten Mal die eine oder andere Bemerkung über den Lavagänger. Passend zur Hexe erschien ihm dieser als ein Zauberer, der in einem Feuerberg wohnte. Er war der gütige Meister, zu dem Henri manchmal vor der väterlichen Strenge entfloh. Er war der Clown, der ihn mit lustigen Kunststücken vor der mütterlichen Schwermut rettete.

Der konnte was, sagte die Hexe und wies an: Knick mir die Karten nicht, das Spiel ist noch von deinem Opa!

In einem bösen Großmutterknurren glaubte Henri das Wort *Betrüger* rumoren zu hören.

Aber, kommentierte dies die Hexe, ein stattlicher Kerl war er doch! Dabei versuchte sie mit der Zunge zu schnalzen, so dass ihr Gebiss ein klackerndes Geräusch von sich gab, das an das Schackern der Elstern erinnerte.

Der Stickrhythmus der Mutter verlangsamte sich bei diesem Thema auf Seufzergeschwindigkeit.

Seltener Höhepunkt dieser Stick- und Stichelsonntage war das Auspacken jener Postsendungen, die ein Henri unbekannter Großmuttersohn aus ihm ebenso unbekannter Ferne herbeischickte.

Ich hab ja schon mal reingeguckt, sagte die Großmutter.

Wird ja wohl noch alles drin sein?, kommentierte die Tante.

Dann begann das Rascheln von Seidenpapier, Seifenduft vermischte sich mit dem von Kaffeebohnen und Orangen. Alles wurde betastet, berochen und auf dem Tisch ausgebreitet. Dann las die Großmutter vor, was auf einem dem

Paket beigegebenen Zettel stand. Mutter und Tante meldeten abwechselnd die Anwesenheit einer Strumpfhose (für das Röschen) oder einer Schachtel Zigaretten (für Bertram). Die Großmutter versah dann den Zettel mit einem Häkchen, wofür sie einen kleinen stummeligen Kopierstift immer wieder mit der Zunge anfeuchtete, so dass sie nach dem letzten Päckchen Tortenguss blauzüngig fragte, ob Mutter oder Tante etwas Ungelistetes entdeckt hätte. Das Ausbleiben einer solchen Überraschung, die vom Paketeinpacker unprotokolliert geblieben war, wurde jedes Mal mit einem kleinen Seufzer der Enttäuschung quittiert.

Die werden da auch nicht noch was reinlegen, grummelte Tante Erdmuthe, womit sie die Zöllner meinte, deren Arbeitsspuren, soweit ersichtlich, die Großmutter abschließend der Häkchenliste hinzunotierte. Am Ende wurde alles, bis auf die Schokolade (für Henri), die Orangen und den Kaffee, wieder eingepackt, um dieselbe Prozedur mit demselben Paket noch zwei Sonntage lang wiederholen zu können.

Später, als Henri sich, dem Beispiel des Vaters folgend, diesen Sonntagsbesuchen entzog und hinter vorgeblichen Hausaufgabenbergen versteckte, konnte er nicht nur eine Großtante von einer Hexe unterscheiden, sondern hatte auch erfahren, dass der Großvater kurz nach dem vierzehnten Geburtstag seiner Tochter nicht nur das Land, sondern gleich auch den Kontinent verlassen hatte. Später habe man eine letzte Nachricht von ihm aus Honolulu bekommen. *Lieber*, so soll er geschrieben haben, *laufe ich für den Rest meines Lebens über glühende Lava, als jemals in dieses Land zurückzukehren.*

Mit *diesem Land* hatte er das Land gemeint, in dem die Helders seit der Eröffnung der Eisenbahnstrecke von Cottbus nach Berlin im Jahr 1866 Dienst als Eisenbahner taten.

Ein Verhalten, so Vater Bertram in seiner unter Alkoholeinwirkung etwas drastischen Art, als hätte einer in die Stube geschissen und sagte dann: Leute, bei euch stinkt es.

Nun also, nachdem Helder diesen Großvater längst vergessen glaubte, war er ihm nicht nur als Tagtraum erschienen, sondern Hans Kaspar Brügg wollte ihm sogar etwas vererben. Helder dachte in einer infantilen Anwandlung an einen Seeräuberschatz oder die Kriegskasse eines japanischen Schiffes.

Keiner aus Helders Familie war da, als er die Kanzlei des Anwalts betrat. Es werde auch niemand mehr kommen, sagte ein lächelndes Fräulein. Ja, wiederholte gleich darauf der Anwalt an Helder gewandt, Sie sind der einzige Erbe.

Er öffnete ein verschnürtes Paket und tat dabei sehr feierlich, feierlich wie seinerzeit Helders Großmutter. Und tatsächlich sagte auch der Nachlassverwalter: Ich habe ja vorher schon mal reingeschaut. Aus Sicherheitsgründen, verstehen Sie. Aber Gefahr besteht da wohl nicht. Mit diesen Worten zog er ein altes, an den Sohlen leicht verschmortes Paar Schuhe aus dem Karton.

Helder sah abwechselnd auf die Schuhe und auf den Anwalt.

Der grinste nur. Glauben Sie mir, ich habe hier schon verblüfftere Gesichter gesehen.

Sonst nichts?

Nein, nichts.

Nicht mal ein Brief?

Nein, auch kein Brief.

Später saß Helder in einem kleinen ranzigen Hotel auf dem Bett und besah sich die Schuhe genauer. Derbes, über viele Jahre, wie es schien, von Schweiß, Wasser und Hitze ein zweites Mal gegerbtes Leder von gelblicher Farbe. Es war – vielleicht von scharfkantigen Steinen – zerschabt, doch solide mit den Sohlen vernäht. Dunkle Stellen überall, Brandspuren, vermutete Helder. Keine Beschläge, dafür ein seltsames Muster in Knöchelhöhe auf beiden Schäften.

Was, so fragte sich Helder, soll ich mit den alten Tretern? Was hat sich dieser Großvater, den ich mein Lebtag nicht gesehen habe, dabei gedacht. Woher hat er überhaupt von meiner Existenz gewusst, wenn er vor mehr als fünfzig Jahren diesen Teil der Welt verlassen hat. Tatsächlich hatte niemand in der Familie einen weiteren Kontakt nach seinem Verschwinden auch nur angedeutet.

Hawaii. Die bierlose Insel aus dem bierseligen Schunkellied. Dazu ein bisschen Hemingway. Oder gehörte der eher nach Kuba? Egal, dachte Helder. Männer in bunten Hemden hängen in Bars herum. Eiswürfel fallen klirrend in Gläser, statt Bier Whisky und Rum. Dann etwas Südseeromantik: Braunhäutige Schönheiten schwingen ihre Hüften heran, in den Händen Blumengirlanden. Perlweißlächelndes Paradies. Vulkane fanden sich in Helders Vorstellung nicht. Sein alter Schulatlas nannte ihm ihre Namen: Mauna Kea, Kilauea …

In der Nacht schlugen Flammen aus den Sohlen, und ein mit Gluträndern gezeichneter Schatten huschte durch Helders Träume.

Am nächsten Morgen standen die Schuhe unberührt neben seinem Bett. Helder ließ sie dort stehen, packte seine Sachen und verließ das Hotel mit dem beruhigenden Gefühl, eine große Unannehmlichkeit dort zurückzulassen.

Auf der Rückfahrt stieg er in den falschen Zug und machte ungewollt einen Umweg über Krahnsdorf-Brandt. Dorthin, zu Großmutter und Tante, waren die Helders Mitte der sechziger Jahre auf Drängen der Mutter gezogen. Inzwischen lebte die Großmutter nicht mehr und die Tante in einem Heim. Auf eigenen Wunsch, wie die Eltern betonten. Ausgangspunkt dieses Wunsches war wohl ein

Streit gewesen, der, wie Helder sich erinnerte, im Haus am Bahndamm geschwelt hatte, um manchmal heftig aufzulodern. Es ging darin um einen ER, hinter dem sich, nach Henris heutiger Vermutung, der Großvater verbarg.

Da Helder in Krahnsdorf-Brandt mehr als zwei Stunden Aufenthalt hatte, stand er unentschlossen am Bahnhofsausgang. Sollte er die Eltern besuchen?

Am Imbisswagen ließ er sich einen Kaffee geben. Der Vietnamese stellte ihm den Becher hin und fragte: Bist du nicht Henri?

Helder schüttelte den Kopf. Er hatte keine Lust auf Gespräche über Gestern.

'tschuldigung, sagte der Vietnamese, Miich, Sucker?

Helder schüttelte wieder den Kopf, nahm seinen Becher und ging. Vielleicht sollte er doch zu den Eltern? Es war ihm unangenehm, so unerwartet bei ihnen aufzutauchen. Man könnte, dachte Helder, ja mal über die Erbschaftsangelegenheit reden. Er kaufte sich beim Vietnamesen einen Taschenwärmer, eine kleine Flasche Mut, und machte sich auf den Weg.

Kann mir einer erklären, wieso der Opa mich mit einem Paar ausgetretener Schuhe beglückt?

Vater Bertram sah seine Frau an: Da siehst es wieder, Rosa, bei dem war 'ne Schraube locker.

Die Mutter seufzte, holte eine Schachtel Pralinen und zog die Folie ab. Dann schob sie ihre Brille zurecht und las von der Packung: Trüffel mit Rum, Nusssplitter mit Nougat, feines Marzipan in Zartbitter …

Wieso ist der überhaupt weg hier?, fragte Helder.

Die Mutter seufzte nur wieder. Es war eben keine leichte Zeit damals. Dann hatte sie plötzlich eine Menge in der Küche zu tun.

Was weiß ich, was der in Honolulu wollte, sagte der Vater und fuhr sich mit der Hand durch das schüttere Haar.

Musst die Mutti immer dran erinnern?! Weißer oder Brauner?

Brauner. Übrigens, Honolulu ist eine Stadt …

Der Vater fand Helders geographische Belehrungen – von wegen in Honolulu über Lavafelder springen – erbsenzählerisch.

Nicht ohne Erleichterung nickte Helder, als der Vater das Thema wechselte: Weißt du noch? Deine erste Fahrkarte?

Bertram Helder war noch immer stolz darauf, dass er es gewesen war, der sie seinem Sohn ausgehändigt hatte. Was für ein erhebender Moment im Leben eines Fahrkartenverkäufers. Ein Höhepunkt, dicht gefolgt – oder gar übertroffen – vom Zwischenhalt des ersten deutschen Weltraumreisenden auf dem Bahnhof Krahnsdorf-Brandt.

Denk dir, Junge, der hat darauf bestanden, eine Fahrkarte zu lösen. Hätte der doch erstens gar nicht nötig gehabt und zweitens gar nicht gebraucht, der hatte ja sein Billett. Aber er wollte unbedingt eine haben, weil wir noch diesen alten Automaten hatten.

Für meinen Enkel, hat er gesagt. Und dann gefragt: Wissen Sie, was ich von oben gesehen habe?

Die Erde, sage ich.

Ja, sagt er, und eine kleine Bahnstation.

Da bekommt man doch erst einmal einen kleinen Schreck, setzte Helder die altbekannte Geschichte des Vaters fort, selbst wenn man ein gutes Gewissen hat.

Richtig, sagte der Vater. Dann aber hat der Kosmonaut gelacht. Und ich habe auch gelacht. – Aber, schloss wie immer der Vater, manchmal stellte ich mir vor, man könnte aus dem Raumschiff wirklich Krahnsdorf-Brandt erkennen. Und dann, dann habe ich sogar im Sommer den obersten Knopf meiner Uniformjacke geschlossen. So muss man leben, Junge, als ob einer zusieht.

Ja, sagte Helder, ich weiß: Einer sieht immer zu.

Der Vater goss ihm einen Kognak ein. Dann goss er sich selber einen Kognak ein. Beide tranken und schwiegen.

Und Susanne?

Helder zuckte die Schultern. Viel Arbeit.

Ja, ja, viel Arbeit. Na, besser als keine.

Ja, ja, sagte Helder, besser als keine.

Er dachte an kleine bedruckte Papptäfelchen. An Zugfahrten dachte er, an vorbeiziehende Landschaften hinter regennassen Scheiben. Rostige Signalmasten, auffliegende Krähenschwärme und einen kotbeschmierten Zeitungsfetzen zwischen den Gleisen. Ein lachendes Gesicht im Raumanzug. Beschissene Helden. Ein Windstoß und weg.

Den Kopf aus dem Fenster gezwängt, gegen den Wind anschreien, der in die Kehle drückt. Beißender Rauch in den Augen. Das Land dehnt und streckt sich, verschwimmt im tränenden Blick. Eine graugrün flatternde Fahne. Auf Drähten reisende Wolken, Notenlinien auf blassblauem Papier. Ratternder Rhythmus, de-tmm de-tmm. Das Tuten vorm Tunnel.

Schwarzer Rauchgeruch. Dunkelheit. Keine Furcht, nur auf Überraschungen gefasst sein. Gegenüber Maika, die Frechste aus der Klasse, von der man sagt, dass sie schon küsst. Dann die kitzelnde Hand am Bauch. Himbeerduft in der Nähe. Der bonbonklebrige Kuss verrutscht auf das Ohr. Haltung bewahren, nicht das huschende Kribbeln verraten. Den warmen Freudenstrahl, der alles durchstößt, bloß nicht benennen mit dem Wort Glück. Sondern – es könnte ja einer zusehen und das Dunkel des Tunnels durchschauen – männliche Haltung ausrufen: Igitt, oh igitt! Der Finger in der Seifenblase. Zerplatzte Kinderliebe.

Noch einen?

Helder nickte. Die Zeit war etwas, was man gut wegtrinken konnte. Ein Drücken im Hals, und der Schnaps ätzt es weg. Hatte irgendjemand von ihm jemals eine Fahrkarte bekommen?

Fahrpläne ja, sauber berechnete Fahrzeiten, Ankünfte, Abfahrten, Aufenthaltszeiten. Die fein ausgeklügelte Symbolik: fährt nur an Sonn- und Feiertagen. Speisewagen, Liegewagen, Schlafwagen. Hält nicht auf allen Unterwegsbahnhöfen. Nur werktags, kein Gepäckwagen, Fahrradmitnahme möglich, nur 2. Klasse … Ein Kosmos von Möglichkeiten durch kleine schwarze Zeichen abgedeckt. Was war dagegen schon eine Fahrkarte?

Es war, das wusste er plötzlich, es war die Entscheidung. Selbst wenn man einfach nur so ins Blaue hinein fuhr, man musste seine Wahl getroffen haben. Und bei Nichtantritt der Fahrt?

Fahrgeldrückerstattung war möglich, sicher. Doch auch das – eine Fahrt nicht anzutreten –, auch das war eine Entscheidung.

Helder aber hatte sein Lebtag in der Unentschiedenheit verharrt. Er hockte auf einem Stapel von Kursbüchern, statt jemals eine Reise angetreten zu haben.

Und, fragte der Vater, ein Paar Schuhe hat er dir vererbt. Sonst nischt?

Sonst nichts.

War ja klar. Und wo hast du die Scharteken?

Welche Scharteken?

Na, seine Treter.

Dort gelassen.

Wie, dort gelassen?

Vergessen. Im Hotel.

Na ja, war ja sicher nicht mal deine Größe.

Tja, ich muss dann wieder …

Na, wirst doch wohl bleiben! Wenn du schon mal Urlaub hast.

Helder blieb. Er legte sich in seinem alten Zimmer auf die Liege unter der bleckenden Zunge eines Rolling-Stones-Plakats:

Hey! Think the time is right for a palace revolution
But where I live the game to play is compromise solution
Well, then what can a poor boy do?

Und darunter, vor Jahren von einem Kommilitonen abgewandelt, die fehlende vierte Liedzeile:

Except to work as a railway man …

Helder kramte in seinem Nachttisch und fand dort eine angeknautschte Zigarettenschachtel mit einer letzten bröseligen Zigarette ohne Filter. Er sog den Rauch tief ein, dass er in der Lunge kratzte.

What can a poor boy do?

Bei diesem Mistwetter. Und mit Mitte vierzig.

Er trat ans Regal und schob das Modell eines Eisenbahnzuges hin und her. Ein kleines Metallschild an der Lok teilte mit: Cottbus–Berlin, 13. September 1866.

Ein Geschenk des Vaters. Der hatte seinerzeit erläutert: Der erste Zug vom Cottbuser Bahnhof hätte sich pünktlich um 7 Uhr 24 in Bewegung gesetzt. Ohne großen Bahnhof, kalauerte er dann, haha. Die Eröffnung hat eigentlich später sein sollen, so richtig feierlich. Aber die Preußen hatten gerade Krieg mit den Österreichern, und die von der Bahn dachten sich: Na, da können wir doch vielleicht auch noch ein paar Soldaten chauffieren. Also, nix wie hin nach Berlin. Ja, man muss schon sehen, wo man bleibt. Also, mein Junge, in diesem Sinne: alles Gute zum Lehrabschluss!

Des Vaters Prämien. Wo ist denn …? – Helder durchsuchte den schmalen Buchbestand: »Meyers Lexikon« in einem Band, »Alfons Zitterbacke«, »Weltall – Erde – Mensch«, »Kursbuch der Deutschen Reichsbahn – Internationaler Verkehr/Jahresfahrplan 1989/90« … Wo war denn nur Kapitän Cook abgeblieben?

Draußen von der Treppe rief die Mutter: Henri, rauchst du etwa wieder?

Nein, nein. Helder drückte die Zigarette in den einsamen Blumentopf und löschte das Licht.

Nachts gegen eins weckte ihn die Sirene eines Einsatzfahrzeugs. Am nächsten Morgen machte Helder einen Spaziergang zum Bahnhof, um sich, wegen diverser Bauarbeiten auf der Strecke, nach den aktuellen Abfahrtszeiten zu erkundigen. Der Imbisswagen am Bahnhofsvorplatz war völlig ausgebrannt. Ein paar Leute standen drum herum. Zwei Polizisten stiegen gerade aus einem Streifenwagen. Helder zog die Kapuze seiner Regenjacke über den Kopf und ging vorbei.

Nein, kein Bedürfnis nach alten Bekannten.

An der Eingangstür zur Schalterhalle dann doch einer: Ede, mit Halbglatze und Pferdeschwanz, noch immer das Bahnhofsfaktotum. Er putzte an der Gedenktafel für den ehemaligen Bahnhofsvorsteher Mendel herum.

Ede war einmal Helders Mitschüler gewesen; für ein Jahr zwischen zweimal Sitzenbleiben. Hatte ständig von Mädchen geredet und von seiner Wunderquelle, die er noch finden würde mit der Wünschelrute: Wegen meiner Oma ihrem Rheumatismus. Und die weiß, da war mal eine, ganz früher, oben im Hügelwald. Und …

Also jetzt bloß nicht anquatschen lassen von Ede, bloß schnell vorbei.

Doch da ist es schon passiert.

Ah, der Herr Reichsbahnoberamtmann Helder.

Quatsch nicht, Ede. War ich nie, weiß du doch. Warn da los?, Helder zeigt auf die Imbissbude.

KKB, sagt Ede und schlägt die Hacken zusammen, Kameradschaft Krahnsdorf-Brandt, Herr Reichsbahnoberinspektor. – War übrigens Rositas Bude. Kennste doch!?

Ich? Ach so, die … Ist die mit dem Vietnamesen …?

Na, das weeste nich? Musste doch wissen, war doch zu deiner Zeit!

Du, ich muss …

Nach Cottbus? Fünf nach halb zehn.

Ja, nee, ich fahr erst morgen. Na dann: Putze, Mann, putze.

Hier, Henri, guck! Ede hielt ihm ein handtellergroßes weißes Etwas unter die Nase: Das isn Wunderschwamm. Wenn se dir mal ansprühen, kannste dir reene rubbeln mit. Wenn's nich so teuer wäre, würde ich sogar meinen Ford damit putzen.

Helder verabschiedete sich von Ede und eilte mit eingezogenem Kopf unter der Kapuze an der Brandstelle vorbei. Aus den Augenwinkeln erkannte er Rosita. Er verhielt für einen Moment seinen Schritt und sah hinüber. Die kupferrote Lockenmähne schüttelnd, war sie offenbar noch immer nicht auf den Mund gefallen. Nur wieder einmal, wie es aussah, auf die Gusche. Sie stritt gerade lautstark mit einem der Polizisten.

Nein, besser, er ging weiter.

Zu Hause wirtschaftete der Vater auf dem Hof umher.

Und, wen getroffen?, fragte er.

Nöö, bloß Ede.

Ja, ja, der ist Gold wert. Dumm, aber fleißig.

Helder erbot sich, den alten Schuppen aufzuräumen.

Nee, nee, sagte der Vater, mach ich lieber selber. Müsste sonst dabeistehen und gucken, dass du mir nichts wegschmeißt. Man hätte das Ding längst abreißen sollen.

Hat sich da nicht im Krieg mal ein Pole drin versteckt?

Wer sagt denn das? Tante Erdmuthe? Na klar, *die*. Man muss da nicht so ein Aufhebens von machen, als ob es was Besonderes wäre. Komm lieber mit in den Garten! Da stecken noch 'n paar Rüben für die Karnickel.

Einmal, die Zippe hatte geworfen, erinnerte sich Helder, während er die Grabegabel in die nasse Erde stieß, da hatte er eins der Jungen Rosita in die Hand gedrückt. Sie hatte das zappelnde Tierchen gestreichelt, bis es sich ganz ruhig an ihre Brust schmiegte. Nur die kleine Nase bewegte sich schnuppernd.

Streichel mich, ach streichel mich! Dieses Vierteljahr vor einem Vierteljahrhundert, wenn es nicht so dumm geendet hätte …

Helder zog die Rüben heraus, griff in das welke Kraut, drehte es ab und warf es auf den Haufen.

Als er sich später an den Mittagstisch setzte, hatte er die Begegnung auf dem Bahnhofsvorplatz schon vergessen. Nach dicken Rouladen und herzhaftem Rotkraut sprach man über Steuern und schimpfte vor dem Mittagsschläfchen noch ein wenig auf das Wetter und die Regierung.

III

Zwei Tage später traf Helder zu Hause ein. Vor seiner Tür standen die Schuhe des Großvaters. Das Hotel hatte ihm die Scharteken, statt sie zu entsorgen, hinterhergeschickt.

Eine Woche lang lagen sie im Flur herum und hinterließen dort den Eindruck einer gewissen Unordnung. Susanne, die sie, wenn nicht weggeworfen, längst im Schuhschrank verstaut hätte, war bereits nach Brüssel abgereist. Und Helder war entschlossen, die Schuhe der Mülltonne anzuvertrauen, zögerte diesen Augenblick aber aus ihm selbst unverständlichen Gründen hinaus.

Ihm war, wenn er aus dem Büro kam und in seine Pantinen schlüpfte, als habe sich da bereits ein Fremder seiner Schuhe entledigt, als erwarte ihn in seiner Stube ein unbekannter Gast. Ja, es enttäuschte ihn beinahe, Couch und Sessel leer zu finden.

Es geschah aber auch, dass er beim Nachhausekommen die alten Treter mit dem Fuß beiseitestieß wie eine lästige Erinnerung. An solch einem Tag muss es gewesen sein, da packte er entschlossen diese unnützen Erbstücke, trug sie hinaus und stopfte sie in die Mülltonne.

Als Helder am nächsten Morgen das Haus verließ, wäre er fast über die Schuhe gestolpert. Auf ein Stück abgerissenen Karton hatte jemand geschrieben: Solche Schuhe gehören in die Altkleidersammlung! Helder fluchte. Da war unter den Müllmännern bestimmt so ein linker Akademiker, der seine sozialromantischen Neigungen auslebte. Er würde sich bei der Stadt beschweren. Wieder lagen die Treter tagelang im Flur herum. Eines Abends dann konnte er der Versuchung nicht widerstehen, überwand seinen Fußpilzekel und probierte die Schuhe an. Sie passten. Perfekt.

Trotzdem, überlegte Helder, was soll ich mit den Dingern. Überhaupt, einem Eisenbahner ein Paar Schuhe zu vermachen, das war schon fast ein Affront. Sicher, jedermann, der in einem Zug reiste oder Dienst tat, trug Schuhe; zumindest hierzulande war das so. Darum ging es nicht. Es war wie ein glücklos ausgewähltes Geschenk, mehr noch als das: Es war absolut unpassend.

Wer schenkt schon einem Fleischermeister ein vegetarisches Kochbuch? Niemand tut das, denn damit würde man seine gesamte Existenz in Frage stellen. Und nun ein Paar Schuhe für ihn. Das war sozusagen die reaktionäre Kritik am Eisenbahnerstand. Die sich fortschrittlich gebärdende setzte auf Autos. Straße statt Schiene, Freiheit statt Ordnung, Individualität statt Gruppenfahrschein, Feldrandpinkeln statt Abteiltoilette.

Aber was war das für eine Freiheit, das ertrug doch niemand. Wie von selbst suchten die Menschen das Erlebnis von Gemeinschaft: der Stau – die überwundene *Einsamkeit im Blechgehäuse*. Die langen Autokolonnen, nichts anderes als die hilflose Imitation eines Reisezuges, Wagen an Wagen. Nur dieser Zug *steht*. Bestenfalls Schritttempo. Die Frage nach dem Stau, das ist die Frage nach dem kollektiven Abenteuer, dem Erlebnis, das verbindet. Das also konnte Helder noch verstehen.

Ein Auto, gut. Aber Schuhe? Was sollte das? Das hieß doch: Ha, du und deine Eisenbahn, völlig überflüssig. Autos, Flugzeuge, Bahnen, alles das Gleiche. Massenverkehrsmittel, das klingt wie … wie Massenmord. Lieber zu Fuß. Das ist human! Zu Fuß kommt man doch viel besser voran!

Lieber Opa, du hattest wohl noch nie Blasen an den Füßen?! Zu Fuß! Vielleicht noch wandern!?

Wandern, das war Susannes Leidenschaft. Sie hielt sich für einen Naturfreund, Naturfreundin, denn selbstverständlich bestand sie auf der femininen Endung. Sie konnte sich im Wald urplötzlich auf den Bauch werfen, wie ein Muslim beim Ruf des Muezzins.

Ist da was?

Na, siehst du nicht?!

Was soll ich sehen?

Sieh doch mal hin.

Ich sehe nichts.

Du siehst auch nie was.

Und was bitte soll ich sehen?

Na da, das Veilchen!

Soso, ein Veilchen. Es konnte auch eine Raupe sein oder ein bunter Kieselstein. Naturfreund*in*. Aber zu Hause einen Schreikrampf kriegen, wenn sich über ihrem Bett eine Spinne abseilte.

Erst hatte er Rad fahren müssen, sollte er nun auch noch wandern? Als er vierzig wurde, hatte die Verwandtschaft auf Susannes Initiative hin zusammengelegt und ihm ein Sportrad geschenkt. Er hatte sich keines gewünscht.

Gegen den Bürobauch, hatte Susanne gesagt.

Sicher, da gab es hinterm Hosenbund eine kleine Wölbung. Das war aber eine Sache der Schwerkraft. Wenn man den ganzen Tag saß, dann rutschte die Körpermasse langsam nach unten, sammelte sich zwischen Nabel und Schambein und beulte die Bauchdecke aus, ein durch und durch natürlicher Vorgang. Und sie nannte das Bürobauch.

Also hatte er sich aufs Fahrrad geschwungen. Das war gegen seine Natur, aber es hatte einen Vorteil, man hatte keinen Beifahrer, genauer, keine Beifahrerin: Nicht doch so schnell … fahr doch nicht so dicht auf … das war jetzt Rot …

Helder fuhr allein. Da war so viel Blau am Straßenrand. Kornblumen? Klatschmohn? Nein, Mohn war rot. Also Kornblumen. Kornblumenblau. Aus der Ferne der Erinnerung hallte leise ein Schlager. Sie tanzten. Auf ihrer Oberlippe perlten kleine Schweißtröpfchen. Er wäre gerne mit der Zunge drübergefahren. Später spendierte er einen Kirschwhisky. Mit den klebrigen Gläsern in der Hand sprachen sie über die Welt. Gott erwähnten sie nicht. Sie, weil Lenin es empfahl. Er, weil Gott nicht berechenbar war. Nein, nicht unberechenbar im charakterlichen Sinne, sondern mathematisch nicht erfassbar. Also die Welt. Vor allem die Welt der Zukunft. Ihre kannte keinen Hunger mehr. Seine schwebte auf Magnetkissen hochgeschwind heran.

Und sie hatte so einen schönen kleinen Saugmund. Das war gut. Das war sehr gut. Rein körperlich betrachtet. Aber im übertragenen Sinn … Später nannte er sie in Gedanken manchmal Saugfisch. Ja, bis sie dann auf einmal losgelassen hatte. Ihm fehlte nun was.

Da fuhr Helder schon Fahrrad, und ihre Zukunft war Vergangenheit. Aber dieses Blau. Dieses Blau war so gegenwärtig, dass es ihn überkam. Er stieg vom Rad und bückte sich nach der ersten Kornblume. Blumen pflücken? Helder scheute zurück, richtete sich auf und blickte sich um.

Niemand zu sehen, der Asphalt flimmert still vor sich hin. Helder zieht an einem Blumenstängel, knickt ihn, reißt daran, hat ihn schließlich samt Wurzel ausgerissen. Dass das so schwer geht? Die geht schon besser. Noch eine und noch eine. Da ein Auto. Helder lässt die Blumen fallen, postiert sich breitbeinig am Feldrand und guckt in die Luft. Tut pinkelnd. Das ist wenigstens männlich. Darauf kommt es an, Mann sein.

Außerdem, was hätte er mit dem Strauß tun sollen? Susanne schenken? Wortlos auf die Kommode stellen? Hatte er denn etwas gutzumachen?

Er hatte immer etwas gutzumachen. Kam er zu spät aus dem Büro, war er sicher, Susanne vernachlässigt zu haben. Kam er zu früh und sie war noch nicht zu Hause, fragte er sich, ob er nicht besser diese oder jene Berechnung hätte zu Ende bringen sollen. So erledigte er derweil wenigstens den Abwasch. Dieses Gefühl, schuldig zu sein, ließ sich nur wegarbeiten. Aber nicht mit Kornblumen wegschenken. Das ging nicht, das passte nicht, vielleicht, weil dieses Blau so unschuldig war.

Als Helder sein Rad bestieg – blumenlos – und weiterfuhr, wusste er, die Summe kleiner Unterlassungen hatte sich um eine weitere unbekannte Größe erhöht. Dies verlieh seinem Leben eine gewisse Normalität. Es blieb das leise Gefühl, etwas verloren zu haben, eine aufkommende Erinnerung an einen Verlust, der vor langer Zeit eingetreten war. Ja, wann eigentlich? Als der Berufsalltag die großen Pläne zu schreddern begann? Als unter den Gewohnheiten seiner Ehe die Gefühle verstaubten? Oder früher noch? Bei der Einberufung zum Militärdienst, als mit den Haaren auch die Illusionen fielen? Oder am Ende der Kindheit, als die Fragen begannen, auf die die Antworten der Erwachsenen nicht passten? Oder noch eher, beim Austritt aus dem Mutterleib oder …? Lächerlich, dachte Helder. Als er in die Pedale trat, zerriss der Fahrtwind schließlich den leichten Schleier von Trauer.

Blumen am Straßenrand gehörten zu jenen Vorfällen, die seine gewohnte Ordnung störten. Wenn er künftig Rad fuhr, dann fixierte er nur noch die Straße. Er surrte leistungsmäßig über den Asphalt, so dass die Geschwindigkeit links und rechts alles gründlich verwischte und er nicht Gefahr lief, noch einmal an so etwas wie Kornblumen hängen zu bleiben.

Also Rad fahren, gut. Aber wandern? Das ging ja so unendlich langsam voran. Gar noch allein? Viel zu viel Zeit für unnütze Gedanken!

Er könnte die Schuhe seinerseits Susanne vermachen, zu Lebzeiten schon. Vielleicht, mit ein paar ordentlichen Einlegesohlen, würden sie ihr passen. Außer im Wald konnte man damit sowieso nirgends aufkreuzen, ohne wie ein Sozialfall betrachtet zu werden.

Das Wort Sozialfall erinnerte Helder auf unangenehme Weise an andere Wörter, die gerüchteweise sein Büro durchschwirrten: Rationalisierung, Umstrukturierung, Personalabbau. Lauter Drohworte, lauter Schreckworte. Schön amtlich, wenn man sie aufschrieb. Fatal, wenn man sie las. Früher, pflegte Helders Vater zu sagen, lebte man nirgends sicherer als bei der Bahn: Betriebsrente, Betriebswohnung, Zuschläge, Freifahrscheine für ganze Familienclans.

Tja, früher. Unsereiner, dachte Helder, hat derlei Wohlfahrt nun auszubaden. An seine Zukunft bei Rail4You mochte er gar nicht mehr denken.

Spätabends, ja eigentlich war es schon Nacht, und Helder schlief, da schrillte das Telefon.

Ja, es schrillte. Kein elektronisches Gefiepe, kein pseudomelodisches Gedudel. Das, pflegte Helder zu sagen, ist noch ein Telefon.

Treu hielt er an Dingen fest, die einmal neu in sein Leben gekommen waren, unbenutzt, gleichsam jungfräulich ohne die geringste Spur eines andern Lebens. Helder hatte sie eingelebt, sie ohne Zwang auszutauschen, widerstrebte ihm. *Einmal wissen, dieses bleibt für immer …*, sang es knackend von einer seiner alten Schallplatten.

So hatte er nicht nur auf seinem alten Telefon beharrt, auch sein sonntägliches Frühstücksei durfte nur in einem orangeroten Hühnchen aus Schkopauer Plaste stecken, dem letzten im Haushalt verbliebenen seiner Art. Ein Konservativismus, den Susanne nicht verstand und des Öfteren als Geiz missdeutete.

Ja, er besaß noch immer eines dieser altertümlichen Sprachaustauschgeräte, bei denen man den Hörer auf eine Gabel knallen konnte.

Helder bediente sogar noch eine Wählscheibe. Hier schob man noch mit dem Zeigerfinger unter Gebrauch der Handmuskulatur die erforderliche Ziffer in Startposition. Kein hastiges Eintippen, das von einem vorprogrammierten Piepen quittiert und dessen Ergebnis auf einer digitalen Anzeige präsentiert wurde. Hier legte jede Ziffer einen Weg zurück, jede einen eigenen. Die Eins einen ganz kurzen, und die Null, ja, die Null, die surrte deutlich vernehmbar fast eine ganze Kreisbahn entlang, bis sich das vom Finger verlassene Loch in der Wählscheibe wieder deckungsgleich über die ihm zugeordnete Ziffer geschoben hatte. Da war jeder Anruf, Ziffer um Ziffer den Finger in einem der zehn Wählscheibenlöcher, ein sinnliches, ja beinahe erotisches Erlebnis, bei langen Nummern fast masochistisch.

Der Fortschritt, das wusste Helder, hatte sich nie aufhalten lassen. Seine eigene Branche, die Eisenbahn, war doch dereinst heftig befehdet worden. Den Leuten, warnte mancher, würden bei der hohen Geschwindigkeit (man fuhr damals dreißig Stundenkilometer) die Augen ins Hirn und selbiges aus den Ohren gedrückt werden. Wenn es überall an Hirn fehlt, sagte er, ist daran nicht die Bahn schuld!

Noch ist Eisenbahn Eisenbahn und Telefon Telefon. Noch ist die Zeit nicht gekommen, da Güter und Personen durch den Äther reisen. Beam doch mal die Pizza her! Susanne wäre glücklich drüber.

Ach, Helder, mag dich die Zukunft verlachen, wir tun es nicht! Nur Tasten zu drücken, was ist das gegen die Möglichkeit, seinem Ärger über eine gesprächsweise Zumutung körperlich Ausdruck zu verleihen und den Hörer nicht nur aufzulegen, sondern, wir erwähnten es, auf die Gabel zu knallen? Heute pressen wir den Daumen kräftig auf ein gummiertes Knöpfchen, quetschen es heftig, bis eines Tages unter Schweiß und Schmutz und Wut auch noch das dort aufgeprägte Symbol eines Telefonhörers verschwunden ist.

Glücklich ein jeder, der wie Helder mit seinem Telefonhörer noch etwas in der Hand halten darf, fest von der Faust umschlossen, wie ein Werkzeug. Keine dieser digitalen Plauderdosen, die man mit zwei Fingern halten konnte, ja musste, weil die übrigen daran keinen Halt fanden, so dass der kleine Finger zwangsläufig mit der Noblesse einer frisch ondulierten Kaffeehausbesucherin abgespreizt wurde. Dies hier war etwas für Männerhände, für das richtige Zupacken. Ein entschlossener Griff genügte, wenn das alarmschrille Läuten Trommelfell und Fensterscheiben vibrieren ließ, das durchs Haus hallte und in alten Kriminalfilmen den Tod seines Bewohners um so eindrucksvoller erahnen ließ, je länger dieses Schrillen und Scheppern andauerten. Denn man musste schon tot oder zumindest bewegungsunfähig sein, um auf dieses Welterweckungsgeläute nicht zu reagieren.

Tot sein (oder stellen) oder den Hörer abnehmen, das war hier die Frage.

Wurde sie mit einem *Hallo* beantwortet, war sie fürs Leben entschieden. Für den Empfang elementarer Nachrichten: Tod oder Auferstandensein, Krankheiten und Lottogewinne, Kindsgeburten und Autokäufe, angedrohte Besuche und erleichternde Absagen. Alles nahm seinen Weg durch den Draht.

Einst vermeldeten ein Knacken und Rauschen in der Leitung große Fernen, gemahnten gebrüllte und dennoch kaum zu verstehende Worte: Diese Verbindung kann verlorengehen, der Gesprächspartner jeden Moment im telefonischen Äther entschwinden. Die Gelegenheit, etwas sagen zu können, war kostbar, war überzogen vom Glanz der Unwiederbringlichkeit.

Wer noch so telefonieren kann, sagte Helder, der ist physisch verbunden mit dem verheißungs- oder angstvollen Unbekannten. Verbunden durch einen in Spiralen sich windenden Draht vom Hörer, der auch ein Sprecher ist, zum Apparat, von dort durch ein weiteres Kabel in Dose und

Wand und aus den Mauern der Behausung hinaus, hinaus ins Land, in die Welt, in …

Wohin denn noch, Helder?

… So jedenfalls haben wir dereinst mit unserer Nabelschnur am Mutterkuchen festgehangen.

Ach, Helder. Wir sehen dich und deine Sippe noch immer festgezurrt in der Vergangenheit. Hilft da Vergessen, hilft da Verschweigen? Wir ahnen schon, du musst noch mal zurück, um loszukommen.

Das Telefon schrillt: He, Helder, stell dich nicht länger tot. Wenn du doch sprächest, heb ab und erzähle! Frage nicht, wer angerufen hat, wenn du gut erzählst, dann wird er dranbleiben. Nur im Erzählen findest du den Fluss mit seinem stillen, seinem rettenden Ufer. Dorthin, wo, wie über die Zirbeldrüse des René Descartes, sich die materielle mit der geistigen Welt vereint. Dorthin, wo die Zahl nicht länger über das Zeichen triumphiert.

Im Erzählen, Helder, im Erzählen nur entkommen wir den Gespenstern Europas, den Gespenstern aller Kontinente. Die gehen um, weil wir, von allen guten Geistern längst verlassen, sie nicht mehr fürchten, sondern ersehnen: die Feldherren und die Erlöser. Wir, die wir nichts mehr fürchten. Nichts mehr. Nur die Leere einer mit finanzmathematischen Symbolen illuminierten Welt.

Das Telefon schrillt. Helder wälzt sich ruhelos im Bett, mit rasendem Herzen.

Helder, du warst bereit, den unauffälligsten aller Tode zu sterben, den Tod im Büro. Du warst bereit, als Strichcode aufzufahren gen Himmel. Steh auf, sprich! Wir wollen sehen, ob es dir gelingt, dem Tod zu entkommen.

Helder jedoch schwieg, schwieg, seit er denken konnte, von seiner Not. Nur eines hatte er gelernt, das Chaos in Fahrplänen zu ordnen. Das Kursbuch, das war seine große Erzählung.

Erst seit der Fortschritt ihm verwehrte, im süßen Denkschweiß algorithmischer Berechnungen zu baden, spürte Helder die Regung, dem digitalen Zeitalter zu entfliehen. Er ahnte, nur scheinbar ist eine Welt, die sich durch das Umschalten von einer Zahl auf die andere definiert, eindeutiger, klarer, sicherer. Jene entschwindende analoge, die von steter Veränderung lebt, vom Übergang, war ihm gemäßer: Mit einem Computer, sagte er, lässt sich nicht der Rücken kratzen. Mit einem Rechenschieber schon.

Helder war von Natur aus kein Widerstandskämpfer, sondern ein Flüchtling. Noch an den sichersten Orten spähte er nach Gelegenheiten, zu entkommen – am liebsten dem Fortschritt selbst, der ihm nach Füßen und Händen nun noch den Kopf überflüssig zu machen drohte und der nach seinem Herzen nur als Spenderorgan fragte.

Das Telefon schrillt: einen Arzt, schnell einen Arzt! Grüne Kittel, grüne Masken, grüne Augen. Susannes grüne Augen. Unter grünen Tüchern: er, den Brustkorb freigelegt. Das Skalpell. Träumt er das? Da rüttelt ihn jemand. Der Arzt, er zieht die Maske ein Stück herab, beugt sich an sein Ohr: Herr Helder, flüstert er, Herr Helder, die Kombination, bitte!

Welche Kombination?

Aber Herr Helder, das Zahlenschloss, ihr Herz, wir können es nicht öffnen, wir brauchen die Kombination!

Helder erschrickt: Er hat sie vergessen, er hat die Zahlen vergessen …

Das Telefon schrillt und schrillt, und langsam wird er wirklich wach. Endlich.

Helder hob ab, und er hörte Tante Erdmuthe gruß- und ankündigungslos seine Meinung erfragen, ob zu ihrem hundertsten Geburtstag denn auch der Bundespräsident käme?

Warst du nicht schon vor drei Jahren hundert?

Egal, Hauptsache, dieses Mal kommt der Bundespräsident!

Nicht der Bundespräsident, Tantchen, bestenfalls der Ministerpräsident. Weißt du eigentlich …

Hauptsache, er hat ein Geschenk.

… wie spät es ist?

Egal. Ich bin nicht müde. Deine Mutter will mich auch immer ins Bett schicken. Als wäre ich ein Kind. Muss ich in meinem Alter noch schlafen? Gibt nur böse Träume!

Helder wechselte den Telefonhörer in die linke Hand, schob die rechte unter den Schlafanzug und massierte sich den Brustkorb. Das Herz, das Herz, da klopft es. Los, frag jetzt! Weißt du, wie spät …

Frag jetzt!!

Wer?

Hans Kaspar Brügg.

Der Hans? Verdampft. Das weißt du doch, Jungchen.

Und vorher?

Hat er deine Großmutter sitzenlassen.

Aber warum, Tante Erdmuthe? Warum hat er das gemacht?

Ja, da war was.

Was war da?

Na, irgendwas, woher soll ich das denn wissen. Aber wenn dann der Herr Bundespräsident …

IV

Tante Erdmuthe träumte mit ihren hundert Jahren noch immer vom anderen Leben. Nein, nicht vom Jenseits, sondern vom Besitz und sogar vom Leben auf einer Insel im Meer.

Sie hielt viel von der Obrigkeit, je weiter oben, desto besser. Nicht weil die Obrigkeit von Gott gegeben war, wie Dr. Luther behauptete, sondern weil es einzig mit ihr lohnte – beispielsweise über eine Insel – zu verhandeln. Mit Exzellenzen, nicht mit niederen Chargen.

Der Kaiser selbst, Wilhelm II., hatte ihr im Jahr 1899 bei einem Truppenbesuch in Cottbus die Rassel aufgehoben.

Hat sich gebückt … – Als meine liebe Mutter, sagte Erdmuthe, den hochrädrigen Wagen zur Parade fuhr. Wo mein lieber Vater den frisch geölten Karabiner seinem Kaiser präsentieren durfte und ich missgelaunt die Rassel aus dem Wagen warf. – Hat sich gebückt die Majestät. Regelrecht verneigt, so mochte es manchem verblüfften Zuschauer erschienen sein. Hat sich hinabgebeugt zum Straßenpflaster und das Spielzeug aufgehoben.

Dann hatte sich der Kaiser mit der Rassel in der erhobenen Hand den Umstehenden zugewandt und, wie Erdmuthes Mutter später behaupten sollte, das Instrument mehrmals geschüttelt. In diesem Moment habe sich der schnauzbärtige Kaiser mit versonnenem Lächeln in einen mexikanischen Musikanten verwandelt, die Bartspitzen nicht länger aufgezwirbelt und steif, sondern wippend im Rhythmus wie die Fußspitzen der Zuhörer. Der Kaiser fortan tingelnd durch Straßencafés und rhythmisch über

Volksfeste rasselnd – die Weltgeschichte wäre anders verlaufen, friedlicher vielleicht.

Doch so winzig muss dieser Moment gewesen sein, da mitten im grauen Monat November eine andere Existenzmöglichkeit das deutsche Staatsoberhaupt umwehte, dass er lediglich in der märchenhaften Überlieferung von Erdmuthes Mutter einen Platz gefunden hatte.

Keine Erwähnung aber fand dieser utopische Augenblick im *Cottbuser Anzeiger* am darauffolgenden Tag. Dessen vergilbt brüchige Titelseite hatte die Tante gelegentlich als Beweisstück vorgelegt:

Platz an der Sonne für alle – kaiserliche Fürsorge gilt auch den jüngsten Cottbusern!

Auch nicht vermerkt war da, dass zwei, drei Kinderwagen weiter Erdmuthes künftiger Schwager und Helders künftiger Großvater Hans Kaspar den Tschinellen und Trompeten der Militärkapelle des 3. Brandenburgischen Armeekorps kontrapunktisch entgegenplärrte. Dies, um sich, unbeeindruckt von versprochenen Sonnenplätzen, eine warme milchduftende Brust zu verschaffen.

Vom Verbleib der kaiserlichen Vision berichten die Historiker, von der des Kindes Hans können wir sagen, dass sie sich immerhin in einer kuhmilchgefüllten Glasflasche manifestierte, die ihm wenig später ein achtzehnjähriges Mädchen mit romantischem Blick verabreichte. Sie war eine Angestellte des Cottbuser »Stifts für vaterlose Waisen« und hieß Carla.

Hans Kaspar nämlich war gefunden worden. Eines strahlendblauen Wintermorgens hatte ein Bahnwärter ihn auf einem Bahnsteig des Cottbuser Bahnhofs entdeckt. Unbekümmert um an- und abfahrende Züge, zwischen hin und her hastenden Reisenden schlief der Findling warm verpackt in einer wie vergessen dastehenden Reisetasche. Dies jedenfalls berichtete Eisenbahner Brügg der Polizei, die ihn nach Protokollierung des Falls zum Kinderheim schickte.

Nachdem Carla, die gerade ihren ersten Dienst absolvierte, Geschlecht und Maße sowie Fundort und -zeit auf eine Karteikarte geschrieben hatte, betrachtete sie ausführlich das Kind. Das erste Mal hielt sie einen so jungen, offenbar erst wenige Tage alten Säugling auf dem Arm. Welchen Namen sollte sie ihm geben?

Nachdem sie eine Weile den nach oben gerichteten dunklen Blick des Kindes beobachtet hatte, setzte sie den Namen Kaspar oberhalb der verstärkten roten Linie auf die Karte. Kaspar, dachte Carla, wie Kaspar Hauser.

Noch heute müht sich die Wissenschaft herauszufinden, ob es sich bei Hauser um einen badischen Erbprinzen oder einen gewöhnlicheren Betrüger gehandelt hatte. Vergebens, es scheiterte sogar die Genetik. Was für ein Glück! Nicht nur eine schöne Geschichte ginge verloren. Wir leben alle von dem Glauben, Erbprinzen zu sein, und sind am Ende nur Betrüger, die dem Leben ein wenig Glück abluchsen wollen. Und so bleibt Hauser unser dunkler Bruder, dessen Nachthimmelblick uns immer neue unentdeckte Sterne zeigt.

Schwester Carla hatte beim jüngsten Besuch der Volkshochschule einem Vortragsreisenden namens Steiner gelauscht und den für sie bemerkenswerten Satz notiert: *Wäre der Findling Kaspar Hauser nicht geboren, so wäre die Verbindung zwischen uns und der geistigen Welt vollkommen zerrissen.*

Ja, Carla war sich beim Anblick des Säuglings gewiss, es war wieder ein Bote aus der anderen Welt angekommen. Erst später, als sie den jenseitigen, den Hauser'schen Blick auch bei anderen Neugeborenen als etwas Gewöhnliches wahrnahm, setzte sie verschämt hinter den Namen Kaspar ein Komma und dazu den schlichten, aber schönen Namen Hans.

Auch davon, wie gesagt, wusste der *Cottbuser Anzeiger* nichts zu berichten, sondern nur von der dem Truppenbesuch folgenden Grundsteinlegung eines Eisenbahnstellwerks durch den Monarchen.

Das erste Centralweichenstellungsgebäude im ganzen Reich, betonte die Zeitung, welches die Weichen mittels Druckluft und Elektrizität in die gewünschte Position brachte. Eine Tatsache, die die Majestät veranlasste, ihre Begeisterung kundzutun für eine Bahnlinie, die deutschen Geist und deutsche Technik bis ins tiefste Mesopotamien tragen werde. Eine Idee, von der, so schlussfolgerte der Schreiber, mit Sicherheit auch der rasselwerfende Säugling eines Tages ergriffen werde.

Die Zeitung sollte nicht ganz recht behalten. Denn es war nicht Erdmuthe, sondern Hans, der siebzehn Jahre später die Uniform der Anatolischen Eisenbahngesellschaft trug.

Am Vorabend des denkwürdigen Kaiserbesuchs hatte dieses Konsortium nämlich vom türkischen Sultan eine Vorkonzession erhalten zum Bau der Strecke Konya–Bagdad–Basra. Diese bereits von Istanbul durch die anatolische Hochebene bis Konya führende Bahnlinie vereinte in der Phantasie des Cottbuser Redakteurs einen märchenhaften Orient mit europäisch-technischem Fortschritt und einer Prise deutschen Sendungsbewusstseins. Das war ein Gemisch, mit dem man Wunderlampen betreibt. Diese nun war fortan Bagdadbahn genannt.

Also Volldampf vorwärts nach dem Euphrat und Tigris, jubelte der Schreiber, *und nach dem Persischen Meer, damit der Landweg nach Indien wieder in* die *Hände kommt, in die er allein gehört: in die kampf- und arbeitsfreudigen deutschen Hände! Und ab dem heutigen Tage können wir sagen, auch in Cottbus werden dafür bald die Weichen gestellt.*

Hans Kaspar aber sollte – das, Helder, wissen wir bereits – bis nach Hawaii gelangen. Ein Bote, der ohne Begleitschreiben eintraf und dort ohne letzten Gruß verschwand – nichts hinterlassend als ein altes Paar Schuhe.

Nachdem Helder sich vergeblich gemüht hatte, von Tante Erdmuthe weitere familiengeschichtliche Auskünfte zu erlangen, glaubte er, fixiert auf die hawaiischen Erbschuhe, Hans Kaspar Brüggs vergangene Zukunft im sonnigen Anatolien vernachlässigen zu können.

Tante Erdmuthes alle Zeitenwenden überdauernde Vorliebe für hohe Herren hatte jede erhellende Bemerkung verhindert. Sie sähe, hatte sie gesagt, ihrer vermutlich letzten Begegnung mit einem deutschen Staatsoberhaupt entgegen.

Es war tatsächlich nicht auszuschließen, dass sie allein deshalb tapfer der Hundert plus x entgegenschrumpfte.

Vielleicht, so brummte Helder in den Telefonhörer, kommt zu dir ja doch der Bundespräsident.

Na, aber sicher doch, krähte sie zurück. Außerdem habe sie mit der deutschen Regierung noch eine Rechnung offen. Und zieh die Schuh an, wenn du gratulieren kommst …

Helder hatte den leisen Verdacht, dass sie ihre Senilität nur vortäuschte, um andere aus dem gewohnten Trott zu scheuchen. Seufzend legte er auf.

Sollten sich in Tante Erdmuthes Erinnerungsarchiven tatsächlich nur noch Akten über barttragende Staatschefs finden? Steckte da nicht irgendwo noch ein Lesezeichen, ein abgerissener Zeitungsrand vielleicht, mit einer draufgekritzelten Notiz? Denn die hatte ein ausgebüxter Schwager und Lavagänger wie Hans Kaspar doch wenigstens verdient.

Er, der Fußgänger inmitten von Eisenbahnern. Er, der sich dorthin abgesetzt hatte, wohin es keine Zugverbindung gab, nach Honolulu. Er, die undichte Stelle im Lokomotivenkessel. Wie konnte ihn eine traditionsreiche Eisenbahnerfamilie anders strafen als mit Verachtung und Vergessen. Er war der unausdenkbare Fall, für den es keine Dienstanweisung gab.

Die Bahn, nichts war wichtiger in Helders Familie. Heute, dachte Helder, wo ein neuer Autobahnabschnitt nach dem anderen, aber keine neue Bahnstrecke eingeweiht wird, mag mancher glauben, ihre Geschichte ginge zu Ende. Mitnichten. Doch nicht etwa eines ökologischen Zeitgeistes wegen, sondern aus staatspolitischer Notwendigkeit. In Zeiten, wo sich nationale Strukturen im globalen Nichts aufzulösen beginnen, ist ein festes Korsett nötiger denn je: Die Bahn, das stählerne Rückgrat der Gesellschaft. Ein Heer verantwortungsbewusster Männer und Frauen lenkt den chaotischen Lebensstrom in nützliche Bahnen, auf nützliche Bahnen. Der 7. Dezember 2035 wird, 200 Jahre nach Nürnberg-Fürth, dessen war sich Helder sicher, keine Nachrufe, sondern Loblieder auf die Renaissance dieses Transportmittels vernehmen.

Helder beschloss, seinen Teil dazu beizutragen, notierte den eben gedachten Satz als den ersten einer umfassenden Abhandlung und schrieb an jenem Abend auch ihren Titel aufs Papier: »Nützliche Bahnen«.

Entschlossen, auf diese Art Ordnung in sein Leben zu bringen, störten ihn die nutzlos im Flur herumlungernden Großvaterschuhe. Er warf sie am nächsten Tag in einen Container der Kleidersammlung.

Plötzlich war das Leben wieder wie vorher. Ruhe. Frieden. Kaffee. Schließlich rechnete der GENERAL. Man konnte ein bisschen Zeitung lesen oder mit Susanne telefonieren. Die Presse meldete, die Alliierten hätten eine Hauptstadt eingenommen. Wurde ja auch Zeit.

In Brüssel, sagte Susanne, habe sie nette Leute kennengelernt. Ja, sicher, es seien nicht nur Frauen, aber er solle sich mal keine Sorgen machen.

Machte er auch nicht. Zumindest gab er es nicht zu. Er war schon froh, dass sie sich hin und wieder nach seinem Befinden erkundigte. Das war doch immerhin was.

Die Zeit floss dahin, ganz sanft und meeresstill. An den Abenden sah man ein halbwegs vergnügtes Bahnmeisterlein Zettel um Zettel beschreiben. Er nannte das bei sich: mein Werk.

Die Träume blieben. Und manchmal ging er noch am Tag vorüber, der Lavagänger. Dann verging auch das.

Bis Helder ihn an einem eisblauen Wintermorgen wieder sah, zumindest seine Schuhe. Er hatte noch vor Dienstbeginn an der großen Einkaufspassage geparkt, um sich nach einem Computer umzusehen, der ihm beim Abfassen seines Werks behilflich sein sollte. Da sah er ihn hinter dem Parkscheinautomaten sitzen. Eigentlich sah er nur seine Beine, doch diese Beine, er erkannte es sofort, trugen seines Großvaters Schuhe. Helder löste einen Parkschein, doch wagte er nicht, einen Blick hinter die Säule zu tun, um sich den Lavagänger näher anzusehen, geschweige, dass er auch nur mit dem Gedanken spielte, ihn anzusprechen. Schließlich sagte ihm sein Verstand, dass die Schuhe seines Großvaters an den Füßen eines Penners einen nützlichen Zweck erfüllten. Eine gewisse Rührung ob seiner philanthropischen Tat wehte Helder an und trug ihn in das Computergeschäft. Dort allerdings schlug seine Selbstgewissheit jäh in Zweifel um. Sicher: Das Erreichen fremder Weltgegenden war seit Beginn der neunziger Jahre auch von Cottbus aus einfacher geworden – wie auch umgekehrt –, doch dass er mit dem Überschreiten einer Ladenschwelle sich schon im Ausland befand, irritierte ihn. Der eifrige und jugendlich pomadisierte Verkäufer ergötzte sich an Vokabeln wie firewire, headset und multitasking.

Helder war beeindruckt, er verstand kein Wort. Schließlich versetzte ihn das futuristische Verbalbombardement in Panik. So mussten sich die Saurier gefühlt haben, als über sie der tödliche Kometenhagel hereinbrach.

Da blieb er doch lieber bei Mutters alter Erika mit dem hängenden *e*. Auch ein Akt des Widerstands gegen den GENERAL.

Susanne hätte es Bockigkeit genannt.

Auf dem Parkplatz umringten jetzt einige Leute den Parkscheinautomaten, ihre Atemwolken stiegen wie Rauchzeichen auf.

Wird wohl kaputt sein, dachte Helder. Hätte auch eher kaputtgehen können, hätte ich Geld gespart. Ein Rettungswagen kam herangerast. Die Leute traten zur Seite, und Helder sah, es ging nicht um den Automaten, sondern um den Träger der Lavagängerschuhe. Ein Notarzt beugte sich über ihn, richtete sich wieder auf und zuckte mit den Schultern. Erfroren, hörte Helder beim Nähertreten, und: wohl stockbesoffen. Nachts kommt hier keiner lang.

Sanitäter packten den Erstarrten auf eine Trage, die Leute zerstreuten sich, und Helder sah zu, wie seine Schuhe in den Wagen geschoben wurden.

Ja, plötzlich waren es wieder *seine* Schuhe. Kein Zweifel, er hatte gedacht: halt, die Schuhe! Das sind *meine* Schuhe! Plötzlich war ihm, als sollte da mehr als ein Paar alter Treter unwiederbringlich aus seinem Leben verschwinden. Etwas, das Helder nicht hätte benennen können, eine diffuse Hoffnung auf ein noch diffuseres Anderes: eine andere Existenzmöglichkeit. So wie der Kaiser mit der Rassel. Oder: der Eisenbahner auf Wanderschaft.

Ein Lavagänger war erfroren. Helder hatte das Gefühl, wenn er ihn jetzt davonfahren ließe, würde noch etwas sterben.

Aber er schwieg. *Einer sieht immer zu.* Diesmal nicht nur einer. Alle würden zusehen: Wie er hinzuspränge, um dem kältestarren Körper die Schuhe von den Füßen zu reißen. Wie die Sanitäter sich mühten, ihn erst zu beruhigen, dann gewaltsam zurückzuhalten. Wie er im entstehenden Handgemenge zu Boden ginge. Wie er die Schlagzeile läse: Bahnbeamter bestiehlt toten Sozialhilfeempfänger!

Haben Sie schon gehört, der Kollege Helder hat …

Hat der das nötig? Nein, wie peinlich!

Er hätte ja nicht einmal beweisen können, dass es seine Schuhe waren. Oder hätte er sich als Angehöriger ausgeben sollen? Nein, er schwieg, stand reglos da und sah dem davonfahrenden Rettungswagen nach. Der Penner tot, die Schuhe weg. Sie hatten ihm offenbar nicht viel genützt.

Nachts, traumloses Wälzen. Nein, keine klaffenden Spalten, nicht ein einziger rotglühender Riss. Gerade das war beunruhigend: diese Traumlosigkeit.

Morgens fuhr er ins Klinikum, rief von unterwegs im Büro an und meldete sich krank. Im Krankenhaus fragte er sich durch. Er sei ein Angehöriger des toten Obdachlosen.

Der von gestern?

Ja, der wird es sein.

Hätten sich ja auch eher um Ihren Bruder kümmern können!

Nein, nein, Helder wehrte sich heftig gegen diesen Verdacht, nein, ich bin nur ein Cousin, das heißt ein Schwager seiner Cousine über zehn Ecken …

Die drahtige Schwester sah ihn streng an: Na, jedenfalls einer, der die Kosten übernehmen kann. Oder?!

Ich?

Strengerer Schwesternblick.

Ja, sicher, selbstverständlich.

Wollen sie ihn noch mal sehen?

Nein, nein, nicht nötig. Ich habe ihn erst gestern … da war er schon tot, ich meine, ich kam zufällig dazu.

Nachdem die Schwester seine Personalien aufgenommen hatte – nur wegen der Rechnung, sagte sie –, wagte er nach den Sachen seines neuen Verwandten zu fragen.

Die Schwester musterte ihn mitleidig und führte ihn kopfschüttelnd zu einem Container. Er fühlte sich wie ein Leichenfledderer, als er die Schuhe aus dem Behälter fischte.

Ein paar Tage später ging Helder, er fühlte sich dazu verpflichtet, zur Beerdigung des Obdachlosen. Ein kleines Erdloch, ein kleines Töpfchen, weg war der Penner. Ein milder Vorfrühlingswind hockte in den Hecken, Tauwetter, und der Friedhof klebte an den Schuhen. Helder lud den Totengräber ein zu einem Schnaps. Der Erdarbeiter philosophierte übers Sterben und inspizierte dabei der Bedienung gründlich den Ausschnitt.

Seltsam, dachte Helder, ein atlantischer Tiefausläufer mit milder Meeresluft nur wenige Tage früher eingetroffen, und ein Penner würde noch leben. Und ich hätte die Schuhe meines Großvaters niemals wiedergesehen.

Ein bisschen war ihm, als hätte er eben nicht einen Fremden, sondern seinen Großvater begraben. Aber von dem Penner wusste er wenigstens, wie er gestorben war, von seinem Großvater nichts. Einzig, was er für Schuhe getragen hatte, das wusste er.

Immerhin war da schon eine Vorstellung. Nein, nicht mehr die kindliche Vorstellung vom gütigen Zauberer im Feuerberg. Eher eine Gestalt, wie sie durch manche Träume geht: mal als das Ich, mal als ein Du, mal völlig fremd. Eine schemenhafte Gestalt, nie fassbar, nicht einmal mit dem Blick zu fixieren, weil sie immer im Gehen war, im Laufen, im Springen. Ein Mensch, dem die glühende, nur oberflächlich erkaltete Lava nicht erlaubte, stillzustehen, zu verharren, sich dem Blick darzubieten, sich zu offenbaren, ein Gesicht zu zeigen. Denn stillzustehen hieß verbrennen. Einmal nur, wenn Tante Erdmuthe die Wahrheit gesprochen hatte, einmal muss Helders Großvater einen Augenblick zu lange seinen Schritt verhalten haben, war, vielleicht von einem Zuruf aufgehalten, stehen geblieben, hatte sich dem Rufer zugewandt, ihm einen Moment lang sein Gesicht gezeigt und war verdampft.

Susanne, mit der Helder, während der GENERAL rechnete, diskret per E-Mail korrespondierte, fragte an, ob er sie nicht in Brüssel besuchen wolle. Jean-Pit werde bestimmt auch ihm die Stadt einmal zeigen.

Wer zum Teufel war Jean-Pit? Halt, nein, diese Frage schickte er nicht in den Äther: Löschen, löschen. So. Sollte sie mit dem doch in Brüssel rauf und runter … Er ließ sich nicht vorführen, er begriff auch so, wie überflüssig er war. Vielleicht sollte er dennoch hinfahren, nur, um sich diesen Jean-Pit mal vorzuknöpfen?

Aber dann kam 007, ein Filmplakat, und Helder fiel ein, was er noch nicht bedacht hatte. Natürlich die Absätze, die Absätze der Schuhe musste er überprüfen, denn wenn jeder Filmagent etwas im Schuh versteckt, könnte doch auch sein Großvater … Doch so gründlich er auch die Sohlen und Absätze untersuchte, er fand nichts. Kein geheimes Versteck, nichts. Alles fest verklebt und fest vernäht. Da packte er die Schuhe kurz entschlossen ein und schleppte sie zu einem alten Schuhmacher.

Neue Sohlen?

Nein, sagte er, nur mal ansehen.

Was? Die Schuhe? Junger Mann, Sie bringen mir ein Paar Schuhe zum Ansehen? Ich bin Schuster, kein Museum!

Ob es da ein Geheimfach gibt. So wie im Film. Sie wissen schon … Soll auch nicht umsonst sein.

Der Schuster drehte und wendete die Schuhe, besah sie mit Hilfe seiner Arbeitslampe ganz genau, klopfte hier, drückte da. Nichts. Er roch sogar daran.

Man könnte höchstens das Innenfutter auftrennen, ob da vielleicht … Aber, da passt ja bestenfalls 'ne Briefmarke dahinter. Wäre schade drum. Das ist solide verarbeitet. Wirklich. Und Eins-a-Leder. Und die Verarbeitung, handgenäht. Nur hier am Schaft, er hielt Helder den linken Schuh unter die Nase, da, wo das Leder mit dem Futter vernäht ist, da wurde ein anderer Faden genommen. Na ja, sehen Sie, die sind ja auch nicht von hier. Er zeigte auf das in Knöchelhöhe eingeprägte Muster.

Sicher, sagte Helder, die kommen aus Hawaii.

Hawaii? Unsinn, das sind arabische Schriftzeichen. Kein Zweifel, die erkenn ich. Ich war nämlich damals unter Rommel bei El Alamein dabei. Wissen Sie, was dort unten los war?! Da haben wir dem Engländer so richtig eingeheizt. Ich sage Ihnen, den Rommel als Oberbefehlshaber und dann …

Dann war Helder schon aus dem Laden und spürte kein Verlangen zu hören, wie Deutschland den Zweiten Weltkrieg hätte gewinnen können.

Kein Südseemuster, sondern arabische Zeichen. War Hans Kaspar Brügg auch *dort unten* gewesen? Ein fanatischer Nazi, der sich mit vierzig noch freiwillig in den Krieg begab? Hatte er deshalb Frau und Kinder verlassen? Hing er gar in irgendwelchen Kriegsverbrechen drin? Wurde deshalb so deutlich über ihn geschwiegen? War er, der dunkle Schatten der Familie, also zu Recht von ihr verbannt worden?

Helder fuhr ins Heim, Seniorenresidenz »Abendfrieden«. Er traf Erdmuthe beim Brettspiel, umweht von sanfter Dudelmusik.

Johannes, fuhr sie gerade ihren Spielpartner an, du betrügst!

Der Angesprochene lächelte mild und flüsterte: Mensch, ärgere dich nicht!

Die betrügen hier alle, alle betrügen. Meine Schwester Henriette hatte recht, sind alle Betrüger, diese Männer. Sie begann, mit zittriger Stimme zu singen: *Die Männer sind alle Verbrecher …*

Hans Kaspar auch?

Nein, der nicht. Der nicht.

Sag mal, Tante Erdmuthe, war Großvater im Krieg? Nordafrika vielleicht?

Dort unten? Wann soll das gewesen sein, unterm Kaiser?

Nein, Tantchen, unter Hitler.

Also neunzehnvierzehn?!

Helder stöhnte, brachte sie die deutschen Feldherren nur durcheinander oder versuchte sie, vom Familiennazi abzulenken.

Ja, sinnierte Erdmuthe, da war einer. Ein Eisenbahner, der hieß Brügg. Der hat ihn wohl mitgenommen!

V

Brügg? Natürlich Brügg! Arno Brügg. Die Nase scharf, die Augen schmal, der Schnauzbart groß und fransig. Dieser Bart glich so gar nicht dem hochfahrenden Oberlippengewächs seines Kaisers.

Du mit deinem traurigen Schnauzbart, hatte Carla manchmal zu ihm gesagt.

Und einer seiner Vorgesetzten: Brügg, Sie sind die personifizierte Majestätsbeleidigung. So wie Sie Ihren Bart hängen lassen, in diesen Zeiten, bei diesem Wetter!

Einzig für Hans Kaspar hatte dieser Bart immer etwas Respektables gehabt. Er war ein Geheimversteck für das Lächeln und auch für die Wut seines Erziehers. Gleichmütig, schien es, nahm der Meister die Welt ebenso hin wie Hans Kaspars kindliche Streiche.

Brügg wurde von seinem Ziehsohn Hans immer nur Meister genannt. Lange Jahre hatte Brügg kaum etwas mehr ersehnt, als aus Hans Kaspars Mund das Wort *Papa* zu hören. Nicht etwa, weil er ihn, wie er immer wieder gern erzählte, an einem klaren Januartag des Jahres 1899 auf dem Cottbuser Bahnhof gefunden hätte. Sondern, weil er zu ihm bald darauf in ein väterliches Verhältnis geraten sei.

Anfangs war nach dem Kind zu schauen, gab er später an, nur ein Vorwand, die junge Schwester Carla zu sehen. Mehr als an Leibschmerzen und der Konsistenz von Babystühlen sei er an Carla interessiert gewesen.

Ihre Lippen kräuselten sich auf eine liebreizende Weise, allerdings nur, wenn Carla schwieg und nachzusinnen schien. Ihre Haare wellten sich sanft, wie ihre seltenen Sätze, und hatten den milden Glanz frischer Kastanien.

Brügg konnte sich des Eindrucks nicht erwehren, die Welt sei zu grob für diese zarte Person. Er selbst meinte manchmal, seine großen Hände im Zaum halten zu müssen.

Carla wiederum deutete Brüggs Zurückhaltung und Verschlossenheit nicht ohne Eifersucht. Vielleicht gibt es ja eine andere Frau. Und er kommt zu mir nur des Kindes wegen.

Da sie sich jedoch zu fragen scheute, redete man über die praktischen Angelegenheiten und Hans Kaspars Entwicklung. Dabei chauffierte man an dienstfreien Sonntagnachmittagen den Findling im hochrädrigen Kinderwagen gemeinsam an der Spree entlang und fütterte die Enten.

So auch an einem frischgrünen Junitag. Als Brügg sich eben am Stand eines Eisverkäufers angestellt hatte, beugte sich eine reifere Dame sehr interessiert über das Säuglingsgefährt. Eine nicht ungewöhnliche Begebenheit, wäre der fremden Frau da nicht eine Bemerkung über die Lippen gerutscht: *Schade um die Mutter.*

Erst ihre hastig vor den Mund gelegte Hand machte Carla klar, wie seltsam dieser Satz war: Schade um die Mutter?

Für Außenstehende war doch augenscheinlich Carla die Mutter. Warum also sollte es schade um sie sein? Oder wusste die Fremde, dass nicht sie die Mutter, sondern … wer?

Warten Sie! Doch die Fremde eilte davon, und Brügg näherte sich mit zwei großen Portionen Eis.

Schade um die Mutter, hat sie gesagt.

Wer?

Die Frau da, eben war sie noch …

Lass nur, eine Verrückte.

Schade um die Mutter … verstehst du das?

Wieso sollte *ich* das verstehen? Brügg war plötzlich ungewohnt schroff, er schimpfte: So was verstehen nur Verrückte. Da! Dein Eis tropft schon aufs Kleid.

Bald hatte Carla den Vorfall vergessen. Erst sehr viel später sollte sie sich daran erinnern.

Sommer verging auf Sommer und Winter auf Winter. Hans wuchs heran, fütterte mit Vorliebe jetzt selbst die Enten und zog seine Eltern, denn das waren sie ihm, auf Rummelplätze und in Zirkuszelte, ins Freibad und in den Zoo und zu allem, was das Leben an Attraktionen so bot. Natürlich unternahm man auch Ausflüge mit der Bahn. In den Spreewald, vorzugsweise auch im Winter, um dort auf den zugefrorenen Fließen mit Schlittschuhen entlangzugleiten, oder auch zum Bummel in die große Stadt Berlin. Wenigstens einmal im Jahr, pflegte Carla zu sagen, gehört der Mensch hinaus in die Welt.

Man flanierte über den Kurfürstendamm, schleppte Hans durch das eben eröffnete Kaufhaus des Westens und saß dann zur Erholung bei Torte und Kaffee, wobei der Genuss etwas eingeschränkt blieb, da Hans, der inzwischen laufen konnte, die Ohrgehänge älterer Damen zu untersuchen wünschte.

Auf einer dieser Fahrten registrierte Carla eine weitere Merkwürdigkeit an ihrem Brügg. Man war eben durch einen Park spaziert, als Brügg angesichts einer öffentlichen Bedürfnisanstalt um etwas Geduld bat und verschwand. Gelangweilt vom Warten auf einer Bank, rutschte Hans von Carlas Schoß und trippelte eilig durch das weit geöffnete Tor des an den Park angrenzenden Friedhofs. Carla, bemüht, ihren Zögling wieder einzufangen, eilte hinterher. Zwischen den Reihen der Grabsteine und Lebensbäume konnte sie Hans jedoch nicht entdecken. In einem Anflug von Panik lief sie rufend hierhin und dorthin.

Endlich erblickte sie das Kind. Es stand still vor einem ulmenüberschatteten Grab und neben ihm, völlig versunken, Brügg.

Ehe Carla heran war, hatte Brügg sich besonnen, nahm Hans auf den Arm und verließ stracks mit ihm den Friedhof. Carla folgte und hörte später nur Brüggs in den Bart gebrabbelte Ermahnung, doch besser auf das Kind zu achten. So ein Grabstein könne auch umfallen.

An diesem Tag offerierte Brügg auf der Heimfahrt im Zug Carla die Ehe.

Ja, sagte Carla nach einem kurzen Moment des Nachdenkens, es wäre wohl auch besser für das Kind. Von sich zu sprechen, das war sie nicht gewohnt. Und sie hätte wohl selbst nicht sagen können, ob sie diesen etwas steifen und schnauzbärtigen Mann tatsächlich liebte. Doch das Kind fühlte sich wohl in seiner Nähe. Man würde Hans Kaspar zu sich nehmen, man würde ihn adoptieren können.

Brügg staunte, mit welcher Beharrlichkeit Carla ihr Ziel verfolgte. Sie konnte beispielsweise den Behörden gegenüber eine resolute Stimme erzeugen, die zwar ein wenig wie ausgeborgt erschien, jedoch ihren Zweck erfüllte. Hans Kaspar wurde ihrer beider Kind nun auch von Amts wegen und erhielt den Namen Brügg.

Arno Brügg hatte den Knaben in sein Herz geschlossen, zumal dieser sein ausgeprägtes Interesse für Eisenbahnen teilte. Zu der Zeit konnte Brügg noch hoffen, von ihm bald Vater genannt zu werden. Doch schnappte Hans bei einem seiner zahlreichen Besuche auf dem Bahngelände die Anrede Meister auf. Dieses Wort erschien ihm so bemerkenswert, dass er es fortan gebrauchte.

Das betrübte Brügg mehr, als es ihm schmeichelte. Doch veranlasste es ihn weder zu klagen, noch dazu, etwas anderes zu fordern. Überhaupt war Brügg in den ersten Jahren ein nachsichtiger Erzieher. Carla kommentierte das eigenartige Schwanken des Jungen zwischen Trübsinn und Tobsucht mit den Worten: Wer weiß, wer seine Eltern waren. Eine Bemerkung, über die Brügg mit einem barschen *Unsinn!* nicht zu spekulieren wünschte.

Nach der Einschulung des Knaben hielt es Brügg allerdings für unerlässlich, dessen vor allem für Carla schwer erträgliche Gefühlsausbrüche mit einem kleinen häuslichen Dienstplan in geregelte Bahnen zu lenken. Wenn wir von der Bahn nicht unsere Pflicht erfüllen, pflegte er zu sagen, dann gibt es nur noch Katastrophen. *Wir von der Bahn,* ein *Wir*, das Hans von Anfang an mit einschloss.

Es stürzte Brügg in einen gewissen Zwiespalt, als Hans im Alter von zwölf Jahren seine Vorliebe fürs Militär entdeckte. Er verbrachte Stunden mit dem Aufbau, ja der Inszenierung von Dioramen. Ganze Zinnsoldatenheere lieferten sich Schlachten, deren Heftigkeit zu illustrieren Hans sich vom Nachbarn gelegentlich einer Schlachtung Kaninchenblut erbat. Carla war entsetzt, als sie das blutige Schlachtfeld im Kinderzimmer entdeckte. Brügg verordnete seinem Zögling Arrest und versuchte, Carla mit der Aussicht zu trösten, das Militär werde Hans die vermisste Disziplin wohl lehren können.

Was nützt uns Disziplin?! Eines Tages, so orakelte Carla, wird es Menschenblut sein.

Tatsächlich war das ganze Volk zu dieser Zeit verliebt ins Militär. Sein Herrscher posierte gern in wechselnden Uniformen. Mal als schwerttragender Schotte, mal als Admiral, dann wieder als Husar. Kriegerische Zeiten, da konnte es zwar gut klingen in der Nachbarschaft: mein Sohn? Der wird Soldat! Doch Brügg hatte ein anderes Bild vom Krieg, nicht Tschinellen und blitzende Pickelhauben, sondern einen rotnarbigen zuckenden Beinstumpf. Der hatte Brüggs Vater gehört, und was einmal vom Oberschenkel abwärts daran angewachsen gewesen war, lag längst vermodert auf einem Feld in Lothringen.

Im August 1870 hatte Grenadier Friedrich Brügg aus einem Feldlazarett bei Gravelotte auf einer kolorierten Postkarte unter dem Einfluss von Morphium gereimt:

Ein Granat des Franzmanns ist gekommen
und hat ein Bein mir genommen.
Es tut gar nicht weh, das Bein ohne Mann,

wirst sehen, wie der noch tanzen kann.
Nun schreib mir schnell, ist das Kindelein schon da?
Es grüßt Euch inniglich Gatte und Papa!

Das Kindelein war da. Am Achtzehnten, dem Tag der Schlacht, geboren und bald darauf im Beisein des auf Krücken heimgekehrten Vaters auf den Namen Arno getauft.

Was den heranwachsenden Arno später immer wieder verwunderte, war, dass dem Vater dieses Bein, sobald die Wirkung des Morphins nachließ, noch immer schmerzte.

Auf meinem Bein, stöhnte dann der Vater, da steht das neue Deutsche Reich.

Das Reich gab ihm Morphium dafür. Immer mehr, er brauchte immer mehr. Wenn es fehlte, dann war wieder Krieg, dann wälzte er sich in seinem eigenen Dreck und schrie: Gravelotte hört niemals auf, Gravelotte wird immer sein! Manchmal prügelte er Arno mit seiner Krücke. Dann spürte auch Arno den Schmerz des fehlenden Beins.

In einer sternlosen, windigen Nacht erwachte Arno und hörte durchs offene Fernster, wie etwas groß und schwer aufs Pflaster des Innenhofes fiel. Er ahnte, was da gefallen war. Er lag die ganze Nacht wach und traute sich nicht nachzusehen. Gegen Morgen schlief er ein. Ein Schrei weckte ihn. Später brachte ein Nachbar die Krücke herauf. Die ist ganz geblieben, sagte er.

Vater Brüggs Krieg war endlich zu Ende.

Jahrzehnte später, im August 1914, sah Brügg während seines Dienstes Waggons mit jungen Männern, die singend und lachend wieder gen Frankreich zogen, als wollten sie nur einen Ausflug machen. Einen Ausflug nach Paris, wie einer mit Kreide auf die Waggonwand geschrieben hatte. Da fasste Brügg den Entschluss, dass sein Sohn, der ihn wohl nie Vater nennen würde, ihm nicht zu etwas werden sollte, was schmerzte, obwohl es nicht mehr da war. Bald wusste Brügg auch wie …

Wie? Erschrocken schlug Carla die Hände vor den Mund, als Brügg ihr eines Tages den *Cottbuser Anzeiger*, worin er eine Annonce mit Bleistift dick umrahmt hatte, unter die Nase hielt.

Um Himmels willen, ins Mohrenland?!

Mich, antwortete Brügg, holt schlimmstenfalls der Landsturm, und ich muss mit den Krüppeln von 1870 ins Manöver. Aber der Junge, der landet gleich im Schützengraben. Nein, den Jungen, den sollen sie nicht kriegen. Der kann es doch kaum erwarten, sich freiwillig zu melden. – Da ist es besser, *ich* melde mich freiwillig. Zum Bau der Bagdadbahn nämlich, und der Scheißkrieg kann uns mal. Außerdem: Türken sind keine Mohren. Der Türke, das schreibt auch Karl May, ist ein gutmütiger Geselle.

Trotzdem, da hinunter? Arno?! Nie und nimmer!

Da, nun lies doch einmal! Man sucht Bahn- und Werkmeister, Streckenkontrolleure, alles … Es gibt dort deutsche Schulen, du könntest Lehrerin …

Carla hielt in ihrem Kopfschütteln inne, sie versank für einen Moment in der farbenfrohen Ferne eines Traums. Die Schule, ihre Schule! Eine andere als die, die man in diesem Land kannte.

Jedes Jahr zu Kaisers Geburtstag hatte Hans' Lehrer die Klasse mit Pickelhauben aus Pappe und Säbeln aus Holz aufmarschieren lassen und singen:

Der Kaiser ist ein lieber Mann,
Er wohnet in Berlin,
Und wär es nicht so weit von hier,
Dann führ'n wir heut' noch hin.

Carla hatte sich lange nicht vorstellen können, dass es etwas anderes geben konnte als kleine Soldaten, die Buchwissen exerzieren. Doch dann hatte sie sich mit den Schriften der Reformpädagogen befasst und zahlreiche Vorträge gehört.

Nun war es Zeit, selbst etwas zu tun. Ja, sie würde dort unten ihre eigene Schule gründen. Nur freie Kinder werden keine Knechte. Nun, sie dachte an die Kriegsspiele ihres Ziehsohns, ein bisschen Führung müsste schon sein.

Sicher, ihren Hans würde sie kaum noch unterrichten. Dennoch sagte sie, an Arno gewandt: Bestimmt ist es besser für das Kind.

Das Kind war inzwischen sechzehn Jahre und kommentierte die Entscheidung seines Vormunds kühl: Der Meister hat gesprochen.

Wenige Wochen später fuhren sie mit dem Orientexpress in Konstantinopel ein. Die Kuppeln der Moscheen und ihre Minarette strahlten in einem goldenen Abendlicht, und namentlich Carla wurde von einer romantischen Begeisterung erfasst.

Mit der Kutsche ging es zur Fähre durch dicht bevölkerte Straßen. Man sah arabische Turbane und europäische Strohhüte, den türkischen Fez und jüdische Kappen, verschleierte Bäuerinnen und fein frisierte Damen mit Sonnenschirm und auch, was Brügg missfiel, nicht wenig deutsche Offiziersmützen.

Militärberater aller Chargen sollten dem durch die Verluste auf dem Balkan und in Nordafrika schwer*kranken Mann am Bosporus* militärisch wieder auf die Beine helfen. Schließlich hatte der deutsche Kaiser auf seiner Morgenlandfahrt im Jahre 1898 dem Sultan und dessen muslimischen Untertanen vor aller Welt versichert, zu jeder Zeit ihr Freund zu sein. Eine Freundschaft, die in den belebten Dioramen des großen Krieges heftigste Bestätigung finden sollte, nicht nur mit Kaninchenblut.

In den ersten Septembertagen des Jahres 1914 vermeldete die auch in Konstantinopel erscheinende *Tägliche Rundschau*, ein deutscher Aeroplan habe eine Bombe unmittelbar neben das Denkmal Heinrichs IV. fallen lassen und damit unter der Pariser Bevölkerung eine Panik ausgelöst. Dies las sich wie ein zwar gelungener, an sich aber harmloser Streich. Mancher, nicht aber Arno Brügg, mochte sich so noch darüber hinwegtäuschen lassen, dass in Europa ein großes Schlachten begonnen hatte.

Keine der in den Krieg verwickelten Mächte des Kontinents wollte sich das zwar angeschlagene, aber noch immer militärisch respektable Osmanische Reich zum Gegner machen. Ebenso hielten sich die Sympathien für Deutsche oder Franzosen innerhalb der türkischen Regierung noch die Waage. So schien es Brügg, dass der Plan, seine kleine Familie und insbesondere den jungen Hans für friedliche Aufgaben in eine friedliche Region zu retten, aufgehen könne.

Tatsächlich, wie ein sanfter Morgenhimmel lag der Frieden über Konstantinopel. Die Uniformträger scherzten in den Cafés und schlugen ihre Schlachten über Brettspiele gebeugt.

Ein heiteres Gewimmel von Ruderbooten, Segelschiffen und Raddampfern erfüllte den Bosporus, als sich die Kutsche der Meerenge näherte.

Hans hatte die schwärmerischen Anfälle Carlas und die weltpolitischen Vorträge des Meisters mit grimmig verschränkten Armen über sich ergehen lassen. So leicht ließ er diesen Zieheltern seine Entfernung von den Schauplätzen einer großen Epoche nicht durchgehen. Jetzt auch noch nach Asien hinüber!

Sie überquerten mit einem kleinen Dampfer das Meer, um in Haidar Pascha die Anatolische Eisenbahn zu besteigen. Auf der großen Freitreppe vor dem neuen Bahnhofsgebäude, das mit seinen Erkern und Türmchen gut in Nürnberg oder Dresden hätte stehen können, entfuhr Brügg der für seine Wesensart euphorisch zu nennende Ausruf: was für ein Bauwerk!

Im Inneren des Empfangsgebäudes mischten sich Arabesken mit wilhelminischem Prunk, und mächtige Rundbögen trugen die stuckverzierte Decke. Das, mein Junge, sagte Brügg stolz, haben Deutsche gemacht!

Da bis zur Abfahrt des Zuges, die auf schwarzen Anzeigetafeln in Deutsch, Französisch und Türkisch angekündigt war, noch Zeit verblieb, sah man sich draußen am Hafen um. Große Kräne verluden die Frachten der ankommenden Schiffe direkt in bereitstehende Güterwagen. Baumaterial und Maschinen, mein Junge, für unsere Bahn.

Brüggs Augen leuchteten wie lange nicht, und Carla hing glücklich lächelnd an seinem Arm. Nur Hans zeigte an dem Geschehen wenig Interesse. Vielmehr bemühte er sich, in einer der Fensterscheiben den Sitz seines Scheitels zu überprüfen. Doch da, Hans fuhr herum und suchte, was ihm das spiegelnde Glas gezeigt hatte. Da, jetzt schnellte sein Arm unwillkürlich nach vorn und deutete auf ein deutsch beflaggtes Schiff. Ein Kreuzer!, rief er und rannte zum Pier.

Ärgerlich folgte ihm Brügg und kommandierte: Komm jetzt, unser Zug fährt gleich ab!

Mürrisch fügte sich Hans. Während der nächsten Stunden war das Abteil von seinem abweisenden Schweigen erfüllt.

Erst als Hans am nächsten Morgen im Zug erwachte und er unweit der Bahnlinie eine Karawane entlangziehen sah, entdeckte Carla in seinem Gesicht eine kindlich freudige Erregung. Seufzend strich sie über sein dunkel glänzendes Haar.

Kamele sah Hans später fast täglich, wenn sie beladen mit Baumaterial, nach tagelangen Märschen vom Hafen von Mersina kommend, in den Taurusbergen eintrafen. Ebenso wie die hoch bepackten Esel, angetrieben von den heiseren Rufen der Treiber.

Die Brüggs bezogen dort ein Haus – sogar aus Stein, bemerkte Carla erleichtert – in einer deutschen Siedlung an der Station Belemedik, wo Brügg die ordnungsgemäße

Verlegung der Gleise durch die einheimischen Arbeiter zu überwachen hatte.

Die Bauarbeiten in diesem Abschnitt waren nicht ungefährlich, denn die Trasse führte entlang der tiefen Schluchten, die der Çakit in die Felsen des Taurus gegraben hatte. Tunnel mussten mühsam gebaut und Viadukte über schwindelerregende Höhen geführt werden.

Nach den ersten Wochen der Eingewöhnung luden die Brüggs die benachbarten Familien der deutschen Ingenieure und auch den zu einer Inspektion anwesenden Vertreter der Deutschen Bank zum Essen ein. Es war ein warmer Septembertag gewesen, der einen milden Abend versprach. So hatten die Männer Tisch und Stühle ins Freie getragen. Man aß und trank und saß bis in die Nacht beim Schein von Windlichtern und Petroleumlampen unter der großen Platane vorm Haus.

Brügg gab nach einigen Gläsern Wein seine übliche Zurückhaltung auf und begann, sich bei seinen neuen Kollegen als Kenner der Region einzuführen. Unweit von hier, so referierte er, unweit von hier befindet sich die Kilikische Pforte, durch die alle ziehen mussten, die in den Orient, nach Persien, Jerusalem oder gar bis Indien wollten. Alle, betonte Brügg, von Alexander dem Großen bis Barbarossa, der unglücklicherweise kurz darauf beim Bade ertrank. Und nun, Brügg machte eine bedeutungsvolle Pause, wir!

Er stockte erneut, diesmal unterbrochen vom belustigten Kichern einer Frau. Ich meine … stammelte Brügg, nicht ertrinken, natürlich nicht, sondern durch … durch die Pforte …

Da war der kriegsunlustige Brügg seinem eigenen Pathos nicht nur grammatikalisch in die Falle gegangen, sondern er stellte sich gleichsam freiwillig ins Glied neben weitere Feldherren, deren Namen der eine oder andere in die sternbeschienene Runde zu werfen wusste. Ja, ihm schien, als brächte der Atem der Geschichte in diesem Moment die Petroleumlampen zum Flackern.

Doch es war nur der Zephir, der vom Meer her mild durch die Bergregion strich. Und vielleicht machte dieser sanfte Wind, dass Brügg den Namen der großen Krieger ein *aber* anfügte und von einem Werk des Friedens redete, das mit dem Bahnbau nun begonnen sei.

Brügg mochte zwar selbst noch glauben, seine Reden in erster Linie zur Erbauung seines widerspenstigen Zöglings zu halten. Doch für Hans war es nicht schwer zu bemerken, dass der Meister besonders durch die Aufmerksamkeit einer Landvermesserin angefeuert wurde.

Die Zigarette in ihrer Hand schickte, wie um nicht ganz vergessen zu werden, ein schmales Rauchfähnchen in die Nachtluft. Sinnend hielt sie ihr Kinn auf zwei Finger der anderen Hand gestützt, als warte sie nur darauf, mit diesen Brügg ein Zeichen zu machen. Jedenfalls deutete Hans es so und hatte wohl auch gehofft, dass eine solche Geste ihn meinen könnte.

Sie hieß Magda und hatte zu einer Zeit, da Wissenschaftler noch ernsthaft »Über den physiologischen Schwachsinn des Weibes« diskutierten, als einzige Frau ihres Jahrgangs ein Studium der Geodäsie abgeschlossen. Jetzt war sie Ende zwanzig und damit für den siebzehnjährigen Hans in einem Alter, das für ihn andere Aktivitäten als solche der Phantasie ausschloss. Ihr volles blondes Haar war zu einem strengen Knoten gebunden, dem über dem linken Ohr eine Strähne entwischt war. Es war nicht nur diese vorwitzige Strähne, die Hans fesselte, es war vor allem ihr kleiner, aber voller Mund, der einer reifen Kirsche glich und im Flackern der Lampen lebhaft zu zucken schien. Ihr Blick, wenn er aus dem Schatten einer Platane sich ins Licht und ihm zufällig zuwandte, der war klar und hell und leider auch ein wenig kühl. So jedenfalls empfand Hans diese deutliche Gleichgültigkeit ihm gegenüber. Sahen ihre Augen jedoch zu Brügg, leuchteten sie interessiert auf.

Carla, die zwischen Küche und Tafel hin und her eilte, lächelte nur nachsichtig zu den Worten ihres Mannes. Als sie sich endlich an Brüggs Seite niedersetzte, fand Hans sie ausgesprochen mager und blass, doch schien sie glücklich zu sein.

Es hatte sich tatsächlich so getroffen, das Carla in der deutschen Schule der Siedlung unterrichten konnte, wenn auch nur vertretungsweise. Gern, das sah Hans ihr an, hätte sie der Runde von ihren Ideen erzählt, ihnen – wie ihm schon oft genug – von einer freien geistigen Erziehung vorgeschwärmt, ohne Prügel, ja ohne Zensuren gar.

Brügg berührte, als habe er seine Frau eben erst bemerkt, Carlas Schulter, und er tat es so, wie er eben das Tischtuch berührt hatte, um eine Falte auszustreichen.

In diesem Augenblick wurde Hans von einem heftigen Mitleid für Carla erfüllt. Und gleichzeitig beschloss er, Magda zu hassen. Der Meister war, dies spürte Hans, zumindest was Magda betraf, nicht mehr der Meister. Dabei, dachte Hans nicht ohne Empörung, ist sie verlobt.

Magda leitete den Tunnelbau am Kilometer 292. Es ging das Gerücht, ihr Verlobter, der von Dorak her den Berg durchbrach, hätte geschworen, sie erst dann zu heiraten, wenn sich ihre Lippen in der Mitte des Berges zu einem Kuss vereinigen könnten.

Deshalb, so die türkischen Arbeiter, triebe Magda sie so unbarmherzig an. Meter für Meter solle die Verzögerung durch Cholera und diverse Kriege von der Liebe wettgemacht werden: 1726 leidenschaftliche Meter. Dieser Schwur sei nun schon zwei Jahre alt.

Ob es der zärtliche Zephir war oder Brüggs feurige Reden, es hätte nicht viel gefehlt, und der Verlobte hätte seinen Enthaltsamkeitsschwur vergebens getan. Und hätte dann nicht, wie man sich noch lange nach Abreise der

Deutschen erzählte, Magda nicht nur inmitten des Tunnels geküsst, sondern an Ort und Stelle die Ehe vollzogen.

Was am Abend unter der Platane mit Blicken begann, sollte allerdings durch Brüggs jähen Tod zu einem vorzeitigen Ende kommen.

VI

Die Nachricht von Brüggs Tod wird Carla im zentralanatolischen Konya erreichen. Dorthin, in ein Internat, wird sie gegangen sein.

Die Beschwerden über ihren Unterricht hatten sich gehäuft, und der deutsche Konsul hatte dazu geraten. Aber es war auch ihr eigenes Herz, das ihren Arno an Magdas Kirschmund verlorengehen sah. Und dies Letztere war wohl der eigentliche Grund, die Siedlung zu verlassen. Den anderen Widrigkeiten, mit welchen die Materie ihrem hochfliegenden Geist an den Fersen hing, hatte sie lange mit immer neuem Schwung entfliehen können.

Ausgerechnet Magda war es, die eines Tages zu ihr sagte: Hätte ich ein Kind, ich würde mich glücklich schätzen über so eine Lehrerin.

Carla, die Magda zu diesem Zeitpunkt schon gemeinsam mit Brügg eines Abends im Tunnelstollen hatte verschwinden sehen, kam nicht umhin, das Wort *Schlange* zu denken. Doch ein Lob, von wem auch immer, ermutigt. Die beiden Frauen wären ohne Brüggs heimlichen Wechsel von Carlas sanftem Kräuselmund zu Magdas heftig prallen Lippen wohl sogar Freundinnen geworden.

Die anderen Ingenieure waren Ingenieure und gaben folglich handfesten und nachrechenbaren Dingen den Vorzug. Namentlich Sektionsingenieur Birghöfel, der sich gerne mit *Herr Architekt* anreden ließ, beschwerte sich. Mit Künstlerschleife um den offenen Kragen und flott gewelltem Haar trat er eines Tages um die Mittagszeit ins Klassenzimmer und stellte nach einigen flüchtigen Komplimenten unvermittelt die Frage: Warum sein achtjähriger

Sohn noch keinen vollständigen Satz zu lesen, geschweige denn zu schreiben vermöge.

Carla entgegnete lächelnd: Er ist nun mal etwas langsam, Ihr Sohn. Seine Seele ist in dieser Welt noch nicht richtig zu Hause. Das wird schon!

Das wird schon?! Mein Sohn ist nicht langsam, wenn hier jemand langsam ist, dann sind Sie es! Sie sollten mit den Kindern weniger singen denn lesen und rechnen. Überhaupt: Seele!? Was soll dieser Mumpitz in einer Schule.

Ein andermal kam eine aufgebrachte türkische Mutter zu ihr. Ihre beste Milchziege habe sich verstiegen, und warum? Weil ihr Sohn, statt die Tiere zu hüten, hier sitze und Maulaffen feilhalte.

Kurz darauf riet ihr wiederum Birghöfel dringend, mit ihren Sozi-Methoden keine Unruhe in die einheimische Bevölkerung zu tragen. Dabei hatte sich Carla lediglich erboten, abends die Arbeiter der Bausektion zu unterrichten.

Die Türken seien gute Arbeiter, sagte Birghöfel, das reiche. Wozu lesen, wozu rechnen?! Wenn Carla ihnen wenigstens deutsche Disziplin lehrte! Einige Aufrührer stellten schon jetzt ungehörige Forderungen, mal sei der Lohn zu gering, mal wären die Felsen zu hart. Er wünsche nicht, dass es ihm ergehe wie seinem Vorgänger, den man erschlagen habe.

Es könne doch nicht schaden, verteidigte sich Carla, wenn die Türken Goethe verstünden. Und genauso wenig, fügte sie hinzu, kann es Ihnen schaden, die Türken zu verstehen.

Birghöfel stutzte, dann gab er einen Schwall türkischer Worte von sich. Ich, sagte er und wandte sich zum Gehen, kann Türkisch.

Carla rief ihm nach, ich sprach nicht von Sprache, ich sprach von Verständnis!

Dies alles war an jenem lauen Septemberabend unter der Platane noch Zukunft. Da wurden die neu eingetroffenen Landsleute mit Trinksprüchen und Glückwünschen in sich überbietender Herzlichkeit willkommen geheißen, und Carla betrachtete alle, auch Magda, noch mit freundlicher Neugier. Selbst Birghöfel, der sich spreizte wie ein junges Hähnchen, amüsierte sie nur. Er bekräftigte wiederholt, wie glücklich er darüber sei, dass dieser Bastion deutschen Wesens solche Verstärkung zuteilgeworden sei. Er sei überzeugt, dass diese Siedlung zur Keimzelle einer neuen deutschen Kolonie werde, und er schlage vor, sie deshalb, in Würdigung deutscher Kriegserfolge, Neu-Tannenberg zu nennen. Schließlich habe bei Tannenberg, wie jeder wisse, das deutsche Volk einen grandiosen Sieg über die Russen errungen. Einen Sieg, sagte er, der uns Ansporn sein sollte: Willkommen also in Neu-Tannenberg.

Brügg, von der furiosen Ankunft der unliebsamen Historie in der Gegenwart irritiert, verlor schlagartig seine Laune.

Magda bemerkte lakonisch: Wie wäre es mit Wermutsdorf. Von diesem Kraut wächst hier das beste. Übrigens, mein lieber Birghöfel, es hilft vorzüglich gegen Blähungen. – Vielleicht auch, fügte sie leise hinzu, gegen solche des Geistes.

Auch der im Auftrag seiner Bank den Fortgang der Bauarbeiten begutachtende Herr mit dem für einen Mann des Geldes unpassenden Namen Klamm bremste den patriotischen Eifer des Sektionsingenieurs. Mein lieber Birghöfel, wozu Kolonien? – Lassen Sie den Türken wirtschaften, wie, und glauben, woran er mag. Die Hauptsache ist, er kauft seinen Stahl in Deutschland. Und nicht in Frankreich.

Das, so ereiferte sich Birghöfel, ist jüdisches Denken.

Der so Kritisierte zündete sich seelenruhig eine Zigarre an und entgegnete schließlich: Wenn Sie erlauben, junger

Freund, eine Frage: Da meine Frau Jüdin ist und mein Sohn demzufolge Halbjude, welche seiner Hälften wurde dann – bei Tannenberg übrigens – von den Bleikugeln eines russischen Schrapnells zerfetzt?

Birghöfel schwieg betreten.

Klamm hob sein Glas, lachte kurz auf und sagte: Es war die rechte. – Kommen Sie, Birghöfel, darauf trinken wir! Auf Tannenberg und alles, was da liegen blieb!

Auf Hindenburg, entgegnete der.

Später sangen beide gemeinsam ihre Gläser schwingend:

Gehn sie baden, gehn sie baden, das ist schön. Denn Russen müssen auch mal baden gehn!

Wenige Wochen darauf hatte sich das Osmanische Reich mit einem Angriff auf den russischen Schwarzmeerhafen Feodosia endgültig aus der Neutralität an die Seite der beiden deutschsprachigen Monarchien und damit in den großen Krieg geschossen.

Arno Brügg, das Marmeladenbrot zwischen den Zähnen, las die Meldung in seiner *Täglichen Rundschau: Der Krieg aller gegen alle hat endlich begonnen!* Nein, *endlich* stand da nicht, aber in diesem Satz, ja in dem ganzen Beitrag schwang es mit, dieses ungedruckte *endlich!*

Birghöfel sprach es während der morgendlichen Dienstbesprechung aus: endlich!

Endlich, sagte er, in diesem historischen Augenblick stehen nicht mehr nur die Osmanen an unserer Seite. Nein, dreihundert Millionen Mohammedaner werden ihrem Kalifen folgen, wenn er den Heiligen Krieg ausruft. Indien, Persien, Ägypten, ganz Nordafrika werden unser. Das ist das Ende der Entente!

Er sprach's, wie man's schrieb – das Ende der Entente –, und freute sich dieses Spiels.

Das Ende? Das Ende ja, aber was für ein Ende! Brügg fühlte sich in diesem Moment sehr einsam. Doch er wagte nicht, keiner wagte es, Birghöfels *historischen Augenblick* zu stören. Nicht einmal Magda machte eine ihrer üblichen ironischen Bemerkungen. Sie sah schweigend zu Brügg und hob dabei nur leicht die Brauen.

Der, von diesem Blick ebenso irritiert wie von Birghöfels Geschwätz verärgert, kaute nervös auf seiner kalten Pfeife.

Auf dem Tisch lagen die Baupläne der Trasse, draußen grieselte es grau durch den beginnenden November. Deutschlandwetter, dachte Brügg, zog seinen Tabaksbeutel und stopfte seine Pfeife. Sie war aus Meerschaum geschnitten und ein Geschenk Carlas.

Carla, ach Carla. Ihr ungläubiges Staunen, als er vor nunmehr siebzehn Jahren das Waisenhaus betrat und die große grüne Reisetasche öffnete, worin der damals noch namenlose Hans lag. Wie kann einer so einen Schatz aufgeben?! – Ihr fast scheues Lächeln, wenn sie, sinnend von einem Buch aufsehend, bemerkte, dass er sie ansah, schon lange angesehen hatte. – Oder kürzlich, ihr ungewöhnlicher Temperamentsausbruch, als die Frau des Stationsvorstehers dem Hütejungen wegen eines entlaufenen Kalbes eine Ohrfeige verpasste. Carla hatte die resolute Frau an den Armen gepackt, aus dem Klassenzimmer gedrängt und ihr hinterhergeschrien: Schlagen Sie doch Ihre Ziegen! – Carla, und noch einmal: ach, Carla.

Was stirbt, wenn die Bilder eines gemeinsamen Lebens vorüberziehen?

Der Krieg aller gegen alle hatte begonnen.

Arno kämpfte gegen Carla, Carla gegen Arno. Sie wollte Hans nach Konya schicken, damit er dort das Abitur mache. Das veranlasste Arno zu der Bemerkung: Wieso interessiert dich plötzlich irgend so ein Schulzeugnis?!

Er nämlich wollte Hans in seiner Nähe halten, wollte ihn hier zu einem tüchtigen Eisenbahner machen. Und Hans selber? Der kämpfte mit hartnäckigem Schweigen und wollte scheinbar nur noch seine Ruhe. Stundenlang trieb er sich in den Bergen umher und sammelte Steine.

Arno wusste, es war nicht nur das, was ihn und Carla entzweite. Etwas anderes war mit den Jahren verlorengegangen. Ein Gefühl, über das sie sich einander nie erklärt hatten. Scheinbar selbstverständlich. Nun aber wurde es spürbar als ein Verlust.

Er inhalierte tief, und ihm schien in diesem Moment, dass er dieses eine, ihre gemeinsame Liebe, wie den Rauch noch einmal tief in sich aufnehmen könnte.

He, Brügg, bemerkte Magda, vergessen Sie das Atmen nicht. Oder hat Ihnen unser Großstratege die Sprache verschlagen? Wie weit sind die Gleise auf dem Viadukt vorm Tunnel verlegt? Kann der Bauzug nicht bald näher ran?

Zu Beginn des Jahres 1915 häuften sich die Besuche aus Konstantinopel. Nicht nur Abgesandte der Hohen Pforte, auch deutsche Offiziere kamen, schnarrten kluge Sätze und verschwanden wieder. Sogar der greise Freiherr von der Goltz, Generalinspekteur der türkischen Truppen und vom Sultan mit dem Ehrentitel Pascha versehen, bemühte sich ins Gebirge.

Im Gespräch mit Birghöfel drang er auf einen zügigeren Fortgang der Arbeiten: Kriegsminister Enver Pascha lässt anfragen, ob er denn seinen alten Vater schicken soll. Der war nämlich Eisenbahnarbeiter und weiß, wie man Gleise verlegt! Der Nachschub für die Truppen auf dem Sinai muss endlich auf den Schienenweg gebracht werden! Das ist von strategischer Bedeutung im Kampf gegen die Engländer!

Mein lieber General, warf Magda ein und genoss die Wirkung ihrer respektlosen Anrede, wie weit reicht Ihre – *Strategie?* Von diesen alten Kerlen, die uns das Militär übriglässt, haben wir genug. Die klopfen täglich kaum mehr als ein talergroßes Felsstück aus dem Berg. Damit haben Sie, wenn Ihre strategischen Überlegungen so weit reichen, die Bahn in fünfzehn Jahren!

Der alte General schnaufte. Es schien, als suche er nach Worten, die die *alten Kerle* quittierten, ohne den getroffenen Hund zu verraten. Er entschloss sich, mit einem Kompliment scheinbar darüber hinwegzugehen. Mein liebes junges Fräulein, sagte er, Sie sind eine außergewöhnliche Frau. Schließlich ist eine mathematische Begabung bei Ihrem Geschlecht ebenso außergewöhnlich wie ein Vollbart. Ich hoffe also, Sie sind beim Vermessen ebenso exakt wie beim Frisieren.

Magda setzte sich, zog ein silbernes Etui aus ihrer Jackentasche, öffnete es und wählte sorgfältig eine der darin steckenden Zigaretten aus. Die Anwesenden warteten gespannt auf ihre Replik. Als sie gelassen ein Streichholz entzündete, hörte man das Aufzischen des Schwefels. Ja, es war so still geworden, dass man das Knistern der Glut im Zigarettenpapier vernahm.

Birghöfel war ins Schwitzen geraten. Brügg versuchte, Magdas Augen mit zur Besonnenheit mahnenden Blicken zu erreichen.

Magda nahm einen Zug und sagte: Verdammt, General, Sie haben recht. Ich vergaß, mich heute Morgen zu rasieren.

Alle lachten. Erleichtert klatschte Birghöfel in die Hände: Nun aber ran an die Arbeit!

Wir wissen, wenn Arno Brügg selbst es auch nicht mehr erleben sollte, dass nach vier Jahren zwar die Felsen des Taurus besiegt sein sollten, der Krieg aber verloren war. Sultan wie Kaiser wurden Exilanten. Dabei sollten die Deutschen ihrem Kaiser nicht vorwerfen, dass er, wenn er den Krieg vielleicht nicht begonnen, so doch seinen habsburgischen Vetter dazu ermutigt hatte. Sie trugen ihm vielmehr nach, dass er ihn verloren hatte, dass er sie hatte hungern lassen, dass er Väter, Ehemänner und Söhne umsonst hatte sterben lassen. Solange es die anderen waren, die verloren, verhungerten und starben, hatten sie ihm zugejubelt. Und so sollte es mit ihrem nächsten Großen Feldherrn wieder sein.

Im zeitigen Frühjahr betrat durch die vom Meister beschworene Kilikische Pforte Ahmad das Leben Hans Kaspars. Der lag, wie er es gerne tat, weit abseits von Siedlung und Bahnlinie unter einer alten Zeder und bedachte, besser gesagt, durchträumte seinen Plan, doch noch dabei zu sein im Großen Krieg. Ringsum blühten wilde Tulpen und Anemonen, es summte und surrte, tief unten rauschte der Fluss.

Hans Kaspar glitt hinüber in jenen Zustand zwischen Wachen und Schlaf, in dem die Türen zwischen den Welten innen und außen sich öffnen.

Ein Windhauch strich über sein Gesicht. Nein, kein Windhauch, ein Atem. Ein Atem, heiß und von schwerem, ja unangenehmen Geruch. Hans wandte seinen traumschweren Blick über die Schulter nach oben. Über sich sah er einen mächtigen Schädel, der war bedeckt mit rotbraunem und weißem Fell, scharf mit schwarzen Streifen gezeichnet.

Hans hatte noch niemals einen Tiger gesehen, doch wenn es Tiger gab, und es sollte sie tatsächlich geben, dann war dies ein Tiger. Wäre Hans sich nicht sicher gewesen, zu träumen, denn wie sollte ein Tiger sich in den Taurus verirren, vielleicht hätte ihn dann Todesangst gelähmt oder zu einer sinnlosen Flucht getrieben. So aber erwartete er nur sein Erwachen.

Da sprach der Tiger zu ihm. Er sagte etwas, das Hans nicht verstand und von dem er vermutete, dass es auf Arabisch gesagt war, etwas, das sogleich auf Türkisch, wovon er schon einiges verstand, wiederholt wurde: Fürchte dich nicht!

Dies erschreckte Hans nun doch. Wäre die Stimme tatsächlich aus dem Maul des Tigers gekommen, hätte er um seinen Verstand gebangt. So aber tauchte nun über dem Kopf des Tigers ein zweiter Kopf auf, der, obgleich kaum weniger wild mit Haaren bewachsen, doch einem Menschen gehörte. Dieser Mensch war Ahmad.

Ahmad kam von Süden her, aus Indien, ritt bisweilen auf seinem Begleiter, dem Tiger, und nannte sich selber einen Feldherrn Gottes. Sein von vielfarbigen Flicken zusammengehaltener Mantel und sein Gehabe glichen eher der Parodie eines Befehlshabers. Seine rote Kopfbedeckung war kunstvoll bestickt und sicher einst prächtig zu nennen gewesen. Der zottelige Schafspelz am unteren Rand seiner Mütze verschmolz fast übergangslos mit dem langen Kopf- und Barthaar. Ein Kälberstrick diente ihm als Gürtel und hielt zugleich einen am unteren Rand aufgeplatzten Stahlhelm, der ihm Almosenschale, Essnapf und Kissen zugleich sein mochte. Ein zweisaitiges, mit einem Pferdekopf verziertes Instrument, das er mal wie eine Laute, mal wie eine Geige spielte, trug er mitunter vor sich her wie einen Marschallstab. Er pflegte Felsen und Bäumen Befehl zu erteilen, ihm aus dem Wege zu gehen. Wenn er es dann selber tat, kommentierte er dies mit der Bemerkung, ein weiser General gehe seiner Truppe mit gutem Beispiel voran.

Ahmad war ein Derwisch und hatte seine Jugendjahre in einer Kairoer Bruderschaft verbracht. Später, als er seine Liebe zur Musik entdeckte, die seine Bruderschaft als gottlos verdammte, verließ Ahmad die Stadt am Nil.

Die Vögel singen, und wenn wir es hören könnten, gewiss auch die Fische, wie kann gottlos sein, was Gott geschaffen hat?

Ahmad wurde ein *bi-shar'*, ein Gesetzloser, einer jener Wanderderwische, die seit Jahrhunderten die Länder des Ostens durchstreiften.

Immer auf dem Weg zu Gott, sagte Ahmad. Nein, nicht allein in einer klösterlichen Zelle, nicht in der Höhle des Einsiedlers, überall – auf den Märkten, auf den Straßen, in den Hütten, in den Gärten, in den Wüsten –, überall sei Gott zu finden.

So lebte Ahmad auf der Schwelle zwischen Innen und Außen, zwischen der Welt des Geistes und der Welt der Dinge. Nichts anderes, sagte er, bedeute es, ein Derwisch zu sein. Dabei war er, wie er sagte, sein eigener Herr. Sein eigener Herr auf Gottes weitem Feld, ein Feldherr eben. So war er, von Indien kommend, durch Persien gewandert, hatte er auf Festen sein Gaukelspiel getrieben, sich hier mit seinen Liedern zum Preis Gottes oder dort mit Heilkünsten zum Wohl der Menschen Beifall und eine Mahlzeit für sich und den Tiger verdient.

Hans nahm diese Stelle in Ahmads Bericht zum Anlass, aus einer ledernen Tasche, in der er neben seinen steinernen Fundstücken auch immer eine Mahlzeit verwahrte, ein dickes Wurstbrot zu ziehen.

Jetzt aber, berichtete Ahmad, während er dem Tiger die Wurstscheiben zuwarf, habe er sich auf den Weg nach Konya begeben, um seine alten Tage im Konvent der Mevlevi zu verbringen, dort, wo man zur Feier Gottes zu musizieren und zu tanzen pflegt.

Nun, hielt Ahmad fragend inne, was bist du für ein Monsieur?

Die ersten Ausländer von jenseits des Bosporus, die Ahmad kennengelernt hatte, waren Franzosen gewesen. Seither waren für ihn alle Europäer Monsieurs.

Deutscher bin ich, fauchte Hans. Seine erregte Entgegnung war noch aufgeladen vom Erschrecken beim Anblick des Tigers. Aus Deutschland, bekräftigte er, und da heißt es Herr.

Gut, gut, Herr aus Deutschland, besänftigte Ahmad. Und wohin führt der Weg des Herrn?

Hans musste über die Doppeldeutigkeit der Frage lachen. Dann seufzte er: Wenn ich das wüsste. Er begann von der Siedlung, vom Bahnbau und vom Großen Krieg zu erzählen. Dort zu sein und hier zu bleiben, ihm sei beides unmöglich.

Was hast du da noch in deinem Rucksack?

Steine.

Zeig sie mir, deine Steine.

Ahmad wog einen nach dem anderen in der Hand: ein Bröckchen braun, mit schwarzen Sprenkeln, ein anderes grün-weiß schimmernd wie eine Schlangenhaut, ein Stück scharfkantiges kalkweißes Geröll und ein besonders schöner schwarzer Stein, grau-grün gebändert, ins Rötliche übergehend. Diesen letzten drehte und wendete Ahmad, hielt in gegen das Licht des späten Tages und sagte: Das wäre auch ein guter Beruf, Steinefinder.

Ahmad, sag mir, was waren die Steine früher. Ich meine, waren sie immer schon da.

Früher, Ahmad wiegte den Kopf, früher waren sie alles.

Alles?

Ja, alles. So wie wir, wie wir Menschen. Und jetzt: bist du ein großer Junge, entschuldige, ein junger Herr mit großer Lust auf große Kriege. Und ich, ich bin ein Derwisch. Ich hätte auch, da siehst du ihn, dieser Falke werden können. Oder hier, dein Schlangenstein.

Das verstehe ich nicht. Alles? Wie sieht es aus dieses Alles?

Sieh dich um. Oder frag … frag Empedokles.

Wo finde ich diesen Empedokles?

Im Ätna. Dort siehst du, was die Steine, was alle Dinge vorher waren. Er ist hineingesprungen, wollte es wohl aus der Nähe sehen. Ahmad lachte.

Hans packte ärgerlich seine Fundstücke zusammen.

Warte, sagte Ahmad und legte besänftigend die Hand auf Hans' Arm, vielleicht wollte er, dass sich seine Seele schneller vom Leib wieder trennt. Dass der Leib zu dem wird, was er, wie alle Dinge, war: Feuer und Wasser, Erde und Luft. Und dass auch die Seele wieder wird, was sie war: ein Teil des göttlichen Geistes, der das Universum durchweht.

Die gegenüberliegende Seite der Schlucht lag schon im Dämmer, da wurde der Tiger unruhig.

Für heute, sagte Ahmad, ist unser Weg noch nicht zu Ende. Lass mich dir zum Abschied ein Lied schenken. Und Ahmad begann, sein Pferdchen, wie er sein Instrument nannte, zum Singen zu bringen. Mit einem kleinen Bogen strich er die Saiten aus Rosshaar, dass ein rhythmisches Brummen, dessen Tonlage er mit der linken Hand variierte, dem Zedernholzkorpus entstieg. Nach einer Weile legte sich über den Klang des Instruments seine Stimme in kehligen, langgezogenen Tönen.

Der Tiger wurde ruhig und legte den Kopf auf die Pfoten. Das Lied, so viel verstand Hans Kaspar, erzählte von einem jungen Mann, der hohe Berge überstieg, um sein Glück zu finden.

Auf einem Pfad am gegenüberliegenden Hang zog ein Trupp Bewaffneter vorüber. Sie schienen kurz zu verharren, als lauschten sie der Musik, doch dann verschwanden sie eiligst hinter dem nächsten Felsvorsprung.

Obwohl die Märzsonne jetzt kaum noch wärmte, war Hans wohlig warm, und Ahmads Gesang versetzte ihn erneut in den seltsamen Zustand zwischen Wachsein und Schlaf.

Dies, sagte Ahmad und legte leise sein Instrument zur Seite, war die erste Strophe. Jetzt ist es Zeit.

Der Tiger hob den Kopf.

An diesem Abend kehrte Hans Kaspar von seinem Ausflug in die Berge nicht zurück. Birghöfel trommelte noch mit Einbruch der Dunkelheit alle Männer zusammen.

Zwei Trupps, einer unter Brüggs, der andere unter Birghöfels Führung, machten sich, mit Fackeln und Lampen, rufend und in Abgründe leuchtend auf die Suche. Als gegen Mitternacht heftiger Regen einsetzte, kehrten sie um. In dieser Nacht nahmen im Hause Brügg die gegenseitigen Vorwürfe kein Ende. Der Streit gipfelte in Carlas Feststellung: Du wolltest ihn doch hierbehalten. Aber aufgepasst auf ihn hast du nicht. Musstest ja dieser blonden Bergziege nachsteigen! Hans hast du doch nie geliebt.

Was Brügg seiner Frau daraufhin entgegnete, war kaum gesprochen, fast nur geflüstert. Aber es war geeignet, Carla in heftiges Weinen verfallen zu lassen. Brüggs Offenbarung hatte nichts mit Magda zu tun, jedoch alles mit Hans.

Wie könnte ich Hans nicht lieben, sagte er leise, er ist doch mein Sohn.

Das fand Carla, nach einer Weile ungläubigen Staunens, noch wunderbar.

Die Geschichte, die folgte, war aber derart, dass Carla sie für frei erfunden und zu ihrer groben Verletzung gedacht hielt.

Arno behauptete nämlich, Hans sei das Kind einer Tänzerin.

Vom Theater?

Nein, sie tanzte in einem Berliner Nachtlokal.

In einem Nachtlokal? Eine Hure! Du bist zu Huren gegangen?

Nein. Hans ist nicht das Kind einer Hure. Sie war eine … Künstlerin …

Niemals!

Margarita war keine Hure.

Margarita?

Ja, Margarita Wolkenfuß.

Du lügst. Du willst mir weh tun!

Es ist so. Und so war es gewesen.

Du hast ihr Kind einfach mitgenommen …?

Nicht einfach ... Ihr Leben oder das des Kindes. Das hat der Arzt gesagt.

Und du hast ...?

Nein, sie selbst hat entschieden. Sie wollte es so.

Ach, dachte Carla nur, damals, als sie Hans das erste Mal im Waisenhaus sah, als sie ihn maß und wog und wickelte, hatte sie da nicht an einen Satz dieses merkwürdigen Vortragsreisenden namens Steiner denken müssen, den Satz vom Findelkind Hauser, das Welten verband und dem Hans seinen zweiten Namen Kaspar verdankte? Zu welcher Welt war Hans Kaspar nun die Verbindung?

Sie barg ihr Gesicht in den Händen und flüsterte: Schade um die Mutter ... Schade um ... Plötzlich hob sie den Kopf. Sag, Brügg, wer war diese Frau, damals an der Spree.

Er zuckte mit den Schultern. Eine Verwandte Margaritas vielleicht? Ich weiß es nicht.

Und der Friedhof in Berlin, das Grab ...?

Ja, sagte Brügg, dort liegt Margarita.

Schade, schade, sagte Carla, schade um *uns*. Ach, wenn wir Hans nur wiederfinden ...

Der Morgen fand die beiden Arm in Arm beieinanderliegend im Schlaf. Doch es war nicht mehr die Liebe, sondern nur die Verzweiflung, die sie beieinander hielt.

Auf Brüggs Bitte hin erlaubte ihm Birghöfel, am Morgen weiterzusuchen, ja er gab ihm sogar noch zwei von den einheimischen Arbeitern mit. – Damit Sie sich nicht auch noch verirren. – Dann kabelte er eine Nachricht zur Gendarmerie.

Keiner fand von Hans eine Spur. Schließlich mutmaßte man von offizieller Seite eine Entführung durch armenische Terroristen. Nur ein Hirte, den man befragte, machte die seltsame Mitteilung, er habe in den Bergen einen Tiger gesehen, was ein jeder für ein Hirngespinst hielt.

VII

Birghöfel liebte es, zu allen möglichen kalendarischen Fixpunkten große Feuer zu entzünden und nach heimatlich-thüringischer Sitte Würste auf einem Rost zu braten. Zu diesem Zweck stand er auch am Ostersamstag des Jahres 1915 am Küchentisch und sichtete eigenhändig die eben aus Adana eingetroffenen Fleischwaren. Beim zufälligen Blick aus dem Fenster sah er einen jungen Mann in der Uniform des türkischen Heeres durch die Siedlung gehen. Immer wieder griff der Soldat nach seiner Mütze, die auf seinem Kopf, der von einem Verband umwickelt war, nicht recht sitzen wollte. Schließlich behielt er die Kopfbedeckung in der Hand und ging zögernden Schrittes auf das Brügg'sche Haus zu.

Birghöfel dachte sich nichts bei seiner Beobachtung, zu sehr war er mit seinen Würsten beschäftigt. Später, als Arno Brügg schon tot und die Würste in der allgemeinen Aufregung auf dem Rost verkohlt waren, gab er aber diese Beobachtung wie auch sein Sichdabeinichtsdenken dem Gendarmen zu Protokoll.

Der Soldat stand einen Moment unentschlossen vor dem Haus der Brüggs und starrte durch eines der Fenster auf den Rücken des Hausherrn, der drinnen an der Fensterbank lehnte und intensiv beschäftigt schien. Schließlich trat der Besucher kurzentschlossen ein, öffnete die Tür zur Küche und fand dort, wie erwartet, Brügg, allerdings bei einer unerwarteten Betätigung.

Im ersten Augenblick, als Arno seinen heimgekehrten Sohn erkannte, lächelte er freudig. Doch wurde ihm sogleich bewusst, in welcher Situation dieser ihn antraf. Es war eine an sich angenehme, für die meisten Leute durch einen Zuschauer jedoch ins Peinliche umschlagende Situation. So auch für ihn. Umklammerten doch seine Hände gerade die Hüften einer Frau, die, nach vorn gebeugt und die Hände auf ihre Knie gestützt, dicht vor ihm stand. Ihre Breeches und seine Hosen lagen ebenso dicht beieinander, herabgerutscht auf Füße und Knöchel.

Nun, da Brügg sich von ihr löste, bemerkte auch die Frau, dass jemand eingetreten war, und griff, wie ihr Hintermann nach seiner, auch nach ihrer Hose. Doch da war Hans schon aus dem Haus gestürmt, an Birghöfels Fenster vorbei, der ihn diesmal nicht bemerkte, in Richtung des Viadukts. Dort setzte er sich hin, zog Tabak und einen Fetzen Papier aus der Tasche, um sich eine Zigarette zu drehen.

Wenn es doch Carla gewesen wäre! Aber die Vermesserin? Mit dieser Magda … auch noch zu Hause.

Zu Hause? Es gab schon lang kein Zuhause mehr. Hatte es denn je eins gegeben? Er wollte den Meister nie wiedersehen. Der Krieg konnte ihn wiederhaben. Die kaum verheilte Wunde am Kopf pochte heftig. Hans zitterte. Der Tabak rutschte ihm immer wieder aus dem Papier. Wütend warf er beides in den Abgrund.

Inzwischen war Brügg, in einigem Abstand von Magda gefolgt, herbeigeeilt. Er suchte sich zu erklären. Doch Hans wehrte jedes Wort ab, und der Wortwechsel wurde zum Streit, bis Brügg seinen Sohn schließlich beschwörend bei den Schultern packte. Hans wiederum stieß Arno so heftig zurück, dass dieser ins Taumeln geriet, stolperte und von der Brücke rutschte. Er konnte sich aber noch an einem ihrer Stahlträger festhalten und sah mehr erstaunt als ängstlich nach oben.

Entsetzt beugte sich Hans hinab und rief, was er noch nie gerufen hatte: Vater!

Arno hörte dies und lächelte. Hatte doch dieser Sturz geholfen, eine seiner größten Sehnsüchte zu erfüllen: Hans hatte ihn Vater genannt! Hatte ihn so genannt, ohne von seiner tatsächlichen Vaterschaft zu wissen. Was doch diesen Ruf noch bedeutsamer machte.

So hing Brügg mehr als hundert Meter über dem Abgrund, unerreichbar für den ausgestreckten Arm seines Sohnes, und lächelte. Er lächelte noch, als ihn die Kraft seiner Hände verließ, und hat wohl gelächelt, bis er, wenige Meter vor dem Talgrund, in die Arme einer gütigen Bewusstlosigkeit fiel.

Magda, am nächsten Tag nach Eintreffen eines Gendarmen als Zeugin vernommen, beschwor einen Unfall, verschwieg aber Hans' Verwicklung darein. Vielmehr hatte sie Hans gleich nach Brüggs Sturz dringend geraten, sofort zu verschwinden. Am besten, er sei niemals hier gewesen. Am besten, er ginge nach Konya zu Carla.

Ja, nach Konya. Ach, Hänschen, das weißt du ja auch nicht! Sie ist im März schon dorthin, kurz nach deinem Verschwinden. Ja, sicher eine Schule oder ein Internat, was weiß ich. Sie hat ja kaum noch mit jemand gesprochen.

Mag sein, dass Magda den Jungen vor den harten Pritschen türkischer Gefängnisse bewahren wollte. Wahrscheinlich aber ist auch, dass ihr dessen Aussage über den Anlass der Auseinandersetzung sehr unangenehm gewesen wäre. Zwar war Magda eine Frau, die sich schnell der Leidenschaft hingab, doch ebenso schnell vermochte sie wieder praktisch zu denken. Nun, da der einzige Grund, ihre Verlobung zu lösen, im Wasser des Çakit verschwunden war, schien ihr der Tunnelbau doch schon recht weit gediehen und die versprochene Heirat keine so schlechte Aussicht. Warum also sollte sie die Motivation ihres Verlobten, durch den Berg zu gelangen, unnötig untergraben?

So erwähnte sie weder die Anwesenheit Hans Kaspars beim Sturz noch ihre eigene in der Brügg'schen Küche. Ein türkischer Soldat? Nein, hatte sie nirgends bemerkt. Ja, es sei einer der üblichen Kontrollgänge Brüggs gewesen.

Genaueres könne sie nicht sagen. Aber Brügg habe ihr gegenüber erst kürzlich von plötzlichen Schwindelanfällen gesprochen. Es sei auch nicht richtig, dass jemand mehrmals laut *Vater* gerufen habe.

Was ihr gehört habt, sagte sie zu den umstehenden Arbeitern gewandt, war das, was ihr immer ruft, wenn etwas herunterfällt: Warda! Brügg war ein sehr gewissenhafter Mensch: Warda, rief er, aufgepasst!, damit er keinem von euch auf den Kopf fällt.

Nachdem Tage später Brüggs Leiche geborgen war, sorgte Birghöfel für ein ehrenvolles Begräbnis. Er selbst hielt die Grabrede und versäumte darin nicht, so wie Brügg selbst es getan hatte, den Bahnmeister in einem Atemzug mit dem ertrunkenen Kaiser Barbarossa zu nennen. Er sprach von *Opfermut* und *Heldentum*, reimte spontan auf *große Zeit*, dass dies sei, was *den Kaiser freut*, worauf er prompt den *Tod* folgen ließ und irgendwo zwischen *Volkes Not* und der seltsamen Wendung *Feindes droht* noch das Wörtchen *treu* unterbrachte, welches bei der angereisten Carla einen heftigen Tränenfluss auslöste. Birghöfel schloss seine Rede mit dem Vorschlag, die Todesbrücke *Warda*-Brücke zu taufen.

Beim anschließenden Leichenschmaus kam Magda nicht umhin, diese Idee zu loben, *Brügg*-Brücke klänge ja auch eher wie ein Stottern.

Helder, der sich später von den Ereignissen eine Vorstellung zu machen suchte, fand tatsächlich in den Berichten über jene Zeit den Namen Warda-Brücke. Er konnte sogar die von Magda in die Welt gesetzte Erklärung nachlesen, der Stürzende habe *Aufgepasst!* gerufen. Doch nirgends fand Helder einen Hinweis auf die tatsächlichen tragischen Ereignisse, welche, wie wir finden, den Namen Vater-Brücke gerechtfertigt hätten.

Als die auf diese Weise verwitwete Carla in Konya den Zug verließ, wurde sie von einem heftigen Fieberanfall geschüttelt. Auf ihrer dreihundert Kilometer langen Reise zur Beerdigung ihres Mannes hatte wenige Stunden vor ihrer Ankunft in Belemedik ein Mückenweibchen Gelegenheit gefunden, sich mit Carlas Blut zu nähren. Da diese Mücke zur Anopheles-Art gehörte, waren bei dieser Mahlzeit winzige Lebewesen in Carlas Blutbahn gelangt. Lebewesen, die sich dort nun munter vermehrten.

So lag Carla, zurückgekehrt nach Konya, im Bett eines französischen Krankenhauses, dem man trotz des Krieges die Weiterarbeit gestattet hatte, als sie ihren Hans wiedersah.

Anfangs wusste sie nicht, ob dieses knochig, ja mager gewordene Gesicht mit den dunklen Augen nicht auch eines der Trugbilder war, die ihr das Wechselfieber schickte. Ein Fiebertraum, mit dem Brügg noch einmal zu ihr gekommen war.

Brügg, ja, Brügg. Hat es so kommen müssen? Brügg! Du mit deinem traurigen Schnauzbart!

Verzeih mir!

Verzeih mir?, sagst du das jetzt, Brügg?

Ja, ich. Verzeih mir die magere Magda.

Ja, sie war mager. Im Äußeren nicht, gewiss nicht. Doch ihre Seele war dürr. Hörtest du sie, wenn ihr zusammen wart, nachts manchmal rascheln im Wind, ein trockenes Blatt?

Ich, sagst du, Brügg, sah darauf verblichene Schrift. Unlesbares, unlösbares Leben, wie das meine.

Nun ist es gut, Brügg. Geh, geh hinüber. Finde den Frieden, den du immer gesucht hast.

Und du, Hans, was hast du gesucht?

Den Krieg, Mutter, den Krieg!

Hans! Carla betastete sein Gesicht. Du bist es wirklich! Bist du tatsächlich hier?

Ja, ich bin hier.

Und hast du ihn gefunden?
Wen?
Den Krieg.
Nein, doch er hat mich gefunden.

Spätabends, nach der Begegnung mit Ahmad, als man ihn in der Siedlung schon suchte, war Hans unbemerkt nach Hause gekommen. Er hatte in seinem Zimmer einen Rucksack mit Sachen gepackt und sich davongeschlichen.

In Adana meldete er sich unter falschem Namen und unter Angabe eines Geburtsdatums, das ihn schlagartig ins einundzwanzigste Lebensjahr versetzte, in einem Rekrutierungsbüro der türkischen Armee. Der Feldwebel, der seine Daten aufnahm, sah in kalt an: Du denkst, mein Junge, wir nehmen jeden? Hast du keine Papiere?

Als Hans Kaspar verneinte, musterte ihn den Feldwebel von oben bis unten, dann lächelte er spöttisch: Ich glaube dir. Und an die Front möchtest du? Gut, der Feldwebel schlug in langen Listen nach, ich verzichte darauf, zu überprüfen, ob du diese Ehre verdienst, ob du tatsächlich ein Muslim und beschnitten bist. – Morgen früh sechs Uhr geht's ab nach Syrien, zur Infanterie!

In Aleppo wurden ihm und einem Dutzend weiterer Rekruten das Exerzieren und das Schießen beigebracht. Ihr Ausbilder, ein kleiner knorriger Leutnant vom Rhein, war ein begeisterter Anhänger des militärischen Fortschritts und der erfolgreiche Einsatz von Chlorgas an der europäischen Front gerade in aller Munde. Jedoch, was manchen mit Besorgnis erfüllte, ließ die Entwicklung einer entsprechenden Schutzmaske auf sich warten. Der Leutnant übte daher mit seinen Untergebenen auch das Anfertigen provisorischer Gasmasken aus Trinkbecher, Helmbezug und Brotbeutelriemen sowie ein wenig Mull als Filter.

Der Rheinländer meinte es auch sonst gut mit seinen Schützlingen und führte sie in ein Café, wo eine Kapelle europäische Musik spielte. In den Pausen brüllte der Kellner: Engagez! Dann konnte man für eine Mark und achtzig ein Mädchen einladen.

Doch davon berichtet Hans nichts, auch nicht, ob das Mädchen mehr getan hatte, als auf seinem Schoß ein Glas Champagner zu trinken.

Am Tag nach dem Cafébesuch waren sie in einen Zug gestiegen, der sie über Damaskus hinunter in die arabische Wüste brachte. Dort aber hatten Beduinen in der Hoffnung, der Große Krieg diene ihrer eigenen Befreiung, ein wenig Sprengstoff unter den Gleisen verscharrt.

Als Hans Kaspar, von der Explosion aus dem Waggon geschleudert, zu sich kam, war ringsumher Stille. Er spürte den Geschmack von Blut, das ihm übers Gesicht rann. Jemand näherte sich.

Es erging Hans Kaspar ein wenig wie Arno Brüggs Lieblingshelden Kara ben Nemsi, der immer, wenn es brenzlig wurde, auf einen edlen Eingeborenen traf, dem geholfen werden konnte oder der seinerseits dem Helden half, ein Held zu sein oder, wie in diesem Fall, zu überleben.

So fand sich Hans Kaspar ben Nemsi am Abend mit verbundenen Wunden im Lager der Beduinen. Man hätte ihn, erzählte Hans, an Carlas Bett sitzend, wie einen Gast behandelt. Man hätte mit großer Neugier seine Ausrüstungsgegenstände inspiziert, unter denen besonders die Gasmaske Aufsehen erregte. Man war, trotz der Erklärungsversuche ihres Besitzers, überzeugt, diese seltsame Maske diene einzig dazu, Schrecken unter dem Feind zu verbreiten. So reihte Hans, wie es mancher Kriegsheimkehrer tut, Anekdote an Anekdote, trieb Scherz und Schalk, auch, um die kranke Carla zu erheitern, bis ihr zweifelnder Blick ihn stocken ließ.

Sicher, sagte Hans, frei sei er nicht gewesen, doch freundlich aufgenommen. Nein, auch nicht von allen. Manche hätten ihn mit Misstrauen beäugt. Dennoch, als eine türkische

Abteilung auf dem Weg zum Suezkanal auf die Beduinen traf, sei er nicht in der Lage gewesen, obwohl es Gelegenheit dazu gegeben hätte, sich auf die Seite der Türken zu schlagen. Vielmehr sei er still auf seinem Lager liegen geblieben und hätte, obwohl schon wieder bei Kräften, den Schwerverwundeten gemimt.

Wovon Hans nicht sprach, war der Beduine, dessen Karabiner versagte und der sich Hans Kaspars Gasmaske griff, um damit den Feind in die Flucht zu schlagen. Später sah ihn Hans Kaspar wieder, ein Säbel hatte nicht nur die Maske, sondern gleich das ganze Gesicht abgetrennt. Dieser Tote geisterte noch lange durch seine Träume und verlangte sein Gesicht zurück. Seit dem Sturz des Vaters – ja, Hans dachte seither an Carlas Mann nur mit diesem Wort –, seit dessen Tod also, war das vermisste Gesicht, mal haltlos schwebend, mal im Wasser versinkend, das Gesicht Arno Brüggs.

Hans Kaspar blieb in Konya, verdiente sich mit Gelegenheitsarbeiten einige Lira und besuchte Carla jeden Tag im Krankenhaus. Jedes Mal nahm er sich vor, ihr zu erzählen, wie er nach Belemedik heimgekommen war, wie er sich mit seinem Vater gestritten hatte, wie der dabei gestürzt war …

Doch Hans Kaspar schwieg. Und natürlich schwieg er vom Anlass des Streits auf der Brücke, denn von Toten gut nur zu sprechen hilft, sich selbst Schmerz zu ersparen.

Manchmal jedoch, sollte Ahmad später sagen, ist der Schmerz ein dunkles Tor, hinter dem die Freiheit wartet. Doch zu der Zeit waren Schmerz und Tor für Hans Kaspar vielleicht noch nicht groß genug. Er musste erst noch Carla verlieren und seine erste Liebe: Siyakuu.

Siyakuu …?

Als Tante Erdmuthe diesen Namen erwähnte, tat sie es beiläufig und, wie es Helder schien, ein wenig widerwillig. Ja, sie leugnete strikt, dass diese Person, wie sie sagte, mehr als eine flüchtige Affäre seines Großvaters gewesen sei.

Da war, so schien es Helder, die alte Dame doch etwas von Eifersucht getrieben. Verwunderlich fand er das vor allem deshalb, weil diese *Affäre* doch vermutlich stattgefunden hatte, bevor Hans Kaspar die Schwestern Erdmuthe und Henriette Stickenbacher überhaupt kennenlernte.

Nein, sagte Erdmuthe bestimmt, dazu weiß ich nichts zu sagen, da erinnere ich mich nicht, da hat Hans nie von gesprochen.

Und sie, Erdmuthe, müsse es doch wissen, schließlich hätten der Hans und sie und ihre Schwester Henriette jahrelang unter einem Dach zusammengelebt. Dann wollte sie wieder von ihrer Insel reden. Helgoland, du weißt doch, Junge, das ist unsere Insel.

VIII

Ein Felsen im nebligen Meer, darauf eine verwirrte alte Frau, das war das Bild, das sich für Helder auftat, wenn Tante Erdmuthe von Helgoland sprach. Dann wurde es Zeit, das Gespräch zu beenden. Das tat Helder, wünschte Erdmuthe viel Erfolg beim Mensch-ärgere-dich-nicht und verließ das Heim. Draußen krochen die ersten Frühblüher aus den Rabatten, und Helder vermeinte ein bisschen den Frühling zu riechen. Vielleicht sollte er ans Meer fahren. Nein, bloß nicht nach Helgoland. Rügen, ja, das wäre es. Ihn überkam so eine Caspar-David-Friedrich-Stimmung: Auf dem Kreidefelsen sitzen, den Mond anschauen und darüber nachdenken, was sein Leben bestimmt hatte. Also Rügen.

Da drüben, der Arm des Vaters hatte sich nach Feldherrenart Richtung Südwesten gestreckt, da drüben liegt Hiddensee. Eine Insel, verboten für alle, die den Preis für ihr Quartier nicht mit einem Schinken oder zumindest der Aussicht auf nützliche Verbindungen – womit, mein Sohn, nicht etwa Zugverbindungen gemeint sind – aufstocken können. Aber hier, auf Kap Arkona, ist der nördlichste Punkt der Republik!

Das hatte Helders Vater stolz verkündet, so, als hätte er diesen Punkt soeben entdeckt, erreicht nach langer abenteuerlicher Expedition wie Amundsen den Südpol.

Die Großmutter in ihrem Rollstuhl war nicht in der Lage, die Bedeutung des Augenblicks zu ermessen, und verlangte nach einer Bockwurst.

Muss sie dauernd essen?, zischte der Vater vergrämt.

Aber Bertram, sie hat doch sonst nichts!, zischte die Mutter zurück.

Und die Gegend hier? Ist das etwa nichts!? Habe ich extra … ach, was soll's … der Vater wirkte, als zöge er seinen soeben gehissten Entdeckerwimpel wieder ein.

Hatte er doch extra, obwohl das, wie er mehrfach bekundete, seiner Eisenbahnerehre widerstrebte, in einer langwierigen Prozedur, die nachzuvollziehen Helder als Kind unmöglich war, ein Auto beschafft. Eines Tages hatte der Wartburg vor dem Haus am Bahndamm gestanden, in das die Helders auch aus großmutterpflegerischen Gründen umgezogen waren. Stand da, das Auto, grün und weiß überdacht, weswegen Tante Erdmuthe es auch Kilimandscharo nannte.

Es herrschte eine feierliche Stimmung, als der Vater Tür um Tür öffnete, neben technischen Details wie Höchstgeschwindigkeit und Pferdestärken, die mehr für Henris Ohren bestimmt waren, den Frauen die Ausstattung erläuterte, die Art der Sitzbezüge und Dachbespannung, die er Himmel nannte, um weiter den Gebrauch von Fensterkurbeln und Aschenbechern zu erklären. Daraufhin wurde der Kofferraum geöffnet, um probehalber Großmutters Rollstuhl hineinzubugsieren, den der Vater in langen Werkstattabenden in ein zusammenfaltbares Exemplar verwandelt hatte. Zum Schluss wies er einem jeden einen Platz an, wobei er Henris *Oh-ich-wollte-aber-vorne-sitzen* ignorierte.

Just in diesem Augenblick, da alle vier im Auto saßen, bog Tante Erdmuthe auf einem Fahrrad in die Straße ein. Sie taufte schon von weitem mit ausgestrecktem Finger und Jesus-Maria ausrufend die automobile Errungenschaft auf den Namen des afrikanischen Berges, den sie von einer handkolorierten Postkarte kannte.

Die Karte steckte zusammen mit sepiafarbenen und teilweise fleckigen Fotografien in einem dickledrigen Album, das zu durchblättern Tante Erdmuthe Henri zu besonderen Anlässen, wie beispielsweise einer Eins in Rechnen, erlaubte. Der schneebedeckte Gipfel des Berges glich tatsächlich einer umgestülpten Schüssel oder eben dem Dach des Wartburgs, und seine bewaldeten Ausläufer waren sanft gewölbt wie Motorhaube und Kofferraumklappe. *Gruß aus Deutsch-Witu* stand unter der Kilimandscharoansicht.

Die Karte hatte einst ein erdmuthischer, also auch großmütterlicher Onkel aus dem für Henris kindliche Begriffe mythischen Dunkel des neunzehnten Jahrhunderts abgeschickt. Neben Onkel Gustav hatte auch, wie ihm Tante Erdmuthe damals eifrig und mit familienkundlicher Akribie erläuterte, dessen Bruder Clemens unterschrieben. Seine Schrift war von einem würdevollen Schwung, der deutlich den Minister für innere und äußere Angelegenheiten des Sultanats Witu verriet.

Wir, so sollte Tante Erdmuthe noch zu ihrem Hundertsten ins Schwärmen geraten, hatten nicht nur eine Farm in Afrika! Wir haben fünfundzwanzig Quadratmeilen besessen!

Fünfundzwanzig Quadratmeilen im Süden des heutigen Kenia, 1885 erworben durch die Brüder Clemens und Gustav Denhardt von Sultan Achmed, genannt der Löwe, für fünfzig Gewehre, etliche Ballen Tuch, Glasperlen und einige Tausend Mariatheresientaler.

Was für ein Abenteuer!

Henri in Tantes Ohrensessel, das Album auf den nackten Knien, die Onkel tropenbehelmt und kaiserbärtig im afrikanischen Dschungel neben speerschwingenden Eingeborenen. Gemeinsam im Kampf gegen einen anderen Sultan, den bösen, der Sklaven jagte, den Sultan von Sansibar, den alten Feind des Löwen. Später mit Diamanten beschenkt im Sultanspalast, bewacht von der eben eingetroffenen kaiserlichen Schutztruppe, die so wunderbar verwegene Hüte trug.

Ach, was brauchte Henri da Karl May. Doch wie betrübt war er, später in der Schule von Zehntausenden toter Hereros zu hören, in die Wüste getrieben von deutschen Truppen in Afrika. *Südwest*-Afrika? Ach, nur gut, nicht in Wituland! Nicht dort war das geschehen und zwanzig Jahre später. Damit hatten die braven Onkel nichts zu tun.

Die, erklärte die Tante, waren Duzfreunde des Löwen von Wituland gewesen. Sogar zu ministeriellen Ehren waren sie gelangt, denn sie hatten dem Sultanat den Schutz des Deutschen Reiches verschafft. Gegen die gefürchteten Sansibarkrieger, welche ihrerseits die Gunst des britischen Empires genossen.

Ein besonderes Glanzstück Denhardt'scher Politik war die Einführung von Briefmarken. Schlichte farbige Papierchen, die, mit einem Handstempel bedruckt, stolz die Existenz einer Post des Sultanats verkündeten. Ihr Wert von damals habe sich, so versicherte die Tante, inzwischen ins Millionenfache gesteigert. Die grüne Marke zu einer Rupie hatte einst die Beförderung des Onkelgrußes vom Kilimandscharo bis nach Deutschland ermöglicht. In Henri Helders abenteuerlicher Ohrensesselzeit jedoch war sie schon vom postalischen Karton verschwunden. Die hat dein Opa damals mitgenommen, erinnerte sich Helder deutlich an der Großtante Worte. Schließlich ließe sich so eine Marke leichter über Grenzen transportieren als ein Goldbarren, haha.

Das Onkelduo war nach ein paar Jahren Glanz und Würde arm und ruhmlos in der Heimat geendet.

Und der Löwe?, fragte Henri.

Welcher Löwe?

Na, der Sultan vom Wituland?

Eingesperrt von den Engländern. Seine Familie weilte eine Zeitlang zu Besuch bei Onkel Clemens in Zeitz, wo sie offenmäulig bestaunt, beargwöhnt und bespöttelt wurden, wenn sie in Begleitung des von einem breitkrempigen

Afrikanerhut bedeckten Onkels durch das Städtchen spazierten. Den Bürgermeister, der, händeringend besorgt um seinen städtischen Frieden, vorstellig wurde, soll Clemens – so ein Kerl war das, mein Junge – einfach am langen Arm aus dem Fenster der zweiten Etage in die lindenduftige Stadtluft gehalten haben. Geschlagene zehn Minuten habe er ihn eine alte Redensart immer wieder herbeten lassen: Stadtluft macht frei, jawohl Herr Denhardt, Stadtluft macht frei!

Und Onkel Gustav, den habe ich in Leipzig noch eine trockene Rinde aus dem Brottopf fischen sehen.

Und warum? Das, schloss Tante Erdmuthe ihren Ausflug in die koloniale Familienvergangenheit, war hohe Politik. Die Deutschen bekamen von den Briten die Insel Helgoland, jene die Oberhoheit über das Land Witu – und der Sultan eines Tages im Gefängnis von wem auch immer eine Prise Gift. Die Onkel aber, die bekamen nichts.

Letzteres erschien Henri, in Anbetracht des Löwenschicksals, immerhin ein Vorteil zu sein.

Damit endete eine weitere Folge aus Tante Erdmuthes Lieblingsserie *Undank ist der Welten Lohn.*

Dem Vater war der Vergleich des Familiengefährts mit dem afrikanischen Berg nicht wie für Erdmuthe ein Gedankenband zu besseren Zeiten, sondern ein dumpfer Trommelklang aus Savanne und Busch. So knallte er beleidigt die Fahrertür zu, kurbelte dann aber das Fenster herunter und brummte: Der ist extra für deine Schwester angeschafft worden, dass das mal klar ist, Erdmuthe.

Wenn du willst, versprach die Mutter versöhnlich von der Beifahrerseite her, nehmen wir dich auch mit nach Rügen.

Nie und nimmer, rief Tante Erdmuthe und hätte ohne den Zwang, ihr Rad festhalten zu müssen, wohl beide Arme zum Himmel aufgeworfen. So schlug sie sich lediglich mit einer Hand vieldeutig an die Stirn und sagte: Ich fahr nur nach Helgoland. Schließlich stünde ihr als Denhardt-Erbin dieses Eiland zu. Wenn du, Henriette, sprach sie ihre Schwester an, das nicht willst, bitte. Aber solange das nicht geregelt ist, setzte ich keinen Fuß auf irgendeine andere Insel!

Na, sagte der Vater erleichtert, wir haben dort sowieso nur vier Betten.

Denk dir, rief die Mutter in das Startgeboller des Wartburgs hinein, ohne Omas Hüfte hätten wir den Ferienplatz noch lange nicht.

Tja, trumpfte der Vater zurück, die Reichsbahn macht's möglich!

Der Wartburg tuckerte los, und die Großmutter begann zu singen: *Jetzt fahrn wir an die See, an die See.*

So waren Helders also ein paar Wochen später samt Oma im Kilimandscharo an die Ostsee gefahren.

Nachdem Arkona entdeckt und der Hunger gestillt war, verbrachte man den Rest des Tages am Strand von Baabe. Die Großmutter thronte in ihrem Stuhl, und der Wind zauste ihr eine graue Strähne nach der anderen aus dem Haarknoten, während sie selig lächelnd schlief.

Die Mutter schimmerte in verschiedenen Rottönen vor sich hin, die sie am Abend eine gesunde Bräune nannte, die zu betasten dem Vater aber durch heftige Seufzer und kleine Aufschreie verwehrt wurde. So lange, bis sich die mühsam erlittene Farbe zu ihrem Kummer nach wenigen Tagen in weiße abziehbare Fetzen verwandelt hatte.

Der Vater aber warf sich wieder und wieder ins Wasser, schnaufte heftig, prustete lautstark und forderte seine Familie, einschließlich der Großmutter, auf, das herrrrliche Nass und das herrrrliche Wetter doch nicht mit nutzloser Herumliegerei zu vertun.

Als seine Stimme, was Henri längst befürchtet hatte, ihn beim Namen rief, verkroch sich der Junge noch mehr hinter seiner Lektüre und ignorierte tapfer das Werben des enthusiastischen Sportsmannes. Ja, der väterliche Drang, den Sohn ständig zu sportlicher Betätigung animieren zu wollen, stieß auf dessen hartnäckigen Widerstand. Henri war, trotz ausgelobter Eisprämien, weder für Wettläufe durch das flache Wasser noch für den Bau von Sandburgen zu gewinnen. Am meisten aber scheute er Ballspiele, insbesondere jenes, das den Einsatz der Füße erforderte, da er häufiger als die luftgefüllte Kugel seine eigenen Knöchel zu treffen pflegte. Lieber las er in den hosentaschengroßen Heftchen, von seinem Vater Schundliteratur genannt, über Abenteuer auf fernen Inseln oder noch ferneren Planeten, die der eine oder andere Kiosk zwischen Keksen, Limonade und Ansichtskarten feilbot.

Eines Tages aber blieb des Vaters Stimme aus. Plärrende Kleinkinder, juchzende Frauen, zänkische Möwen, Meeresrauschen, auch männliches Schnaufen und Prusten, aber nicht des Vaters Stimme. Das irritierte Henri, und er sah auf. Da stand der Vater mit seinen schmalen haarigen Waden im flachen Wasser, und seine dünnen, sonst glatt nach hinten gekämmten Haare tanzten mit dem Wind, während er aufs Meer hinausblickte, nein, starrte.

Obwohl Henri seinen Blick nicht sah, empfand er dieses stumme in eine Schiffs- und auch sonst ereignislose Ferne Sehen als ein Starren. Ja, der ganze Vater schien erstarrt. Mit seinem hinter dem Schalter rundgesessenen Rücken stand er da, wie von einer unsichtbaren Last an jeder weiteren Bewegung gehindert. Einen Moment lang fürchtete Henri, der Vater würde, wie er so stand, auf immer und unwiederbringlich im Meer versinken.

Vielleicht war es dieser Anblick, der Henri trieb, etwas zu tun, was er später in seiner Erinnerung einen Fehler nennen sollte. Er sprang johlend auf, rannte wie ein Fernsehfußballer zum familieneigenen Gummiball und forderte den Vater lauthals zum Zweikampf heraus. Und siehe, der Vater erwachte zum Leben, kam aus dem Wasser und stürzte nach dem von seinem Sohn abgespielten Ball. Dieser seinerseits versuchte, das imaginäre Leder wieder zu erjagen, stolperte dabei aber, was so kommen musste, über die eigenen Füße, wobei er sich heftig den großen Zeh stauchte. Wütend trat Henri mit dem unversehrten Fuß gegen den ihm jetzt mitleidsvoll überlassenen Ball, der in hohem Bogen auf den Ostseewellen landete.

Der Vater nun, auf pädagogische Konsequenz bedacht, verlangte, den Ball zurückzuholen. Daraus entspann sich ein heftiger Streit, in dessen Verlauf sich die Großmutter mit ihrem Rollstuhl mühsam durch den Sand zum Wasser vorarbeitete, offenbar in der Absicht, das Streitobjekt eigenhändig an Land zu holen. Dies und das Geschrei der lachsfarbenen Mutter – Hilfe, sie ertrinkt! – nötigten den Vater, den Ball dann doch selbst aus dem Wasser zu fischen.

Mit mühsam unterdrückter Wut und einer Handbewegung die protestierenden Frauen zum Schweigen bringend verkündete er daraufhin, dass der Aufenthalt an der Ostsee für den Jungen beendet sei. Tatsächlich brachte er seinen Sohn am nächsten Tag zum Sassnitzer Bahnhof und setzte ihn in den Zug, mit strenger Order, sich nach Ankunft bei Tante Erdmuthe zu melden.

Henri war ihm darum nicht sonderlich böse, schließlich konnte er im Zug sein letztes Weltraumabenteuer zu Ende lesen. Außerdem ahnte er, der Vater hätte, wäre es ihm möglich gewesen, viel lieber statt seiner die beiden Frauen nach Hause geschickt.

Bis zur Rückkehr der Eltern besuchte Henri jeden Tag das Freibad und übte, um im nächsten Urlaub den Vater doch noch beeindrucken zu können, insbesondere das Tauchen. Dabei malte er sich aus, wie er minutenlang in den Tiefen der Ostsee verschwinden und das Gesicht des Vaters blasser und blasser würde.

Doch zog es der Vater fortan vor, den Familienurlaub ins Gebirge zu verlegen. Er würde, beteuerte er, die Oma ja gerne mitnehmen, aber: Sollen wir sie übern Rennsteig schieben?

Jahre später, als Helder seinem Vater verkündete, sich nunmehr für den Beruf des Eisenbahners entschieden zu haben, ließ der zwar ein skeptisches Knurren hören, doch sah Helder deutlich in seinen Augenwinkeln kleine Wasser der Rührung stehen. Und Helder glaubte, darin den Strand von Baabe und all die kleinen Enttäuschungen, die er seinem Vater je bereitet hatte, gespiegelt und endlich ausgespült zu finden.

Doch was Helder mit den längsten Tauchleistungen nicht und auch nicht mit solidesten Berufsplänen auswischen konnte, war das Bild des unter der Last des Himmels im Meer versinkenden Vaters, das doch der Auslöser gewesen war für die kurze Fußballerkarriere des Knaben Henri. Noch lange beunruhigte ihn die Ahnung, einen Blick geworfen zu haben hinter die ihm bisher bekannte väterliche Welt. Die nämlich war dienstplanmäßig geordnet und sportlich diszipliniert. Dort freute man sich nicht, dort wurde Freude empfunden und ausgedrückt in knappen Sätzen, die einem militärischen *Hurra, Hurra, Hurra* nicht unähnlich waren.

Manchmal, wenn Henri der Anlass väterlicher Freude war, wanderte auch die eine oder andere markstückgroße Prämie aus des Vaters in Henris Hand und von dort unter Aufsicht des Spenders in ein blechernes Lebkuchenhäuschen. Du musst die Hexe füttern, damit sie dich nicht brät!

Einmal, ein einziges Mal, durfte Henri sein durch *den-Eltern-Freude-machen* verdientes Geld sogleich ausgeben. Das war, als ihm der spitzbärtige Landesvater persönlich zum Sieg bei der Kreismathematikolympiade gratuliert hatte. Im Bus nach Hause einen Zipfel seines blauen Halstuchs kauend, die Urkunde sorgsam auf den Knien, kramte sein Gedächtnis die Worte hervor, die die fistelige Stimme gesprochen hatte: weiter so! Du wirst die Formel des Weltfriedens finden. Und noch einmal schulterklopfend, vom Beifall der Umstehenden und vom Kameraklicken verstärkt: weiter so, Genossen!

Die Weltfriedensformel. Das war so groß, viel zu groß für einen Zwölfjährigen. Ein Luftballon, der größer wurde und größer, bis er platzte. Peng! Die Fetzen fielen herab, versanken zwischen den anderen Eindrücken des Tages, lagerten sich wie fossile Reste ab in den Schichten seiner Seele, wenngleich es dieses Wort für Kinder wie ihn nicht gab. Doch irgendwo mussten sie ja hin die Zeitungs-, Fernseh- und Schultafelbilder, die an nächtlichen Traumhorizonten Atompilze auslösten, in deren Hitze schwere Schneekugeln, zerbrechliche Weihnachtsbaumengel und Brauseflaschen zu einer schillernden Schlacke verschmolzen. Dort also, an diesem damals namenlosen Ort, verbanden sich die Fistelworte mit den geknurrten Maximen Vater Helders zu einem Lebensziel: die harmonia mundi zu verwirklichen, Kursbuch auf Kursbuch.

Erst einmal gab es für die Urkunde und das staatsrätliche Lob – siehst du, von oben sieht immer einer zu – aus dem väterlichen Portemonnaie zehn Mark der Deutschen Notenbank. Ein Wert, der durch die außerordentliche Erlaubnis, diesmal damit nicht die Hexe füttern zu müssen, ins Unermessliche gesteigert wurde. Henri durfte sich ein Buch kaufen. Er durfte mit der Mutter nach Cottbus fahren, in die Buchhandlung gehen und sich dort ein Buch aussuchen. Henri musste nicht lange wählen. Er kaufte ein Buch, dessen Umschlag von einem Segelschiff geziert wurde und das innen viele Federzeichnungen enthielt, darunter eine, auf der die nackten Brüste einer Insulanerin mit feinen Strichen angedeutet waren: »Kapitän Cooks Fahrten um die Welt«.

Wenige Tage später, da sich des Vaters Wunsch, Henri möge im Gärtchen tätig werden, mit seiner Abneigung gegen Romane verband, versuchte ihm Henri vergeblich zu erklären, dass es sich bei den Schriften des Kapitäns mitnichten um Romane, sondern um Tatsachenberichte handle. Auch dem von ihm mehrfach in die Debatte geworfenen Attribut *wissenschaftlich* gelang nicht, den Vater umzustimmen, vielmehr sagte er nach einem kurzen Blick in das aufgeschlagenen Kapitel, in dem von Geschlechtskrankheiten die Rede war: *Das* ist ja wohl noch nichts für dich.

Gänzlich verschwand die Verhandlungsbereitschaft seines Vaters, als er, den pädagogischen Wert überprüfend, durch das Buch blätterte und auf die federgezeichneten Brüste stieß. Kurzerhand wurde das Buch von ihm – bis nach der Jugendweihe, sagte er – beschlagnahmt.

Doch nach jenem vom Vater erwähnten Initiationsritus, der dem pubertierenden Knaben die Tür zu Sozialismus, Schnaps und Zigaretten öffnete, war das Segelschiff hinter dessen Sinneshorizont verschwunden. Was Brüste betraf, da begnügte er sich schon bald nicht mehr mit zarten Federstrichen.

Erst sehr viel später einmal sollte er sich an »Cooks Fahrten um die Welt« erinnern und sich fragen, ob seinerzeit in der Cottbuser Buchhandlung das Leben mit seinem dicken Finger auf das Buch zeigte, um ihm zu sagen: Du sollst selber solche Reisen machen. Und wenn er diesen Fingerzeig als einen solchen zu deuten gewusst hätte, wäre dann das Leben anders mit ihm umgegangen? Oder er mit ihm? Kaum. Er hatte auch ein buntes Heftchen über Ritter Runkel erworben, eingetauscht gegen eine aus Tante Erdmuthes Kommode entwendete Kaisermünze. Und war er Rübenbauer geworden oder Comiczeichner? Oder war er, wie ihm die Tante nach Entdeckung des Diebstahls prophezeite, im Gefängnis gelandet? Nein, nichts von alledem. Nicht einmal ein Fernsehverbot, wie es der Vater gerne bei Regelverstößen auszusprechen liebte, hatte er durchmachen müssen. Was aber weniger an einer Begnadigungsstimmung des Vaters als an Tante Erdmuthes Diskretion gelegen hatte.

So hatte Henri die ein halbes Jahr später erfolgende Verbannung vom Rügener Strand auch als eine nachgeschobene Sühne für den Münzdiebstahl auf sich genommen. Und derlei erschien ihm allemal leichter, als ein Lebtag so gebeugt unterm Himmel zu stehen, wie der Vater im Ostseewasser. Was für eine Last mochte das sein? Was für ein Dunkel hinter diesem gleißenden Sonnenstrand? Was steckte da bloß hinter dieser wohlgeordneten Welt?

Henri konnte danach nicht fragen. Nicht, dass er nicht gewollt hätte. Er konnte nicht. Es fehlte ihm nicht an Mut, es fehlte ihm an Worten. Denn für dieses *dahinter* kannte man bei den Helders keine Worte.

Und so sollte Henri eines Tages, ähnlich wie Cook, um die Welt reisen, um im zweifachen Sinn dahinter zu sehen. Auf der Suche nach seinem Großvater und auch nach Worten. Wir, wenn wir sie finden, werden davon erzählen. Damit die Sache ein Ende findet.

Doch noch können wir unseren Helden dabei beobachten, wie er sich scheut, seine Koffer zu packen. Wie er sich ziert, wie er sich sträubt, wie er sich selber glauben machen will, dass die ererbten Schuhe nicht mehr sind als das seltsame Zeichen eines noch seltsameren Humors seines Großvaters Hans Kaspar Brügg. Vielleicht wäre ihm das sogar gelungen, hätte ihn nicht das betonte Desinteresse des Vaters an Brügg irritiert.

Der Vater hatte sich der Familie stets als Sachwalter einer besseren Zeit präsentiert. Einer Zeit, die noch wahre Werte gekannt habe, Tugenden wie Pflicht, Fleiß und Subordination, für die allein das Wort *Reichs*bahn Garant zu sein schien. Selbst das *Räschiem*, hatte er gelegentlich betont, kann darauf nicht verzichten! Das Flügelrad am Kragenspiegel schien Bertram Helder immun zu machen gegen die Avancen der ostdeutschen Republik. Er vertrat in diesem Staat seinen eigenen. Folglich war, wenn Deutsche Demokratische Höhenflieger, hießen sie nun Ulbricht oder Jähn, ihm oder seinem Sohn die Hand schüttelten, dies ein diplomatischer Akt, die Anerkennung seiner Souveränität. Noch als die Deutsche Reichsbahn mit der Deutschen Bundesbahn fusionierte und Bertram Helder in den Ruhestand überzuwechseln genötigt wurde, bestand das Bahnreich in seinem Inneren fort. Es war freilich eines, das man in Geschichtsbüchern vergeblich suchte, man würde es nicht wiedererkennen: gerecht und brüderlich und frei im Rahmen der Vorschriften. Es war auf seine Art nicht von dieser Welt. Um so vorzüglicher war es als Rückzugsraum geeignet, von dem aus er immer wieder kleinere Angriffe gegen die deutschen Republiken, mal gegen die übriggebliebene und mal gegen die verschwundene, führte.

In Bertram Helders imaginärem Reich war für Hans Kaspar Brügg und dessen Schuhe kein Platz. Doch leider, leider war dieser Brügg Reichsbahner gewesen wie er. Und sein Schwiegervater. Und dann die Sache mit dem Polen. Das machte die Ausbürgerung schwierig. Vor allem das Vergessen. Bertram wünschte keine Fragen mehr. Deshalb rief er an. Ja, er rief seinen Sohn an, um ihm zu sagen: Also, Henri, was ich noch sagen wollte, lass doch die Sache mit dem Opa … Nein, das sagte er nicht. Er rief an und sagte: Na, sie wird ja nun mal hundert, nicht? Die Mutter und ich dachten, vielleicht können wir … und wenn du und Susanne … wenn ihr euch beteiligen wollt, dann …

Seltsamerweise schleichen sich oft die Dinge ins Gespräch, von denen man am wenigsten reden möchte. So war man doch unvermittelt vom Geburtstagsgeschenk für Tante Erdmuthe zum orientalischen Abenteuer des Großvaters gelangt. Bertram Helder bezog die Frage seines Sohnes nach Hans Kaspar Brügg natürlich auf die Zeit, die sein eigenes Erinnerungsvermögen umschloss, und auf einen kriegerischen Einsatz *dort unten*. Nee, der hat nicht gedient, knurrte er ins Telefon, der doch nicht!

Henri Helder vermeinte, Schnapsdunst durch den Hörer zu riechen. Der war schon zu alt, hörte er den Vater sagen, der hat sich im Stellwerk die Nüsse gerollt.

Aus dieser Ausdrucksweise schloss Helder, dass die Mutter außer Hörweite war. Sag mal, weißt du vielleicht, warum der Opa damals …

Na, wegen die Weiber. Der lebte doch in Bigamie, lebte der doch. Mit Oma Henriette und mit Erdmuthe. Ganz sicher, da wette ich drauf. Aber sage bloß nischt Mutti, dass ich das erzählt habe, die ist jetzt zur Bibelstunde in der Kirche. Früher Parteilehrjahr, jetzt Bibelstunde. Sic transit gloria mundi. So vergeht der Ruhm der Welt.

Bertram Helder musste schon einiges getrunken haben, denn die der Vulgärphase folgende Lateinphrase zeigte bei ihm einen Stand des Alkoholpegels, den er nur selten erreichte. So war es dem Herrgott, der die Mutter aus dem Haus gelockt, und dem zungelösenden Geist eines Volksgetränks zu verdanken, dass Helder an diesem Nachmittag erfuhr, dass seine Großmutter, Henriette Brügg, nicht die Mutter seiner Mutter war, sondern Großtante Erdmuthe, Erdmuthe Stickenbacher. Also war Helders Großtante nicht seine Großtante, sondern seine Großmutter, und seine Großmutter …

Das, fand Helder, war schon ein wenig verwirrend.

IX

Als die Schwestern Stickenbacher am Abend des 30. April 1921 den Tanzboden des Gasthauses »Zur Schwanenweide« besuchten, sahen sie – von Tanz, Likör und Männerblicken erhitzt auf der Terrasse pausierend – über die Felder, deren junge Saaten im Licht eines abnehmenden Mondes erglänzten. Dort hantierte ein seinen flinken Bewegungen nach noch junger Mann mit Stangen, Stricken und Wimpeln. Weiß behemdet war er und so, wie die Schwestern übereinstimmend hofften, dem Tanzabend noch nicht verloren. Ja, er schien ihnen wie ein den Märchen ihrer Mädchenjahre entstiegener Prinz, ertappt beim Bemühen, Elfen oder andere Naturgeister in seinen Stricken zu fangen; vielleicht auch Hexen, denn es war ja Walpurgis.

Jener Prinz war der arbeitslose Eisenbahner Hans Kaspar Brügg, der sich eben noch das Eintritts- und – trinken muss man ja auch – Biergeld für den Tanzabend verdiente. Das erfuhren die Schwestern, noch bevor am nächsten Morgen die im Auftrag eines Bauern montierten Verscheuchungswimpel die Gänse und Schwäne der naheliegenden Teiche ein wenig irritierten. Doch dies nur so lange, bis die Vögel nach einem kurzen Rundflug über die Raps- und Gerstenfelder feststellten, dass diese buntflatternden Artgenossen ihnen noch reichlich frisch getriebene Saat zum Frühstück übriggelassen hatten.

Da lag Hans Kaspar schon oder noch schlaflos und vergegenwärtigte sich die wechselnden Tänze mit den Schwestern, rief sich ihre Worte und noch mehr ihre Blicke ins Gedächtnis, um sein Herz mit derlei Indizien der Liebe zu überführen. Denn geliebt hätte er schon gerne wieder. Ja, auch und vor allem mit seinem Herzen. Das aber zog es noch immer wie eine Saatgans zu anatolischen Liebessaaten, die längst verloren waren durch den großen Verscheuchungsapparat mit Namen Krieg. Doch vergessen konnte er Siyakuu nicht. Also doch, Siyakuu. Das ahnten wir schon. Wie hatte sie angefangen, diese *Affäre*?

Woran sich Brügg merkwürdigerweise am deutlichsten erinnerte, war das Rauschen, das Rauschen des Regens, ein Rauschen, das in Wirklichkeit kein Regenrauschen war, sondern das Fressgeräusch unzähliger Raupen in der Morgendämmerung. Seidenraupen, die, in großen Kisten mit Maulbeerblättern gefüttert, die kleine Stube im kleinen Haus des Telegrafisten ausfüllten. Seide, das brachte einen Zuverdienst. Einen Zuverdienst, der es wert war, die Stube zu räumen und sich im Garten aufzuhalten.

Erst hatte er es nicht wahrgenommen, als Siyakuu ihn in das kleine Zimmer führte, als sie auf die frischen, bereits für die nächste Fütterung am Morgen bereitliegenden Blätter sanken, als sie sich liebten.

Dann hatte er gesagt: Du, es regnet, endlich regnet es.

Nein, hatte sie geantwortet, das sind die Raupen meines Vaters.

Das aber war nicht der Anfang gewesen, sondern schon beinahe das Ende. Wenige Tage später wurde Siyakuus Vater verhaftet. Und die Angst zog ein ins Seidenraupenhaus.

Es hieß, der Vater habe spioniert für die Franzosen. Oder für die Russen? Egal, auf jeden Fall spioniert. Dass er Armenier sei, so wurde auf der Gendarmerie versichert, habe damit nichts zu tun. Oder nur wenig, nämlich insofern, als es eben meist Armenier seien, die für ihre orthodoxen Glaubensbrüder in Russland spionierten oder gar Terroranschläge verübten.

Hans Kaspars Blick fiel auf die schon gilbende Ausgabe des *Cottbuser Anzeigers* vom 16. März 1921, die, vom Tisch gerutscht, seit Wochen auf dem Fußboden lag. Die fetten Lettern einer Schlagzeile zogen das Morgendämmerlicht in ihre große Schwärze: *Armenischer Terroranschlag in Berlin!* Und weiter: *Ehemaliger türkischer Innenminister ermordet. Lesen Sie weiter auf S. 3.*

Talaat Pascha, der *ehemalige* türkische Innenminister. Warum hatte ihn keiner erschossen, als er noch kein ehemaliger war? Warum nicht schon 1915? Warum hatte keiner versucht, Siyakuu zu retten?

Doch, Ahmad, Ahmad hat es versucht. Nicht zu schießen, nein, das nicht. Aber aufzuhalten, den Transport aufzuhalten. Ahmad, der einen Tiger reiten konnte …

Hans Kaspar griff die Schnürschuhe mit den arabischen Zeichen und zog sie an. Manchmal konnte er nur noch gehen, gehen, gehen … Jetzt ging er aus dem Haus, vielleicht auf der Suche nach einem neuen Anfang, dem glücklichen Anfang, der noch verdunkelt war von so viel Ende. Wir müssen mit ihm noch einmal zurück.

Am Anfang war der Klang der Pferdekopfgeige gewesen, damals in Konya. Er hatte Hans Kaspar an die Begegnung mit Ahmad, dem Derwisch, in den Bergen des Taurus erinnert. So war er näher getreten.

Näher, nicht ganz nah. Nah nur wie ein Zuschauer und Zuhörer. Nicht so nah wie einer, der dazugehören will. Aber gerade das wollte er, obwohl er überzeugt war, nicht zu wollen. Seit Carlas Tod war er ein Hans-ohne-Zuhaus.

Was Carla ihm offenbart hatte in einer ihrer letzten klaren Stunden, da das Fieber ihr geschwächtes Herz noch einmal ausruhen ließ, machte es nicht besser: Arno Brügg sei tatsächlich, was meint, auch im biologischen Sinn, sein Vater gewesen. Nein, beschwor ihn Carla, sie hätte es nicht gewusst, nicht einmal geahnt.

Nein, das nicht, sagte sie. Erst in der Nacht, als du in den Bergen verschwunden bist, hat Brügg, hat dein Vater sich mir offenbart. Ach, Hans, seufzte sie, vielleicht werde ich ihr begegnen, deiner … Mutter. Wo auch immer …

Wo auch immer, wiederholte Hans tonlos.

In den Nächten zwischen Carlas Tod und ihrer Beerdigung sah sich Hans Kaspar vor einem Grab stehen. Er musste ein Kind sein, denn neben ihm stand, so groß, dass er an seinem Hosenbein aufblicken musste, sein Vater. Der Vater weinte, und Hans verstand nicht warum. Es blühte doch ringsum alles so schön. Dann las er den Namen Carla auf dem Grabstein, und er verstand.

Jahre später, wenn Hans Kaspar Brügg Anatolien wieder verlassen haben wird, wird er das Grab seiner unbekannten Mutter Margarita Wolkenfuß ausfindig machen. Er wird einige Minuten auf einer Friedhofsbank sitzen und sich schwören, von nun an mit beiden Beinen fest auf dem Boden (nicht in den Wolken!) zu stehen. Nur Träume trügen, Tatsachen nicht, so wird er zu einem in der nächstgelegenen Kneipe sagen. Doch werden wir sehen, wie die Tatsachen ihn eines Tages zwingen, wieder zu träumen.

Zu dieser Stunde, an Carlas Krankenbett, hatten ihn die neuen Tatsachen tüchtig durcheinandergewirbelt. So kräftig, dass er handgreiflich geworden war gegen die Wirklichkeit.

In diesem Moment nämlich betrat der Arzt mit einer Arsenikspritze das Krankenzimmer. Dass er dabei fröhlich einen Cancan pfiff, machte ihn zur Zielscheibe für Hans Kaspars Hilflosigkeit. Die dem Arzt folgende Schwester rief lauthals um Hilfe. Zwei Pfleger stürzten herein, packten Hans Kaspar und schoben ihn hinaus.

So endete seine letzte Begegnung mit Carla, für die er immer etwas ganz Besonderes gewesen war und von der wir nicht einmal den Nachnamen wissen. Sie war, was sie nie behauptet hatte, doch eigentlich seine Mutter gewesen.

Der Faustschlag gegen den Arzt brachte Hans, formal noch immer Angehöriger des osmanischen Heeres, in eine

Zelle. Er musste dort lediglich drei Stunden absitzen, denn sein Opfer war Franzose. Der Entlassung aus dem Arrest folgte die aus der osmanischen Armee, worum sich Carla in den letzten Tagen vor ihrem Tod mit Verweis auf das tatsächliche Alter ihres Adoptivsohnes und mit Hilfe des deutschen Konsuls bemüht hatte.

Statt des Karabiners trug Hans nun einen langstieligen Hammer, was Arno Brügg gewiss mit Wohlwollen gesehen hätte. Die Anatolische Eisenbahngesellschaft brauchte Streckenkontrolleure.

So war Hans Kaspar Tag für Tag die Strecke abgelaufen, hatte kontrolliert und protokolliert, hatte überfahrenes Kleingetier den Bahndamm hinabgeschleudert, ebenso auf oder zwischen den Gleisen liegende Gestände. Hatte bereits in der ersten Woche einen Sprengmeister angefordert, als er unweit des Bahnhofs ein verdächtiges Kästchen entdeckt hatte.

Die vermeintliche Bombe hatte sich als Spieluhr entpuppt, die wohl einem Kind auf dem Perron eines ausfahrenden Zuges aus den Händen gerutscht war.

Der Himmel stand blau überm anatolischen Hochland. Sperlingsschwärme stoben durch die am Morgen noch erträgliche Hitze, als Hans Kaspar über eine Bruchsteinmauer in einen von Weinlaub überrankten Hof spähte. Dorther also kam das Lied der Pferdekopfgeige. Lauschend verharrte er auf der Straße und wagte, wie gesagt, nicht näher zu treten.

Er hatte sich nicht getäuscht. Es war Ahmad, der dort singend sich selber begleitete. Sein Bogen sprang und hüpfte über die Saiten. Darüber lag sein Lied, von den Bogenstrichen gleichsam in der Schwebe gehalten. Die steinernen Stufen, auf denen Ahmad saß, führten auf die Veranda eines Hauses, wo sich eine Frau über eine auf einem Tisch stehende Blechschüssel beugte. Ihr langes dunkles Haar hing herab, und mit flinken Bewegungen übergoss sie es wieder und wieder aus einem handlichen Krug. Das rhythmisch in die Schüssel rinnende Wasser fügte sich hell und klar in die Musik.

Abseits auf den großen Steinplatten des Hofes, dort, wo Sonne und Weinlaub ein grüngoldenes Gewölbe bauten, lag Ahmads Tiger und döste.

Die ganze Szene war wie in einen Zauber gehüllt, der Hans Kaspar nicht losließ, ihm aber auch verwehrte, den Kreis zu betreten. Ihm war, als könne nur ein stilles Atmen, eine behutsame Aufmerksamkeit diese kleine Welt bewahren. Gleichzeitig wusste er, jedes Wort, jede Berührung, alles, was sie festhalten wollte, würde sie zerplatzen lassen wie eine Seifenblase.

Dann aber öffnete sich diese Sphäre von innen. Schon schien es Hans, als wiederhole die Frau ihre Wassergüsse öfter als nötig. So, als wolle sie mit kindlicher Neugier deren musikalische Wirkung erproben. Ahmad hörte dies wohl, seine Bogenstriche wurden schneller und schneller. Schließlich schlug die Frau mit der flachen Hand in die Schüssel, während sie aus dem Krug das Wasser fließen ließ, ihre Kopfbewegungen warfen ihr Haar nach links und rechts und schließlich nach hinten. Jetzt schlug sie lachend beide Hände so heftig ins Wasser, dass ein kalter Guss Ahmads Nacken traf.

Der sprang auf mit gespielter Wut, so gut gespielt, dass der Tiger irritiert den Kopf hob.

Siyakuu, mein schwarzes Vögelchen, was hast du dem armen Ahmad getan!, jammerte er.

Dann verfiel er in ein weibisches Kichern: O Ahmad, o Ahmad, äffte er, ich habe nur deinen schnöden Schweiß mit dem von mir geheiligten Wasser vermischt.

Oh, du verlogene Alte, setzte Ahmad sein theatralisches Spiel fort, hast du mir nicht erst letzte Nacht geflüstert, mein Schweiß sei auf deinen Lippen wie der Tau des Morgens auf Oleanderblüten.

Gewiss, du mein Dicker, nachts wollte ich dich am Einschlafen hindern. Jetzt aber solltest du endlich aufwachen und Holz schlagen gehen.

Hört ihr, Leute?, sie nennt mich Dicker, dabei ist ihre Suppe so dünn wie die Luft. Meine Rippen dürrer als Reisig. Bald lande ich im Ofen dieser Hexe.

Ahmad beendete seine kleine Vorstellung mit einer tiefen Verbeugung. Die junge Frau, die er Siyakuu genannt hatte, klatschte in die Hände. Auch Hans applaudierte.

Ahmad wandte sich um, blinkerte mit den Augen, rieb sie sich mit den Fäusten und rief:

Ein Gespenst? Nein, kein Gespenst: der Eisenbahnjunge vom Taurus, der deutsche Monsieur! Willkommen! Wo ich Gast bin, sollst auch du willkommen sein, nicht wahr Siyakuu?

Tatsächlich wohnte Ahmad zu der Zeit im Hause des Digrin Nokudian. Digrin Nokudian war Telegrafist der Anatolischen Eisenbahngesellschaft. Obwohl die Gesellschaft ihre Angestellten recht gut bezahlte, war Digrin immer auf der Suche nach einer Beschäftigung, die ihm auch nach Dienstschluss erlaubte, seine Gedanken an etwas anderes zu binden als die Erinnerung an seine noch nicht lange verstorbene Frau. Meist ging er seiner Tochter zur Hand, die das Haus führte und nebenher aus hartem Holz Kämme sägte und polierte. Das war eine mühsame und monotone Arbeit, die seine Tochter tun zu sehen Digrin dauerte und ihm selbst noch viel, zu viel Gedankenraum ließ.

Eines kühlen Märztages endlich war er im Teehaus auf einen Fachmann für Seidenraupenzucht gestoßen. Der behauptete, man könne diese Wundertierchen nicht nur in der Gegend von Alaiye züchten, sondern auch hier im Hochland.

Im Teehaus ist jeder ein Fachmann für das, was gerade besprochen wird. So erntete der Fachmann, zumal sein Äußeres kaum seriös wirkte, von den Männern ungläubiges Kopfschütteln und kritische Fragen, die einen Zug ins Hämische nicht verbargen. Nur die gestreifte Raubkatze, die der Fachmann mit sich führte und die ihren breiten Kopf wiederholt von draußen gegen die Fensterscheibe drückte, mag verhindert haben, dass der Widerspruch der anderen Fachmänner heftiger wurde. Am Ende versprach Ahmad, denn er war es, der sich eben selbst als Seidenraupenzüchter erschaffen hatte, er werde sogleich nach Alaiye aufbrechen, um Seidenraupeneier zu besorgen. Digrin zeigte sich als Einziger interessiert genug, den Fachmann mit dem nötigen Kleingeld für den Erwerb der Eier auszustatten.

Ahmad hatte nicht nur Wort gehalten, sondern selbst eine brennende Neugier entwickelt, ob das Experiment gelingen werde. Lange tüftelten Ahmad und Digrin, bis sie darauf verfielen, den künftigen Seidenspendern im Wohnzimmer ein Domizil zu geben. Dort allein konnte es gelingen, die Temperatur nachts über fünfzehn Grad und tagsüber unter dreißig Grad zu halten. Ahmad und Digrin bauten einen Holzrost, breiteten Baumwollflocken darüber, auf welche sie die winzigen gelben Eierchen betteten. Wenigstens zehn Tage sollten sie warten, bis die ersten Raupen schlüpfen würden. Doch Digrin legte schon nach dem dritten Tag Maulbeerblätter auf den Rost. Was sollten die Kleinen denken, wenn sie auf die Welt kämen und nichts zu fressen da wäre?

Dann wieder rief er aufgeregt nach Ahmad: Was ist das? Was ist das? Ahmad, schnell, bring eine Decke, die Eierchen frieren.

Tatsächlich, sagte Ahmad, der herbeigeeilt war, sie sind so blau wie die Lippen eines Bettlers im Winter.

Am Abend kam Digrin freudestrahlend vom Dienst. Er hatte einem Bekannten in Alaiye telegrafiert, und der hatte herausgefunden, warum die Raupeneier ihre Farbe wechselten.

Sie wachsen, Ahmad, sie wachsen.

Tag für Tag wechselte Digrin nun Telegramme mit seinem Bekannten über Gedeihen und Pflege der Brut. Am zehnten Tag, Digrin hatte sich eigens Urlaub erbeten, stand er bereit, mit einem frisch geschnittenen Maulbeerzweig die ersten Raupen zu begrüßen. Er stand dort auch am elften Tag, weigerte sich, nachts zu Bett zu gehen, und wachte gemeinsam mit Ahmad, bis er, den Kopf auf einem Korb mit Maulbeerblättern, irgendwann einschlief. Nach der zwölften Nacht schlich Digrin niedergeschlagen zum Dienst. Dann, im Morgengrauen des dreizehnten Tages, erwachte Ahmad auf seinem Bett aus Maulbeerblättern von einem merkwürdigen Geräusch. Es klang, als rausche ein Fluss mitten durchs Haus. Er sprang auf. Und er sah, aus fast allen Eiern waren kleine Räupchen geschlüpft, die sich geräuschvoll durch die Blätter fraßen.

Ich wusste, hatte Ahmad ausgerufen, dass Gott mich nicht Lügen strafen würde. Dann war er zum Bahnhof gerannt, um Digrin Bescheid zu geben. Die beiden Männer waren sich in die Arme gefallen und hatten getanzt. Dabei hatte Digrin immer wieder gerufen: La Illahe Illallah! Ahmad hatte geantwortet: Gelobet sei der Herr!

Von alldem ahnte Hans Kaspar nichts, als er auf dem Hof des Seidenraupenhauses stand.

Nun also, nach einem freundlichen Blick auf Hans, wandte sich Ahmad an Siyakuu und sagte: Komm, lass uns ihm unsere Kinderchen zeigen!

Natürlich meinte Ahmad seine Raupenzucht, doch Hans war irritiert. Sollte diese junge Frau, ja, dieses Mädchen, kaum so alt wie er, tatsächlich mit dem alten Ahmad verheiratet sein? Hatte sie nicht neulich dem Telegrafisten der Bahnstation das Mittagessen gebracht? War da nicht auch ein Blick gewesen? Ein Blick, der neugierig fragte: Na, wer bist du? Und nicht sie, sondern er hatte scheu den Kopf zur Seite gedreht, um dann sehr beschäftigt in einer Werkzeugkiste zu wühlen.

Hans brachte das nicht zusammen und muss wohl offenen Mundes Siyakuu angestarrt haben.

Sieh nur, Ahmad, lachte Siyakuu, dein deutscher Monsieur hat Hunger, er sperrt den Schnabel schon auf.

Nein, fiel Ahmad in die Spötterei ein, er trägt sein großes Herz auf der Zunge.

Groß, aber schweigsam, fügte Siyakuu hinzu, nicht wahr, Monsieur Brügg?

Natürlich hatte sie Hans erkannt. Der schweigsame, fast verkrochene Deutsche mit den melancholischen Augen forderte sie geradezu heraus, ihn aus seiner Höhle zu locken. So hatte sie sich bei ihrem Vater nach ihm erkundigt. Digrin nannte zwar den Namen Brügg, doch meinte er, sogleich allen Eventualitäten vorbeugen zu müssen: Höre, Kind, wir sind gutgläubige Christen, und was der Brügg ist, weiß man nicht. Der kommt aus Deutschland, da gibt es nur Katholiken, Protestanten und gottlose Sozialdemokraten.

Und Ahmad, entgegnete Siyakuu, was ist mit dem, der ist Mohammedaner?

Der ist auf seine Art ein frommer Mensch und großer Seidenraupenzüchter. Außerdem ist er mein Freund, nicht deiner. So hatte Digrin die Diskussion beendet und sich wieder seinem Telegrafen zugewandt.

Jetzt strich Siyakuu ihr feuchtes Haar aus dem Gesicht und sagte: Nun, Monsieur Brügg, was wollen wir tun? Essen, reden …

Als Ahmad nun auch noch Hans' Empfindsamkeit gegenüber einer Anrede in der Sprache des Erzfeindes erwähnte, stammelte der bloß etwas von Dienstpflichten und wandte sich hastig zum Gehen.

Er ging und ging, schwang dabei wütend seinen Hammer und dachte: So dumm, so dumm bin ich. Und sie ist so schön. Siyakuu, das hieß doch schwarzer Vogel? Nein, aber sie war kein Vögelchen, eher ein Schwan, ein schwarzer Schwan, stolz und angriffslustig. Und er? Er war ein platschiger Erpel.

Seit diesem Tag versuchte Hans, seine Kontrollgänge so einzurichten, dass er die Bahnstation etwa zur selben Zeit wie Siyakuu erreichte. War er gegen Mittag irgendwo draußen an der Strecke, versuchte er, auf einen vorbeifahrenden Zug Richtung Konya aufzuspringen, wobei er nicht selten heftig stürzte. Mit der Zeit aber wurde er so geschickt, dass er ohne Blessuren im Ort ankam. Wenn er dann vom Tender sprang, saß Siyakuu schon im Fenster des Telegrafisten und winkte.

Später also lernte Hans Ahmads *Kinderchen* kennen. Nach ihrer dritten Häutung hörte er das Rauschen ihrer großen Mahlzeit, während er über Siyakuus mondsilbernen Rücken strich.

Im Juni begannen sich die ersten zu verpuppen. Ende des Monats sammelten Ahmad und Digrin die Kokons von den Zweigen, um ihre Bewohner in heißem Wasser zu töten. Einige aber ließen sie hängen, in zwei, drei Wochen würden daraus Schmetterlinge schlüpfen. Mütterlinge, so Ahmad, für neue Seidenraupen.

Wie viel Seide werden wir gewinnen?, fragte Digrin.

Nun, sagte der Derwisch, unser Vögelchen wird schon ein hübsches Tüchlein davon haben.

Mehr nicht?

Wieso? Brauchst du etwa ein Schnupftuch? Du nimmst doch die Finger?

Da lachte Digrin. Und Ahmad lachte. Und die dabeistanden, Siyakuu, Hans und ein Dutzend neugieriger Nachbarn, alle lachten.

In diesen Tagen war Hans von einer großen Klarheit erfüllt. Klarheit und Ordnung, einer Ordnung, die sich freilich von der einer Dienstvorschrift sehr unterschied. Hans Kaspar durfte Ahmad einige Male zu den Mevlevi begleiten, dem jahrhundertealten Orden, den einst der Dichter und Sufi-Meister Dschelaleddin Rumi begründete hatte.

Dort lauschte Hans Kaspar dem schwebend schwermütigen Lied der Rohrflöte, hörte das Schlagen der Trommel während der Litaneien, und er sah die Derwische den Sema tanzen. Mit hohen Filzhüten bedeckt und bekleidet mit langen weißen Mänteln, glitten sie in scheinbar schwebendem Reigen durch den Raum. Mit ausgebreiteten Armen drehte sich ein jeder um seine Mitte.

Siehst du, sagte Ahmad, ihre rechte Hand ist zum Himmel geöffnet, um die Gaben Gottes zu empfangen, während ihre linke sie weitergibt an das irdische Dasein. So kreisen sie, losgelöst und selbstvergessen, von der Musik getragen und ihrer Liebe zu Gott.

Da erlebte Hans Kaspar eine Gemeinschaft, die anders war als Arno Brüggs *Wir von der Bahn*. Doch war es nicht das Mindeste, was er seinem Vater schuldete, *diesen* Kodex zu erfüllen? Gerade jetzt, wo ihn der asthmatische Stationsvorsteher immer öfter an den Bahnsteig schickte, die Ein- und Ausfahrt der Züge zu überwachen.

Gleichzeitig begannen sich Fahrpläne und Reglements im wirbelnden Tanz der Derwische aufzulösen.

Ein Zwiespalt, der ihn beunruhigte. Was sollte er tun, wenn der türkische Zugschaffner erst nach Tabak lief, so dass Hans vor der Wahl stand, den Zug verspätet oder ohne Kontrolleur abfahren zu lassen? Sollte er dem Vorsteher melden, wenn wieder ein Fahrgast einen Gürtel trug, der eigentlich ein Lederriemen und dafür bestimmt war, die Abteilfenster aufzuziehen?

Was hatte Ahmad auf seine Klagen geantwortet:

Wenn du dir eine Perle wünschest,
such sie nicht in einer Wasserlache.

Denn, so spricht Rumi:
Wer Perlen finden will,
muss bis zum Grund des Meeres tauchen.

Ist das die zweite Strophe, Ahmad?

Welche zweite Strophe?

Erinnere dich doch. An jenem Abend im Taurus sangst du von einem jungen Mann, der hohe Berge überstieg, um sein Glück zu finden.

Und, hast du es gefunden?

Nicht dort, wo ich damals meinte suchen zu müssen.

Siehst du, eben das ist die zweite Strophe.

Aber jetzt, aber hier. Die Bahn, das ist meine Arbeit!

Na und? Gott sagt nicht, faulenze. Gott sagt, liebe! Ahmad griff zur Pferdekopfgeige und sang.

Das ganze Leben sang in diesen Tagen. Die Telegrafendrähte surrten, die Bahn schnaufte heran, ein sonnenverbranntes Bäuerlein zog in letzter Sekunde seine Ziege von den Gleisen, eine Matrone schob erst mehrere Körbe, dann ihre mit Tüchern verhüllten Töchter in einen Waggon, türkische Soldaten saßen rauchend und schwatzend um ein Geschütz auf offenem Wagen, ein deutscher Offizier stolzierte zum Limonadenverkäufer, und, so schien es Hans in diesem Moment, der weite Himmel über dem anatolischen Hochland schloss alles und jeden in seine blauummantelten Arme.

Zu all diesem Glück ein Extraglück, nein, der Anfang allen Glücks: Siyakuu.

Die Senke über ihrem Schlüsselbein, der Quell in der Frühe. Wie glitzernde Kiesel ihre Zähne. Ein Abendhauch der dunkle Haarflaum ihres Nackens. So spricht Salomo, dachte Hans, nein, so spreche ich, Siyakuu, du Vogelherz, du Schwanenseele, du …

Eines Abends kamen die Gendarmen ins Seidenraupenhaus. Einer von ihnen hatte sich noch vor wenigen Tagen für seine Frau bei Digrin ein Seidentuch bestellt. Jetzt lächelte er nur noch verlegen: Es wird sich klären, Digrin, es wird sich klären.

Als in Digrins Haus die Falter endlich aus den übriggelassenen Kokons schlüpften, da war Siyakuus Vater nicht dabei.

Da konnte auch Hans' Vorgesetzter nichts ausrichten, obwohl, wie der gelegentlich eines Essens im Garten des Telegrafisten versichert hatte, die Bahngesellschaft alles täte, ihre armenischen Angestellten zu schützen. Er wiederholte das Hans gegenüber erneut, fügte aber diesmal hinzu: Leider ist das in Anbetracht der herrschenden Ressentiments wie auch des unklugen Verhaltens zahlreicher Armenier, die im Rücken des osmanischen Heeres Aufstände anzetteln oder gleich zu den Russen überlaufen, nicht leicht. Ja, und nun Hochverrat, das sei kein leichter Vorwurf.

Es stellte sich heraus, dass man Digrins Depeschen nach Alaiye als chiffrierten Aufruf zum Aufstand auslegte. Ein Umstand, den Digrin glaubte leicht aufklären zu können

Doch dazu muss man angehört, nicht angebrüllt werden.

Das habt ihr euch so gedacht!, schnauzte der vernehmende Offizier. Erst Zeitun, dann Van und nun Alaiye. Nenn mir die Namen! Wo sind die Waffen versteckt?! Rede, Mann!!!

Ein zweiter Uniformträger, der schweigend rauchte, machte eine beschwichtigende Geste und bot Digrin eine Zigarette an und einen Kaffee.

Sehen Sie, Herr Nokudian, sagte er leise, fast flüsternd, die Engländer sind dabei, sich in Arabien festzusetzen. Dann sind unsere Kaffeeplantagen verloren. Er schmeckt ihnen doch, unser Kaffee? Wir wissen übrigens, Herr Nokudian, dass Sie der Föderation der armenischen Revolutionäre angehörten. Kamerad, wir haben doch gemeinsam den Sultan entmachtet. Seine Exzellenz, der Innenminister, das ganze Komitee für Einheit und Fortschritt, wir alle rechnen noch immer fest mit der Unterstützung durch unsere armenischen Freunde.

Es schien, als fehle dem Flüsterer die Kraft weiterzusprechen. Er seufzte, und es klang beinahe flehentlich: Gerade jetzt, wo der Feind im Land steht. Kamerad, du bist da in etwas hineingeraten. Sprich dich aus.

Irritiert nickte Digrin, doch innerlich schüttelte er sich, als müsse er aus einem unangenehmen Traum erwachen.

Sicher, er und andere Föderierte hatten 1908 in Konstantinopel gemeinsam mit jungen türkischen Offizieren, die man später einfach Jungtürken nannte, die Marseillaise gesungen. Künftig sollte es weder Bulgaren noch Türken, weder Juden und Christen noch Moslems, nicht Armenier, nicht Kurden geben – nur noch Osmanen. Das Osmanische Reich, ein Reich der Freiheit fortan. Eine trunkene Brüderschaft, die für Digrin bereits ein Jahr später im bitteren Kater geendet hatte.

Unruhen in Kilikien. Wie immer hatten die anderen angefangen. Für Digrin endete die Angelegenheit mit dem Tod seiner Frau. Damals hatte er sich von den Föderierten getrennt. Da waren zu viele nationalistische Hitzköpfe. Damals und jetzt wieder. Auf allen Seiten.

Trotzdem, man kann nicht mitten im Krieg desertieren, Gendarmen umbringen, anständige Leute zur Rebellion nötigen. Das gehört sich nicht, dachte Digrin, gerade nicht, wenn man Armenier ist. Unsereiner muss es dann ausbaden.

Es muss, sagte Digrin, sich um ein Missverständnis handeln.

Der Flüsterer schüttelte enttäuscht, ja beinahe traurig den Kopf.

Der andere schrie wütend auf: Mach uns nichts vor! Er hieb seine Faust auf den Tisch, dass Digrins Kaffeetasse scheppernd zu Boden fiel. Da, der Brüller schob ein paar

Papiere herüber, die sich sofort mit verschüttetem Kaffee vollsogen. Das hast *du* telegrafiert: *Die Brut reift.* Und hier: *Morgen werden sie schlüpfen.* – Aber verlass dich drauf, eure Brut wird nie mehr schlüpfen!

Digrin lachte auf, was ihm eine Ohrfeige einbrachte. Jedes Wort über Seidenraupen steigerte die Wut des Brüllers. Der Flüsterer hob resigniert die Schultern und verließ den Raum. Digrin brachte wenige Minuten später kein Wort mehr über die blutig geschwollenen Lippen.

Digrins Bemühen um Aufklärung mag gescheitert sein, weil Innenminister Talaat Pascha längst die schwere Ermittlungsarbeit der Gendarmerie durch ein Telegramm erleichtert hatte. Darin hatte er angeordnet, grundsätzlich alle Verdächtigen, also *alle in der Türkei lebenden Armenier restlos auszurotten … ohne Rücksicht auf Frauen, Kinder und Kranke.*

Man wird sie lediglich umsiedeln, versicherte Hans' Vorgesetzter. Ins Zweistromland. Und das Fräulein Siyakuu steht als Tochter Herrn Nokudians quasi als Angestellte unter dem Schutz der Gesellschaft. Wir werden alles tun …

Wir von der Bahn, hatte der gesagt, der Hans erst nach seinem schnellen Sterben zum Vater geworden war.

Wir von der Bahn, sagte nun auch Hans. Sagte es besonders oft, als er zum Gehilfen, weil gedachten Nachfolger des Stationsvorstehers avancierte. *Wir von der Bahn*, Siyakuu, sind sicher. Wir haben hier eine Aufgabe. Und wir sind eine deutsche Gesellschaft. Das weiß auch die türkische Regierung.

Zu spät begriff er, wie schnell und mit welcher Macht die Zugehörigkeit zu einem Volk, das Mächtige zu einem unerwünschten erklärt hatten, dieses *wir* aufspalten konnte. Selbst als die Gerüchte von Verhaftungen und Deportationen näher und näher kamen, gab es immer noch ein anderes *wir*: Ahmad, Siyakuu und Hans.

Manchmal, Ahmad hatte es ihnen beigebracht, übten sie zu dritt den wirbelnden Tanz der Derwische. Sie drehten sich um ihre eigene Achse, die linke Hand wies zur Erde, die rechte war zum Himmel erhoben. All das geschah in heiterer Eintracht. Dennoch schien Hans unzufrieden.

Ahmad mahnte: Hans, warte nicht auf die Erleuchtung, der Weg zu Gott ist lang. Auch wenn es geschehen kann, dass der seine zu uns sehr kurz ist.

Ahmad tröstete. Denn Siyakuu wurde oft von der Sorge um ihren Vater bedrängt. Wir, sagte Ahmad, sind jetzt auch ein kleiner Konvent, und wenn du erlaubst, Siyakuu, werde ich hier die Mütterlinge behüten und ihre Kinderchen. Bis dein Vater zurückkommt, und wenn es tausend Häutungen dauert.

Dann eines Tages gab es neue Hoffnung. Der neue Provinzgouverneur galt als den Armeniern freundlich gesinnt. Man hatte ihn deshalb, so erzählte man sich, von Aleppo im Süden nach Konya versetzt. Djemal Bey hatte auf eine Bürgschaft der Bahngesellschaft hin versprochen, den Fall Nokudian zu überprüfen.

Nach dem Krieg, sagte Hans in jener Zeit der Ungewissheit oft, werden wir nach Bagdad fahren. Dann ist die Bahnlinie fertig, und deinen Vater nehmen wir mit!

In den ersten Septembertagen kursierte das Gerücht, Djemal Bey sei in Konstantinopel bei Innenminister Talaat Pascha vorstellig geworden, weil in seiner Provinz Armenier spurlos verschwänden.

Talaat habe geantwortet: Wenn dich ein Floh sticht, dann freu dich, wenn alle Flöhe verschwinden.

Kurze Zeit später verschwand Djemal Bey, nicht spurlos, aber von seinem Posten. Die Provinz Anatolien bekam einen neuen Gouverneur und der Bahnhof Konya einen neuen Telegrafisten.

Der neue Telegrafist hieß Estragon. Seine Mutter war Köchin in einem Münchner Hotel gewesen und liebte Gewürze über alles, ganz besonders Estragon. Estragon Kniestübl war aus der Zentrale der Bahngesellschaft in Konstantinopel nach Konya versetzt worden. Wegen, wie man munkelte, leichtfertigen Lebenswandels, welcher unter anderem häufiges Zuspätkommen zur Folge gehabt hatte. Offenbar war man in der Zentrale der Meinung, die fromme Pilgerstadt Konya böte weniger Möglichkeiten für Ausschweifungen. Irrtum, sich betrinken und verschlafen kann man überall.

Einen Klumpfuß überspielte Estragon mit elegantem Auftreten und gelegentlichen Tänzelschritten. Auch im Dienst trug er weiße Wollpullover, sommers ärmellos und winters mit einem roten Schal drapiert. Jeden, der das Telegrafenzimmer betrat, zog er in amüsante Gespräche, denn er war charmant und von witzigen Anekdötchen voll. Gern gab er zum Besten, wie er seinem Vorgesetzten in Konstantinopel, als der ihn rügte, Hölderlin zitiert habe: *Pflanzt keinen Zedernbaum in eure Scherben ... und macht mich nicht den Knechten untertan!* Jawohl, Hölderlin. Und wissen Sie, was der geantwortet hat: Ich müsse mich irren, der neue Personalchef heiße Söderlein und der habe so etwas mit Sicherheit nicht gesagt!

Ansonsten ließ Estragon kaum eine Gelegenheit aus, sich über die Verhaftung seines Vorgängers und seine eigene Zwangsversetzung zu empören. So kam es, dass Siyakuu wieder öfter im Telegrafenzimmer anzutreffen war, um mit Estragon Pläne zur Befreiung ihres Vaters zu schmieden. Waghalsige und, wie Hans meinte, absurde Pläne.

Schließlich öffnete sich für Estragon der Zugang zum Zauberkreis des Seidenraupenhauses. Er führte Abence ein, deren Fröhlichkeit durch Unmengen von Wein eine hitzig-verzweifelte Färbung erhielt. Anders als bei Ahmads Tänzen und Spielen lag jetzt etwas Betäubendes, etwas Besinnungslosmachendes in der Luft, dem sich vor allem Siyakuu hingab. Ahmad wurde stiller und stiller, wiegte den Kopf, und es sah so aus, als warte er auf etwas.

All dies verursachte in Hans ein Grummeln. Es war ein böses Grummeln, das seine Vernunft in Schach zu halten sich mühte. Jetzt stürzte in seinen Träumen Siyakuu von der Brücke.

Eines Tages war Ahmad von einer Reise nach Alaiye zurückgekehrt. Am Abend, man saß wieder im Garten des Seidenraupenhauses beisammen, übergab er an Siyakuu ein Seidentuch mit den Worten: Dein Vater hätte dieses Tuch aus der Seide unserer Kinderchen sicher gern selbst in den Händen gehalten und dir, wie versprochen, übergeben. Er wird mir verzeihen, dass ich es nun tue. Und, dass ich es eigenmächtig mit einer Stickerei versehen ließ.

Siyakuu nahm das Tuch, entfaltete es und betrachtete das darauf gestickte Bild: eine sich im Sema drehende Frau, zu ihren Füßen ein Tiger.

Wenn du ihn brauchst, sagte Ahmad und deutete auf den Tiger, wird er dir helfen!

Später, sie hatten wieder reichlich getrunken, war es ein Spritzer roten Weins auf Estragons weißem Pullover, der die jungen Männer gegeneinander auffahren ließ.

Hans machte sich über Estragons plötzlich ernüchtertes Jammern lustig, und kaum dass der ein Salzfässchen über der befleckten Wolle ausgestreut hatte, strauchelte Hans beim Gang zum Abort. Im Fallen stützte er sich ausgerechnet in eine Schale mit Brombeeren, um dann an Estragons Arm Halt zu suchen.

Estragon, entsetzt über das erneute Malheur, zog Hans hoch, aber nur um ihn wütend zu schütteln. Der spürte nun auch keinen Grund mehr zur Zurückhaltung.

Du Idiot, denkst du, ich habe das absichtlich getan?

Das hast du! Das hast du!

Da! Hast du!

Der Schlag brachte einige Äderchen in Estragons Nase zum Platzen, und ein schmaler Streifen Blut rann über Lippen und Kinn, tropfte auf den Pullover. Estragon nahm dies nicht mehr wahr, denn schon hatten sich die beiden jungen Hähne heftig umschlungen.

Vergebens rief Siyakuu: Aufhören, aufhören!

Ahmad schmunzelte. Doch plötzlich, die beiden Männer wälzten sich schon auf dem Boden, erschrak auch er. Unbemerkt war der Tiger herangekommen, und nun, mit einem Satz, stand er auf dem Tisch.

Das Einzige, sagte Ahmad später, was ich tun konnte, war singen. Singend beten zu Gott und anrufen seinen allverzeihenden Namen: Al-Ghafur.

Langsam, sehr langsam hatte sich Ahmads Tiger zurückgezogen. Es war der letzte gemeinsame Abend gewesen. Der Zauber des Seidenraupenhauses war verloren.

Später sprach Ahmad Hans gegenüber noch einmal vom Griechen Empedokles: Die Liebe, so hätte der gesagt, vereint uns in göttlicher Sphäre. Der Hass ist es, der trennt. Und was, fügte Ahmad hinzu, ist die Eifersucht anderes als der Hass auf sich selbst, vom Zweifel genährt? – Sieh nur, als ich dem Tiger das erste Mal begegnete, wollte er mich töten. Ich habe ihn umarmt. Umarme du den Tiger in dir!

Nichts nützt, wenn man jung ist, die Weisheit der Alten. Ein Käfig schien Hans angemessener für einen Tiger. Hans Kaspar Brügg hielt sich selber und andere von nun an im Zaum. Den Schaffner ließ er nicht mehr nach Tabak laufen. Einen armseligen Reisenden, der mit dem Vorhang eines Abteilfensters als Sonnenschutz über dem Kopf aus dem Zug stieg, schleppte er zum Stationsvorsteher. Er war dessen strenger Gehilfe geworden. Sein *Wir von der Bahn* hatte seitdem mitunter bedrohlich geklungen.

Aber, dachte der im Mai 1921 arbeitslose Eisenbahner Hans Kaspar Brügg, als er am Morgen nach einer Tanznacht im

Gasthaus »Zur Schwanenweide« ruhelos durch taunasse deutsche Wiesen nahe der Stadt Cottbus stapfte. Ein *aber*, das ihn abhielt, sich zwei Schwestern und einer neuen Liebe zuzuwenden. Aber wie soll das *jetzt* gutgehen?

Immer wieder *aber*: Aber hätte nicht *damals* noch alles gut werden können?

Damals, im Oktober 1915, entließ die Unterschrift eines deutschen Obristen Digrin Nokudian nun auch formell aus dem imaginären *Wir von der Bahn*. Und damit auch dessen Tochter Siyakuu aus dessen Schutz. Oberstleutnant Böttrich, zu der Zeit verantwortlich für die Eisenbahnlogistik im Osmanischen Reich, wies an, alle armenischen Angestellten der Eisenbahngesellschaft aus dem Dienst zu entfernen.

Achtzehn Jahre war Hans da gerade geworden. Und nichts hatte er gewusst. Doch, gewusst schon, aber nicht verstanden. Erst später hatte er verstanden, dass er es gewesen war, der auf dem Bahnsteig stand, der nichts begriff, obwohl er alles sah und alles hörte:

Der tote Tiger. Der schreiende Ahmad. Siyakuu, irgendwo, gepfercht in einen der Waggons. Die durcheinanderlaufenden Soldaten. Der türkische Offizier, der ihn in perfektem Deutsch mit leicht schwäbischem Akzent anbrüllte: Lasse Se de Zug jetzt abfahre, Mann!

Hans hob die Kelle, schob die Trillerpfeife zwischen die Lippen, doch kein Ton kam heraus, keiner.

Da stürzte Estragon aus dem Telegrafenzimmer, lief, hinkend, so schnell es ihm möglich war, vorbei an den Waggons, die sonst Schafe transportierten, zog im Laufen seinen neuen, weißen Pullover aus und streckte ihn einer Hand entgegen, die Siyakuus Hand gewesen sein musste. Erst der vorgestellte Fuß eines Postens brachte Estragon zu Fall.

In diesem Moment riss der Offizier die Pfeife von Hans' Lippen, dass die Schnur, an der sie um seinen Hals befestigt war, zerriss, und blies wütend hinein. Wütend und gellend ertönte der Pfiff. Der Zug setzte sich in Bewegung. Reisende mit Mantel und Koffer sollten sich in Verdammte verwandeln, besitzlos, rechtlos.

Das, Helder, sind die Bilder, die wir kennen: Waggons, vollgepfercht mit Menschen. Menschen, die aus Güterwagen klettern, springen, stolpern, stürzen … Kranke gestützt, Sieche getragen, Tote herausgeworfen … Bilder von Fotos, Bilder aus Filmen, Bilder, endlos montiert und immer wieder um neue, den alten gleichende Bilder ergänzt, endlose Züge des Leidens.

Vier Jahre später, nach dem Ende des Großen Krieges, verurteilte ein türkischer Strafgerichtshof den Innenminister und drei weitere Menschenausrotter zum Tode. Allerdings war Talaat Pascha da schon ins Exil entwischt, auf einem deutschen Kriegsschiff.

Nachdem die Pistolenschüsse eines armenischen Studenten den früheren bulgarischen Postbeamten, ehemaligen jungtürkischen Revolutionär, entlassenen osmanischen Innenminister und exilierten Großwesir Mehmet Talaat auf den Straßen Berlins tödlich verletzt hatten, fand Hans Kaspar im *Cottbuser Anzeiger* aus dem Plädoyer eines deutschen Generals zitiert.

Der ehemalige Chef des osmanischen Feldheeres, Fritz Bronsart von Schellendorf, äußerte Verständnis für Talaats radikale Maßnahmen: *Der Armenier ist wie der Jude außerhalb seiner Heimat ein Parasit, der die Gesundheit des anderen Landes, in dem er sich niedergelassen hat, aufsaugt. Daher kommt auch der Hass, der sich in mittelalterlicher Weise gegen sie als unerwünschtes Volk entladen hatte und zu ihrer Ermordung führte.*

Als Ahmad vor dem abfahrbereiten Zug gesessen hatte, war er von dem osmanischen Offizier angefahren worden: Was scheren dich die Ungläubigen, Derwisch? Was schert dich ihr Unglück?! Verschwinde!

Ahmad hatte entgegnet: Ihr Unglück – unser Unglück, ihre Toten – unsere Toten, ihre Opfer – unsere Opfer. Es sind immer …

… unsere Opfer, dachte Hans Kaspar Brügg, und wir sehen ihn noch immer im Jahr 1921 unweit des Gasthofes »Zur Schwanenweide« durch taunasse Maiwiesen laufen, als könne er einer Erinnerung davonlaufen, die ihn abhielt von freundlicheren Gedanken.

Er wollte endlich fertig werden damit.

Er sah, wie Gänse und Schwäne seine Wimpel und Fähnchen auf den Feldern missachteten und sich gütlich taten an der jungen Saat. Da dachte er wieder an die Tänze mit Henriette und an die Tänze mit Erdmuthe, an ihre Worte, ihre Blicke, ihre Gesten. Frisch wie junge Saat. Er beschloss, sein Herz, dieses nimmersatte, rastlose Sologeflügel, endlich heimisch zu machen auf Niederlausitzer Feldern. Es sollte ihm sogar für einige Jahre gelingen.

X

Am Morgen nach der durchtanzten Walpurgisnacht lagen auch die Schwestern Stickenbacher noch wach, in einem Zimmer, Bett an Bett.

Pst, Henriette, die Mutter. Nicht so laut!

Komm näher, Erdmuthe, rück ran!

Nun also Hemd an Hemd unter einer Decke. Sie plaudern und kichern, ihre Worte, mehr noch ihre Gedanken, umgarnen von fern den Tänzer, den Prinzen, den Elfenfänger von den Wiesen. Mal schwärmerisch: ach, diese Augen, so schön, so dunkel, man könnte ganz versinken rein. Mal spöttisch: ein Kavalier aus der Tanzbärenschule.

Sie fanden kein Ende, und wäre Verliebtheit ein Hauch, sie machten einen Sturmwind daraus. So dass ihrer Mutter Odische Mühle mit Heftigkeit sich drehen müsste, holte man sie aus dem Schrank.

Ihre Mutter, Charlotte Stickenbacher, jene Frau, die aus des Kaisers Hand die Kinderklapper, wir erinnern uns, empfangen durfte und weiterreichen an Erdmuthes fein gepolsterte Säuglingshand, jene Frau betrieb, seit ihr Gatte und Leutnant der Reserve im Jahr 1917 an einem sonnigen Platz in Flandern am Senfgas verstorben war, mit Leidenschaft die Suche nach dem Od.

Jene im Jahre 1862 erstmals vom Freiherrn Reichenbach auf fotografische Platten gebannte Strahlung erregte beim bekümmerten Blättern in den hinterlassenen Büchern ihres Gatten anfangs nur deshalb Charlottes Aufmerksamkeit und Sympathie, weil diese zwei Buchstaben, *Od*, ihr klangen wie der verkürzte Seufzer des Namens eines Berliner

Tanzlokals mit Namen »Odeon«. Dort nämlich hatte sie einundzwanzig Jahre zuvor ihre erste Verabredung mit dem jungen Cottbuser Tuchfabrikanten Karl August Wilhelm Stickenbacher gehabt.

Hatte? Nein, gehabt hatte, dachte Charlotte, jetzt ist alles nur noch vollendete Vergangenheit.

In jenem Moment, als sie die Trauer über den Heldentod ihres Mannes, der auf eine poröse Gummidichtung seiner Gasmaske zurückzuführen war, zu überwältigen drohte, sah sie vor sich den klapperschwingenden Kaiser. Aber nicht nur die Frage, ob all das, was jenem Moment an Unglück gefolgt war, zu verhindern gewesen wäre, trieb sie fortan um, sondern auch und vor allem, ob ihren Töchtern ein Witwendasein zu ersparen sei. Kurz: Ließen sich aus Feldherren Musikanten machen?

Selber eine Sensitive, nervös und von Schlaflosigkeiten gepeinigt, vermochte Charlotte in finsteren Räumen die odische Lohe, sei es an Dingen oder an Menschen, wahrzunehmen.

Interessiert verfolgte sie, nebenher die kartoffelschälenden Töchter beaufsichtigend, was die ihr monatlich zugehenden »Psychischen Studien« an aktuellen Forschungen über das inzwischen Biostrahlenkraft genannte Agens vermeldeten.

Bald begann sie selbst, ihre Töchter durch Auflegen der Hand zu behandeln, was bei leichtem Kopfweh, wie sie in ihren wissenschaftlichen Tagebüchern vermerkte, zu gutem, bei Katarrhen zu weniger Erfolg führte.

Später befasste sie sich mit der »Gewinnung photographischer Lichtbilder lediglich durch die odisch-magnetische Ausstrahlung des menschlichen Körpers« nach Ludwig Tormin. Sie wies ihren Prokuristen an, einen kleinen, fensterlosen Raum neben dem Websaal, in dem bis dahin Stoffmuster gelagert hatten, als eine Dunkelkammer herrichten zu lassen und Fotoplatten zu beschaffen. Anschließend begab sie sich in die Reparaturwerkstatt ihrer Firma und beauftragte den Schlosser, ihr ein metallenes Kästchen von der Größe eines Quartbandes anzufertigen und in dessen Deckel ein Kreuz zu schneiden. Zwei Tage später brachte ihr der Prokurist das Kästchen und die Meldung, dass die Dunkelkammer bereit sei. Mit dem Kästchen in der Hand begab sich Charlotte in die Kammer und tat, wie Tormin es beschrieb. Sie legte eine Fotoplatte in das Kästchen und dann ihre Hand auf den geschlossenen Deckel. Sie wiederholte das Experiment einige Male, wobei sie auch einmal ihre Stirn gegen den mit der Kreuzöffnung versehenen Deckel drückte. Anschließend brachte sie die Platten zu einem ihr bekannten Fotografen zur Entwicklung. Obwohl die fertigen Fotografien kaum mehr als einen flüchtigen Lichtfleck zeigten, ließ sich Charlotte nicht beirren. Ja sie bestellte sogar andere Deckel mit anderen Mustern, Mäandern, Rosetten und Monden.

Eines Tages, nach zahlreichen Versuchen, bei denen sie des Öfteren vom Prokuristen mit Fragen gestört wurde, konnte sie sogar zu einer kleinen Ausstellung ihrer Bilder einladen. Sehr dekorativ, urteilte der *Cottbuser Anzeiger*, aber wissenschaftlich?

Die Ignoranz der Presse hielt sie jedoch nicht davon ab, in mehreren Odisch-magnetischen Vorträgen an der Volkshochschule eine Vision zu entwickeln, die ihr sowohl heftige Kritik eines monarchistisch gesinnten Journalisten als auch einen Boykottaufruf des KPD-Ortsverbandes eintrugen.

Charlotte Stickenbachers Vision war ein Bild in veränderter Vergangenheit: von Angesicht zu Angesicht mit dem Monarchen. Höchste Konzentration, bis die Biostrahlenkraft zu fließen beginnt, bis Charlottes Od in Resonanz tritt mit der herrschaftlichen Strahlung und Wilhelms kriegerisches Odium sich auflöst wie morgendlicher Nebel in der Frühlingssonne.

Zur Übung baute sie nach Anleitung der »Psychischen Studien« ein magnetopathisches Gerät, von ihr einfach *Odische Mühle* genannt. Das Gerät, ein schlichter, von einer flügelbestückten Achse durchzogener Pappzylinder, vermochte das Od in Bewegung umzusetzen. Stellten nun zwei Menschen zwischen sich den Pappzylinder, so die Hypothese des jungen Neomesmeristen in den »Psychischen Studien«, sollte die Mühle anzeigen, welcher von beiden über die stärkere Biostrahlenkraft verfüge.

Typisch männliches Konkurrenzdenken, dachte Charlotte. Sie war sich sicher, dass eine sympathische Resonanz der Biostrahlenkräfte möglich sei, ja dass beispielsweise ein wirklich liebendes Paar die Mühle zu einem hin und her schwingenden Tanz veranlassen müsse.

So war die Mühle selbstverständlich präsent, als Hans Kaspar Brügg eines Spätsommernachmittags das Stickenbacher'sche Haus in der Berliner Straße betrat und am Kaffeetisch gegenüber der Hausherrin Platz nahm.

Dem vorausgegangen waren viele ausgedehnte Spaziergänge über die Schwanenweiden. Auf denen hatte Brügg unter anderem seine neuesten Vogelvergrämungsmaßnahmen erläutert, mit denen sich zu beschäftigen er gezwungen sei, einzig, weil die Tierliebe des der Wandervogelbewegung entstammenden Landrats jeden Schuss auf die gefiederten Saaträuber mit Strafe belege. Eine Maßnahme, für die er große Sympathie hege, nicht nur weil sie ihm eine kleine Verdienstmöglichkeit eröffne. Denn: Schwäne, nein, Schwäne tötet man nicht, Gänse gewiss, aber Schwäne nie.

Hans Kaspar sprach dies mit solcher Überzeugungskraft, dass die Schwestern sich in erwartungsfrohe Schwaninnen verwandelten, die, in Umkehrung des antiken Mythos, ihren jungen Gott begehrten. Wenn ihre Aufmerksamkeit weniger vom Rauschen des eigenen Gefühls in Anspruch genommen gewesen wäre, dann hätten sie in Hans Kaspars

Tonfall die leise Selbstanklage eines Menschen vernommen, der schon einmal selbst gegen sein eben postuliertes Gesetz verstoßen hatte.

Solcherart Bemerkungen des jungen Mannes, vermischt mit Andeutungen über seinen Aufenthalt in Anatolien, umgaben ihn mit einer geheimnisvoll exotischen Aura, hin und wieder durchweht von einem Hauch Schwermut, was für die Schwestern Stickenbacher eine überaus anziehende Melange ergab, die den Makel der Arbeitslosigkeit ohne Mühe überdeckte.

Nun dieser Satz über Schwäne. Als die Schwestern, verzückt über so viel männliches Sentiment, mit ihren Mündern gleichzeitig nach seinen Lippen haschten, wurde ihnen schlagartig klar, dass man sich entscheiden musste. Und diese Entscheidung sollte Mutters Odische Mühle treffen. Denn dem jungen Mann selbst sie zu überlassen, nein, das konnte man nicht tun. Männer konnten irren, vor allem in Herzensdingen.

So war Hans Kaspar nicht nur höflich eingeladen worden, die jungen Damen hatten ihn, da er sich anfangs zögerlich zeigte, mit allen weiblichen Künsten, die von Schmollen bis zu emphatischen Ausmalungen der mütterlichen Backkünste reichten, gedrängt, ja beschworen, sie doch unbedingt zu Hause zu besuchen.

Es war ein Sonntag, und die Webstühle der Stickenbacher Tuche schwiegen. Federleicht, so schien es Hans Kaspar, schwang des Regulators Pendel hin und her. Gleich den großäugigen Faltern über den Rabatten vorm Fenster schwebten die Schwestern um den Tisch, lindgrün und sanftorange schwangen über den seidenbestrumpften Waden die Röcke. Die Töchter des Hauses brachten Tassen und Teller und eine kühn geschwungene Kanne, aus deren Schneppe der Duft frisch gebrühten Kaffees durch die Stube zog. Und zu guter Letzt einen großen Teller mit Kuchen, Bienenstich, wie Hans Kaspar in mochte, braun im zähen Zuckersud die Haferflocken verbacken, kunstvoll aufgetürmt wie Frau Stickenbachers Haare, Letztere gehalten von einer kobaltblauen Spange.

Der jungen Damen kurz geschnittene Schöpfe schaukelten fröhlich im Rhythmus ihres Redeflusses. Ihr von der Spannung auf das Mühlenurteil angeheizter Frohsinn versank jedoch abrupt, als Hans Kaspar, angesteckt von dieser Heiterkeit, die obersten Knöpfe seiner Eisenbahnerjacke öffnete und ein mit dicken gelben Streifen überzogenes Trikothemd sehen ließ.

Gelb, o Gott, rief Mutter Stickenbacher und senkte ihre Stirn auf die Fingerspitzen einer Hand. Junger Mann, bitte diese Farbe nicht!

Da waren die Schwestern schon beschäftigt, Hans Kaspar Jacke und Trikot vom Leib zu ziehen, wobei sie flüsternd erklärten, dass mit dieser Farbe man im deutschen Heer jenes Gas markiert hatte, an dem der Vater zugrunde gegangen sei.

Während Hans Kaspar, nun das grobe Uniformflanell auf seiner bloßen Haut, noch überlegte, ob es nach beinah einem halben Jahrzehnt noch angebracht sei zu kondolieren, war man schon wieder mitten im Geplauder.

Als Frau Stickenbacher mit Wohlwollen auf Hans Kaspars Berufsstand anspielte, trat erneut eine kleine Verlegenheit ein, denn er begriff, dass seine Verehrerinnen, aus welchen Gründen auch immer, der Mutter gegenüber seine Arbeitslosigkeit nicht erwähnt hatten. So sah er sich gezwungen, selber zu erklären, was um so schwerer erklärbar schien, da doch gerade die junge Reichsbahn so großzügig Personal hielt, dass die fast ebenso junge Republik stolz von Vollbeschäftigung sprach.

Sicher war Hans Kaspar nach seiner Rückkehr aus Anatolien ohne Aufhebens bei der Preußischen Staatsbahn untergekommen und sogar in den Beamtenstand erhoben worden. Doch wenig später sah der Verkehrsausschuss des revolutionären Arbeiterrates von Krahnsdorf-Brandt, das an der Strecke Cottbus–Leipzig liegt, in dem Heimkehrer aus Anatolien einen, wie man formulierte, Exponenten der reaktionärsten und expansionistischsten Kreise des deutschen Imperialismus, woraufhin Hans Kaspar von der verängstigten Eisenbahndirektion entlassen worden war.

Mit gleichem Schreiben an die Direktion übrigens war die Verbeamtung des dem Ausschuss vorsitzenden Revolutionärs gefordert worden. Dieser, ein gewisser Mendel, war Vorsänger im örtlichen Arbeitergesangsverein und Vorsitzender eines kommunistischen Zirkels und drängte danach, nun auch im Stellwerk die Weichen zu stellen. Und Fahrdienstleiter war bis dahin Hans Kaspar Brügg gewesen. Selbst dies berichtete Hans Kaspar ohne Vorwurf, ja es hatte mitunter den Anschein, als hielte er seine Entlassung selbst für gerechtfertigt.

Dies veranlasste Charlotte Stickenbacher zu bemerken, sie fände es sehr tapfer, dass Hans Kaspar, trotz der erlittenen Unbill, weiter seine Uniform trage.

Hans Kaspar ignorierte den ironischen Unterton dieser Worte und begann, schwärmerisch die frisch formierte Reichsbahn als das eiserne Band zu beschreiben, das die junge Republik zusammenhalte, wie die Damen unschwer am erfolgreichen Kampf gegen die Putschisten erkennen könnten. Streik, jawohl, doch nur als Mittel der Staatsräson. Ja, die Reichsbahn sei nicht weniger als das Model einer neuen sozialen und demokratischen Gesellschaft nicht auf den Gewinn Einzelner orientiert, sondern auf die allgemeine Wohlfahrt aller. Ja, aller! Unabhängig von Rasse oder Religion!

Während Erdmuthe verschleierten Blickes an Hans Kaspars von Metaphorik geschwollenen Lippen hing, rutschte Henriette unruhig auf ihrem Stuhl hin und her. Schließlich unterbrach sie den Redner mit der Bitte, er möge doch, was viel aufregender sei, von dem wilden Anatolien erzählen.

Keck provozierend fügte sie die Frage an, ob Hans Kaspar sich denn vorstellen könne, wie die Mohammedaner mit mehr als einer Frau verheiratet zu sein.

Doch vor einer Antwort wurde er durch die Herrin des Hauses bewahrt, die bat, den Tisch abzuräumen. Das geschah, und die kleine Gesellschaft schritt zum odischen Experiment, in dessen tieferen Sinn der Gast freilich nicht eingeweiht wurde, denn sie stimmten ihn lediglich auf ein kurzweiliges Spiel ein.

Die Mutter überprüfte die Funktionsfähigkeit des Geräts, indem sie erst die rechte, dann die linke Hand um den Zylinder legte, ohne ihn dabei zu berühren, woraufhin die Mühle sich einmal im Uhrzeigersinn, das andere Mal entgegengesetzt drehte.

Henriette jauchzte, als die Mühle in der Tischmitte zwischen ihr und dem Angebeteten mit gleichmäßiger Freundlichkeit mal in die eine und mal in die andere Richtung rotierte.

Man könne darin, so die Mutter, eine große Harmonie der Biostrahlenkräfte erkennen.

Dann postierte man sich um. Henriette, der beim fröhlichen Jonglieren mit drei Äpfeln einer unter den Tisch gerollt war, kam nach Augenblicken von dort wieder hervor, und der zweite Teil des Experiments konnte beginnen.

Erdmuthe, von liebenden Strahlen durchflutet, sah zu Hans Kaspar und der zu ihr mit so heftigen Blicken, dass erst sie errötete und dann der junge Mann.

Wie war Erdmuthe aber erstaunt, als sie auf die Mühle sah. Alle staunten, und Henriette rief aus: Na, so etwas! Die Mühle stand einfach still. Sie rührte sich nicht. Nicht die kleinste Bewegung weder in die eine noch in die andere Richtung.

Während die Mutter von einer gegenseitigen Auslöschung der odischen Kräfte sprach, dankte Henriette, tröstend die Hand auf der Schulter der weinenden Schwester, stillschweigend dem Gott der Physik. Der nämlich klebte in Gestalt eines Magneten unter der Tischplatte, von Henriette beim Apfelaufheben dort befestigt. So mochte er seinen metaphysischen Gegenspieler neutralisiert haben.

Es war also entschieden. Erdmuthe ließ ihre Schwester fortan allein mit Hans Kaspar über die Schwanenweiden spazieren. Sie hielt sich so lange zurück, bis das Schicksal seine Entscheidung zumindest teilweise korrigierte.

Der Ausgang dieses Experiments beeinträchtigte auch die Forschungen Charlotte Stickenbachers, die ja von dem versteckten Helfer nichts ahnte. Ihr sensitives Vermögen, das bei ihren Töchtern eine gleichermaßen heftige odische Lohe wahrgenommen hatte, war irritiert. So sehr, dass es bei der entscheidenden Begegnung mit dem Anführer der Nationalsozialistischen Deutschen Arbeiterpartei im Juli 1932 versagte:

Vierzigtausend jubelnde Menschen auf der Cottbuser Rennbahn und mittendrin Charlotte. Als der Parteichef sich einem Spalier näherte, drängte auch sie nach vorn. Verwundert über Charlottes Rührlosigkeit inmitten kreischender und winkender Frauen, fixierte sie der Wahlkämpfer mit einem magischen Blick. So standen sie sich einen kurzen Moment gegenüber. Auge in Auge rangen zwei Welten. Da sank Charlotte ohnmächtig zusammen, was der künftige Feldherr mit befriedigtem Lächeln registrierte.

So war ihr odisches Attentat, wie spätere Attentate auch, gescheitert. Weder sie noch andere konnten verhindern, dass ihre Tochter Henriette eines Tages, wenn auch nicht verwitwen, so doch zur andauernden Strohwitwenschaft verurteilt sein würde. Ein Alleindasein, das, wie schon das Charlottes, in deutscher Politik und klassischer Physik – hier ein Magnet, da eine diffusionsoffene Gummidichtung – begründet war.

Charlotte aber sollte das nicht mehr erleben müssen, denn ihre Ohnmacht war, medizinisch betrachtet, die Folge eines geplatzten Äderchens im Gehirn. Mehrere Wochen lag sie stumm und reglos im Krankenbett, neben sich auf dem Nachttisch die von ihren Töchtern dort aufgestellte Odische Mühle. Die Mühle drehte sich ununterbrochen, und in einer wolkenlosen Sommernacht rotierte sie so heftig, dass sie abhob und sich durch das geöffnete Fenster zu den Sternen in Bewegung setzte. Charlotte Stickenbachers Leben nahm sie mit. Zu den Sternen? Nicht gleich.

Wir, die wir mitunter versucht sind, Adolf Hitlers filmisch dokumentierte Auftritte nicht weniger komisch zu finden als Charlie Chaplins Tanz mit dem Globus, halten durchaus für möglich, dass Charlottes Odische Mühle, bevor sie die Erde verließ, einen Abstecher zur Reichskanzlei machte. Die leider nicht zu Ende veröffentlichten Tagebücher *Führer Hitlers* vermerken nämlich für die Nacht des 27. Juli 1934 ein merkwürdiges Ereignis:

Hatte interessanten Traum. War wieder in Wien UND berühmter Künstler. Lehrte an der Akademie. Malte: Gelbkreuz, Blaukreuz. (Genial: den letzten Krieg vorausgeahnt: das Gas!) Farbige Wolken, farbiger Regen, farbige Pfützen. Ich denke: Gott sei Dank!, kein Gas.

Frauenstimme (hysterisch): nicht dieses Gelb! Dann (sehr erotisch): Male Blumen, keine Kreuze! – Aufgewacht und alles notiert. Dummer Traum. Denn, ICH bin in Berlin UND berühmt UND Akademie. Malte gestern erst Rosenstock. Ohne Gelb. – Vorm offenen Fenster, trotz Augenreiben, Flugobjekt, spioniert offenbar. Bevor ich meine Pistole ziehen kann, dreht es ab. Verdammte Briten! Göring anweisen, auch so was zu bauen!

Dieser letzte Versuch, einen Feldherrn zum Künstler zu machen, schlug also fehl. Doch trösten wir uns: Nicht jeder erfolglose Künstler wird ein Massenmörder. Die Welt wäre sonst leer.

Die Anhänger der konservativen Naturwissenschaften mögen über Charlottes Bemühen amüsiert sein, wie schon sieben Berliner Professoren sich über Reichenbachs Odische Forschungen öffentlich belustigten.

Wir jedoch, Helder, werden eines Tages von Wissenschaftlern der amerikanischen Princeton-Universität lesen, die mittels einer Diode menschliche Biostrahlenkraft, dann freilich anders, nämlich morphisches Feld benannt, aufzuzeichnen vermochten. Ungläubig, doch fasziniert werden wir lesen, wie an die fünfzig weltweit verteilte Dioden an einem Septembertag ab vier Uhr früh eine ansteigende Erregung des globalen Od registrierten, bevor knapp fünf Stunden später ein Flugzeug in eines der höchsten Gebäude der Welt einschlug und weitere siebzehn Minuten später ein zweites in den Zwilling des bereits brennenden Turmes.

Es ist also an der Zeit, Charlotte Stickenbacher endlich zu rehabilitieren. Denn wenn ein paar gegen vier Uhr früh ins Auto steigende Attentäter vermögen, das Od der Menschheit in Schwingung zu versetzen, dann war ihre Idee, den odischen Schwingungen eines Deutschen eine andere Richtung zu geben, doch mehr als nur ein Hirngespinst. Freilich, sie hätte sich nicht gerade den unzugänglichsten auswählen sollen.

Gut zweieinhalb Jahre nach der von Henriette Stickenbacher manipulierten odischen Sitzung, kurz vor ihrer Vermählung mit dem inzwischen rehabilitierten Reichsbahnuntersekretär Hans Kaspar Brügg beichtete die Braut, als sie dringend der Hilfe ihrer Schwester bedurfte, dieser die Sache mit dem Magneten.

Erdmuthe, anfangs erbost, doch zunehmend angetan von der Aussicht, zur Sühne eine Nacht – nicht irgendeine Nacht, sondern die Hochzeitsnacht! – mit Hans Kaspar verbringen zu dürfen, verzieh der Schwester großmütig.

Henriette hatte gute Gründe für dieses Wiedergutmachungsangebot, war sie doch in einer milden Vorfrühlingsnacht zwischen den Garnrollen im Stickenbacher'schen

Lager ihrer Jungfernschaft verlustig gegangen. Und dies nicht unter Hans Kaspars Beteiligung, sondern unter tätiger Mithilfe eines flotten sächsischen Garnlieferanten, der das Wort vom *ins Garn gehen* erfunden haben könnte, wenn dies nicht schon die mittelalterlichen Vogelfänger getan hätten. So aber, so ganz ohne Häutchen vor der Tür, wollte Henriette ihrem Gemahl in der Brautnacht nicht begegnen.

Dennoch sah sie sich um Seidenfadensbreite genötigt, sich Hans Kaspar zu offenbaren, als auch der sie in den Tagen vor der Hochzeit im Garnlager mit Leidenschaft bedrängte. Doch schlug des Liebhabers heftige Erregung, als er Henriette eben auf eine Lieferung Seidengarn hob, plötzlich um. Mehr als Henriettes Spitzenunterwäsche schien Hans Kaspars Aufmerksamkeit von einem Etikett gefesselt, das auf den Seidenrollen klebte.

Türkische Seide?

Ja, warum nicht.

Türkische Seide aus Konya?

Ja, warum nicht aus Konya. Komm, die Mutter wartet! Und froh, der Gefahr entronnen zu sein, zog Henriette Hans Kaspar aus der Verstrickungsgefahr.

Den Rest des Tages verbrachte er in grüblerischer Schweigsamkeit, obwohl die Gespräche über Hochzeitsvorbereitungen das Stickenbacher'sche Haus erfüllten. Die Schwestern nahmen es als geschlechtsbedingt hin und waren nicht böse, dass Hans Kaspar sich am frühen Abend verabschiedete. Schließlich hatten sie noch etwas zu bereden, das nicht für die Ohren des Bräutigams bestimmt war.

Am Tag der Hochzeit sorgten die beiden verbündeten Frauen dafür, dass Hans Kaspars Glas immer neu gefüllt wurde und der Schwesterntausch im dunklen Hochzeiterzimmer, wie sie hofften, unbemerkt vonstattenging.

Wenige Wochen nach der Hochzeitsnacht gelangte Erdmuthe Stickenbacher zu der Überzeugung, ein Kind von ihrer Schwester Ehemann im Leib zu tragen. Heftig atmend, mal das Gesicht in die Hände gedrückt, mal über den gefalteten Händen zum Himmel emporblickend, beriet sie sich mit Henriette. Diese nun fürchtete, der Brautaustausch und dessen Gründe könnten ans Licht kommen. Kurz entschlossen empfahl sie ihrer Schwester die Adresse eines vertrauenswürdigen Arztes, der das Malheur beseitigen könne. Doch Erdmuthe gedachte der Spaziergänge auf der Schwanenweide und ihrer illegalen Hochzeitsnacht wohl auch. Und mit Bestimmtheit sagte sie: nein. Schwäne tötet man nicht!

Daraufhin fielen sich beide Frauen in die Arme. Sie beschlossen, das Kind, das sie gewissermaßen zu dritt gezeugt, zu dritt auch großzuziehen. Freilich Hans Kaspar einzuweihen, fanden sie unklug, da Männer in ihren Gefühlen, wir hörten es bereits, allzu leicht irren. So spielte Henriette fortan eine werdende Mutter und Erdmuthe eine Kummerspeck ansetzende Jungfer. Beide beschworen Gefahren für das werdende Leben, wenn Hans Kaspar sich nicht fernhielte von seiner Frau.

Und siehe da, eines Tages überreichten ihm die beiden, als er heimkam, einen bläulich schimmernden Säugling mit dunklem weltweisem Blick.

Das Mädchen, sagte Henri Helders Vater, erhielt den Namen Rosa. Ja, Henri, deine Mutter ist Erdmuthes Tochter! Bertram Helder, der diese Dreierbeziehung seinem Sohn offenbarte, sprach davon mit einer gewissen Genugtuung, einem Unterton, der klang wie ein Kehrgeräusch vor fremden Türen.

Einzuräumen bleibt, Bertram war betrunken. Dies war deutlich durch den telefonischen Äther zu vernehmen, als er resümierte: Sozusagen hatte deine Mutter eine Doppelmutter. Wenn ich dir, mein Sohn, außer deiner ersten Fahrkarte vielleicht, sonst nicht viel mit auf den Weg geben konnte, so lass dir das eine doch sagen: Mach bloß das Licht an im Schlafzimmer und gucke, wer da liegt!

Ja, sagte Helder, eine Doppelmutter hatte sie, aber warum hatte sie eines Tages keinen Vater mehr!

Du, wiederholte Bertram seine Mahnung, sag bloß nicht der Mutti, dass ich dir irgendwas erzählt habe. Du weißt doch, die ist da empfindlich. Und die Sache mit dem Polen … Du, sagte er, und Helder hörte, wie Glas leicht an Glas schlug. Jetzt, dachte Helder, gießt er sich noch einen ein.

Du, Junge, da war Krieg, und er war doch wirklich selber dran schuld.

Schuld? Wer? Woran?

Erzähl ich … erzähl ich dir ein anderes Mal. Nicht hier am Telefon. Mir ist, als ob einer zusieht, ich meine, zuhört. – Ich glaube, Mutti kommt. Ach, du bist es, Rosalein, ich habe nur mal …

Nichts, kein Wort mehr. Aufgelegt. Im Hörer tutete es wie aus kosmischen Fernen.

XI

Hey, Mann, verdammt, die Schuhe …

Er sagte tatsächlich *hey, Mann, verdammt,* so wie in einem amerikanischen Film, so wie dort einer aus den unteren Schichten einen Fremden anspricht: *hey, Mann* und dann dieses *verdammt*, im Original wahrscheinlich *goddamn*, gottverdammt – aber drei Silben sind zu lang für einen amerikanischen Film, deshalb also *verdammt* – zwei Silben. Dieser Typ sagte: Hey, Mann, verdammt, die Schuhe kenn ich doch!

In diesem Augenblick bereute Helder nicht nur diese Reise, sondern auch, dass er die Schuhe seines Großvaters angezogen hatte. Um es genau zu sagen: Hätte er die Schuhe nicht angezogen, er wäre niemals geflogen. Er wäre auch nirgendwo hingefahren, außer vielleicht nach Brüssel, um sich Susannes Jean-Pit anzusehen. Um sich von ihm und Susanne durch eine fremde Stadt zerren zu lassen und sich dabei mies zu fühlen. Aber schon als er die Schuhe das erste Mal anprobiert hatte, war ihm so ein merkwürdiges Gefühl von den Fußsohlen erst die Füße, dann die Beine heraufgekrochen, so zwischen Kribbeln und Brennen. Er hatte das auf seinen Fußpilzekel zurückgeführt und die Dinger sofort wieder von sich geschleudert.

Machst du nun nach Hawaii?, hatte ihn Tante Erdmuthe zwischen zwei genussvoll geschlürften Schlückchen Geburtstagskaffee gefragt.

Tante Erdmuthe, Helder konnte sich nicht vorstellen, sie plötzlich Oma zu nennen. Vor allem aber zog er es vor, seines Vaters Offenbarung, wie der es wünschte, zu beschweigen und auch Tante Erdmuthes Bemerkung zu überhören.

Helder gabelte den nächsten Bissen Schwarzwälder Kirschtorte auf und lobte die Backkünste der Tante.

Ist vom Bäcker, bemerkte Erdmuthe und wiederholte: Also, wie ist das mit Hawaii?

Die Kaffeetasse des Vaters klirrte wie ein kurzer empörter Zwischenruf.

Helder würgte an der Schwarzwälder Kirsch und führte, da er die Frage kein zweites Mal ignorieren konnte, diverse berufliche und familiäre Verpflichtungen ins Feld.

Na, deine Susi hat sich doch schon dünnegemacht! Lässt mir Lilien schicken, das dumme Ding, als wär ich schon tot. Tja, wenn es wenigstens noch hundert gewesen wären …

Jetzt ist aber gut, Erdmuthe. Helders Vater schob die besänftigende Hand seiner Frau beiseite. Soll der Junge etwa auch in Honolulu über Lavafelder springen? Der hat hier einen anständigen Beruf!

Aber Urlaub, Urlaub darf er doch machen, dein Sohn? – Ach, sagte sie nach einem Blick unter den Tisch, du hast ja gar nicht Hansens Schuhe an, Junge!

Die drücken, murmelte Helder.

Viel zu teuer!, knurrte der Vater und meinte den Urlaub. Und was ist, wenn mit uns was ist? Oder mit dir? Oder …

Das Läuten der Türglocke hielt Bertram Helder davon ab, alle möglichen Krankheits-, Un- und Pflegefälle aufzuzählen.

Gott, o Gott, der Bundespräsident! Flink wie ein Backfisch hüpfte Tante Erdmuthe aus ihrem Sessel, huschte ins Bad, kam mit frisch und ein wenig zu kräftig nachgezogenen Lippen zurückgeeilt und postierte sich würdevoll in ihrem Sessel.

Nun, Henri, mein Junge, öffne die Tür!

Helder tat, wie ihm geheißen, und gefolgt von einem Pulk Journalisten, betrat ein feingezwirnter Herr die Stube. Es war aber nicht der Bundespräsident.

Ach, entfuhr es Erdmuthe, nur der Kanzler.

Vater Bertram zischte hinter ihr: Erdmuthe, das ist nicht wie beim Kaiser. Heute hat der Kanzler mehr zu sagen.

Erdmuthe reichte dem Kanzler huldvoll die Hand. Der Kanzler lächelte und gratulierte artig.

Er tätschelte lange Erdmuthes Hand, so lange, bis alle Fotografen ihr Kanzler-besucht-Hundertjährige-Foto gemacht hatten.

Nu lassen Sie mal los, junger Mann, und sagen Sie mir lieber, warum habe ich noch keine Antwort auf meinen Brief?

Der Kanzler lächelte und verstand nicht.

Wegen Helgoland, erklärte Tante Erdmuthe, wegen meinem Helgoland!

Der Kanzler lächelte und wünschte einen schönen Urlaub an der Nordsee.

Die Insel steht mir zu, bekräftigte Tante Erdmuthe, das ist meine Insel.

Der Kanzler lächelte und versprach, die Sache zu prüfen. Zum Abschied machte er einen kleinen Diener und eilte zum nächsten Wahlkampftermin.

Helgoland … Hawaii – ist die jetzt völlig durchgeknallt, knurrte Bertram Helder. Was macht die auf ihre alten Tage noch für ein Gewese!?

Gewese? Erdmuthe rubbelte sich spuckend und fauchend mit einem Taschentuch die Schminke von den Lippen. Hab's wohl gehört, dein Gewese. Wenn ihr auch dumm sterbt, ich werd es nicht, und der Junge wird es auch nicht! – So, der Empfang ist vorüber! Lasst mich in Ruhe mit eurem Gewese. Und du, Junge, dich will ich ohne die Schuhe nicht mehr hier sehen!

Was, fragte sich Helder, zu Hause angekommen, hat sie bloß mit den Schuhen. Er besorgte anderntags eine Dose

Antipilzmittel, tränkte damit die Treter und zog sie, nachdem er sie drei Tage hatte auslüften lassen, entschlossen an. Er wollte herausfinden, was es mit diesen Schuhen auf sich hatte. Drei Mal hatte er sie loswerden wollen. Vergeblich. Drei Mal – nicht, dass er an Märchen glaubte. Doch irgendwas musste es damit auf sich haben, wenn Tante Erdmuthe wegen der Schuhe ständig drängte.

Und dann ging es ihm so wie diesem Zwerg im Hauff'schen Märchen, der in ein Paar Zauberpantoffeln schlüpft und plötzlich – er weiß gar nicht, wie ihm geschieht – zweihundert Meilen weiter vor dem Tor eines Palastes steht. Das feurige Kribbeln kroch durch Helders Körper, breitete sich aus und schien sich aufzulösen, nein, diese Empfindung verwandelte sich in ein Gefühl finsterer Entschlossenheit. Als er sich im Flurspiegel sah, erschrak er, blickte er doch aus dem kühlen Glas wie ein amerikanischer Präsident bei der Verkündung eines Krieges.

Helder marschierte ziellos durch die Stadt, er musste es einfach tun, er musste laufen, durch das Labyrinth der Plattenbauten, an den Gleisanlagen entlang, durch Baumärkte und Passagen, kaum drei Minuten hielt es ihn in einem Straßencafé, da musste er über Friedhöfe wandern, zwischen klingelnden Radfahrern hindurch und einmal sogar über eine rote Ampel. Endlich ein Palast. Es war ein schrilles Dudelhaus aus Glas, Beton und bunten Fähnchen: weit geöffnete Schatzkammern, erfüllte Wünsche, ausgepreist und fein drapiert die einen, die anderen abgegriffen und verzottelt auf dem Wühltisch. Diskrete Wächter hefteten ihre Blicke an den die Wunderwelt durchhastenden Helder. Nun ja, Märchen sehen tatsächlich anders aus. Also weiter. Er stapfte über Wiesen und durch Parks, manchmal nur knapp vorbei an einem der ungezählten Hundehaufen, eilte durch kahle Gewerbegebiete, überquerte mehrmals die Spree, drängte sich durch Pulks ein- und aussteigender Straßenbahnfahrgäste, erntete die Flüche tütenbepackter Einkäufer und verfiel immer wieder in Laufschritt.

Vielleicht, so begann Helder zu fürchten, hatten die Schuhe auch den Penner durch die Stadt gehetzt, bis er vor Erschöpfung eingeschlafen und erfroren war. Endlich fand er sich völlig zerschlagen vor der eigenen Haustür wieder.

Natürlich hätte er die Schuhe wieder aus- und nie mehr anziehen können. Doch er erwachte am anderen Morgen mit dem seltsam kindlichen Gefühl, das Eintrittsbillett ins Leben läge für ihn bereit. Er müsste nur die Kraft der Schuhe mit einem Ziel verbinden. Ein Ziel, ja, aber welches?

Es dauerte eine Weile, bis ihm bewusst wurde, dass er sich an diesem Tag lediglich seine Papiere aus dem Personalbüro zu holen hatte.

Man hatte ihm eine ziemlich annehmbare Abfindung geboten, und er, da noch mit der Absicht, nach Brüssel zu Susanne zu gehen, hatte angenommen. Er zog seine Lavagängerschuhe an, und siehe, schon wusste er, was er mit der Abfindung anfangen würde. Er rief Tante Erdmuthe an:

Nächste Woche fahr ich nach Hawaii.

Gut so, Junge, aber zieh dir warme Unterhosen an.

Warme Unterhosen für Hawaii? Tantchen, ich werde Shorts und bunte Hemden tragen.

Egal, Junge, Hauptsache, du machst nu endlich los! Wenn du zurückkommst, haben wir Helgoland. Ich schreibe nämlich an das höchste Gericht, wegen der Gerechtigkeit. Und noch etwas: Wenn da noch irgendwas von Hans zu finden ist – er wird ja mehr besessen haben als ein Paar Schuhe –, dann sieh dir alles gründlich an: Er muss die Marke noch gehabt haben.

Welche Marke, Tantchen?

Die von meinen Onkeln, den Denhardts, Jungchen, weißt doch: die grüne Witu-Marke. Die hat Hans damals mitgenommen.

Auf nach Hawaii zu Hula und Ukulele. Ja, Helder würde bunte Hemden tragen, an Bars rumhängen – zur Linken und zur Rechten je eine Blütenschönheit –, und nebenbei würde er die Grüne Wituland aufstöbern. Das war doch immerhin ein vernünftiger Grund, sich auf die Spur der Großvaterschuhe zu begeben.

Was aber, wenn er nichts fände? Nun gut, er würde die Zeit schon zu nutzen verstehen: Bei seiner Rückkehr nach Deutschland würde er sein Werk »Nützliche Bahnen« abgeschlossen haben.

Die Deutsche Bahn und das deutsche Volk hätten endlich schwarz auf weiß, wie sie aus den roten Zahlen kämen.

Jetzt steckte er erst mal in San Francisco fest. Elf Stunden Flug mit eingequetschten Beinen wie im Trabant, ein nostalgisches Gefühl. Da war es gut, ein wenig rumzulaufen. Und bloß nicht in diesem Hotel bleiben. Die Klimaanlage dröhnte wie sein Flugzeug beim Start. Außerdem wirkte alles etwas puffig. Ein Kerl, Typ Sumoringer, klemmte zwischen einem Wandschrank und einer Art Bügelbrett, das war die Rezeption. Und in den schummrigen Gängen fühlte man sich ständig auf der Flucht. Helder hatte sparen wollen, und eine Nacht, bis sein Flug nach Hawaii ging, würde er es schon aushalten.

Außerdem war er in San Francisco. Sicher, ein Vierteljahrhundert zu spät, die Hippies waren längst verschwunden. Aber immerhin, er war da, trabte durch die hügeligen Straßenzüge und suchte das Meer. Henri Helder, entlassener Eisenbahnangestellter, auf den Spuren des Traums von Love & Peace.

Eigentlich, dachte Helder, hat mich der Quatsch nie wirklich interessiert. Ich hatte immer eine Fahrkarte gehabt und gewusst wohin. San Francisco jedenfalls gehörte nicht zu meinen Zielen. Jetzt sitze ich hier, und jemand, der mit Sicherheit längst hier gewesen wäre, lebt nicht mehr: Marion.

Marion trug Stirnbänder und Batikhemden, und sie hatte immer mal Probleme mit dem Herzen. Trotzdem wollte sie überallhin, wo unsereiner damals nicht hinkonnte. Kalifornien eben. Oder Indien. Lieber eigentlich noch Indien, vielleicht weil auch die Beatles dort gewesen waren. Zugegeben, ich wäre mit ihr gegangen, ihr zuliebe überallhin.

Dann hat sie mich gefragt. Wir saßen an der Spree, es war Juni, und die Gegend quoll über vor Grün. Wir hockten also am Ufer und dachten uns so Sachen aus, wie es später mal sein würde. Ich glaube, ich erzählte wieder einmal von dem Tunnel unterm Atlantik, in dem die Züge mit Lichtgeschwindigkeit hin und her rasen würden zwischen Europa und Amerika.

Und nach Indien?

Nach Indien? Was brauchst du da einen Tunnel?, knurrte ich. Marion machte sich gern mal ein bisschen lustig über meine Leidenschaft für das Eisenbahnwesen. Doch diesmal war es anders. Sie starrte aufs Wasser und zog ihr Stirnband vom Kopf. Das tat sie nur, wenn sie ein Problem hatte. Dann fielen ihr die seidigen Haare vors Gesicht, und man bekam eine ganze Weile nichts zu hören. Bis sie fragte:

Kommst du mit?

Wohin?

Nach Bulgarien …

Mit dem Zug?

… dann weiter über die Türkei bis nach Indien, per Anhalter.

Erst habe ich gelacht. Doch sie meinte es ernst. O Mann, habe ich gedacht, das ist nun doch ein bisschen viel Romantik.

Dann kamen die letzten Ferien vor dem Abitur, und Marion fuhr mit ihrem Vater nach Bulgarien. Eine Reise, von der sie nicht zurückkam. Nur ihr Vater kam wieder, das heißt, er wurde gebracht und saß dann etliche Jahre im Gefängnis. Unterlassene Hilfeleistung mit Todesfolge, außerdem versuchter illegaler Grenzübertritt. Irgendwo im bulgarischen Gebirge auf dem Weg zur Grenze hatte Marions Herz nicht mehr mitgespielt.

Sie hätte unbedingt, erzählte man sich später, nach Indien gewollt. Zwei Jahre oder drei noch, hätten die Ärzte gesagt.

Deshalb wollte sie dorthin, das Taj Mahal wollte sie sehen. Bevor es zu spät war. – Ja, gut, irgendwie hatte ich es geahnt, als sie mich fragte. Geahnt, aber doch nicht gewusst. Ich wollte auch nichts von ihrer Krankheit wissen, erst recht nicht, dass sie vielleicht bald sterben muss. Das war unmöglich, mit siebzehn starb man nicht, auch nicht mit achtzehn. Also kann Indien warten, dachte ich, bis man darf. – So ist ihr Vater mit ihr losgezogen, obwohl er wusste, das ist gefährlich, wegen des Herzens und wegen der Grenze. Als Marion dann ihren Anfall bekam, schleppte er sie ins nächste Dorf, doch es war schon zu spät. Zu spät …

Zu spät, dachte Helder. Er hockte am Pier, sah zu, wie sich ein paar Seehunde in der Sonne aalten, und knautschte einen leer getrunkenen Kaffeebecher. Es war das erste Mal, dass er sich vorstellte, *er* wäre mit Marion durch die Rhodopen gelaufen. Mit den Großvaterschuhen, dachte er, hätten wir es geschafft.

Und dann?

Istanbul, Bahnhof Haidar Pascha, ein Sack- oder, vornehmer ausgedrückt, Kopfbahnhof wie in Leipzig, und nichts wie hinein in die Bagdadbahn. Vorwärts, den Landweg nach Indien …

Spinner, dachte Helder, um ein Stückchen abzurücken von sich selbst, von seiner Ahnung: Es wäre vielleicht doch möglich gewesen, ein anderes Leben.

Und noch einmal: Spinner. Gott sei Dank, dachte Helder, ist mir das nicht passiert. Knast. Kein Studium, keine Bahn. Viel zu sensibel dieser Bereich für staatsfeindliche Elemente.

Nun also San Francisco. Ja, die Golden Gate Bridge war schon ein beachtliches Bauwerk. Aber Hochgefühle? Helder? Nein. Mehr so Angst. Was wollten die alle? Verdammt, hatte er etwa Marion in den Bergen liegen lassen? Glotz nicht so. Bloß nicht auffallen. Überall Bettler und Schnorrer. Bloß nicht wie ein Tourist aussehen, hatte ihm jemand geraten.

Helder trug ein Paar alte Jeans, ein zerknittertes Hemd, Basecap und Großvaters alte Treter. Sieht aus, hatte er vorm Badspiegel seines Hotelzimmers gedacht, als käme ich direkt aus einer Holzfällerhütte in den Bergen.

Nun fühlte er sich trotzdem beobachtet. Misstraute ihm das FBI noch immer, oder hatten es Ganoven auf ihn abgesehen?

Und jetzt das: Hey, Mann, verdammt, die Schuhe …

Ein Chinese mit dünnem Kinnbart beugte sich vor, die Hände auf die Knie gestützt, und betrachtete staunend Helders Schuhe.

Helder staunte unsicher zurück und blickte in ein altes faltiges Gesicht, sehr alt und sehr faltig, wie eine alte Kartoffel. Hatte er dieses Gesicht nicht schon am Flughafen gesehen?

Jetzt hatte der Chinese nicht nur deutsch zu Helder gesprochen, sondern er hockte sich hin und besah dessen Schuhe.

Verzeihung, sagte er, aber ich hatte diese Schuhe oder zumindest Schuhe, die genauso gearbeitet waren, ein paar Wochen lang direkt vor meiner Nase. Wir lagen immer Kopf an Fuß, um Platz zu sparen. Außerdem, wenn einer seekrank wird, dann kotzt er dem andern wenigstens nicht ins Gesicht. Also die Schuhe, ein bisschen besser waren sie, glaube ich, damals noch erhalten, aber diese Zeichen am Knöchel …

Der Wind ließ die Bambusstäbchen des Vorhangs leise rascheln. Ein kleines Dampffähnchen wehte über den Teeschalen, die Mo gefüllt hatte, bevor er, auf der Suche nach der Vergangenheit, in den Tiefen seines Ladens verschwunden war.

Mo besaß eines dieser Antiquitätengeschäfte, die es an jeder Ecke gab, um die Touristen mit ihrem Plunder zu beglücken. Anfangs glaubte Henri Helder noch, Mo wolle ihm die Schuhe abluchsen, um sie als originellen Blickfang ins Schaufenster zu stellen.

Hans, haha, ich sehe es an deinen Augen, solche dunklen Augen hatte Hans. Hans Kaspar Brügg. O ich weiß, ich weiß, du bist sein Sohn, nein, nein, sein Enkelsohn, stimmt das? Das stimmt doch? Ich irre mich nicht, nein, der alte Mo irrt sich nicht.

Als Helder nickte, saß er schon in einem der hinteren Räume des Ladens, und durch das offene Fenster lärmte die Stadt. Er träumte, mit Sicherheit träumte er das. Wie konnte es sein, dass ihn mitten in einer fremden Stadt ein alter Chinese in perfektem Deutsch als Nachkomme Hans Kaspar Brüggs identifizierte. Und während Helder noch schamhaft sein Unwissen über diesen Brügg zu verbergen bemüht gewesen war, hatte Mo beinahe zärtlich grüne Teeblätter über einem Kännchen zerpflückt, sie in kurzen Intervallen mit heißem Wasser übergossen und versprochen, von einer Schiffsreise im Jahr 1940 zu erzählen.

Nun kramte er, was wörtlich zu nehmen war, seine Erinnerungen hervor, und aus den Tiefen des Ladens klang nur ab und an ein leises Fluchen. Helder nippte an dem herb-grasigen Tee, und sein Blick schweifte über das von Mo angehäufte Sammelsurium. Ein paar Messinggefäße glänzten matt in den Strahlen der sinkenden Sonne. Ein holzgeschnitzter Elefant blickte stumm mit einem aufgemalten Auge herüber, die Farbe des anderen war abgeblättert. Zwischen Drachenvasen und Lampions stand in einem Regal eine faustgroße Büste von Karl Marx, die, so vermutete Helder, auf welchen Wegen auch immer vom Schreibtisch eines ostdeutschen Funktionsträgers bis hierher gelangt war. In den Regalen Bücher, deren Einbände die Spuren vieler Hände oder eines langen Vorsichhingilbens trugen. Auf einer dreibeinigen Kommode stand ein siebenarmiger Leuchter, von der Zeit mild patiniert. An einer Wand lehnten einige Bilder, von deren vergoldeten Rahmen hie und da der Gips bröckelte, ganz vorn eine Sturmnacht auf See, die Ölschicht von Rissen durchzogen.

Mos Laden schien ein Asyl für Vergangenheiten, die irgendwann irgendjemand etwas bedeutet hatten und dann von ihren letzten Besitzern verkauft, verloren oder irgendwo vergessen worden waren. Hofften sie darauf, dass ihre Zeit eines Tages noch einmal käme? Vielleicht diese kleine marmorne Tänzerin, die in ihrer Pirouette auf einem Sockel verharrte, der augenscheinlich ein Tintenglas enthielt. Jetzt war das Glas leer, nur ein eingetrockneter Rest erinnerte an die Tinte, mit der einmal vielleicht die Frage geschrieben worden war: Sehen wir uns morgen Abend? Oder blieb der Tänzerin, wie es dem Schreiber vielleicht auch geschehen war, allein die Erinnerung an ihre große Zeit?

Helder spürte eine Melange aus Sehnsucht und Melancholie, wie sie alte Dinge seit seiner Kindheit in ihm auslösten, mitunter so heftig, dass er sich in späteren Jahren geweigert hatte, auch nur ein altes Möbelstück in seine Wohnung zu stellen. Diese Gewohnheit hatte, nachdem er mit Susanne zusammengezogen war, des Öfteren zu Streit geführt, denn Susanne liebte alles, was er am Ende nur noch alten Plunder nannte.

Umgekehrt liebte Helder alles, was ihn an eine Zeit erinnerte, die er seine beste nannte, die Zeit der Wählscheibentelefone und Plasteeierbecher; wir hörten schon davon.

Draußen rauschte, hupte und quietschte das moderne Leben, doch Helder fühlte sich von den alten Dingen in Mos Laden eingesponnen in eine Stille, die ihm unheimlich zu werden begann. Was würde ihm der Alte für eine Geschichte erzählen?

Er dachte an *Casablanca* und solche Sachen. An Geschichten über Nazis, Geschichten über Flüchtlinge, Geschichten über den Krieg. Sah Bilder aus Russenfilmen, Amischinken, DEFA-Streifen und Fernsehfolgen, aus *Vier Panzersoldaten und ein Hund*, aus *Nackt unter Wölfen*, *Schindlers Liste*, *Pearl Harbor*, aus Dokumentarfilmen über Buchenwald, Auschwitz, Treblinka. Leichenberge, Häftlinge, Stacheldraht, Stalinorgeln, die Fahne auf dem Reichstag. Die Fakten wurden mit künstlichen Bildern überlagert, bis diese selbst wieder zum Fakt geworden waren und Vorstellungen hinterließen. Vorstellungen, die auch er gelegentlich Wissen nannte, Wissen und Wahrheit. Doch ihm war klar, nur über Eisenbahnen wusste er wirklich etwas.

Mo hatte endlich gefunden, was er suchte, er legte ein in brüchiges Leder gebundenes Album auf den Tisch und stellte einen Karton, gefüllt mit Fotos und Ansichtskarten, daneben. Als Erstes eine Ansichtskarte: ein gutbürgerliches Haus, im Erdgeschoss ein Geschäft mit großen, in dunkles Holz gefassten Schaufenstern. Über einer Tasse, deren Dampf sich in ein chinesisches Schriftzeichen verwandelte, wölbte sich in deutschen Buchstaben das Wort Teehaus.

Moment, Moment, Mo durchblätterte das Album, da ist er. Mein Vater.

Helder sah einen gelehrt wirkenden Herrn mit Weste und Uhrkette in Sepia. Davor auf einem Stuhl, die Hand des Herrn lag beschützend oder begütigend auf ihrer Schulter, saß eine Frau in hochgeschlossenem dunklem Rüschenkleid mit Medaillon, die Gesichtszüge asiatisch, die Haare mit deutscher Strenge geknotet.

Sie haben, Mo kicherte, eine Teemischung nach mir benannt: Karl Mo. Außer Tee ließ mein Vater auf der Welt nur noch die deutschen Philosophen gelten. Schopenhauer, Hegel, Nietzsche und Marx – davon der Karl. Den Mo durfte sich Mutter aussuchen. Mir hat sie später einmal erzählt, mit Mo habe sie heimlich einen chinesischen Denker in Vaters deutsches Philosophenuniversum geschmuggelt.

Mo Zi sagt, die Werke der Menschen, wenn sie auch alles bedenken, sie müssen misslingen, wenn ihnen eines fehlt: die Liebe.

Vater war eher der Auffassung, den Deutschen fehle, neben der Achtung für ihre Denker, der grüne Tee. Sie trinken Kaffee, so führte er gelegentlich aus, und der Kaffee, genauer gesagt, seine Inhaltsstoffe veranlassen den Körper, das Wasser ungenutzt – wutsch, du kennst das – abfließen zu lassen, ohne dass es erst die Giftstoffe aus den Zellen spült. Und was können vergiftete Menschen anderes produzieren als Gift? Man wird, mein Sohn, sagte er, eines Tages Hitlers Kaffeeverbrauch untersuchen, und ich sage dir, wir werden recht behalten. Wir und der grüne Tee.

Vorher aber, im November 1938, haben die Kaffeetrinker auch in die Scheiben unseres Teehauses Steine geworfen.

Mein Vater, der in jungen Jahren viel gereist war, hatte dieses und jenes Erinnerungsstück mit nach Hause gebracht. Unter diesen Gegenständen befand sich auch ein siebenarmiger Leuchter aus Haifa, der gut sichtbar die Teestube schmückte. Jemand hatte, vermutlich dieser Menora wegen, das Gerücht in die Welt gesetzt, mein Vater müsse jüdischer Abstammung sein. Schon als 1933 der erste Davidstern an unserem Schaufenster prangte, hatte meine

Mutter meinen Vater aufgefordert, den Irrtum mit einer Anzeige in der Zeitung aufzuklären. Vater jedoch weigerte sich.

Noch in jener Novembernacht, als fünf Jahre später nicht nur die aufs Fensterglas gemalte Teetasse zu Bruch ging, hielt er Mutter ab, das Fenster im Obergeschoss zu öffnen und den Volkszorn über seinen Irrtum aufzuklären. Was wird sein, sagte Vater, wenn sie morgen dir ankreiden, Chinesin zu sein?

Mein Vater willigte allerdings ein, mich noch im gleichen Jahr mit jüdischen Kindern in ein Camp nach England zu schicken. Siehst du, sagte er, es hat auch mal einen Vorteil, Jude zu sein.

Es sollte der längste Ferienaufenthalt meines Lebens werden. Nach Kriegsausbruch wurde ich vom Ferienkind, ich war inzwischen siebzehn, zum *enemy alien*, zum feindlichen Fremden. Als die Franzosen kapitulierten, wurden alle Deutschen, egal ob Flüchtling oder Nazi, interniert.

Da, Mo fischte ein vergilbtes Foto aus seinem Karton, siehst du uns auf der Insel Man. Hier das bin ich, der Kleinste. Daneben, der Bärtige, war ein Freund meines Vaters, ein Teehändler, der hoffte, nach Amerika zu seiner Familie zu kommen. Hier … na, das siehst du schon am Hitlerbärtchen, da hatten sie mal den Richtigen. Und das hier, das ist Hans, dein Großvater … Warte, das hier ist besser, das ist er, schon in Australien, mit seinem Kakadu.

Das also war er, der Lavagänger: auf den ersten Blick ein unauffälliger Typ in den sogenannten besten Jahren. Die Haare dunkel, scheitellos, wie eben mit der Hand für den Fotografen nach hinten gestrichen. Tatsächlich auffallend, wenn hier Mos alte Schwarzweißfotografie nicht täuschte, waren seine fast schwarzen Augen und um den Mund ein Zug, noch unentschieden zwischen Melancholie und Bitterkeit. Ein Gefühlsgemisch, das Helder bei jemandem, der unfreiwillig in ein fernes Land verfrachtet werden sollte, durchaus verständlich schien. Doch wider diesen Ernst sprach, sah man genau hin, der linke Mundwinkel. Hatte der nicht noch eben gezuckt, nach oben, wo auf der Schulter mit gespreizter Haube ein Kakadu hockte, den Schnabel geöffnet.

Mo schenkte Tee nach. Er, der Kakadu, sagte immer: *A-doof Iiii-tler, A-doof …* – Das hatte ich ihm beigebracht. Ja, unser Widerstand ist oft ein Witz. Manchmal nur ein Treppenwitz.

Im Sommer 1940 begann unsere Reise. Nach Kanada, hieß es. Wie die Sträflinge. Von ehemaligen Sträflingen bewacht und beklaut. In überfüllten Decks. Im Gestank von Urin und Erbrochenem, von dessen Farbe sich kaum die tägliche Ration Marmelade unterschied. Zwei Wochen lang, so berichtete Mo, dann durften wir das erste Mal an Deck. Im Laufschritt. Barfuß, über die Scherben der von den johlenden Wachen zerschlagenen Flaschen.

Wahrlich, sagte Mo, eine lustige Seefahrt, gleichzeitig von den Gewehrkolben der Briten gejagt und von den Torpedos deutscher U-Boote. Immerhin tat uns später seiner Majestät Premierminister die Ehre an, unsere Internierung als ein bedauerliches Missverständnis zu klassifizieren. Dem Kommandanten dieses Höllenfrachters haben die Briten übrigens selbst den Prozess gemacht. Wäre ich der Richter gewesen, ich hätte ihn dazu verurteilt, für den Rest seines Lebens diese grünlich-gelbe Marmelade zu essen.

Während Mo erzählte, verwandelte sich Helders melancholisch-bitterer Großvater in einen dickfelligen Skatbruder, der einem Leben zwischen Hitze und Dreck allemal noch ein fröhliches Spielchen abgewinnen konnte. Er hatte, sagte Mo, so ein Kartenspiel dabei, da trugen die Figuren Eisenbahneruniformen. Preußische Staatsbahn, Königlich-Sächsische Staatsbahn, Königlich-Bayerische Eisenbahn … und auf den Luschen waren Lokomotiven abgebildet. Er kannte jede Uniform, ob Schrankenwärter oder Bahnhofsvorsteher, und jede Lokomotive auswendig. Los, komm schon, gib mir den badischen Bahnsteigschaffner. Und da noch die Borsig 758 obendrauf.

Ja, sagte Helder, so ein Spiel hatten wir auch.

So, so, sagte Mo und lächelte geheimnisvoll.

Ein Spieler also. Oder gar, wie die Großmutter meinte, ein Betrüger?

Dann sah Helder, angeregt durch Mos Bericht, diesen Hans Kaspar Brügg schweigsam in sich verkrochen. Hörte, wie er, das Gerücht – in Empfang genommen von den Essenholern, geflüstert von Tisch zu Tisch, weitergegeben zum nächsten darüber- oder darunterliegenden Deck, bis es von einem der Posten zur höhnisch quittierten Gewissheit wurde: Die *Dunera* fährt nach Australien. Dann sah er, wie Hans Kaspar es gesehen haben muss, wie der Teehändler beim morgendlichen Dauerlauf vor ihm aus der Reihe scherte und sich über die Reling stürzte. Hörte ihn im Fallen noch rufen: Adieu, Amerika!

Sah später den jungen Mo mit mandeläugigem Blick einen Brotkanten kauen und hörte ihn dazwischen den Großvater fragen: Was hat dich aus Deutschland getrieben?

Unbefriedigend auch für Helder die Antwort in einen dampfenden Teebecher gemurmelt: Ich wollte eigentlich eine Fahrt mit der Bagdadbahn machen.

Und Helder hörte Mos *Warum* untergehen im Kommandogebrüll der Offiziere, die antreten ließen zum Appell.

In der Dämmerung unter Deck sah Helder sie hocken, hörte, wie das Bärtchen – so, sagte Mo, hätten sie den strenggläubigen Nationalsozialisten genannt – über Volksgemeinschaft referierte, und hörte zugleich in einer Ecke des Unterdecks eine Gruppe fromm-bärtiger Juden Gebete murmeln.

Irritiert war Henri Helder, bemüht, seinen Bildervorrat aus Film und Fernsehen in guter Sortierung zu halten, als

Mo die Rede des britischen Kapitäns zitierte, in welcher der die Disziplin und Ordnung jener lobte, die er bar jeglicher Ironie mit Volksgenossen ansprach. Ja, einer der englischen Offiziere hätte sogar einem Rabbiner gedroht, nur weil der sich über das Essen beschwerte, dass er ihn noch persönlich an seinem Barte ins Meer schleudern werde. So sei es kein Wunder gewesen, dass nach einer Woche auf See schon das Bärtchen zu einer Art Blockwart, Decksführer genannt, avanciert war, der betont gönnerhaft den Juden zuerst Suppe austeilen hieß.

Undurchsichtig für Helder des Großvaters Verhalten: Als der sich durch die murrenden Reihen drängte und dem vom Bärtchen beaufsichtigten Essenverteiler schweigend die Kelle aus der Hand nahm. Als er damit kräftig die Suppe umrührte, damit das Dicke, wenn überhaupt von etwas Dickem die Rede sein konnte, nicht länger so lange im unteren Drittel des Kessels ruhte, bis die Juden an ihm vorbeidefiliert waren.

Während das Bärtchen noch, mittlerweile zu Worten gelangt, Konsequenzen androhte, soll Hans Kaspar jenseits aller Selbstlosigkeit als Nächstes sich selber und seinem jungen Freund Mo den Teller befüllt haben.

Manchmal, berichtete Mo, erzählte er mir von einer neuen Breitspurbahn, die Waggons so groß wie Häuser ziehen könne. Da, so schwärmte Hans Kaspar, rollt mit so einem Zug eine ganze Stadt. Ich, sagte Mo, war mit grünem Tee und deutscher Philosophie aufgewachsen, da verbreiteten solch technische Zukunftsvisionen so etwas wie Zuversicht. Wenn ganze Städte auf Gleisen fuhren, warum sollten dann nicht auch Menschen nebeneinander leben können, ohne einander das Haus anzuzünden. Hans Kaspars Eisenbahngeschichten hatten etwas von den Märchen der Kindheit, vertraut und sehr beruhigend, zumal wenn man übers Meer in die Fremde fuhr. Sie wiedererweckten den Glauben an Wunder.

Seiner eigenen jugendlichen Tunnelvisionen eingedenk hatte Helder erstmals etwas an seinem Großvater entdeckt, das ihm bekannt, ja sogar verwandt war. Er sah, während Mo nach einem Foto der *Dunera* kramte, wie beide sich niederlegten, Kopf an Fuß, sah Mos Blick auf des Großvaters Schuhe gerichtet, auf das derbe, ockerfarbene Leder, die starken, dunkelbraunen Nähte und den Kreis arabischer Schriftzeichen im Leder, das die Knöchel schützte. Diese Schuhe hatten sich Mo so eingeprägt, dass er sie nach sechzig Jahren noch wiedererkannte und Helder, dessen Füße jetzt darin steckten, Auskunft geben konnte über seinen unbekannten Großvater. Es war ihm, als hielte er den ersten Fetzen eines an ihn gerichteten Briefs in den Händen.

XII

Ein Zug fährt durch offene Landschaft, weg von den Städten der Küste ins trockene Innere Australiens. Es ist September, und die kräftige Frühlingssonne brennt auf die Blechdächer der Waggons. Vierte Klasse, nach Reichsbahnstandard, Holzbänke, an beiden Enden offen der Durchgang zum nächsten Waggon. Der Fahrtwind bringt kaum Kühlung, dafür den rauchigen Geruch der Lok. So könnte es gewesen sein.

Eine Dampflok, ja, keine Diesellok, behaupten wir weiter, obwohl Mo davon nicht sprach. So mischt sich in dem vollbesetzten Wagen der Geruch eines kohlebefeuerten Kessels mit dem dumpfen Geruch von altem Schweiß, der in den Kleidern der Gefangenen zusammen mit einem winzigen Rest Meeresluft hängt.

Nach siebenundfünfzig Tagen auf See hatte die *Dunera* am 6. September den Hafen von Sydney erreicht. In Empfang genommen und zum Bahnhof eskortiert von Reservisten und Erste-Weltkriegs-Veteranen der australischen Armee, wurden die Internierten in verschiedene Lager verfrachtet.

An den Enden jenes Waggons, in dem wir Mo und Hans Kaspar vermuten, hatte sich je ein Soldat postiert. Der ältere mit sonnenverbranntem Bauerngesicht dreht mit groben Fingern, doch geschickt das Rütteln und Stoßen des Wagens ausbalancierend, eine Zigarette und bedeutet den unfreiwillig Mitreisenden, dass auch ihnen Rauchen erlaubt sei. Doch nur wenige zogen eine Zigarette, aus deren Papier die letzten Krümel Tabak zu rieseln drohten, aus ihren Taschen. Die anderen schnüffelten gierig nach den sanftblauen Rauchfähnchen oder lauerten auf die glühende Kippe des Nachbarn, die dem schon die Finger versengte. Da erbarmte sich der Australier und verteilte großzügig Tabak und Papier aus einem ledernen Beutel.

So beschreiben Augenzeugen, von denen Mo einer war, die Fahrt durch die wüstenähnliche offene Landschaft, vorbei an vereinzelten Farmen, deren Windräder das notorisch knappe Wasser aus der Erde pumpen, und hie und da ein paar Bäumen, von den Farmern eines breiten Rindenstreifens beraubt, dadurch verdorrt und unfähig, den Viehherden und ihren Weiden die spärlichen Niederschläge wegzutrinken.

Dann am Horizont ein ganzer Wald, blau von Ferne und vom ausdünstenden ätherischen Öl, dessen Name Eukalyptus, von einem Kundigen durch den Waggon gerufen, Hans Kaspar für einen Moment den erfrischenden Geschmack von Bonbons auf die rauchgebeizte Zunge getrieben haben könnte und damit auch die Erinnerung herauf: an Schwester Carla, die derlei Raritäten in einer Blechbüchse verwahrte, die bemalt war mit Mohren, Kamelen und anderen Insignien eines märchenhaften Orients. Und während Berliner Kommunisten, orthodoxe Wiener Juden und Münchner Schwule ans Fenster stürzen, um das erste Mal in ihrem Leben wild lebende Kängurus – eine ganze sich minutenlang mit dem Zug ein Wettrennen liefernde Herde – zu bestaunen, sehen wir einen konfessions- und parteilosen, heterosexuellen Eisenbahner zweifelhafter Abstammung auf der harten Holzbank sitzen und über Süßigkeiten sinnieren. Vielleicht – so wie wir, Helder – auch darüber, was ihn wegtrieb von zu Hause.

Ihm mag dabei in den Sinn gekommen sein, wie seine dreijährige Tochter Rosa einen der grünen Eukalyptusdrops noch ungeschickt aus der klebrigen Masse der anderen polkte und ihn erwartungsvoll in den Mund steckte, um ihn wenige Augenblicke später mit einem Ausdruck höchsten

Unbehagens über die kleine glänzende Unterlippe zu schieben und aufs abgewetzte Linoleum der Brügg'schen Küche fallen zu lassen.

Henriette hatte, Möhren schabend, am Tisch gesessen und über den harmlosen Vorfall gelacht. Hans Kaspar, bedeppert, warf ärgerlich die Schachtel auf den Tisch und klaubte den Bonbon vom Küchenboden, spülte ihn kurz überm schadhaften, aber sauberen Emaille des Ausgussbeckens ab und schob ihn sich selber in den Mund. Lutschend und zutschend belehrte er seine Familie, dass nichts weggeworfen werde, schon gar nicht in diesen Zeiten. Daraufhin folgte der in der Brügg'schen Zweizimmerwohnung nicht selten mal von der einen, mal von der andere Ehepartei angebrachte Vorwurf mangelnder Strenge in der Erziehung.

Ah, ja, sagte Henriette, wenn du doch endlich, wie unsere Mutter schon lange drängt, im Kontor der Stickenbacher Tuche anfingest, dann müsste ich nicht fremder Männer Hosen nähen und hätte mehr Zeit für unser Röschen. Aber du, du liebst ja nur die Eisenbahn!

Hoho, antwortete Hans Kaspar, fremder Männer Hosen, das klingt, als schickte ich dich auf den Strich. Wie ist denn das, wenn du den Herren maßnimmst für ihre Buchsen?

Es war ja nur die eine, sagte Henriette, hätte ich den Mendel vielleicht wegschicken sollen, weil ich sonst nur für Damen nähe. Ist ja schließlich dein Vorgesetzter, der Mendel.

Ach, hast du am letzten Sonntag deshalb so oft mit ihm getanzt, weil er mein Vorgesetzter ist? Da pfeif ich drauf! Und du tust das gefälligst auch!

So war man im lauter werdenden Gespräch von der rechten Kindeserziehung zu ehelicher Treue und Liebe gelangt. Henriette sah sich jetzt veranlasst, wieder einmal ihre Eifersucht auf Schwester Erdmuthe kundzutun.

Aber du, brachte Hans Kaspar nicht ohne Hohn heraus, hast sie mir doch selber ins Hochzeitsbett gelegt!

Das weißt du?

Schon immer.

Hat sie es dir verraten?

Sie? Nein. Aber habt ihr denn geglaubt, ich hätte nichts gemerkt?

In diesem Moment fiel Henriettes wie auch Hansens Blick auf das Kind, das, drei, vier grüne Bonbons in der kleinen Hand, vielleicht im Glauben, dies könne die streitenden Eltern versöhnen, sich die scharfen Dropse mit Todesverachtung in den Mund schob.

Gerührt von so viel Opfermut umarmten sich Hans Kaspar und Henriette, verfielen ins Küssen und Streicheln, zogen einander an den Sachen und sich über das blanke, von Messerschnitten und heißen Tiegeln gezeichnete Holz des Tisches. Seine Hose sackte zu Boden, und ihr Schlüpfer hing alsbald an einem Haken zwischen Kellen und Gabeln. Röschen applaudierte, als die Frau, die für sie noch immer ihre Mama war, oben auf dem Küchentisch rittlings auf dem Papa saß. Doch dann bekam sie Angst, weil beide gar so schmerzlich stöhnten, als seien sie am Sterben, und lief weinend hinaus.

Als Rosa wenig später mit der Nachbarin, die das Kind im Treppenhaus aufgegriffen hatte, in der Tür stand, da war man schon beim Ordnen der Kleider. Hans Kaspar hielt das erhitzte Gesicht unter den Wasserhahn, und Henriette griff sich die nächste der geduldig wartenden Möhren. An der Suppenkelle baumelte noch ein einsamer Schlüpfer und veranlasste die Nachbarin zu einer gewiss nicht schwierigen kombinatorischen Leistung. Sie murmelte etwas von armen Kindern und Verderbtheit der Sitten, machte kehrt und schlappte davon.

Die Nachbarin mochte sich ein Dreivierteljahr später noch einmal an den Vorfall erinnert haben, als aus der

Brügg'schen Wohnung das Geschrei eines Neugeborenen klang. Für Rosa, die keine Verbindung zwischen beiden Ereignissen herzustellen vermochte, reihte sich die elterliche Kavalkade in ihre Sammlung der Mysterien des Erwachsenenlebens ein, wo sich Lust und Schmerz, Liebe und Hass, Gut und Böse immer wieder miteinander vermischten.

Henriette, nun auch mit einem Kindchen beschenkt, sah sich fortan von der Schwester nicht mehr übertrumpft, freute sich wieder über die häufigen Besuche Erdmuthes, und Hans musste ihnen, besiegelt mit Handschlag und Kuss, versprechen, die Beschaffung einer anderen Wohnung zu betreiben, groß genug für zwei Kinder und zwei Mütter.

Doch noch mangelte es nicht nur an Platz, es mangelte vor allem an Geld für mehr Platz. Zwar war Hans Kaspar von der Deutschen Reichsbahngesellschaft wieder eingestellt worden, doch lediglich als Schrankenwärter. Gewiss, man hatte zu essen, doch gab es nicht auch Dinge, die das Leben schöner und angenehmer machten? Ein Grammophon beispielsweise, wovon Henriette nicht aufhörte zu schwärmen. So eines, wie es der Herr Mendel besäße.

In Krahnsdorf-Brandt kreuzte die Strecke Dresden–Berlin mit der aus Bremen über Magdeburg nach Breslau führenden sowie der von Cottbus über Leipzig nach Frankfurt am Main. Daher pflegte Mendel, inzwischen Bahnhofsvorsteher, zu sagen: Durch unsren Bahnhof reist die Welt.

Wer von Lissabon nach Moskau fährt, wird an Ihnen vorüberfahren, sagte Mendel zu jedem seiner Untergebenen, dem ein Uniformknopf in ungebührlicher Weise offen stand oder den er auf einen durch Staub verminderten Glanz der Schuhe hinwies. Auf Hans Kaspar konnte Mendel sich allerdings nicht nur hinsichtlich einer vorschriftsmäßigen Anzugsordnung verlassen. Ja, es schien Hans Kaspars Ehrgeiz, Mendel täglich aufs Neue zu beweisen, dass der ihn in den revolutionären Zeiten des Verkehrsausschusses zu Unrecht seines Amtes enthoben hatte. Wurde ein Zug gemeldet, setzte Hans Kaspar seine Dienstmütze auf und schloss die Schranken, dann nahm er das stets polierte Signalhorn in die Hand und postierte sich neben seinem Schrankenwärterhäuschen.

Was fuhr nicht alles an Hans Kaspar vorüber: Holzspielzeug aus Seiffen, Bautzener Senf und Maybach-Automobile vom Bodensee, Kohle aus der Lausitz und Kesselwagen mit Ammoniak aus Leuna, Fisch von der Nordsee, Stahl aus dem Rheinland, Briefe aus Breslau und Münchner Bier, Kartoffeln, Möbel, Eisenerz und hin und wieder Stickenbacher Tuche aus Cottbus. Und natürlich Menschen: Wintersportler und Sommerfrischler, Geschäftsreisende und Ausflügler, Einkäufer und Ausschenker, Bankangestellte und Sopranistinnen vom Theater, Verwaltungsbeamte, Verwandtenbesucher, dösende Dichter, Diakonissen, unter großen Hauben verborgen, Messebesucher, müde Fließbandarbeiter, auch Reichspräsidenten in Sonderzügen, lärmende Schulklassen, polnische Schnitter, Liebespaare, ineinander verkrochen, Großfamilien, die ganze Abteile belegten, einsame Damen und alleinstehende Herren, eben die Welt. Vor allem an Sonntagen fuhren immer öfter vollbesetzte Züge mit vorwiegend jungen, vorwiegend männlichen und vorwiegend uniformierten Reisenden nach Berlin oder, nach Umstellen der Wagen in Krahnsdorf-Brandt, nach Leipzig, oft auch weiter nach Halle. Mal grüßte man Hans Kaspar mit der geballten Faust, mal mit der flachen erhobenen Hand. Er beließ die seine stets, wie es Vorschrift war, am Mützenrand. Eines Tages aber wurde nur noch mit der flachen Hand gegrüßt. Das war in der Zeit, da machte eines Montagmorgens Hans Kaspars ehemaliger Kollege Karwenzel Revolution in Krahnsdorf-Brandt.

Eugen Karwenzel hatte Mitte der Zwanziger seine Arbeit als Weichenwärter verloren, weil, wie er sagte, der

Engländer und der Franzose jährlich eine Million Goldmark als Reparationen aus dem Unternehmen saugen würden. Bereits 1929 hatte sich Karwenzel – irgendwas muss man ja machen – den Sturmabteilungen des ehemaligen Gefreiten Adolf Hitler angeschlossen und war schon bald zum Scharführer avanciert.

Hans Kaspar sah ihn an dem im Reif erstrahlenden Morgen des 13. Februar 1933 in Reithosen und frisch gewichsten Stiefeln aus dem Haus treten und, wie eine Lokomotive Dampfwolken ausstoßend, zum Bahnhof marschieren, um Mendel seines Amtes zu entheben. Wie am Vorabend in der Bahnhofswirtschaft abgesprochen, stießen an der Ecke Leipziger/Tannenbergstraße zwei Gefolgsleute zu ihm.

Auch Hans Kaspar, der an diesem Tag Spätschicht hatte, hätte dabei sein sollen, denn Karwenzel wollte bei seiner Revolution gern jemanden hinter sich wissen, der eine Uniform der Deutschen Reichsbahn trug.

Hat dich Mendel, der Novemberverbrecher, nicht 18 aus dem Stellwerk geschmissen? Hat er oder hat er nicht? Er hat. Also, was zögerst du?

Mensch, Eugen, sagte Hans Kaspar, das ist gegen die Vorschrift.

Scheißvorschrift, ab morgen bin ich hier die Vorschrift. Entscheide dich!

Henriette meinte später, als Hans Kaspar zu Hause von dem Gespräch berichtete, es könne nicht schaden, der neuen Bewegung ein wenig zu Diensten zu sein. Sicher, er müsse sich nicht in den Vordergrund drängen, doch dem Karwenzel jetzt etwas abzuschlagen, sei nicht sehr klug. Hans Kaspar aber führte wieder die Dienstvorschriften ins Feld, schlafen konnte er dennoch nicht. So hatte er unruhig schon seit sechs Uhr am Fenster gestanden und vergebens gehofft, dass Karwenzel seinen kühnen Entschluss im ernüchterten Zustand nicht wahr machen werde. Doch der machte, so wie immer welche da sind, die machen, wovor wir uns fürchten.

Karwenzel hatte sich eine kleine Rede zurechtgelegt, die er beim Eintritt in Mendels Büro halten wollte. Doch als die drei braun behemdeten Vertreter der neuen Zeit gegen acht Uhr durch die Tür stürmten, saß Mendel nicht an seinem Platz. Nicht ohne Enttäuschung setzte sich Karwenzel hinter Mendels Schreibtisch, während seine Helfer ihre Rücken an den frisch angeheizten Kachelofen drückten. Karwenzel wartete und betrachtete Mendels kleine Sammlung von Eisenbahnmodellen.

Er musste darüber ins Träumen geraten sein, denn plötzlich stand Mendel, der von seinem morgendlichen Rundgang zurück war, im Zimmer und fragte nicht ohne Erregung, was sich Karwenzel erlaube. Der schrak hoch, vergaß, von Deutschlands Erneuerung zu reden, und sagte nur: Jetzt sind wir dran, Mendel!

Da, wie Mendel bemerkte, ohne entsprechende Dienstanweisung er auf seinem Platz verbleiben würde, brüllte Karwenzel etwas vom Ende der jüdisch-bolschewistischen Verschwörung und befahl seinen Gehilfen, Mendel bis auf Weiteres in der Gepäckaufbewahrung zu arretieren.

Für eine halbe Stunde war Eugen Karwenzel der glücklichste Mensch von Krahnsdorf-Brandt. Der Kachelofen bullerte, Karwenzel saß am Schreibtisch vor einem frisch gebrühten Kaffee und schob Mendels kleine Lokomotiven hin und her. Doch dann, Karwenzel fischte mit der Zunge gerade nach Kaffeesatz zwischen den Zähnen, meldete das Stellwerk eine defekte Weiche. Wenig später klingelte das Telefon, und ein Salonwagen mit SA-Führern wurde avisiert, der schnell und reibungslos vom Zehnuhrsiebzehn aus Kassel an den Zehnuhreinunddreißig nach Berlin umgehängt werden musste. Der Stationsassistent erinnerte an einen Termin in Halle bei der Direktion, und ein Fahrkartenverkäufer beschwerte sich über eine defekte Heizung.

Den Termin ließ Karwenzel wegen staatspolitischer Notwendigkeiten absagen. Da müsste er ja jetzt schon abgefahren sein.

Gegen neun schickte Karwenzel nach Mendels Rat, gegen elf saß Mendel als Berater auf einem Hocker neben dem Schreibtisch, und nach Mittag kam ein Anruf aus Halle. Der dort Mendel vermissende Reichsbahndirektor erfuhr zu seinem Erstaunen von der Neubesetzung des Bahnhofsvorstandes durch die nationalsozialistische Bewegung. Der Tatsache, dass am selbigen Tag in Berlin Reichsbahngeneraldirektor Dorpmüller und Reichskanzler Hitler über die für Letzteren vorrangigen Personalfragen und die für Dorpmüller leidige Konkurrenz des Kraftverkehrs sprachen, verdankte Karwenzel sein einziges und unvergessliches Gespräch mit Hitler. Kurz vor fünfzehn Uhr rief Dorpmüller, der aus Halle über unhaltbare Zustände in Krahnsdorf-Brandt unterrichtet worden war, an und verlangte, Karwenzels frisch erkämpfte Dienststellung völlig ignorierend, Mendel zu sprechen. Nach einem kurzen Gespräch reichte Mendel den Hörer zurück, und Karwenzel vernahm zu seinem Erstaunen jetzt die düster rollende Stimme seines Führers, die mahnte, auch in Krahnsdorf-Brandt seine Befehle abzuwarten und: Sie, Kamerad Scharwenzel, begeben sich sofort in häusliche Bereitschaft!

Wie in Trance legte Karwenzel den Hörer auf und wanderte, ohne sich auch nur umzusehen, aus dem Zimmer durch den Bahnhof die Leipziger Straße hinunter nach Hause, wo seine Frau schon seit dem Mittag die Kohlsuppe warm hielt für ihn.

Also weißt du, Eugen, murrte sie, eure Revolution … wenn da nicht mal Zeit zum Essen ist …

Karwenzel, noch immer ganz benommen von der akustischen Erscheinung, die ihn ereilt hatte, tunkte seinen Löffel ins Laue und flüsterte: ER, er selbst hat die Sache jetzt in die Hand genommen.

Wer?

Der Führer, hauchte Karwenzel, und ein dicker Tropfen Suppe rann ihm unbeachtet übers Kinn.

Immerhin wurde Eugen Karwenzel einige Wochen später seiner Verdienste wegen auf Drängen der Nationalsozialistischen Reichsbahn-Fachschaft als Schrankenwärter eingestellt und tat fortan an Hans Kaspars Stelle Dienst. Hans Kaspar aber wurde ins Stellwerk versetzt, und nach einigen Monaten war er, wie schon einmal, Leiter desselben, da der bisherige zum Bahnhofsvorstand berufen wurde. Mendel aber war ordnungsgemäß in den vorzeitigen Ruhestand versetzt worden. Ordnung und Zuverlässigkeit, Präzision und Disziplin, nicht ohne Genugtuung hatte Hans Kaspar registriert, dass sich die Bahn auch unter den neuen Herren treu geblieben war.

Noch im Jahr 1942, da war Hans Kaspar schon durchs australische Ödland gefahren, erhielt Josef Mendel als pensionierter Eisenbahner einen Freifahrtschein, statt wie seine Mitreisenden vier Pfennige für eine Fahrkarte nach dem damals kaum bekannten Ort Auschwitz bezahlen zu müssen.

Wenige Tage später gelang es Karwenzel, bei der Auflösung des Mendel'schen Hausrats mehrere Modelllokomotiven nebst Waggons zu ersteigern, die sein Stiefsohn Bertram in den folgenden Jahren Lok für Lok und Wagen für Wagen zum Geburtstag erhielt.

Aus selbiger Versteigerung gelangte Henriette Brügg endlich zu einem von ihr so heiß begehrten Grammophon nebst einigen Platten, darunter eine mit Richard Taubers edlem Tenor.

Allerdings erklang nur einmal *Dein ist mein ganzes Herz* durch das Haus, welches die Brüggs nach dem Tod von Charlotte Stickenbacher mit den Mitteln aus der ererbten und veräußerten Tuchfabrik erworben hatten. Erdmuthe, die längst mit eingezogen war, teilte nicht das Lebensmotto ihrer Schwester – das Leben gibt, man muss nur nehmen – und brachte Taubers Gesang zum kratzenden Verklingen, als sie vernahm, woher das Grammophon stammte. Denn dies, behauptete sie, sei doch ein Unrecht.

Die Schwestern gerieten darüber in Streit.

Er hatte es mir versprochen, entfuhr es Henriette plötzlich.

Wer?

Der Mendel.

Versprochen. *Dir* versprochen?

Ja, mir, sagte Henriette schnippisch.

Aha, sagte Erdmuthe ahnungsvoll und verzichtete vorerst auf ein *Warum* und *Wieso*. Allerdings bestand sie darauf, das Gerät, so wie es war, auf den Dachboden zu bringen.

Eines Nachts aber begann sich der Plattenteller zu drehen, und aus dem Metalltrichter sang es mit blecherner Stimme durch das häusliche Dunkel *Dein ist mein ganzes Herz! Wo du nicht bist, kann ich nicht sein.*

Vermutlich, meinte Erdmuthe am anderen Morgen, habe sich das im Gerät gespeicherte Mendel'sche Od entladen und die Platte in Drehung versetzt. Aber warum, aus welchem Grund?

Mag sein, weil Fritz Löhner, Dichter des nächtens erklungenen Liedes, geglaubt hatte, Hitlers Liebe zur Musik sei größer als sein Hass auf Juden, so dass er nicht, wie der Interpret des Liedes, Tauber, rechtzeitig emigriert war. Nur deshalb konnte er einen Tag nach dem Einmarsch deutscher Truppen in Österreich, am 13. März 1938, festgenommen und zwei Wochen später mit dem sogenannten »Prominententransport Nr. 1« nach Dachau gebracht werden.

Mag sein, weil der Komponist dieses Liedes, Franz Lehar, nachdem er anlässlich seines siebzigsten Geburtstags am 30. April 1940 die dazugehörige Operette mit dem poetischen Namen *Land des Lächelns* in der Wiener Staatsoper dirigiert hatte, seinem anwesenden Verehrer, Adolf Hitler, gegenüber seinen inzwischen in Buchenwald inhaftierten Librettisten nicht erwähnte; sei es aus altersbedingter Vergesslichkeit, sei es, um die entspannt heitere Atmosphäre dieses Abends nicht zu stören.

Mag sein, weil am 4. Dezember 1942 fünf Führungskräften der Interessen-Gemeinschaft Farben, die interessiert ihre Filiale in Auschwitz besichtigten, der Häftling Löhner auffiel, der nicht den erwarteten Eifer zeigte. *Der Jude dort könnte auch etwas rascher arbeiten.* Eine Rüge, die der begleitende SS-Führer noch am selben Abend in ein Todesurteil umwandelte und durch einen Kapo ausführen ließ.

Mag sein. Jedenfalls war es Josef Mendel, der den Erschlagenen auf einen zweirädrigen Wagen laden und zu den Verbrennungsöfen fahren musste. Die Nacht war angefüllt mit dicken weißen Flocken. Das Licht der Lagerlaternen, die aufgeweichten Wege, die Baracken und Wachtürme, alles versank in dem schneeigen Treiben. Die Welt war nur noch Schnee, ein Karren mit einem Toten und einer, der ihn durch die wirbelnde Stille schob. Mendel umklammerte die Deichsel und mühte sich durch die auf und ab tanzenden Flocken. Sie schienen ihm mal sanfte Ballerinen, mal wilde Tänzer, die kalte Küsse auf seine Augen, Wangen und Lippen drückten. Und die sich, wie um auszuruhen, auf dem Toten vor ihm niederließen. Sie wussten nicht, auf wem. Auch Mendel wusste es nicht. Inmitten dieses stummen Tanzes begann Mendel leise zu singen: *Dein ist mein ganzes Herz! Wo du nicht bist, kann ich nicht sein …*

Die Töne drangen kaum vernehmbar über seine Lippen, doch sein Herz war voll davon, voll von einem unbekannten Du, wie von einem Gott. Der aber blieb fern und stumm, vielleicht um nicht schreien zu müssen. Vielleicht aber war Gott sich nicht sicher, ob dieses Lied nicht eine gewisse Henriette meinte.

In dieser Nacht war es gewesen, da Mendels Grammophon, ohne dass auch nur ein Mensch in seine Nähe gekommen wäre, zu spielen begann, Nacht für Nacht.

Henriette, trotz Erdmuthes gelegentlichen Insistierens schwieg über ihr tatsächliches Verhältnis zu Mendel. Ein anderes Verhältnis aber nahm in diesen Tagen seinen Anfang, jenes zwischen den künftigen Eltern Henri Helders.

Bertram Helder, illegitimes Kind der Lore Helder, inzwischen verehelichte Karwenzel, war damals siebzehn. Er hasste Krautsuppe und seinen Stiefvater. Er war zu der Zeit heftig in Rosa verliebt und saß manchmal mit Karwenzels Fernglas auf dem Dachboden in der Leipziger Straße, da man durch das Dachfenster ein gutes Stück des Brügg'schen Hofs und mit etwas Glück die Rosa erspähen konnte.

Hin und wieder war er sogar im Haus am Bahndamm zu Gast.

Er fühlte sich dort wohl, natürlich Rosas wegen und weil dort niemand auch nur eine Andeutung über seine uneheliche Geburt machte.

Zu Hause kam es vor, insbesondere wenn Karwenzel auf einer seiner zahlreichen Versammlungen weilte, dass Bertram hängenden Kopfes am Tisch saß und hören musste, wie sehr seine Mutter sich doch damals geschämt hätte wegen des dicken Bauchs, wegen des Sauhundes von Kerl, der sich totgesoffen hatte, bevor er sie hatte heiraten können. Und nun, zeterte sie, rennt der Karwenzel auch immer in die Kneipe. Es ist eine Schande, eine Schande ist es.

Breit und fett saß dann die Schande am Tisch und stieß ihren schwartigen Finger grinsend in Bertrams Richtung: Du bist gemeint, mein Junge, du, niemand sonst!

So kam es, dass Bertram sich immer ein bisschen schämte, auf der Welt zu sein. Eine Scharte, die man auswetzen musste, die man auswetzen konnte, man musste nur flink sein, hart und zäh. Nicht so einer wie der Karwenzel, vorne große Töne, hinten nur heiße Luft.

So knallte Bertram kühn die Hacken zusammen, als Rosa in Abwesenheit von Eltern und Tante auf die Treppe zum Dachboden wies und sagte: Dort oben spukt jede Nacht der Mendel, wenn du mich liebst, dann geh dort hinauf!

Bertram schlich sich mit klopfendem Herzen und in Begleitung von Rosas Bruder Willi die knarrende Bodentreppe hinauf und über die staubigen Dielen. Still und spinnwebverhangen stand das Grammophon in einer Ecke und ließ sich ohne Gegenwehr in seine Einzelteile zerlegen, hinuntertragen und im Garten unter Kürbisranken vergraben.

Zur Belohnung gab es einen Kuss und das letzte Stück vom Sonntagsbienenstich; Letzteres mit Willi zu teilen.

Eines schönen Herbsttages kam Erdmuthe aufgelöst aus dem Garten ins Haus gelaufen und behauptete, einer der Kürbisse habe ganz deutlich gesungen.

Viele Tage später, im April 1945, führte Willi zwei Soldaten der Roten Armee von den zitternden Frauen weg in den Garten, und bald darauf saßen die zwei, ihre Mützen im Nacken, auf den Treppenstufen und putzten und bauten und setzten schließlich das Mendel'sche Grammophon wieder zusammen.

Derweil lag hinterm Bahndamm Bertram neben einer Panzerfaust und zupfte an der Blüte eines Löwenzahns: Schieß ich oder schieß ich nicht? Glücklicherweise hat ein Löwenzahn viele Blütenblättchen, und bevor er ausgezupft hatte, klang es knacksend und rauschend über den Bahndamm hinweg: *Dein ist mein ganzes Herz*. Kurze Zeit später sah Bertram, übern Damm spähend, wie die beiden Rotarmisten mit ihrer Beute auf die Pritsche eines vorbeifahrenden Militärlastwagens kletterten. Aus Staub und

Motorgeboller hörte man sie noch ein kleines Weilchen durch diesen ungewöhnlich milden Vorfriedenstag singen: Dain ißd main ganßen Chärtz.

Willi, sagte Henriette später, ich glaube, du hast die Unschuld deiner Schwester gerettet.

Tja, mit unserer, sagte Erdmuthe, da war nicht mehr viel.

Wir, sagte Henriette, die Anspielung wohl verstehend, wollten das Grammophon ja nur aufheben für den Josef.

Josef Mendel aber kam nie, um sich nach seinem Grammophon zu erkundigen.

Seit Beginn der fünfziger Jahre hing am Bahnhofsgebäude von Krahnsdorf-Brandt eine Bronzetafel, die an den heldenhaften Widerstand des Kommunisten Josef Mendel erinnerte. Anfang der neunziger Jahre vermeldete der *Elbe-Elster-Express*, dass Schüler mit Unterstützung des Gemeindepfarrers herausgefunden hätten, Josef Mendel sei Jude gewesen. Die Stadtverordneten, schrieb der *Express* am nächsten Tag, diskutierten heftig über eine neue Tafel, die Mendels Abstammung hervorheben solle.

Knapp zehn Jahre später wurde gemeldet, dass einige konservative Kirchenratsmitglieder für einen eigenen Gedenkstein sammelten, da es sich bei Mendel um einen getauften Juden, also einen Christen gehandelt habe, weshalb sein Name ja auch in den Kirchenbüchern verzeichnet sei.

Wenig später konnte man in der Rubrik *Die Polizei berichtet* von einer Schändung des Bahnhofs lesen. Unbekannte Täter hatten die Tafel samt Wand mit Graffiti besprüht.

Hätte Bahnhofsfaktotum Ede nicht den Auftrag erhalten, Tafel und Wand mit seinem Wunderschwamm zu säubern, wäre dort vielleicht noch immer zu lesen: *Wann findet ihr heraus: Mendel war ein Mensch!?*

Wo stellt man solche Fragen? In einem Stellwerk? Dort stellt man Weichen. Und Hans Kaspar stellte nach Mendels Pensionierung, die ihm tatsächlich wie eine normale erschienen sein mag, die Weichen für Ammoniak und Kohle, Holzspielzeug und Eisenerz, Briefe und Gestellungsbefehle, Ausflügler und Kinder in Uniformen, Militärtransporte und Arbeitsdienstler, Kriegsgefangene und Zwangsarbeiter. Und das, lieber Helder, müssen wir annehmen: Er hätte die Weichen auch für die Güterwagen voller Menschen nach Buchenwald oder Treblinka gestellt, zuverlässig, präzise, pünktlich.

Wie sollen wir sie nennen, die Gunst, die Hans Kaspar davor bewahrte, war es doch nicht die einer späten Geburt. Es war, vermuten wir, die Gunst einer vergangenen Liebschaft. Und die der Übermüdung eines Postbeamten in einer Vorsommernacht 1940, der versäumte, die Karte mit den arabischen Schriftzeichen in jenes Fach einzusortieren, dessen Inhalt ein Geheimer Staatspolizist gründlicher zu inspizieren hatte.

Als Henriette Brügg wie üblich dem Postboten entgegenging, wie immer in der frohen Hoffnung, das Schicksal könnte ihr etwas Gutes zusenden, da schien jedoch plötzlich das Ende dessen besiegelt, was sie noch Jahrzehnte später, zumindest im privaten Kreis, als *die glücklichen Jahre am Bahndamm* beschwor. Jahre, in denen Rosa und Willi herangewachsen waren, sich, wie man gerne gelegentlich sagte, in der Schule gut machten, wo sie neben der deutschen Rechtschreibung auch erlernten, Menschen ebenso nach Rassen zu unterscheiden wie der Nachbar seine Hühner: Sachsen- und Kaulhühner, Brabanter und bergische Kräher. Während Henriette die kleine Uniformhose ihres Willi hingebungsvoll übers Bügelbrett schob, redete Erdmuthe ihrer Tochter Rosa eine asthmatische Anfälligkeit ein: Du hustest so, Kind. Oder: Nu, japs doch nicht so.

Sie bedrängte Hans Kaspar, da sie selber, offiziell wie für die Kinder, noch immer nur die Tante war, dem Kind zumindest mehrtägige Lageraufenthalte nicht zu gestatten. Rücksicht nehmen die doch nicht. Sie haben ihr neulich erst auf dem Fuß rumgetrampelt. Erdmuthe fürchtete aber, das martialische Lagerleben könnte Zarteres zertreten als nur Rosas Zehen.

Henriette schüttelte dazu nur den dunkellockigen Kopf, nicht weil sie kleine vorteilschaffende Lügen grundsätzlich verdammte, sondern weil sie diese für eine nachteilbringende hielt. Doch derlei schwesterliche Unstimmigkeiten blieben die Ausnahme, so dass ein zweifach weibliches Sorgen das Brügg'sche Heim in einen Glanz hüllte, der nicht nur vom Putzen rührte.

Nun also saßen die Schwestern am Küchentisch und rätselten über eine Postkarte, weniger über den von einem Zug befahrenen Viadukt auf der Vorderseite, als über den in ihnen unbekannten Zeichen verfassten Text auf der anderen. Lediglich An- und Unterschrift waren in lateinischen Buchstaben geschrieben und konnten von den Frauen entziffert werden.

Si...ya...kuu, das ist ein Frauenname.

Ein Frauenname?

Ja, Henriette, klingt wie der Name einer Frau.

Er hat ja immer sehr geheimnisvoll getan. Weißt du noch, wie wir durch die Schwanenweiden liefen und er von seiner Bagdadbahn erzählte.

Stimmt. – Oh, ich habe es geahnt, ich habe es immer geahnt, der hat damals da unten was gehabt mit einer.

Gehabt wäre schon gut. Aber was, wenn er noch hat? Was die wohl schreibt?

Gib her, ins Feuer damit!

Nicht, Henriette, dann erfahren wir nie, was draufsteht!

Dann soll er uns vorlesen. Soll er. Da werden wir sehen.

Als Hans Kaspar nach Hause kam, fiel sein Blick sogleich auf die Karte, er drehte und wendete sie, dann steckte er sie ein, ohne auch nur ein Wort zu verlieren.

Wusste gar nicht, dass du Arabisch kannst?

Türkisch.

Und?

Was und? Ich habe doch gesagt, das ist Türkisch. Geschrieben in arabischen Zeichen. Das war damals so.

Willst du nicht lesen?

Später.

Wann später?

Na, dann später.

Später saß Hans Kaspar allein auf den Stufen des Hauseingangs und las. Er las, so jedenfalls erschien es den Schwestern, sehr lange. Dann stieg er, was er sonst nie tat, über den Bahndamm und lief, wie die Schwestern vom Fenster im Dachgeschoss aus beobachteten, durch die Felder, lief zwischen blühendem Raps und jungem Mais wohl mehr als eine Stunde lang.

Als er zurückkam, zog er unterm Bett im Schlafzimmer ein Paar alte Schuhe hervor, Schuhe, die Helder sehr viel später an den Füßen tragen sollte. Hans Kaspar entstaubte sie, fettete sie gründlich ein und brachte sie anschließend mit einer Bürste zu einem milden, honiggelben Glanz. Während er schuhputzend auf der Haustreppe saß, kam mal Erdmuthe, mal Henriette wie zufällig auf dem Weg in den Garten oder in den Schuppen vorbei. Was ihr Hans da trieb, war ihnen nicht geheuer.

Du hättest die Schuhe längst in die Aschegrube werfen sollen, sagte die eine zur andern. Hätte ich? Hättest du doch ebenso. Als ob es die Schuhe wären.

Und, wenn er wegwill?

Wo soll er denn hinwollen?

Sie schickten Willi hinaus, damit er herausfinde, was sein Vater wohl vorhabe. Willi setzte sich neben seinen Vater und besah sich die Schuhe. Sacht strich er über die ins Leder geprägten Schriftzeichen.

Ein schönes Muster …

Kein Muster, knurrte Hans Kaspar unwillig, dann besann er sich. Also: Ich hatte einmal einen Freund. Damals in Anatolien. Und dieser Freund besaß einen Tiger.

Einen Tiger? Einen richtigen Tiger? Willi konnte es nicht fassen, plötzlich verwandelte sich sein Vater, der für das Leben im Haus am Bahndamm eigenhändig ein schriftliches Regelwerk erstellt hatte, in einen Helden. Wer Freunde mit Tigern kannte, der war schon fast ein Kara Ben Nemsi.

Ja, sagte Hans Kaspar, mein Freund war bettelarm, aber er konnte wunderschöne Musik machen auf seiner Geige. Vielleicht weil dort, wo man die Saiten spannt, ein Pferdekopf geschnitzt war. Wenn er spielte, dann fühlte man sich frei wie auf einem wilden Ritt durch die Steppe. Er war ein Derwisch, und die Leute sagten, wenn er mit seinem Tiger durch die Dörfer wanderte: Das ist ein heiliger Mann. Der Tiger war zahm und gehorchte ihm aufs Wort, nur ihm. Das aber war sein Tod.

Eines Tages setzte sich Ahmad, so hieß der Mann, mit seinem Tiger vor einen Zug. Er wollte den Zug nicht abfahren lassen. Soldaten hatten Menschen aus ihren Häusern getrieben, nur weil sie Armenier waren. Die saßen da jetzt in diesem Zug, in Waggons, mit denen man sonst Hammel transportierte. Und unter ihnen jemand, den wir beide, der Derwisch und ich, sehr mochten. Deshalb saß da der Derwisch mit seinem Tiger und sang. Ja, er sang die ganze Zeit seine heiligen Lieder. Die Soldaten trauten sich nicht an ihn ran, wegen des Tigers. Sie warfen sogar Fleischbrocken neben die Gleise. Sie hofften, wenn sich der Tiger über das Fleisch hermachen würde, dass sie dann den Derwisch würden packen können. Doch der Tiger blieb ruhig liegen und gähnte nur gelangweilt.

Das ging eine ganze Zeit, die Lokomotive pfiff, die Soldaten schrien und fuchtelten mit Stöcken. Doch der Derwisch sang weiter, und sein Tiger schlief. Da verlor einer der Offiziere die Geduld, er zog seinen Revolver, trat auf drei Schritt an den Tiger heran und schoss. Das Tier war sofort tot. Die Soldaten packten den Derwisch, und der Zug fuhr los.

Ja, so war das.

Und dein Freund?

Sie haben ihn gründlich verprügelt und zwei Tage ins Gefängnis gesteckt. Als sie ihn entließen, drückten sie ihm ein blutiges Päckchen in die Hand. Sie hatten dem Tiger, bevor sie ihn vergruben, seine vier Pfoten abgeschnitten.

Als ich den Derwisch wiedersah, war seine linke Seite gelähmt. Er würde nie mehr die Pferdekopfgeige spielen können. Aber singen konnte er noch. Und er hat gesungen, und während er sang, hat ein Schuster aus dem Leder der Tigertatzen diese Schuhe genäht. Er schenkte sie mir, wenige Tage vor seinem Tod.

Hans Kaspar nahm einen Schuh, griff die Hand seines Sohnes und schob dessen Finger über die arabischen Zeichen:

Wenn du dir eine Perle wünschest,
such sie nicht in einer Wasserlache.
Wer Perlen finden will,
muss bis zum Grund des Meeres tauchen.

Sie schwiegen. Nach einer Weile fragte Willi: Willst du weg?

Hans Kaspar hob die Schultern und sagte mit einem Ton, der klang, als drohe ihn diese Frage entzweizureißen: Ich weiß es nicht.

Willi lehnte sich zurück, schob eine Hand in die Hosentasche und zog einen in klebriges Papier gewickelten Bonbon hervor. Ist Eukalyptus, sagte er und hielt ihn seinem Vater auf der flachen Hand hin.

XIII

Bereute Hans Kaspar, während die Känguruherde in großem Bogen dem Wettlauf mit dem Zug entfloh, dass er nun *weg* war, weg von zu Hause? Mag sein, Hans Kaspar hätte ohne die postalischen Grüße aus einem anderen Leben das seine unbeeindruckt von dem, was über die Krahnsdorfer Weichen fuhr, weitergeführt. Er hätte wohl selbst nicht sagen können, ob er dann den Polen, der den Zugverkehr hatte sabotieren wollen, in seinem Schuppen versteckt hätte. Aber er hatte es getan. Und war am Ende selbst geflohen.

So zumindest, sagte Mo, deutete ich Hans Kaspars spärliche Auskünfte über die Gründe seiner Flucht. Keiner ist gerne weg von zu Hause, wenn es ein Zuhause ist. Das hier, sagte Mo und erhob sich, ist der einzige Gegenstand, den mein Vater, als auch er mit meiner Mutter Deutschland verlassen musste, mitnahm. Mo hob die faustgroße Marx-Büste aus dem Regal und wog sie einen Moment nachdenklich in der Hand, bevor er sie wieder zurückstellte. Er hätte auch den Kopf Schopenhauers mitgeschleppt, doch dessen Büste sei zu schwer für die Reise gewesen. Für ihn war Marx nur einer unter vielen deutschen Geistern. Ich aber konnte damals nur den gelten lassen, der aufrief, die Welt zu verändern.

Oh, dachte Helder und nippte an seinem Tee, fehlt nur noch die Gretchenfrage. *Zurück oder vorwärts, du musst dich entscheiden. – Wer nicht mit uns ist, ist … – Gott mit uns?* Oder Marx? Die Worte auf den Koppelschlössern ändern sich, die Bäuche drunter nicht.

Mit weihnachtsmännlichem Rauschebart geschmückt, hatte der ehemalige Staatsphilosoph einer noch ehemaligeren Deutschen Demokratischen Republik für jeden was im Sack: für Diktatoren die Diktatur, für Träumer das Paradies, für Redner Zitate, für Büsten ein Modellgesicht und für sächsische Städte Namen, zumindest für eine, zeitweise. Als Helder jung war, trug dieser Marx das, was man eine modische Langhaarfrisur nannte. Doch vielleicht hatten die staatlichen Gestalter im Auftrag der staatlichen Verwalter nur eine fotografische Echthaarverlängerung ausgeführt, um eine in der Regel mehr von langhaarigen Musikern beeindruckte Jugend bei der sozialistischen Stange zu halten?

Der gefälschte Marx, dachte Helder, warum war da nur keiner drauf gekommen. Alles Retusche. Ein Foto bewies nichts. Von Stalins Seite verschwand Trotzki, von der Hitlers ein Röhm, aus dem Familienalbum der Helders Hans Kaspar Brügg.

Oder hatte ihn umgekehrt irgendjemand in den farblosen Bildband über Helders Lebens einmontiert, ein mythischer Wanderer, der exotische Weltgegenden bereiste? Wurde aus dem unbekannten Großvater lediglich ein ausgedachter Großvater? Schließlich fügte Helder den Bildern, die sich seine Familie und Mo von Hans Kaspar gemacht hatten, nur ein weiteres hinzu, eines, das sich aufs Hörensagen gründete. Und wir erzählen es nun weiter.

Der Tee glänzte weise in der Schale, und Mo lächelte versonnen seinen Erinnerungen nach.

Zwischen Helders Zähnen zerschnurpste leise ein Stück Zucker. Die Süße schwebte einen Moment zwischen Zunge und Gaumen, bevor er sie mit einem kräftigen Schluck hinunterspülte.

Erzählen wir also weiter von Hans Kaspar Brügg, verschaffen wir uns den einzig wahren Besitz, den schwarz auf weiß …

Oder weiß auf erdigem Rot …

Ein Schwarm weißer Kakadus überquerte kreischend die rotsandige Lagerstraße, als in Baracke 9 hinter vorgehängten Decken die Möglichkeit erörtert wurde, im Lager einen glücklichen Gesellschaftszustand herbeizuführen. So wie es war, sollte es nicht bleiben.

Dass jeder Lagerinsasse sich nur bei Lust und nicht bei schlechter Laune an den allgemeinen Arbeiten beteiligte, mochte noch angehen. Schließlich gab es genug, die lieber irgendetwas taten, als sich von Beschäftigungslosigkeit und Fliegenschwärmen in den Wahnsinn treiben zu lassen. Sogar das Reinigen der Latrinen brachte den Vorteil, mit einem Lastwagen und der anrüchigen Fracht einen kurzen Ausflug in die Freiheit außerhalb des Lagers machen zu können.

Dass die Köche mal ein Pfund Butter und mal ein Schäufelchen Mehl beiseiteschafften und eines Tages ein Café eröffneten, war auch nur deshalb ein Problem, weil sie sich ihre Sachertorte und ihren Rosinenwein gut bezahlen ließen. Denn es war im Lager, wie es draußen war: Es gab die Reichen, und es gab die Armen. Die einen holten sich regelmäßig auf der Kommandantur ihr aus der Heimat postalisch angewiesenes Geld ab, die anderen versuchten, eine von der *Dunera*-Besatzung übersehene Armbanduhr oder einen Ledergürtel zu verhökern, den sie dann durch einen Bindfaden ersetzten. Die einen rauchten Zigarren, die anderen lasen die Stumpen auf. Und das war bei diesen anderen, den meisten also, eine Quelle allgemeinen Missmuts.

Ein bayerischer Bürstenfabrikant mit Bürstenhaarfrisur sagte eines Tages zu Mo: Früahra hab i a Nega ghabt. Aba a Kines dats a. Bua, mogst da net a Göid verdeana?!

Mo aber lehnte ab, lieber probte er in der kleinen sich bildenden Theatertruppe Brechts *Dreigroschenoper*. Den massigen Bayern sah man später häufig mit einem kleinwüchsigen Leibdiener umherflanieren. Während der eine für jedermann gute Ratschläge parat hatte, musste der andere ihm mit einem aus Pappe gefertigten Schirm Schatten verschaffen, was bei dem Größenverhältnis der beiden keine leichte Aufgabe war.

Die Theaterleute beschlossen, nur von den Geldbesitzern Eintritt zu verlangen. Da wurden die über Nacht arm oder riefen: Was für eine Ungerechtigkeit. Nur der allzeit beschirmte Bürstenfabrikant gab sich generös und bezahlte sein Billett. Er applaudierte sogar dem Satz: *Was ist der Einbruch in eine Bank gegen die Gründung einer Bank …*

Ein ehemaliger Bankangestellter allerdings fühlte sich persönlich angegriffen und beschwerte sich beim Kommandanten; jedoch ohne Ergebnis.

Der australische Kommandant und seine Mannschaft beschränkten sich darauf, das Lager zu bewachen und die Küche mit Lebensmitteln zu versorgen. Ansonsten überließ man diese kleine stacheldrahtumzäunte Welt ebenso sich selbst wie der kosmische Kommandant die große.

Als ein geschäftstüchtiger Leipziger Bäckermeister einen kleinen Laden eröffnete, in dem man Schokolade, Schnaps und Zigaretten kaufen konnte, war für die, die nicht konnten, klar, es konnte so nicht weitergehen.

Also wurde hinter den löchrigen Wolldecken von Baracke 9 eine neue Lagerordnung entworfen und beschlossen, sie sowohl den Insassen als auch dem Kommandanten schmackhaft zu machen.

John Archibald Hover, Major und gemächlicher Mittfünfziger, schien sich in den Militärberuf verirrt zu haben. Sein zuvorkommendes Wesen neigte wohl eher dem Gewerbe eines Gastwirts zu. Eine gewisse Korpulenz, die nicht fett, sondern kraftvoll wirkte, verschaffte ihm dennoch eine Art natürliche Autorität, die keiner Uniform bedurft hätte. Im Gegenteil, es war sein Wesen, das wettmachte, was seine Dienstkleidung verdarb. Seine Uniformjacke wellte sich in Wülsten, und es schien, als hätten nicht nur ihre Knöpfe, sondern auch das lederne Koppelzeug Mühe, dem Druck seines Leibes standzuhalten.

Er spazierte jeden Morgen durch das Lager, sagte, wenn sein Korporal ihm Meldung machte: Danke, mein Freund! und ließ von ihm Wünsche und Beschwerden der Internierten notieren, wobei es dann allerdings blieb. Anschließend stieg der Major in seinen Kübelwagen, dass dessen Federn ächzten, und machte sich auf, Mrs. Hayfield einen Besuch abzustatten.

Die Witwe Hayfield bewirtschaftete am Rande der Wüste eine kleine Farm. Ein Windrad förderte aus den Tiefen des Gesteins genug Wasser, um mit einigen Feldern und etwas Vieh ein Auskommen zu haben. Mrs. Hayfield liebte beleibte Männer, denn da, so pflegte sie zu sagen, sieht man doch, wo all die Mühe bleibt. Sie selbst war eher von der mageren Sorte und hatte die Dreißig weit hinter sich gelassen. Die harte Landarbeit hatte sie mit einer Herbheit überzogen, die jedoch wie die Wüste nur auf einen Regenschauer zu warten schien, um zu erblühen. Seit jenem unglückseligen Gewittertag im Jahre 36, da sie von ihrem Mann, dem sie eben das Mittagessen hatte bringen wollen, nur noch ein vom Blitz zurückgelassenes und, wie sie sagte, verkohltes Häufchen gefunden hätte, war Mrs. Hayfield allein mit ihren Söhnen gewesen.

Die jungen Männer wurden inzwischen vom Krieg irgendwo in Europa gebraucht, und so war sie froh über die Besuche des Majors. Der half ihr, so gut er es eben verstand, und besonders verstand der Major zu improvisieren. Die Reparatur des Scheunendachs hatte zur Folge, dass eine Scheibe des Küchenfensters ersetzt werden musste, weil sich der Hammer von seinem von Hover provisorisch angefertigten Stiel gelöst hatte und in einem eleganten Bogen durch das Glas gesaust war. Eine defekte Dichtung der dieselbetriebenen Pumpe, die das Wasser aus den Tiefen der australischen Erde förderte, hatte Hover kurzerhand durch ein Kondom ersetzt, ein Hilfsmittel, das er als moderner Mensch stets bei sich trug, dessen Zweckentfremdung er Mrs. Hayfield aber aus Taktgefühl verschwieg.

All das nahm Mrs. Hayfield in Kauf: Hauptsache, in der Einöde nicht ganz verlassen. Und das leidige Priemen würde sie ihm noch abgewöhnen, immerhin ging er dazu schon vor die Tür.

Zu den Lieblingsaufgaben des Majors gehörte der Schutz von Mrs. Hayfields kargen Weizenschlägen. Denn sobald das Korn reifte, fiel regelmäßig ein Schwarm Kakadus darin ein. Dieser Mission wegen blieb es nicht aus, dass der Kommandant mit einem anderen erfahrenen Vogelvertreiber, der, wie wir uns erinnern, Hans Kaspar auf Niederlausitzer Feldern gewesen war, in ein kollegiales, ja mitunter freundschaftlich erscheinendes Verhältnis geriet.

Hans Kaspars Aufgabe war es, die von Hover erlegten Vögel einzusammeln. Da Hover nicht zu den besten Schützen gehörte und sein Jagdeifer weniger zu gezielten Abschüssen als zu einem wilden Herumgeballer führte, war die Beute schmal. Dennoch waren die zwei oder drei, höchstens fünf erlegten Kakadus für Hans Kaspar nicht die Kombattanten einer feindlichen Armee, sondern immer noch die nur zufällig versammelten Vertreter einer exotischen Vogelart, die man in Europa lediglich in zoologischen Gärten oder den Volieren reicher Leute bewundern konnte. Als einer des Majors Attacken verwundet überlebte, pflegte ihn Hans Kaspar gesund. Auf seiner Schulter sitzend beschimpfte er eines Tages den Major mit *Iiiiitler* und anderen Flüchen, die man ihm in Baracke 9 beigebracht hatte.

Hans Kaspars Vorschlag, die gefiederte Schar nicht länger mit kostbarem Blei zu erschrecken, sondern sie endgültig zu vertreiben, fand das offene Ohr der Farmerin und ihres Gefährten. Da Schüsse die Vögel kaum, geschweige dauerhaft irritierten, erwog Hans Kaspar gar nicht erst, das geflügelte Getier mit flatternden Textilien zu verscheuchen.

Vielmehr ersann er eine Technik, die den gesamten Schwarm mittels eines großen Netzes und einiger Signalraketen in die Falle gehen ließ.

Die Vogelstellerei gelang, und die Übeltäter wurden, auf einen Lastwagen verfrachtet und von zwei Soldaten eskortiert, drei Tage weit von Mrs. Hayfields Farm in die Freiheit entlassen.

So nahm es nicht wunder, als an jenem Abend hinter Decken die Lagerweltverbesserer tagten, dass die Wahl auf Hans Kaspar fiel, dem Kommandanten die neue ausgeklügelte Lagerordnung ans Herz zu legen. Mo wiederum, inzwischen zum Kandidaten der Kommunarden avanciert, übernahm es, Hans Kaspar seine Aufgabe nahezubringen. Er appellierte an dessen Berufsehre. Schließlich sei die Deutsche Reichsbahn zumindest in ihrer Frühzeit allgemeiner Wohlfahrt verpflichtet gewesen, hätte jeder ehrliche Eisenbahner sich in den Dienst von etwas Größerem gestellt, etwas, das, aus Stahl und Dienstplänen konstruiert, jedem Kommunisten Vorbild sein konnte. Und er, Hans Kaspar, sei eben deshalb Mos Vorbild.

Am anderen Vormittag wurde Hans Kaspar mit dem von einem Kundigen ins Englische übersetzten Papier in der Hand, der Gründungsakte Neu-Utopias, beim Kommandanten vorstellig.

Allgemeine Arbeitspflicht?

Gutscheine als Lohn?

Beschlagnahme aller eingehenden Gelder für allgemeine Aufgaben und Lebensmittelbeschaffung?

Ist das so üblich bei Ihnen in Deutschland?

Hans Kaspar schwieg betreten.

Der Major zog eine Dose Kautabak aus der Tasche, entnahm ihr eine zusammengerollte, lakritzartige Tabakschlange und teilte sie mit einem Taschenmesser sorgfältig in mehrere Stücke, bevor er sich eines davon in den Mund schob.

Na, sei's drum. Und Hauptsache, bei euch da drinnen herrscht Ruhe.

Gerade wollte der Kommandant seine Unterschrift unter das diffizile Konstrukt setzen, da tobte ein Schwarm Kakadus kreischend über das Dach der Terrasse.

Sie sind zurück, dachte Hans Kaspar erschreckt.

Und Mr. Hover dachte wohl das Gleiche.

Einen Moment lang kreisten die Vögel unentschlossen über dem Vorplatz der Kommandantur, dann stoben sie nach Norden davon, in Richtung von Mrs. Hayfields Farm.

So eine Blamage, dachte Hans Kaspar. Und Mr. Hover dachte wohl das Gleiche. Er spie seinen Priem in hohem Bogen in den Sand und stöhnte. Stöhnend öffnete er die oberen Knöpfe seiner Uniformjacke und massierte sich die linke Brust hinauf bis zur Schulter. Für einen Moment schloss er die Augen, und Hans Kaspar sah den Kommandanten bereits tot umfallen. Doch dann öffnete Mr. Hover die Augen, knöpfte entschlossen die Jacke zu und nahm die fein säuberlich aufgeschriebene Lagerordnung wieder zur Hand. Dann – ritsch ratsch – riss er sie entzwei. Ein Windstoß vermischte die Schnipsel mit dem roten australischen Sand und trug das Regelwerk des Glücks wirbelnd in die Einöde hinaus.

Das Zerwürfnis zwischen Hans Kaspar und dem Kommandanten dauerte aber nicht lange. Denn eigentlich war Hover froh, Mrs. Hayfield, während der Weizen reifte, zwei oder drei, ja manchmal sogar fünf erlegte Kakadus auf die Treppe legen zu können, so wie ein Kater tote Mäuse seinem Frauchen.

Manchen Abend verbrachte Hans Kaspar zusammen mit Hover am Tisch von Mrs. Hayfield. Hover im verschwitzten Trägerhemd mit baumelnden Hosenträgern, Mrs. Hayfield meist in einem blass geblümten, hell beschürzten Kleid und Hans Kaspar im kragenlosen Hemd, kahlgeschoren und sonnenverbrannt, die Augen wie kleine dunkle Teiche in der Wüste. Man hätte das Trio gut für Bauer, Bäuerin und Knecht halten können, wäre da nicht Hans Kaspars Drillichhose gewesen, rot gefärbt, wie die Gefangenen sie trugen. Wenn Mrs. Hayfield Malzkaffee ausschenkte, dann spürte Hans Kaspar, obwohl sie ihn nicht berührte, ihren warmen pulsierenden Leib an seinem Oberarm. Er begann zu beobachten, wie weit sich Mrs. Hayfield dem Kommandanten näherte, wenn sie ihm Kaffee eingoss. Sehr weit. Wenn nicht weit genug, dann legte der Major seinen Arm um ihre Hüften, zog sie an sich und nannte sie seine Wüstentaube, bis sie sich mit einer forschen Bemerkung entzog.

Manchmal gab es Steak von einem Känguru, das der Major mal mit dem Gewehr, mal mit dem Auto erlegt hatte. Und danach, wenn draußen der Himmel fast in Sekundenschnelle von einem tiefen Blau in ein mit dem Kreuz des Südens geschmücktes Schwarz gefallen war, lehrte Hans Kaspar, da zum Bridge der vierte Mann fehlte, den Major und die Witwe das Skatspiel. Die Petroleumlampe funzelte, draußen zirpte die Nacht, und es roch nach Tabakrauch und Bier. Der Höhepunkt dieser Stunde aber war, wenn Mrs. Hayfield mit leicht umfälteltem Lächeln fragte: Meine Herren, jetzt ein Likör? und scherzend hinzufügte: Der Cognac ist leider schon aus …

Zwar klebte der dick vergorene Beerensaft schwer zwischen Zunge und Gaumen, doch ein klein wenig fühlte Hans Kaspar sich dann, als säße er nicht in der australischen Wildnis, sondern mit den Stickenbacher Töchtern im Berliner Café »Odeon«. Er vermied es aber, mehr als zwei Gläschen zu trinken, denn nach einem dritten war er einmal in eine tiefe Schwermut gefallen und in seine anatolische Jugend zurück. Als er gegen Mitternacht mit Hover zum Lager aufbrach, haderte er immer noch mit sich selbst und seinem Schicksal. Wer von beiden der stärkere Gegner war? Selbst darüber gab ihm die durchgrübelte Nacht keine Auskunft. Gegen Morgen, Hans Kaspar hätte nicht sagen können, ob er Schlaf gefunden hatte, fiel sein Blick auf die vor seinem Bett stehenden Schuhe. Es war, als leuchteten sie in der Dämmerung. Er setzte sich auf, nahm einen nach dem anderen in die Hand und strich zärtlich über das Leder und die hineingeprägten Zeichen. Vielleicht, dachte er, bin ich längst unterwegs zum Meer.

Draußen schob sich die Sonne über den Horizont und tauchte die Wüste in glutrotes Licht.

Im Lager, bei den Insassen der von den anderen *die rote Baracke* genannten Behausung, hatte man das allzu frühe Scheitern der neuen Ordnung hingenommen, wie jeder avantgardistische Zirkel sein Scheitern in der äußeren Welt nur als Beweis für die Richtigkeit der eigenen inneren Überzeugungen zu werten versteht. Der Major war zwar ein notwendiger Alliierter, doch eben auch Vertreter des kapitalistischen Systems, der noch nicht über seinen bürgerlichen Schatten zu springen vermochte. Gegen Hans Kaspar aber blieb ein gewisses Misstrauen, da manch einer sein agitatorisches Versagen mit kleinbürgerlicher Halbherzigkeit erklärte.

Mo, der es nicht verstand, sich in der Sprache der Dogmen zu bewegen, und für seinen Freund um menschliches Verständnis warb, wurde von einem der gerechten Eiferer gefragt, ob er denn das Entscheidende, die Macht, überhaupt wolle.

Andere wollten anderes. Und Hans Kaspar trug, nachdem das ornithologische Desaster vergessen war, auch die Wünsche der anderen Lagerfraktionen an den Kommandanten heran. Da brauchte ein Berliner Kunstmaler Leinöl und Terpentin, die Baracke der orthodoxen Juden wünschte eine eigene Küche für koscheres Essen, ein Sinologe benötigte dringend für die Lageruniversität eine chinesische Grammatik, die Schwulen aus Baracke 63 erbaten ein Fässchen Vaseline, und der Bayer orderte zwecks Aufnahme einer Sonnenschirmproduktion eine Ladung Seidenpapier. Alles ließ der Major nach Sydney kabeln. Nur für das kommunistische Regelwerk blieb er auch weiterhin unansprechbar.

An einem Sonntag im australischen Sommer fand die für so viele vorteilhafte Beziehung Hans Kaspars zu John Archibald Hover allerdings ein Ende. Und auch Hans Kaspar hätte beinahe das seine gefunden, als beide nach dem morgendlichen Zählappell zur Farm aufbrachen, um bei Mrs. Hayfield zu Mittag zu essen und den Nachmittag mit Kartenspiel zu verbringen. Beifahrer Hans Kaspar, der unruhig oder, besser gesagt, kaum geschlafen hatte, war eben etwas eingedöst, als der Wagen plötzlich ins Schleudern geriet, über einen Felsblock scharrte und erst kurz vor einem der wenigen abgestorbenen Bäume stehen blieb. Mr. Hover hing kreidebleich und mit schweißbeperlter Stirn überm Lenkrad.

Drückend lag die Hitze auf dem Land. Weit und breit niemand und nichts, kein Mensch und keine Behausung, nur die steinige Piste, die schnurgerade durch die Einöde führte. Es konnte nicht mehr weit sein bis zur Farm. Zumindest, so glaubte Hans Kaspar, waren sie vom Lager oder anderer menschlicher Hilfe weiter entfernt. Hans Kaspar schob und drückte den massigen Leib des Majors auf den Beifahrersitz, benetzte ihm die Lippen und war erleichtert, als ein schweres Stöhnen erklang.

Zum ersten Mal in seinem Leben startete Hans Kaspar ein Kraftfahrzeug. Das Getriebe krachte, der Motor jaulte, und der Wagen machte einen kleinen Sprung. Er riss das Lenkrad herum, schon war das Auto an dem Baum vorbei wieder auf der Piste. Er schüttelte den Kopf, unwillkürlich, ungläubig. Der Wagen fuhr, und er, Hans Kaspar, lenkte ihn, bestimmte Richtung und Geschwindigkeit, keine Signale, keine Gleise, nur diese schier endlose Straße. Er könnte, die

Ebene würde es erlauben, sogar ohne Straße weiterfahren, auf gut Glück irgendwohin.

Irgendwohin? Nein, zurück in die syrische Wüste, dorthin, von wo er vor fünfundzwanzig Jahren mit Estragon aufgebrochen war, Siyakuu zu suchen. Hans Kaspar lächelte. Er war auf dem Weg zu Siyakuu. Er war heiter, sang plötzlich laut und fröhlich. Nur das gelegentliche Ächzen des Majors erinnerte ihn daran, dass er in einer ernsten Angelegenheit unterwegs war.

He, Mr. Hover, rief er dem Bewusstlosen zu, es stört Sie doch nicht, wenn ich singe?! He, Mr. Hover, sind wir nicht die größten Idioten, nicht zu lachen, wenn es ernst wird?!

Hans Kaspar singt. Hover ächzt. Der Motor dröhnt. Die Staubwolke, die der Wagen hinter sich lässt, hängt noch lange über der Straße. So hat Hans Kaspar im Rückspiegel nicht die feine dunkle Spur wahrnehmen können, die aus einem kleinen Leck im Tank des Wagens rinnt. Es ist stickig, kaum dass der Fahrtwind kühlt. Dunstschleier überziehen den Himmel, der erst bläulich bleiern erstarrt und schließlich in ein dunkles Violett versinkt. Die ersten Böen jagen Disteln über die Straße, dann wirft sich, dunkelrot und schneidend, der Sand über die Ebene. Keine Wegmarken, keine Bäume, alles löst sich auf im Sandsturm, auch die Piste. Die Welt ist Wüste. Nie, so scheint es, hat es etwas anderes als diese Dunkelheit gegeben. Und nie, so ist zu fürchten, wird je wieder etwas anderes sein. Trotzig dröhnt der Motor und kämpft sich durch eine Finsternis, die auf der Haut sticht, zwischen den Zähnen knirscht und in den Ohren pfeift. Plötzlich ein Stocken und Rucken. Ende. Der Motor gibt auf. Hans Kaspar zieht eine Decke über sich und den Major. Irgendwann ist es still.

Als Hans Kaspar die Decke beiseiteschob, gleißte die Sonne wieder aus einem azurblauen Himmel, als wäre nichts gewesen. Nur der feine rote Sand, der außen auf der Frontscheibe hing und das Wageninnere überstäubt hatte, erinnerte an den Sturm. Neben ihm der Major atmete schwach. Hans Kaspar stieg aus dem Wagen, sah sich um und sah keine Straße mehr, keinen Weg. Doch da, am flimmernden Horizont, das musste die Scheune der Hayfieldfarm sein. Also rein in das Auto und starten. Ein Tuckern, ein Leiern, mehr nicht. Noch ein Versuch und noch einer und noch … Es war vergebens. Er wischte die Armaturen frei und versuchte, sich auf den Anzeigen zu orientieren. Da, das Symbol einer Zapfsäule, daneben der Zeiger auf Rot.

Hans Kaspar dachte nach, dann flößte er dem Major etwas Wasser ein und ging, die Feldflasche bei dem Kranken zurücklassend, los. Er würde in zwei, drei Stunden die Farm erreichen. Dann könnte er mit Mrs. Hayfields Hilfe und ihrem Pferdegespann den Major holen. So lief er durch die glühende Ebene, stolperte über Steine und Büschel vertrockneten Grases, immer den Blick auf die Hayfieldfarm gerichtet. Bald spürte er Durst, doch tröstete er sich damit, seinem Ziel schon nahe zu sein. So lief er weiter. Dann begann seine Zunge am Gaumen zu kleben. Nur dass er lief, gab ihm die Gewissheit, dass die Zeit verging, dass er sich vorwärts bewegte. Minuten, Stunden waren kein Maß mehr. Alles war Ewigkeit, solange er nicht am Ziel war. Er suchte etwas Verlorenes, etwas, für das der Name Siyakuu vielleicht nur ein Zeichen war.

XIV

Damals hatte Hans Kaspar lange nicht begriffen, was geschehen war. Erst, als er zusammen mit Estragon auf der schattigen Terrasse des Konsulats in Aleppo saß, begriff er. Da lagen vor ihnen auf dem Tisch die Fotos.

Fotos, die illegalerweise, wie Konsul Rößler betonte, angefertigt worden waren. Die aber, wie er seufzend einräumte, wohl die bittere Wahrheit zeigten – und auch die deutsche Schande. Das sind die Fotos, sagte er, die Berichte, die auf meinem Tisch liegen, sollten Sie lieber nicht lesen.

Estragon legte die Fotografien aus der Hand. Er weinte still.

Hans Kaspar fragte nach den Überlebenden: Wo finden wir sie? Helfen Sie uns! Bitte.

Rößler machte eine Geste ins Ungewisse. Helfen? Wissen Sie, junger Mann, wie viele Telegramme ich schon zur deutschen Botschaft geschickt habe? Neulich kam endlich eine Antwort, übermittelt aus Berlin. Rößler ging zu seinem Schreibtisch, kramte in einem Stapel von Papieren und zog schließlich ein Telegramm hervor: *... ist die armenische Frage als eine innertürkische Verwaltungsangelegenheit zu betrachten ... der Presse gegenüber am Besten zu schweigen ...*

Dann rollte er eine Karte aus. Kommen Sie her! Die Leute kommen von überall her, vom Ararat, vom Vansee, vom Schwarzen Meer, aus Stambul. Keiner will sie haben, jeder schiebt sie weiter, wenn man sie nicht gleich dem Mob übergibt. Die Armenier sind Freiwild. Wo die Gendarmen nicht selbst Hand an die Vertriebenen legen, schauen sie weg, wenn Kurden oder Tscherkessen sich über die Ärmsten hermachen. Wer nur ausgeraubt wird, kann sich glücklich schätzen. Den Rest erledigen Hunger, Durst und Krankheiten. Rößler schüttelte den Kopf, so als könne er seinen eigenen Worten nicht glauben.

Da, sein Finger, gepflegt und nur leicht von Tabak gefärbt, zeigte auf ein Gebiet in der Syrischen Wüste. Der Weg nach Damaskus ist neuerdings für die Armenier gesperrt. Es gab Beschwerden vom Militär: verstopfte Straßen, die Bahnstrecke blockiert, überfüllte Krankenhäuser, Typhus, von Leichen verseuchte Brunnen ... Jetzt schickt man sie südlich des Euphrats entlang. Manche wandern tagelang im Kreis: nach Urfa, von Urfa nach Rakka, von Rakka nach Urfa zurück, neunzig Kilometer durch die Wüste. – Rößler atmete tief, dann sagte er: Kommen Sie morgen früh wieder. Nein, besser nicht hierher. Morgen früh, fünf Uhr, steht ein Automobil vor Ihrem Hotel. Ein Fahrer, Lebensmittel, Wasser, Benzin ... Mehr kann ich nicht tun. Aber, es ist riskant, sehr riskant!

Am nächsten Tag fuhren sie los. Unterwegs konnten sie sogar fröhlich sein, so groß war ihre Gewissheit, Siyakuu zu finden.

Jetzt, sagte Hans Kaspar, sollte Ahmad bei uns sein.

Da, Estragon zeigte lachend auf einen Falken, der unter dem flirrenden Himmel vorüberzog: Er ist bei uns!

Ach, hätte er doch die Schuhe damals mitgenommen aus Konya, hätte er sie doch getragen. Sie werden dich zur Liebe führen, das waren Ahmads Worte. Und er? Er hatte nicht daran geglaubt. Oder doch?

Wir können nur vermuten, dass seit Arno Brüggs tödlichem Fall über Hans Kaspars Leben ein Gefühl von Schuld gelegen hat. Da jede Vernunft, auch seine, diesen Sturz aber als einen Unfall anerkennen musste, blieb es ein untergründiges Gefühl. Es war wie ein lauernder Schatten, der, sobald man sich ihm zuwandte, verschwand, drehte man sich jedoch weg, kehrte er ebenso schnell zurück.

Und dann dies: Er hatte auf dem Bahnhof von Konya einen Transport abfahren lassen, hatte tatenlos zugesehen, wie in einem der Waggons seine Liebe davonfuhr.

Gerade weil Hans Kaspar Ahmads Worten glaubte, hatte er die Schuhe vergessen. Ha, vergessen! Die Feigheit hatte ihn »vergessen« lassen. Wie sollte er Siyakuu gegenübertreten, nachdem er – ja, auch er! – sie in diese Einöde geschickt hatte. Wie sollte er ihren dunklen, fragenden Blick ertragen: Wo seid ihr nun, ihr von der Bahn?!

Da hatte die Schlange leichtes Spiel, schon während der ersten kurzen Rast, mit ihren Zähnen über den flachen leichten Schuhen den Fuß zu erreichen.

Obwohl Estragon die Wunde sofort ausgesaugt hatte, war das Gift in Hans' Körper gedrungen. Er war, als während einer Rast Estragon und der Fahrer dösten, einfach losgelaufen, war völlig orientierungslos in der Wüste umhergeirrt, bis ihn die anderen fanden.

Jetzt, auf dem Weg zur Hayfieldfarm, näherte sich Hans Kaspar einem ähnlichen Zustand, wenn nach nächtelanger Schlaflosigkeit tranceähnliches Versinken und überwache Leichtigkeit einander abwechseln. Er wusste noch immer nicht, was damals wirklich geschehen war und was fiebrige Wachträume gewesen waren. Oder wiederholte sich alles noch einmal und immer wieder?

Was für ein Geruch! Leichter Verwesungsgeruch. Kinder spielen Zielwerfen. Sie johlen, wenn der bärtige Kopf, von Steinen getroffen, vom Zaunpfahl fällt.

Eine Stimme. Estragons Stimme: Wir sollten ihn begraben!

Es hat keinen Sinn. Wer sagt das? Der Fahrer? Oder er selbst.

Hinter der nächsten Anhöhe. Der Geruch wird stärker.

Einer übergibt sich.

Ich sagte doch, Sidi, es hat keinen Sinn. Es sind zu viele.

Dann eine Gestalt: ein alter ausgemergelter Mann, der die nackten, geschwollenen Füße zwei Schritte vorwärts schiebt und stehen bleibt. Mit beiden Händen hält er eine offene Konservendose und blinzelt hinein. Zwei Schritte, stehen bleiben und nachsehen, ob alles in Ordnung ist mit der Dose.

Woher kommen Sie?, fragten Hans Kaspar und Estragon fast gleichzeitig.

Der Alte erschrak, als hätte er weder das Auto heranfahren hören noch die beiden Männer aussteigen sehen. Er presste seine Konservendose fest an sich, darin schwappte daumenbreit lehmtrübes Wasser.

Estragon hielt dem Alten den Wasserkanister hin. Der schlürfte erst langsam und in kleinen Schlucken seine gelbe Brühe aus, bevor er die Büchse von Estragon füllen ließ.

Also, woher kommen Sie?

Der Alte hob die Hand, als suche er die Richtung, in die er deuten könnte. Dann ließ er sie resigniert fallen und murmelte: Wer wird die Äpfel jetzt ernten?

Sind Sie schon lange unterwegs?

Wieder schien der Mann nachzudenken, dann sagte er: solange ich lebe. Solche Äpfel habe ich nirgendwo anders gegessen.

Aber wohin? Wohin gehen Sie?

Wieder hob der Alte die Schultern, dann lächelte er und sagte: nach Hause.

Die beiden Männer halfen dem Alten ins Fahrzeug. Sie fuhren weiter, und nach der nächsten Anhöhe erreichten sie eine kleine Gruppe Menschen, offenbar die Gefährten des Alten, die am Straßenrand rasteten. Zehn, zwölf ausgedörrte Gestalten hockten apathisch unter einer Decke aus Ziegenhaar, die zum Schutz gegen die sengende Sonne aufgespannt war. Der Alte kletterte aus dem Auto und hockte sich ein wenig abseits mit seiner Wasserbüchse auf einen Stein.

Estragon und Hans Kaspar verteilten, obwohl der Fahrer murrte, Wasser und Lebensmittel. Einige der Leute waren so sehr des Essens entwöhnt, dass sie die heruntergeschlungenen Bissen sofort wieder erbrachen.

Und wieder die Frage: woher? Aus Konya? Nein? Haben Sie Leute aus Konya getroffen? Eine junge Frau?! Bitte denken Sie nach! Erinnern Sie sich!

Erinnern? Eine Frau mit schlohweißem Haar entließ aus ihrem fast zahnlosen Mund ein gellendes Lachen. Ich soll mich erinnern?! Wenn ich mich erinnere, verliere ich den Verstand. Wir waren mehr als dreihundert, als sie uns aus dem Dorf trieben. Jetzt sind wir noch zwölf. Ich wusste nicht, dass es so viele Arten zu sterben gibt. Sie suchen eine junge Frau? Ich war jung, vor ein paar Wochen noch.

Da ertönte Geschrei. Einige der Vertriebenen versuchten die restlichen Lebensmittel und Wasserkanister aus dem Fahrzeug zu reißen, wütend schlug der Fahrer mit einem leeren Kanister nach ihnen. Plötzlich hallte ein Schuss. Alle warfen sich zu Boden. Nur der Alte saß noch immer auf seinem Stein. Aus einem Loch in seiner Büchse rann das Wasser in den Wüstenstaub. Dann sank er ganz langsam vornüber und blieb reglos liegen.

Als Erster besann sich der Fahrer, kletterte blitzschnell hinters Steuer und rief: Sidi, Sidi!

Jetzt, da auch Hans Kaspar und Estragon einen Trupp Reiter heransprengen sahen, rannten beide zu dem abfahrenden Wagen. Estragon sprang hinein und zog den geschwächten Hans im letzten Augenblick ins Fahrzeug.

Hinter sich im aufwirbelnden Staub der Wüste sahen sie noch, wie die Armenier unter ihrer Ziegenhaardecke zusammenkrochen. Dann preschten die Reiter mitten in das armselige Häuflein hinein.

Das Schlagen der Hufe, die Schreie, der Schädel dröhnt, die schwarze Decke, zum Himmel aufgeworfen, verdunkelt die Sonne. Und endlich Stille.

Irgendwann eine Stimme, fern, durch Watte: Hans, Hans! Du musst zurück!

Estragon? Zurück? Er musste nichts mehr, nichts mehr. Und das war gut.

Zurück nach Aleppo. Los, fahren Sie!

Dann: da, die Karawane! Dorthin!

Einer der Beduinen hatte ein Mittel gegen Schlangenbisse.

Sie bringen dich zurück, Hans!

Und du?

Ich werde sie finden. Ja, Hans, ich werde Siyakuu finden. Ja, ich … aber … keine Sorge. Geliebt habe ich doch immer nur dich.

Die Karawane hatte Hans Kaspar davongetragen.

So ein Wiegen, so ein Schaukeln. Himmel und Sand. Er schwebte, in seinem Kopf das Lied der Pferdekopfgeige.

Jetzt wieder, immer noch. Auch hier in der australischen Wüste.

Hans Kaspar durchquerte gerade eine Senke und war überzeugt, wenn er die kleine Anhöhe, die da vor ihm lag, erreicht hätte, dann so nahe an Mrs. Hayfields Haus zu sein, dass sie ihn mit Sicherheit erkennen müsste. Nein, nicht erkennen, aber sehen, sehen müsste sie dann diesen Mann, der da über die rote, aufgerissene Erde lief. Er würde sich als Erstes am Brunnen gütlich tun, würde den Eimer heraufziehen und sich das kalte Nass über den glühenden Schädel gießen und in den offenen Mund. Und dann würde er sich in der Kühle des Hauses ausruhen. Nein, nicht ausruhen, er musste den Major holen, unbedingt.

Jetzt noch zwei, drei Schritte, und da war sie, die Farm.

Die Farm? Wo, verdammt, war jetzt bloß die Farm? Er hatte doch noch vor einer halben Stunde deutlich Mrs. Hayfields Haus gesehen. Oder nicht? Nein, er hatte sich nicht getäuscht. Was hatte er denn gesehen, wenn nicht das Haus? Etwa diesen großen, glattkantigen Felsblock?

Hatte er den aus der Ferne tatsächlich für ein Haus gehalten?

Matt trottete Hans Kaspar dem Felsen entgegen, taumelte die letzten Meter und sank erschöpft an dem von Wind und Sand geschliffenen Gestein zu Boden. Nirgends Schatten. Über ihm nur blau flammendes Kristall. Im Zenit begann die Sonne zu kreisen.

Der Himmel pulsierte, dehnte sich, sank noch drückender herab und wölbte sich erneut. Ein lichtgehärteter Spiegel der Menschenlosigkeit. In diesem Spiegel kreiste die Welt, kreiste und schwang hin und her, her und hin, war eine Luftschaukel. Auf zum Himmel und zur Erde herab und wieder auf ... Schwester Carla lachte ihr blondes Lachen, und die langen Haare flogen ihr ins Gesicht und wieder über die Schultern nach hinten. Ihr Körper bog sich und gab der Schaukel Schwung. Er saß darin und flog durch ihren Duft, ja sie selbst war wie ein Wind, der ihn lachend umwehte, der ihn trug, so sicher wie nichts. Warum wussten das seine Hände nicht, die angstvoll die eisernen Stangen der Schaukel umklammerten, warum wusste es sein Magen nicht, der flau rebellierte, und warum nicht sein Kopf, den ein Schwindel wattig umfing und betäubte, obwohl er doch so gerne noch viel mehr gespürt, gefühlt, gelebt hätte. Doch er fiel in eine endlose Tiefe. Vater. Vater! Dann war es still.

Rhythmischer Wechsel ineinandergleitender Bilder. Waren es Träume. Oder der Tod: blätterdurchschattetes Licht. Unter dunklen Bäumen ein Pfad, sich weitend zu einem Weg. Der führt ihn weiter auf einen Hügel.

Dort sieht er sich selbst und sieht doch zugleich in eine seltsame Landschaft. Felsig zerklüftet ist diese Landschaft, nicht sanft. Auch nicht wild. Es fehlt ihr das Bedrohliche. Fremdes ist vertraut. Das Eigene geheimnisvoll. Blickt man so in das eigene Herz? Das Innerste, mehr als die Redensart meint, nach außen gekehrt?

Das Licht wogt mild. Zu seinen Füßen ein türkisfarbenes Meer. Der Himmel ist das Meer zugleich. Fisch sein und Vogel. Fliegen und schwimmen. Auftauchen jetzt. Aus tiefster, tunnelgleicher Tiefe. Zu einem Strahlen hin, auch zu großer Klarheit:

Wo er herkommt, das begreift er in diesem Strahlen, war eigentlich Dunkel.

Die Helle vor Hans Kaspars Augen sammelt sich zu einer Gestalt, weiß wie das Licht. Nein, nicht wie das Licht, wie ein Schatten, ein weißer Schatten. Die Gestalt beugt sich herab.

Ahmad?

Feuchtigkeit benetzt seine Lippen. Eine Wasser spendende Hand, die ihn schließlich emporzieht und stützt. Er sieht ein helles Gesicht, doch unter der trockenen, rissigen weißen Farbe die dunkle Haut, sieht die wulstigen Lippen, das drahtige dicke Haar und riecht einen starken, fremden Geruch. Schritt für Schritt spürt er eine Kraft, die langsam, langsam in ihn übergeht und eigentlich Vertrauen ist, Vertrauen, dass das, was geschieht, richtig ist.

Er könnte auch nicht anders. Manchmal ist es die Unfähigkeit, etwas zu wollen, die uns rettet, die Hingabe, bedingungslos. Es gibt auch keine Bedingung, die er stellen könnte.

Irgendwann rasteten sie. Der Fremde begann zu graben, zog schließlich eine Wurzel aus der Erde, brach sie und presste die darin gespeicherte Feuchtigkeit über Hans Kaspars Mund aus. Wie aus einem vollgesogenen Schwamm rann die Flüssigkeit auf seine Zunge.

Hans Kaspar hatte jegliches Gefühl für Zeit verloren, wusste nicht, wie lange sie schon unterwegs waren, und erschrak, als beinahe übergangslos die Nacht hereinbrach. Nach einiger Zeit blieb der Fremde stehen und wies in eine bestimmte Richtung. Diffuse Schatten, mehr konnte Hans

Kaspar nicht erkennen. Eine Geste des Fremden hieß ihn, allein weiterzugehen. Wollte ihn sein Retter verlassen, schickte er ihn allein in die Dunkelheit? Doch nach wenigen Schritten erkannte Hans Kaspar die Schemen eines Gebäudes. Und diesmal war es kein Fels, diesmal war es tatsächlich die Hayfieldfarm, erst die Scheune und dahinter das Wohnhaus, aus dessen Fenster ein spärliches Licht in die Nacht fiel. Als er sich umwandte, war der Fremde verschwunden.

Die Tür zum Farmhaus war offen. Drinnen am Herd stand Mrs. Hayfield und rührte in einem der Töpfe. Am Tisch, über einen Teller Bohnen gebeugt, Salzränder vom Schweiß im Hemd, saß der Major.

Verdammt, Hans, wo sind Sie gewesen? Der Major blickte zur Uhr. Seit einer halben Stunde hätte ich Alarm auslösen müssen.

Ja, das hätte er. Obwohl er dazu erst hätte ins Lager oder zur Bahnstation fahren müssen. Riskant mit einem lecken Tank.

Irgendwann am Nachmittag war Hover zu sich gekommen, der heftige brennende Schmerz im Brustkorb, der ihn am Steuer überfallen hatte, war einem leichten Druck gewichen. Er sah sofort, dass der Tank leer war, was nicht sein konnte, da er ihn prinzipiell vor jeder Fahrt auffüllen ließ. Er kroch unter den Wagen und entdeckte im Tank einen kleinen Riss. Er zog aus der Hosentasche seinen Priemvorrat und sein Messer und begann, mit der teerigen Masse, nachdem er sie gründlich in seinem Speichel geweicht hatte, den Riss zu kitten. Dann holte Hover den Reservekanister, an den Hans Kaspar nicht einmal gedacht hatte, unter der Sitzbank hervor und füllte Benzin in den Tank. Der Motor sprang an, und Hover gelangte, ohne groß suchen zu müssen, auf die Straße zurück. So war er, obwohl der Tank noch immer leicht tröpfelte, immerhin bis zur Farm gelangt. Inzwischen nun war der Tank wieder leer, und man würde am nächsten Morgen Mrs. Hayfields Pferd ausleihen und vor das Auto spannen müssen, um zurück zum Lager zu gelangen.

Nun war dieser Deutsche endlich da. Man würde sich den Rest des Abends mit einem Spiel vertreiben können.

Doch Hans Kaspar, nachdem er seinen Kopf in einen wassergefüllten Eimer gesteckt hatte, wurde von Mrs. Hayfield in die Stube und zu einem Sofa geleitet, wo er, kaum dass er sich ausgestreckt hatte, augenblicklich einschlief.

Der Major starrte auf seine Bierflasche, trank einen Schluck und starrte wieder. Eigentlich wollte er nicht trinken, eigentlich hatte er Angst. Er schwitzte und lauschte. Er lauschte in sich hinein. Er hatte Angst, dass der Schmerz und die Not wiederkehren könnten, dass die Todesangst wiederkäme, vor allem die fürchtete er. Solange er das Auto flottgemacht hatte, solange er unterwegs gewesen war, solange er ärgerlich auf diesen Deutschen hatte sein können, solange er mit Mrs. Hayfield geredet hatte, solange er gegessen hatte, solange war alles in Ordnung gewesen. Es ist alles in Ordnung, hatte er sich gesagt, wieder und wieder. Damit hatte er seine Angst niedergehalten. Jetzt, wo Mrs. Hayfield irgendwo im Haus hantierte, wo dieser verdammte Deutsche da war und doch nicht da war, sondern auf Mrs. Hayfields Sofa schlief, da gewann die Angst Macht über ihn. Deshalb trank er, obwohl er sich sagte, dass es besser sei, sich ganz ruhig hinzulegen und morgen sofort den Lagerarzt zu konsultieren. Doch er fürchtete, gerade dann, wenn seine Wachsamkeit nachließ, würden Schmerz und Todesangst die Gelegenheit nutzen, erneut über ihn herzufallen. So grübelte er und trank, obwohl er eigentlich nicht trinken wollte, obwohl er eigentlich endlich mit Mrs. Hayfield schlafen wollte. Wenigstens dieses eine, letzte Mal … O Gott, warum *letztes* Mal?

Doch Mrs. Hayfield kam nicht. Vielleicht sollte er nach ihr sehen. Ja, er wird aufstehen und nach ihr sehen und …

Der Major taumelte gegen den Tisch und rutschte schwer zu Boden. Er spürte keinen Schmerz und keine Angst, nur Erleichterung darüber, dass Schmerz und Angst ausblieben.

Mrs. Hayfield hörte nur ein dumpfes Poltern, doch egal, was es war, sie wollte jetzt nicht hier weg. Sie lag unter der Wolldecke, schmiegte sich an diesen schlafenden Mann und genoss die heimliche Nähe. Sie genoss es, obwohl es eng und unter anderen Umständen unbequem gewesen wäre. Sie spürte diesen harten knochigen Körper und spürte darin ihren eigenen als etwas anderes, etwas lange Vermisstes, etwas Weiches, etwas Hingebendes. So sollte es bleiben, diese Stunde, diese Nacht, dieses Leben. Doch so blieb es nicht.

Es blieb so nicht, weil der Mann erwachte und ebenso in ihrem seinen Körper spürte, ihre Hand auf seiner Brust, ihren Atem zwischen Schulter und Hals, ihr Knie auf seinem Bein. Und er spürte den Drang, sich dieser Hand, dieses Atems, dieses Knies anzunehmen, sie zu berühren, sie zu etwas Eigenem zu machen. Er tat es ganz und gar.

Am nächsten Morgen spannte Hans Kaspar Mrs. Hayfields Pferd vor den Kübelwagen und schleppte den toten Major mit ihrer Hilfe aus dem Haus. Sie schoben ihn auf ein Bündel Stroh, das Mrs. Hayfield sorgfältig im hinteren Teil des Wagens ausgebreitet hatte.

Als wagten sie in Gegenwart des Toten nicht, sich anders zu berühren, gaben sie sich zum Abschied lediglich die Hand. Diese Geste wirkte ein wenig steif und ein wenig verlegen, denn sie wussten beide, dass es doch eigentlich hätte mehr sein sollen.

Nur mehr Abschied? Oder auch mehr Zusammensein? Das wussten sie nicht.

Einen Moment lang erwog Hans Kaspar dazubleiben. Er sah sich mit weit ausgreifenden Schritten übers Feld gehen, sah Schwade für Schwade des reifen Weizens fallen, sah Mrs. Hayfield, während sie die Garben band, lächeln, auf eine gewisse Art lächeln …

XV

Über den Dächern San Franciscos schob sich ein blasser Mond durch die Dämmerung. Mo machte Licht und übergoss ein zweites Mal die in der Kanne aufgequollenen Teeblätter mit heißem Wasser.

Ob er ernsthaft daran gedacht hatte, sein weiteres Leben als Farmer zu verbringen, darüber sprach Hans Kaspar nicht. Wir, sagte Mo, hätten ihm damals solche »Kulakenträume« kaum verziehen. Wir hatten damals anderes im Sinn. Wir wollten alle Verhältnisse umwerfen, *in denen der Mensch ein erniedrigtes, ein geknechtetes, ein verlassenes, ein verächtliches Wesen ist.* Im Lager fingen wir damit an. Der neue Kommandant sollte uns dabei helfen.

Der Neue rauchte Zigaretten und ließ den morgendlichen Zählappell vom Korporal allein durchführen. Als Erstes ließ er ihn Demokratie befehlen. Jede Baracke wähle einen Hüttenältesten. Und alle zusammen wählen den Lagerältesten. So sollte es sein.

Ehe die Talmudisten, die Vegetarier und die Katholiken überhaupt begonnen hatten, über einen Kandidaten nachzudenken, präsentierte Baracke 9 einen kleinen Hessen mit roten Bäckchen. Nun, der freundliche Mann wurde gewählt und verlas sogleich die neue Lagerordnung. Gerechtigkeit war das Zauberwort: Sachertorte für alle, Schluss mit der Kantinenkorruption. Gleiche Rechte, gleiche Pflichten, ergo: Arbeit für alle. Wer konnte da seine Stimme verweigern?

Perfekt, diese Deutschen, perfekt! Der Kommandant war begeistert und schickte die Lagerordnung, entsprechend kommentiert, als Muster für andere Lager an seinen Vorgesetzten.

Der Küchenschornstein rauchte, die Lagerwege waren mit feinen Harkenmustern verziert, und die Latrine war ein Hort der Reinlichkeit. Der Kommandant ließ eine Sonderration Zigaretten verteilen. Im Café drängelten sich die Gutscheinbesitzer, so dass die Köche und Konditoren kaum hinterherkamen. Abends gab es Varieté, Chansons und verschiedene artistische Darbietungen, sogar ein Ballett wurde aufgeboten, dessen falsche Brüste und haarige Waden das Publikum deftig kommentierte. Alle waren zufrieden, fast alle. Die ehemaligen Geldbesitzer murrten, zu meutern wagten sie nicht.

Baracke 9 hatte dem freundlichen Lagerpräsidenten ein Hilfskomitee zur Seite gestellt, das die Arbeit verteilte und entsprechende Gutscheine ausgab. Vorzugsweise wurden der Bürstenfabrikant und andere vom Komitee als Bourgeois klassifizierte Mitgefangene zu niederen Hilfsdiensten eingeteilt. Mal schrubbte also der Bayer die Essensbaracke, mal schleppte er Abfallkübel. Ich, sagte Mo, sah das nicht ohne Schadenfreude.

Als man ihn eines Morgens jedoch zum Latrinendienst einteilte, streikte der Bayer. Er sprach plötzlich Hochdeutsch, so als wolle er sichergehen, dass ihn auch jeder verstand:

Der Letzte, der mich zur Arbeit gezwungen hat, trug einen Totenkopf an der Mütze. Und das macht keiner mehr, auch ihr nicht. Jetzt ist Schluss.

Diese Worte, sagte Mo, hatten ihre Wirkung. So sehr, dass du sie noch heute nachlesen kannst. Da, Mo zog ein Buch aus dem Regal, einer von uns hat alles aufgeschrieben über «Das Gefangenenschiff«.

Die meisten von uns hatten, bevor sie Deutschland verließen, Schikanen, Verhöre oder Lageraufenthalte hinter sich, und plötzlich verglich man sie mit ihren Peinigern. Ja, nichts verwandelt schneller als der Hass. Doch in diesen Spiegel wollte keiner sehen.

Wir bauten uns um den Verweigerer auf und hätten ihm mit Sicherheit eine Abreibung verpasst, wäre da nicht Hans gewesen. Mit leiser Stimme sagte er: Lasst ihn, ich übernehme das!

Schon wollte Hans mit der Schaufel in der Hand losziehen, da stellte ihm einer ein Bein. Nun griff sich der Bayer den Beinsteller, und es wäre zu einer handfesten Keilerei gekommen, wäre in diesem Moment nicht der Korporal aufgetaucht.

Als ich am Morgen des nächsten Tages einer notwendigen Verrichtung wegen die Latrine aufsuchte, fand ich dort den Bürstenfabrikanten. Er lag mit dem Gesicht nach unten in der Grube. Man hatte offenbar schon ein paar Schaufeln Kalk über ihn geworfen. Ich alarmierte Hans, und gemeinsam zogen wir ihn heraus. Zu spät, er war tot.

Ist es das wert?, fragte Hans.

Ich knurrte ihn an, denn ich wusste sofort, was er meinte. Abends lag ich lange wach. Ich war achtzehn und noch nie mit einem Mädchen zusammen gewesen. Aber ich hatte einen Menschen auf dem Gewissen. Nein, nicht ich hatte den Bayern erschlagen. Doch ich hatte zugelassen, dass es so weit kommen konnte. Mir fiel, leider zu spät, der Lieblingsphilosoph meiner Mutter ein: *Alles muss scheitern ohne die Liebe.*

An diesem Abend zeigte mir Hans Kaspar, wie man den Tanz der Derwische tanzt.

Komm her, sagte Mo und bedeutete Helder aufzustehen. Stell dich hier hin und schließ deine Augen. Dann nimm die Arme hoch, als trügest du einen Säugling. Und jetzt – zumindest mit einiger Übung – kannst du das Kind in deiner Mitte spüren. Halte es, trage es zärtlich und fest. So. Und jetzt öffne die Arme, als seiest du eine Blüte, die sich am Morgen öffnet. – Na, ja, so ungefähr … Nun, drehen und drehen … immer auf der Stelle. Auf der Stelle, sag ich!

Nun, gut, setzten wir uns. – Hans hatte damals einen Nagel in den Barackenboden geschlagen, ich musste ihn barfuß zwischen den großen und den nächsten Zeh nehmen.

Die Ermittlungen des Kommandanten ergaben, dass es am späten Abend im Café erneut Streit mit dem Bayern gegeben hatte. Er hatte seinen Rosinenwein statt mit einem Gutschein mit Geld bezahlen wollen. Nachts sei er unter einem Vorwand aus der Baracke gelockt und verprügelt worden. Dabei sei er – unglücklicherweise, beteuerten die Vernommenen – mit dem Hinterkopf gegen eine Treppenstufe gestürzt.

Unfall, schrieb der Kommandant ins Protokoll. Doch einige murrten und forderten eine gerichtliche Untersuchung. Ich bin hier der Richter, sagte der Kommandant. Als Zeichen seines guten Willens setzte er die neue Lagerordnung außer Kraft. Und mit den alten Regeln kehrte in den Baracken langsam wieder Ruhe ein. Bald darauf konnten wir das Lager verlassen.

Da siehst du uns, sagte Mo und zog ein weiteres Foto hervor, in der Uniform der Achten Australischen Arbeitskompanie. Was sollten wir tun? Weder Einwanderungs- noch Arbeitserlaubnis geschweige Geld und Gelegenheit für eine Überfahrt zurück nach Europa. Um nicht sinnlos rumzuhängen, meldeten wir uns bei der Achten und erledigten Hilfsarbeiten für die Army.

Dann eines Tages kam für mich eine Nachricht aus Kalifornien. Meinen Eltern war die Flucht über den großen Teich gelungen. Ich wollte unbedingt nach Amerika. Auch Hans Kaspar hatte es satt, Zementsäcke zu schleppen und Säurekessel zu schrubben. Es dauerte noch ein Dreivierteljahr, der Krieg war inzwischen zu Ende, da gelang es uns, auf einem Kahn anzuheuern. Das Schiff war neu. Blendend weiß wie der junge Frieden lag es am Kai. Man hatte es, dem verstorbenen amerikanischen Präsidenten zu Ehren, *Roosevelt* getauft. Der Reeder versprach sich ein gutes Geschäft mit seiner Australien-Amerika-Linie. Vorerst aber waren nur ein paar Geschäftsreisende und ansonsten etliche im Krieg verwundete Amerikaner an Bord, die endlich nach Hause wollten.

Es war eine angenehme Reise. Das Meer war still und schien wie wir die Freiheit zu genießen. Ich arbeitete in der Schiffsküche, und Hans mimte den Stewart. Da nur wenig Passagiere an Bord waren, hielt sich die Arbeit in Grenzen. Oft saßen wir an Deck, spielten Karten oder sahen den Delphinen zu. Eines Tages zog von Süden eine dunkle Gewitterfront auf. Am späten Abend hatte sie uns erreicht. Aber nicht dieses Unwetter sollte für das Schiff zu einem Problem werden, sondern eine Seemine, die sich um das Kriegsende nicht scherte. Gegen Mitternacht mogelt sie ihre Explosion zwischen das Krachen der Blitze.

Wir saßen schon im Rettungsboot. Es war stockfinster. Nur die Handlampe des Obermaats warf ihren schwachen Schein in die wogende See. Plötzlich sah ich Hans wieder an der Leiter. Er habe seine Schuhe vergessen, rief er und kletterte noch einmal an Bord. Schneller, als wir dachten, neigte sich das Schiff auf die Seite. Obwohl ich drängte, doch auf Hans zu warten, befahl der Obermaat, schleunigst abzulegen. Kurz darauf kippte die *Roosevelt* endgültig und versank.

Uns nahm später ein Walfänger auf. Und Hans ... Ich verstand es nicht. Mir war unbegreiflich, weshalb er für ein Paar Schuhe sein Leben riskiert und, wie es aussah, verloren hatte. Sicher, er hatte mir einmal von einem Derwisch erzählt. Der hätte sie ihm geschenkt und behauptet, sie trügen ihn zu seiner Liebe. Doch was würden sie ihm auf dem Grund des Meeres nützen? Nichts.

Nun sitzen Sie hier in meiner Stube, mit seinen merkwürdigen Schuhen an den Füßen, und wollen nach Hawaii.

Helder hob unsicher die Schultern. Das mit Hawaii hatte man ihm erzählt. Und er erzählte es weiter. Und gerade hatte ihm wieder einer etwas erzählt. Der Großvater, der eben noch wie ein Schatten am Tisch Platz genommen hatte, dessen Gesicht hinter dem aufsteigenden Dampf des Teekochers sichtbar zu werden begonnen hatte, dieser Großvater entzog sich wieder, wurde zu einem Verwandtschaftsbegriff inmitten anderer Begriffe, die alle möglichen Realitäten beschrieben, doch nicht das, was er suchte.

Unverständlich noch immer das Schweigen der Familie. Vor allem, wenn Hans Kaspar tatsächlich, wie er Mo gegenüber angedeutet hatte, einen Polen vor den Nazis gerettet hatte. Einen Widerständler verschwieg man doch nicht, den zeigte man her!

Bevor Helder mit einem Taxi zurück ins Hotel gefahren war, hatte er sich eine Flasche Rotwein besorgt. Nun lag er auf dem Bett, und um ihn her brummte die Stille, vielleicht war es auch die Klimaanlage, die brummte und deren Brummen die Abwesenheit anderer Geräusche innerhalb des Hauses verstärkte. Der Lärm der Stadt umhüllte das Hotel, ein rauschender, dröhnender, heulender Kokon. Später wummerte immer öfter eine der fahrenden Musikanlagen, wie sie junge Männer zu betreiben pflegen, vorüber. Dann fuhr ein Pulk Autos heran, Bremsen quietschten, Türen schlugen. Neugierig und mit dem unterschwelligen, von zahllosen amerikanischen Krimis genährten Gefühl, gleich würden Schüsse knallen, äugte Helder durch die verschmierten Scheiben. Doch nur ein Trupp junger Leute in Rokokokostümen begrüßte johlend einen Herrn mit Dreispitz, der eine Sektflasche schwang.

Kapitän Cook. Helder kramte in seinem Koffer nach dem Band mit den Logbüchern Cooks. Auf dem Weg zum Flughafen war Helder noch einmal bei seinen Eltern vorbeigefahren, um sich zu verabschieden und auf dem Dachboden nach jenem Buch zu suchen, dessen Lektüre er als Zwölfjähriger begonnen hatte. Mit Cooks *Endeavour* war

Henri Helder in den Januar 1769 gesegelt, hatte vor Kap Hoorn die Mannschaft im vereisten Tauwerk klettern sehen und von der Mutter Sauerkraut einzukaufen erbeten, da es, wie Cook erfolgreich bewies, vor Skorbut schützen konnte. Schließlich ging er mit der *Endeavour* auf die Suche nach dem legendären Südland. Zwar war ihm im Gegensatz zur britischen Admiralität, die keinen Erdkundeatlas, Ausgabe für das Schuljahr 1968/69, besaß, die Nichtexistenz eines solchen Kontinents bekannt, dennoch fieberte er mit der Mannschaft, als ein im Meer treibender Baumstamm Land verhieß.

Allerdings war er während jener Ferientage lediglich bis nach Tahiti gelangt, denn dann war des Vaters moralische Wachsamkeit beim Betrachten der Illustrationen auf eine barbusige Dame gestoßen, und er hatte das Buch konfisziert.

Natürlich hatten die Bemerkungen Cooks über das zuvorkommende Wesen einiger Insulanerinnen Henris pubertierende Phantasie angeregt. Doch mehr noch hatte ihn die bereits erwähnte Suche nach dem geheimnisvollen Südland in Anspruch genommen.

Wann, wenn nicht anlässlich einer Reise zu den pazifischen Inseln, war der richtige Zeitpunkt, Cooks Fahrten weiter zu folgen? So war Helder also auf den Dachboden gestiegen und hatte den unteren Schub der wurmstichigen Kommode herausgezogen. Cooks Logbücher lagen, mit Holzmehl überstäubt, auf einem Stapel Grammophonplatten, zwischen Briefen, Postkarten und anderem alten Krempel. Der Vater hatte also das Buch, das aufgrund einer mathematischen Höchstleistung und deren staatsrätlicher Anerkennung in Henris Hände gefallen war, respektvoll, wie ihm in diesem Moment schien, und im Vertrauen auf seine spätere Reife verwahrt, statt es, wie ihm zuzutrauen gewesen wäre, beim Altstoffhandel gegen fünfzehn Pfennige einzutauschen.

Helder füllte sein Glas erneut mit Rotwein und ließ sich in die Kuhle des Bettes sinken, um zu lesen. Cooks Eintragungen die Existenz eines Südkontinents betreffend wurden zunehmend skeptischer, was Helder lesend missbilligte, als hätte eben diese Skepsis dessen Entdeckung verhindert. Als Cook im Laufe der Nacht mit dem Passat seinem nächsten Ziel, der Passage zwischen Nordpol und Amerika, entgegensegelte, um wieder nicht das zu finden, was er suchte, setzte die Klimaanlage aus. Windstille. Dafür begann sich das Hotel zu beleben. Der Fahrstuhl ächzte und knarrte, Schritte tappten, Schlüssel schnarrten in Schlösser, Türen klappten, von irgendwo her drang ein gellend-ordinäres Frauenlachen durch die Wände, zwei Männer stritten minutenlang auf dem Gang, so dass Helder in Strümpfen zur Zimmertür schlich, um zu testen, ob auch der Schlüssel umgedreht war. Da ihm dies, wie er begriff, nicht geräuschlos gelingen würde, tappte er unverrichteter Dinge zurück in sein Bett. Das ganze Haus vibrierte in einer aggressiv-erotischen Schwüle, bis alles im erneut einsetzenden Dröhnen der Klimaanlage versank und Helder, kurz vor der Entdeckung Hawaiis, in den Schlaf fiel.

Als er erwachte, stand Kapitän Cook, den Dreispitz in den Nacken geschoben, im Zimmer und starrte ihn, wie es schien, ungläubig an. Dann griff Cook nach Helders Rotweinflasche, holte sich mangels anderer Gefäße einen Zahnputzbecher aus dem Bad und schenkte sich ein. Er setzte sich, als müsse er verschnaufen, auf den einzigen Stuhl des Zimmers, prostete Helder zu und trank schweigend. Schließlich erhob er sich ohne ein Wort, deutete eine Verneigung an und öffnete die Tür zum Hotelflur. Auf der Schwelle drehte er sich noch einmal um und sagte: tabu. Nur dieses eine Wort:

tabu.

Dann war er verschwunden.

Noch im Flugzeug nach Hawaii war Helders Verstand damit beschäftigt, die Identität seines nächtlichen Besuchers mit dem am Abend vom Hotel abfahrenden krakeelenden Kostümträger nachzuweisen, der, betrunken heimgekommen, sich wahrscheinlich lediglich in der Tür geirrt hatte. Dennoch beunruhigte ihn das einzige von dem nächtlichen Besucher gesprochene Wort. Helder hatte, seit er seinem Großvater nachforschte, das bedrückende Gefühl, sich solch einer verbotenen Zone zu nähern. Um so mehr erschrak er, als er im Nachtrag zu den Cook'schen Tagebüchern lesen musste, dass der Kapitän am schönen Strand von Hawaii von mehreren Messern durchbohrt verstarb. Vermutlich, so hieß es, hatte er ein Tabu verletzt. Aus jenen letzten Seiten des Buches rutschte beim Umblättern eine Postkarte und fiel auf den Boden.

Ein freundlicher, bunt behemdeter Herr kam Helder beim Bücken zuvor und reichte sie ihm lächelnd zurück. Doch als sein Blick neugierig auf die Karte fiel, wandelte sich sein Lächeln in ein verlegen-erschrockenes Grienen.

Ach ja, die Karte. Sie war Helder beim Öffnen der Kommode ins Auge gefallen, und er hatte sie mit dem flüchtigen Gedanken an ein Lesezeichen zwischen die Buchseiten geschoben. Die Vorderseite dieser Karte, sie war alt und vergilbt, zeigte eine Eisenbahnbrücke über einen als Tigris bezeichneten Fluss und den Aufdruck Istanbul–Bagdad – 1940. Die Rückseite war mit unlesbaren Schriftzeichen übersät, die Helder als arabische deutete, lediglich die Adresse nannte in lateinischen Buchstaben deutlich lesbar einen Namen: Hans Kaspar Brügg.

Nebenan flüsterte das Bunthemd mit der Stewardess, die Helder misstrauisch, aber betont beiläufig musterte, bevor sie im Cockpit verschwand. Kurze Zeit darauf erschien ein stämmiger Flugbegleiter und nahm den freien Platz hinter ihm ein. Helder ahnte, wessen, von den arabischen Zeichen ausgelöst, man ihn verdächtigte. Er wagte nicht, sich zu rühren, geschweige denn seinem Bedürfnis zu folgen, die Toilette aufzusuchen.

Auf dem Flugfeld in Honolulu geriet er in einen Trupp kurzhosiger Urlauber, und eine üppige Inselschönheit hängte ihm mild lächelnd einen Kranz aus bunten Plastikblumen um den Hals. Als neben ihm eine dürre Deutsche, die unbekränzt geblieben war, enttäuscht zu zetern begann, erkannte die Touristenbegrüßerin ihren Irrtum, nahm ihm mit einem Lächeln, das um Nachsicht bat, den Kranz wieder ab und legte ihn der nun glücklich strahlenden Urlauberin um den dünnen Hals.

Im selben Moment fanden sich zur Rechten Helders und zu seiner Linken je ein Sicherheitsbeamter ein, die ihn baten, sie doch bitte zu begleiten. Sie bekräftigten ihre Bitte dadurch, dass sie Helders Handgelenke mit Handschellen versahen, woraufhin sie ihn in einen neonkahlen, fensterlosen Raum führten. Erst nachdem man ihn, sein Gepäck, seine Kleidung und seine Papiere gründlich durchsucht hatte, durfte er zur Toilette.

Später entschuldigte sich ein gut frisierter junger Mann mit langgezogenen dünnen Ohren für die Sicherheitsmaßnahmen und reichte Helder seine Postkarte zurück. Bloß weg hier, dachte der zuerst. Doch dann besann er sich und fragte den Beamten, ob er nicht auch ihm die Karte übersetzen könne. Für einen Moment verwandelten sich die Augen des Beamten in Sehschlitze und seine Ohren in Radare, dann zuckte er die Schultern, verschwand und kam nach einer Weile mit einem Computerausdruck zurück.

Mein lieber Hans Kaspar,

gerade fuhr der Zug in Konya ein. Vielleicht ist es dieses Ortes wegen, dass ich mich entschlossen habe, auf dem Bahnhof diese Karte zu kaufen, um dir zu schreiben. In wenigen Wochen, sagt man hier, wird die Strecke fertig sein. Dann wird man bis Bagdad fahren können. Erinnerst du dich noch an deinen Traum? Du weißt, dass auch ich nichts sehnlicher wünschte, als dort an deiner Seite aus dem Zug zu steigen. Ich werde es bald tun. Nicht allein, aber ohne Dich, ohne Ahmad, ohne Estragon, ohne meinen Vater. Alle sind sie tot. – Aber was ist mit Dir?

Leb wohl! Deine Siyakuu

15.06.1940

Wieder Orient, die Schuhe, die Karte. War Hans Kaspar damals am falschen Ende der Welt gelandet? Denn, wie hatte er Mo gesagt, er hatte mit der Bahn nach Bagdad gewollt. Die Karte könnte ein Grund gewesen sein.

Nun, wenn Tante Erdmuthe nicht wieder phantasiert hatte, würde Helder hier eine wertvolle Briefmarke finden. Das könnte die Familie vielleicht sogar versöhnen, wenn er etwas herausfinden sollte. Denn einen Grund musste ihr Schweigen doch haben.

XVI

Was fehlte, war der weiße Sand. Doch sonst – die Landzunge, die sich ins schäumende Meer reckte, der alte Leuchtturm – fast wie Kap Arkona, dachte Helder an seinen ersten Ostseeurlaub und andere Missglücke seines Lebens zurück.

Statt in Sand und Kalkstein klammerten sich hier die Gräser in dunkles, verwittertes Lavagestein, statt Möwen segelten Albatrosse und Tölpel über die Steilküste. Und die Insel, an deren Nordspitze er hockte, war nicht Rügen, sondern Kauai, das nördlichste Eiland des hawaiischen Archipels. Ununterbrochen brandete das Meer weiß aufschäumend an die mit Vogeldreck besprengten Felsen. Und über den Himmel trieb der Nordostpassat Geschwader graublauer Wolken, als wollten sie auf der benachbarten, der Verbotenen Insel landen.

Noch etliche Stunden blieben, dann würde er den Einbeinigen treffen, um hinüberzufahren.

Helder saß still und versuchte, die Bewegung der Insel zu fühlen. Das Eiland, wie alle seine Geschwister im Archipel, wanderte. Ein Hotspot, ein heißer Fleck im Erdmantel – klingt, als wäre da Zigarettenglut aufs Jackett gefallen –, hatte vor fünf Millionen Jahren Magma durch die Erdkruste gedrückt, erst am Meeresboden, dann über dem Wasserspiegel Lava aufgetürmt, war zu einem Kegel emporgewachsen, zu einer Insel. Die Lava war von Wind und Wasser zu Erde zerrieben worden, Pflanzen und Tiere hatten sich angesiedelt, irgendwann auch Menschen.

Während all dies geschah, schob sich die pazifische Platte und mit ihr die Insel nach Nordwesten. Der Vulkan, seiner Magmaquelle beraubt, erlosch. Das Land erodierte weiter, wurde von Wind und Wasser ins Meer getragen. Die Insel schrumpfte, wie der Mensch mit zunehmendem Alter. Eines Tages würde auch sie unterm Meeresspiegel verschwunden sein. So wie zahllose Inseln vor ihr nur noch ein unterseeischer Berg mehr in einer langen Gebirgskette vom mütterlichen Magmaherd bis nach Kamtschatka, voll abgelagerter Erinnerungen an Pflanzen, Tiere und Menschen.

Schneller als die Insel schrumpfte Helder in Gedanken. Er spürte das Vergehen körperlich. Nah am Verdampfen. Wir, dachte er, wandern alle auf Lava. Er versuchte, der Erdgeschichte in menschengemäßere Dimensionen zu entrinnen. Doch auch dort nahm das Vergehen kein Ende. Nirgendwo ein fester Grund unter den Füßen. Alles fließt. Alles zerfließt. Haltlos. Grundlos. Vom Sinn ganz zu schweigen.

Die Albatrosse segelten gegen den Wind, scheinbar regungslos standen sie unter den jagenden Wolken wie unbekannte Schriftzeichen. Wie Nachrichten aus verlorenen Paradiesen, von afrikanischen Quadratmeilen und hellsandigen Ostseestränden. Wie Unterschriften unter Verträge mit dem Leben, unerfüllt, gebrochen. Von wem?

Ziel nicht erreicht, ihr Haus- und Landesväter. Helder war nicht Entdecker der Weltfriedensformel, sondern Eisenbahner geworden.

Manchmal, Helder, ist es ein bekritzelter Zettel, der sein Ziel nicht erreicht. Ein aufs Kleinste zusammengefalteter Zettel, der aus dem angeklappten milchweißen Fenster eines Postwagens der Deutschen Reichsbahn fiel, wie aus dem heiteren Himmel des 19. Mai 1981. Da absolvierte Helder ein Praktikum auf dem Halle'schen Bahnhof und hatte eben das Innere etlicher abgestellter Waggons inspiziert. Das selbstgewählte Thema einer von Helder schriftlich abzuliefernden Arbeit trug nämlich den Titel: »Zur Strategie der Vermeidung volkswirtschaftlicher Schäden an Transportmitteln im schienengebundenen Personenverkehr«. So listete sein Protokollheft Beschädigungen aller Art, die Reisende den Waggons zugefügt hatten. Sie reichten von breitgetretenem Kaugummi, über kleine pornographische Skizzen bis zu aufgeschlitzten Polstern. Momentan hatte Helder ein Problem: Wie war umzugehen mit der eben entdeckten Bleistiftkritzellosung *Erich ist doof*? Durfte oder musste man sie auflisten? Sollte man sie unter »Staatsfeindliche Parolen« subsumieren? Was aber, wenn nicht der oberste Erich sondern ein beliebiger Chef, Kollege, Exfreund beleidigt, geschmäht, verunglimpft war? Dann wäre ja Helder – behauptend, der Erich sei *der* Erich – der Verunglimpfer.

Es sei denn … Es sei denn, der Verunglimpfte als einfacher Bürger war Mitglied der staatstragenden Partei, und somit – wo ein Genosse ist, ist die Partei – wären eben *die* Partei, der Staat, die Arbeiterklasse geschmäht. Damit wäre die Verunglimpfung für Helder noch einmal glimpflich ausgegangen. Eine Formfrage hatte sich als Sinnfrage entpuppt und geheimdienstliche Phantasien in Helder erweckt. Ja, da kaum einer der Deutschen Demokratischen Republikaner nicht Mitglied einer der staatstragenden Organisationen war, konnte davon ausgegangen werden, dass in jedem Fall der sozialistische Staat gemeint und der Frieden gefährdet war, selbst wenn da stünde *Susi ist doof*.

Die Mittagsstunde war gekommen und Helder, erleichtert über die gelungene Quadratur des ideologischen Kreises, eben im Begriff, die Kantine aufzusuchen. Da kletterten aus einem abgestellten Postwagen zwei Männer. Obwohl sie keine Uniformen der Deutschen Reichsbahn trugen, sondern gewöhnliches Zivil, war ihre Ansprache an Helder von einer Art, die keinen Widerspruch aufkommen ließ. Nein, nicht im Befehlston, sondern mit kollegialer Verbindlichkeit forderten sie Helder auf, doch mal eben ein Auge auf den Postwagen zu haben. Man habe Dringendes zu erledigen. Und man könne sich doch auf den Jugendfreund – wie war doch gleich dein Name? – sicher verlassen. Der Jugendfreund war halb geschmeichelt von der übergebenen Verantwortung, halb von der Ahnung gebannt, dass diese netten Männer mitnichten der Reichsbahn angehörten. Die Sicherheit des Staates, spürte man, nichts lag ihnen mehr am Herzen. Da brauchte, da wagte Helder keine Fragen und blieb stehen, wo er hingestellt worden war: auf seinem Posten vor dem Postwaggon an diesem heißen Maienmontag um die Mittagszeit.

Helder, nach einiger Zeit von einem Bedürfnis getrieben, ging ein paar Schritte herum um den Waggon und ließ dort erleichtert sein Wasser. Da klopfte es. Irritiert schüttelte Helder ein paar Resttropfen ab. Mist, dachte er, den Übeltäter schleunigst verpackend, einer sieht tatsächlich immer zu.

Es klopfte von drinnen an die Fensterscheibe, deren Milchglas einen Blick hinein nicht gestattete. Für Blicke hinaus, also auch auf Helder, schien einer von drinnen durch den Spalt des angekippten Fensters zu äugen. Denn sein Geklopfe war zielgerichtet und sicher, dass der Posten da eigentlich kein Posten war, sondern nur so hingestellt. Dann fiel der Zettel, so gefaltet, wie Schüler ihn falten, für dringende Botschaften an Auge und Ohr des Lehrers vorbei, vor Helders Füße.

Was hat Helder getan?

Er hat den Zettel aufgehoben. Instinktiv.

Er hat den Zettel gelesen. Neugierig ist jeder.

Er hat den Zettel in die Tasche gesteckt. Was zu tun war, wusste er nicht.

Obwohl es der Zettel deutlich verriet: Informieren Sie bitte …

Er informierte nicht die beiden netten Männer. Immerhin.

Die kamen rauchend und plaudernd zurück, boten ihrem Posten an: Na, auch eine? und verschwanden in ihrem Waggon. Vorher jedoch machten sie über das eben von ihnen genossene Essen eine Bemerkung, die anzeigte, dass sie durchaus zu kritischem Denken gesellschaftliche Fragen betreffend in der Lage waren.

Helder aß an diesem Tag nicht in der Kantine, suchte so bald wie möglich sein möbliertes Zimmer auf und studierte die Postwagennachricht:

Helfen Sie!, stand da in mattem Bleistiftgrau, informieren Sie bitte …

Ja, wen denn nun? Etwa den – deeen? –, den Helder kannte vom Fernsehen: kahlköpfig, senkrecht oval das Gesicht wie waagerecht das Signet, welches seine Sendung und nicht wie üblicherweise die nationale Herkunft eines Kraftwagens kennzeichnete. Also aus D – wie Deutschland, Bundesrepublik Deutschland, das Zweidritteldeutschland damals nur.

Also den. Wie denkt der sich das? Und informieren worüber?

Dass ein Herr Krahlsberg unterwegs ist …

Ja, ich weiß, mit einem Postwagen der Deutschen Reichsbahn.

Unterwegs vom Roten Ochsen zum Gelben Elend.

Ach, daher weht der Wind: *Sag mir, wo du stehst!* Oder lieber sitzen willst. – Wie sprach doch ein berühmter Sachse: *Macht doch euern Scheiß alleene!*

Hat's gedacht. Und schon den kleinen Zettel klitzeklein gerissen. Und ins Toilettenbecken geworfen. Und gezogen. Gurgelnd, röhrend, zischend verschwand dort eine Hoffnung. Es war nicht seine. Aber seine Angst.

Elf Jahre später würde jeder, der davon erfuhr, wissen, dass Helders Handlung falsch war und feige. Das wusste er selbst schon im Moment, da er zog.

Weitere elf Jahre später erfuhr Helder aus seiner Heimatzeitung jedoch etwas Neues. Dort war ein Bericht über einen gewissen Krahlsberg erschienen. Helder las ihn zunehmend erregt. Nicht so sehr von den Details aus dem Alltag eines Bautzener Häftlings, sondern aus der Vorgeschichte seiner Verhaftung. Da war nämlich die Rede von einem Fluchtversuch über die bulgarischen Berge und einem tragischen Todesfall auch.

Da ließ sich mit nichts mehr ein Gedanke wegspülen: Dieser Krahlsberg könnte der Vater eines Kindes gewesen sein. Dieses Kind könnte, da außerehelich gezeugt, den Mutternamen hinter seinen Vornamen geschrieben haben. So, wie Marion es getan hatte. Und für Helder war damals kein Anlass gewesen, nach dem Namen ihres Vaters zu fragen. Aber jetzt. War Krahlsberg Marions Vater? Ist er mit ihr durch die Rhodopen gewandert? Indien vor Augen, das Taj Mahal?

Es war aber, um weiterzufragen, zu viel Trubel gewesen, dachte Helder, der inzwischen auf den Klippen einer paradiesischen Insel angelangt war. Susannes Versetzung nach Brüssel, die Ungewissheit seiner Zukunft bei der Bahn, die Halluzinationen …

Helder?! Halluzinationen? Der Lavagänger kam, und du hast ihn gesehen. Du hattest zu sehen begonnen!

Es war Zeit, die Verbotene Insel zu betreten. Höchste Zeit.

Tagelang hatte Helder verschiedene Behörden um Auskunft gebeten, hatte zwar viel freundliche Worte und einige Ratschläge bekommen, aber keinen Hinweis auf seinen Großvater gefunden. Manchmal hatte er das Gefühl, jemand beobachte ihn. Einer sieht immer zu, dachte Helder. Vielleicht sind es diesmal die Organe des Staates Hawaii.

Helder, so ohne Spur ein wenig ratlos, tat, was Hawaiiurlauber tun: am Strand liegen und Surfern zusehen, Cocktails schlürfen und sich immer wieder sagen: O Mann, ist das paradiesisch hier.

Die Reiseführer hatten Sonne versprochen, doch an diesem Abend schien die Regenmenge eines Jahres über der Insel niederzugehen. Als er das Hotel verließ, verlangte ein gut gepolstertes Seniorenpaar an der Rezeption eben nach dem Reiseveranstalter, um wegen des Wetters zu reklamieren.

Es war spätnachts, als Henri Helder pitschnass das Restaurant betrat. Elvis versprach gerade: *Dreams come true in Blue Hawaii*. Was im Hintergrund rauschte, war nicht das Meer, sondern die Tonspur des jahrzehntealten Films, der über einen mannshohen Flachbildschirm flimmerte. Die Filmfarben knallten in den Raum und konnten gut mit Helders am Nachmittag erworbenem Hemd konkurrieren, auf dessen blauem Grund sich gelbe Sittiche zwischen roten Hibiskusblüten tummelten. Da das Interieur der Bar im Stil der frühen fünfziger Jahre gehalten war, wurde der Raum zur Kulisse und der Gast zum Statisten, wenn Elvis einer blütenbestückten Schönheit im Cabrio von Liebe sang. Der grelle Sonnenschein der Pixelwelt erhellte die leeren Tische und den Chinesen hinter der Bar, der, wenn sich schimmernder Mondschein über die Szene legte, gut als Presleys Wiedergänger durchgehen konnte. Hier wurde jeder zum Elvis. Einen Moment war Helder versucht, seine über die Stirn wippende Haarsträhne zu betasten, ob sie ihm nicht zur Tolle anschwoll.

Doch dieser Rolle fühlte sich Helder nicht gewachsen, so wenig wie der des schnauzbärtigen Fernsehseriendetektivs Magnum.

Ach, Helder, warum glaubst du immer, in dem Film »Mein Leben« Hauptdarsteller sein zu müssen? Der Taxifahrer brachte dich nach Chinatown doch nur, weil du wie ein Fernsehspaßmacher auf die hüftwackelnde Hulapuppe über seinem Armaturenbrett zeigen und einen Witz reißen musstest. Dann bist du tatsächlich abschätzend vor einem dieser Mädchen stehen geblieben. Mit eingezogenem Kopf wärst du vorbeigeeilt, hätte dich nicht am frühen Abend während der Hulashow dein fröhlicher Tischnachbar mit Cocktails abgefüllt. Dies allein hätte gereicht, doch du musstest noch seinen Vorrat an Budweiserdosen mit ihm leeren, als ginge es nur darum, möglichst billig möglichst viel zu saufen. Als könnte dir der Alkohol eine Idee davon liefern, was du hier, am anderen Ende der Welt, eigentlich suchtest.

Was machst du nun mit dieser alterslosen Asiatin? Keine Verheißung in ihren Augen, nur ein schwaches Glimmen.

Als sie ihren schon etwas ramponierten Blütenkranz hob, um Helder damit einzufangen, musste sie niesen und erweckte damit Helders angeborene Furcht vor Infektionskrankheiten aller Art. Ernüchtert hatte er sich abgewandt und fluchtartig die lampionbeleuchtete Gasse verlassen.

So hatte er sich, als der nächste Regenguss niederging, ins Blue Hawaii gerettet. Blue Hawaii, so hieß auch die geheime Cocktailmischung des Chinesen, die Helder der blauen Farbe wegen probierte.

Es muss, wird er später beschwören, wenn es nicht von vornherein in dem Gebräu sich befunden hatte, ihm jemand etwas hineingetan haben, während er einem gewissen Bedürfnis nachgekommen war. Als er ein weiteres Mal auf dem Weg zu seinem Platz schon seemannsartig nicht vorhandene Decksschwankungen ausglich, trat aus der flimmernden Bildwand oder aber, was Helder einräumte, von seitlich dahinter hervor: Hans Kaspar Brügg, sein Großvater. Oder jemand, der aussah wie Helders Großvater, genauer: wie er ihn sich vorstellte.

Sah er nicht aus wie Marlon Brando in der Uniform der Reichsbahn? Könnte es, Helder, nicht auch ein Offiziersrock der Britischen Marine gewesen sein, so wie Cook ihn trug und der nächtliche Zimmergast in San Francisco auch. Oder wie Brando in den Schiffskulissen der *Bounty*.

So wie du ihn gesehen hattest vom knarrenden Sitz des *Weltspiegels* aus. Extra hingefahren von Krahnsdorf-Brandt nach Cottbus ins Kino. War aber die mit dem exotischen Namen mitgekommen.

Wie hieß sie doch gleich noch mal …

War einfach mitgekommen, wie immer. Hat schon beim Budenbauen mitmischen wollen, konnte sogar auf Bäume klettern, was für'n Mädchen immerhin … na ja. Hat sich also angehängt. Hat sich neben ihn gesetzt. Immer an den spannendsten Stellen knutschen gewollt, Weiber eben.

Wie hieß sie doch gleich noch mal …

Rosita, ach …

Ach, die.

Ach, Helder, tu nicht so. Hast sie doch gesehen, wie sie am Bahnhof stand vor den Resten der abgebrannten Imbissbude mit ihrer Mähne, die wie früher Funken sprühte. Hast doch sofort dran gedacht, an diesen kleinen Augenblick des Kirschenklauens.

Ja, die hat sich gar nichts draus gemacht, hat längst Minirock getragen und ist noch auf den Baum geklettert.

Über den pubertierenden Helder weg, über seine Hände, seine Schultern ist sie geklettert. Er guckt hoch – muss man doch sehen, ob der oder eben die, dem oder der man die Räuberleiter macht, auch aufwärts kommt – guckt hoch und sieht an diesem Junitag den Himmel, dunkel und gekräuselt.

Hatte Rosita doch immer fragen wollen, war das Absicht, war das dreist oder einfach nur gedankenlos und leicht?

Hatte nie gefragt, auch nicht, als sie – war das nicht in deinen letzten Semesterferien, Helder? – doch was miteinander hatten. Sie hatten sogar eine Zeitlang zusammengewohnt, besser gesagt: Helder bei ihr. Abends im Sommer zusammen die Köpfe aus dem kleinen Dachgaubenfenster gesteckt und in den Hinterhof ferngesehen: tratschende

Weiber, Meerschweinchen jagende Kinder, am Radio kurbelnde Opas. Geguckt haben sie und sich angefasst. Lust gekriegt aufeinander und sich die Sachen vom Leib … Hunger gekriegt, weil es von draußen rein nach Bratkartoffeln roch, Bratkartoffeln mit Zwiebeln und Speck. Eines Tages blieb die Regel aus bei Rosita. Und Helder hatte keinen Hunger mehr, keinen Appetit und keine Lust. Gesagt hat er: Ach, Quatsch, kann gar nicht sein. Du, ich muss jetzt wirklich los.

War aber doch was gewesen.

Bist du sicher, von mir? Kann gar nicht sein. Du, jetzt muss ich aber doch … Keine Pause zwischen den Sätzen, kein Platz für ein Wort Rositas.

Du, die Weiber, die quatschen dir doch'n Kind an die Hacken!

Hat er richtig gemacht. Denn das Kind, das hat ja dann jeder gesehen und weitererzählt, das hatte so Mandelaugen und Kupferhaut, Kupferhaare nicht, sondern schwarz, ganz schwarz. Sie hat ja dann auch zu dem Kind einen passenden Vater genommen, einen Vietnamesen. Na also, haben die Leute gesagt, daher …

Zwischen Rosita Episode 1 und Rosita Episode 2 hatte es Marion gegeben. Zwei Jahre nachdem Rosita ihren Himmel gezeigt hatte, war Marion von ihrer Reise zum Taj Mahal nicht zurückgekehrt.

Lange her war das alles. Brando war alt geworden. Weißes Haar scheitellos über einem gegerbten Gesicht. Er saß Helder gegenüber, legte die Unterarme auf den Tisch und beugte sich vor. Seine Augen brannten.

Manchmal, sagte Großvater Brando, ist es gerade das, was jeder versteht und jeder entschuldigt, das wir uns selber nicht verzeihen. Eine Schuld, die wir um unserer selbst willen mit uns tragen ein Leben lang.

Helders Kopf versank beinahe zwischen den Schultern. Ihm war, als hätte dieser Großvater eben einen Blick auf sein Leben getan. Er hatte Rosita vergessen und Marion verraten. Er wusste nicht, was ihm anderes möglich gewesen wäre. War es das, wovon Großvater sprach?

Vielleicht, sprach Großvater Brando, ist es das, was fromme Menschen Sünde nennen. Und jeder, dem kein Gott verzeihen kann, der brennt für diese Sünde zu Lebzeiten schon. Der brennt in einem Feuer, das nur andere Feuer lindern können. Leidenschaften, Kriege, vielleicht auch der Gang über glühende Lava.

Nein, sagte Helder, auch Eisenbahnen lindern. Gleise wie Gitter, ein kühles Gefängnis der Nützlichkeit, ein computergesteuertes Raster sachlicher Zwänge, zwischen Abfahrt und Ankunft nur Fahrpläne, Fahrkarten, Kontrollen, mehr nicht. Eine Rüstung aus Stahl und Glas. Glänzende Lacke und umweltresistente Farben und darunter etwas Abgestorbenes, das früher einmal Leben hieß.

Sie sollten jetzt nach Hause gehen!

Großvater Brando spricht den Abspann. Ist jetzt wieder einfacher Chinese, die Drogencocktails sind ausgemixt und die Stühle schon oben …

The End.

Nein, Helder, du bist zwar von deiner Bahngesellschaft, doch noch nicht aus dieser Geschichte entlassen. Wir wollen sehen, was du damit anfängst, mit diesem gebrochenen Schweigen.

Was heißt hier, der Auftritt deines Großvaters als Brando oder umgekehrt war eine Vision, war hervorgerufen durch eine halluzinogene Droge wie Kava-Kava?

Wäre es dir lieber, die Reiseleitung hätte ihn eigens für dich inszeniert? Oh, wir wissen: die Vernunft: Mathematik plus Konvention. Aber, Helder, ist das das Leben?

Sieh hin, da fällt eben von dem Stuhl, auf dem dein Großvater saß und den der Chinese jetzt hochstellt, ein Buch. Natürlich, ein beliebiger Gast kann es vergessen haben. Aber schlag es auf!

Ein Reiseführer – deutschsprachig ...

Was für ein Zufall!

Und der Besitzer hat ein Lesezeichen dort stecken lassen, dort, wo ein Kapitel über die Verbotene Insel beginnt.

Helder zahlte und hielt das Buch dem Chinesen hin. Der zuckte die Schultern.

Im Hotelbett angekommen, versuchte Helder darin zu lesen, schlief aber ein. Morgens, als er das herabgefallene Lesezeichen aufhob, sah er, es war ein Ausgabeschein der hiesigen Bibliothek. Darauf war ein Jahrgangsband des *Hawaiian Observer* von 1946 als zurückgegeben vermerkt.

Noch am selben Tag saß Helder im Lesesaal der Bibliothek, durchforstete den Band und wurde in der Ausgabe vom 23. Juli fündig. Dort wurde von drei Schiffbrüchigen berichtet, die, völlig erschöpft, von einem amerikanischen Kriegsschiff aufgegriffen worden waren. An Bord ihres merkwürdig konstruierten Wasserfahrzeugs habe sich, nach Aussage eines Matrosen, auch ein menschlicher Knochen befunden, ein halber Oberschenkelknochen soll es gewesen sein, was den Verdacht nahelege, die drei hätten in ihrer Not einen vierten Reisegefährten verspeist.

Auf dem darüber befindlichen Foto der drei vermutlichen Kannibalen erkannte Helder, abgemagert zwar, doch deutlich in seinen Gesichtszügen identifizierbar – ohne jede Ähnlichkeit mit Brando – seinen Großvater Hans Kaspar Brügg.

Was sich im Archiv des hawaiischen Justizministeriums, das Helder unmittelbar nach seiner Zeitungsrecherche aufsuchte, an Protokollen fand, händigte ihm eine blond umwölkte Dame, da die Vorgänge mehr als fünfzig Jahre zurücklagen, gegen eine einzige Unterschrift aus.

Also das Floß ... Nein, natürlich kein Floß, wie in den Protokollen zu lesen war, sondern zwei mittels mehrerer Stangen verbundene Kanus, so wie Helder es in Cooks Logbüchern beschrieben fand, versehen mit einer Plattform, die eine Kabine trug, welche der vierköpfigen Besatzung und dem, was an Proviant erforderlich war, reichlich Platz bot. Angetrieben wurde das Gefährt durch ein Mattensegel. So waren sie zu Beginn des Jahres 46 aufgebrochen. Hans Kaspar Brügg, Siyakuu Malinowski, Prof. Edvard Malinowski und Keola Palaoa, ein Polynesier.

Wie Helder den Polizeiprotokollen entnahm, versuchte Malinowski in schwelgerischen Worten dem Vernehmer seine völkerkundliche Motivation, die ihn zu dieser Reise veranlasst hatte, nahezubringen. Brügg hingegen hüllte sich weitgehend in Schweigen. Er erklärte, er habe eine preiswerte Gelegenheit zur Überfahrt nach Amerika gesucht, und verschwieg seine aus Konya herrührende Beziehung zu Siyakuu Malinowski.

Diese wiederum, nach den Gründen für ihre Beteiligung an einer so gefahrvollen Reise befragt, sagte: Na, hören Sie, ich bin seine Frau. Auch sie beließ es bei dieser, ihre justitiable Bindung anführenden Erklärung, ohne die zu beiden Männern gewiss vorhandene emotionale auch nur anzudeuten.

Auch wenn es keine weißen Rappen gibt, so drängte sich Helder bei der Lektüre der professoralen Ausführungen doch der Gedanke an eine Art aufklärerischen Fanatismus auf, mit dem Malinowski den Beweis antreten wollte, dass Polynesien nicht von Amerika her besiedelt worden sei. So wie es ein gewisser Zumpfhagen behaupte, den Malinowski einen anthropologischen Rüpel nannte. Er hoffe, diesem Faschisten nie wieder zu begegnen. Und weit ausholend beschrieb Malinowski sein Zusammentreffen mit Zumpfhagen auf den Marquesas-Inseln, wo es im Jahr 32 zum Gaudi der Eingeborenen zu einer tätlichen Austragung ihres wissenschaftlichen Streits gekommen war.

Nein, vermerkt das Protokoll weiter, es sei mitnichten darum gegangen, ob diese paradiesischen Inseln von Osten oder von Westen her besiedelt worden seien.

Im Gegenteil, und dies, Herr Protokollführer, bitte ich ebenfalls zu notieren: Alte Sanskrittexte offenbaren, hier, im Pazifik, liegt die Wiege der Menschheit. – Und wenn mich Ihre Gesichtszüge nicht täuschen, stammen Sie von hier, während Ihr Vorgesetzter, der sich hier ab und an bei Ihnen offenbar nach dem Stand der Ermittlungen erkundigt, wohl tatsächlich vom amerikanischen Kontinent her eingewandert ist, allerdings als Angehöriger einer erst seit Ende des 19. Jahrhunderts Ihre Heimat kolonisierender weißen Oberschicht. – Ihre Ahnen aber lebten in Rutas. Jawohl Rutas, dem im Pazifik versunkenen Urkontinent. Ein, wenn Sie so wollen, Atlantis der Südsee.

Jedenfalls können wir uns, meine Herren, von Mesopotamien als Ihrer Urheimat verabschieden. Obgleich die linguistische Übereinstimmung zwischen dem Stadtnamen Ur und der Bezeichnung der Maori für Westen frappierend ist. – Dürfte ich bitte eine Zigarette haben. – Entscheidend ist doch, dass Zumpfhagens arische Einwanderer ins Reich rassistischer Spekulationen gehören. Das, und nicht die Frage einer Himmelsrichtung, ist doch die entscheidende Frage: Kann eine so bemerkenswerte Kultur – wie die Ihrer Inseln, meine Herren – nur aus europäischen, nordisch genannten Quellen stammen? Kann überhaupt der Maßstab für Kultur nur die europäische sein? Disqualifiziert nicht schon die Anmaßung, die eigene Kultur zum Maßstab zu erheben, diese selbst?

Was aber, dachte Helder, über die Akten gebeugt, was, lieber Malinowski, ist der Maßstab? Das Niveau des Eisenbahnwesens?

Hans Kaspar, wenn ihn nicht nur seine schuldverstrickte Liebe zu Siyakuu übers Wasser trieb, muss sich da schon vom rein technologischen Fortschrittsglauben verabschiedet haben. Aber kann ein Mittvierziger noch ernsthaft vom Paradies unter Palmen träumen?

Von seinen Ideen wissen wir wenig. Im Hause Stickenbacher schwärmte er einst am Kaffeetisch von der dazumal jungen Reichsbahn als brüderlichem Band der Nation. Wir sahen die nationalsozialistische Volksgemeinschaft an seiner Schranke vorüberfahren und ihn sie kommentarlos grüßen. Der Lagerkommune im australischen Ödland zog er, so schien es, das Kartenspiel vor.

Zog es ihn nun etwa in den Naturzustand des Menschen zurück?

Der Maßstab, antwortete Malinowski, als hätte er unsere Fragen ins Jahr 46 hinein vernommen, der Maßstab kann nur heißen: Respekt. Wen ich respektiere, den beute ich nicht aus. Wen ich respektiere, den schlage ich nicht. Wen ich respektiere, den schicke ich nicht in den Tod.

Respicere speculum!, lateinerte Malinowski aus dem Stegreif, sieh dich um, und sieh, wer du bist! Erkenne dich im anderen! Das Gegenteil des europiden Narzissmus.

Diese Doktrin, die seit Darwin, Hegel und Marx Aufstiege behauptet, ein Fortschreiten, das im Rückblick stets nach unten blickt, dient doch immer nur als Rechtfertigung für die eigene Expansion.

Nein, meine Herren, sprach Malinowski die Vernehmer an und weckte sie vermutlich auf. So, dass der Protokollant erschreckt die Lücke seiner Mitschrift mit drei Pünktchen und der eingeklammerten Bemerkung füllte: weitere nicht zur Sache gehörende Ausführungen des Zeugen.

Und dann weiter: Nein, meine Herren, mitnichten bin ich ein Anhänger der Rosseau'schen Richtung, die den Niedergang der menschlichen Art beklagt und den edlen Wilden als Vertreter eines Goldenen Zeitalters glorifiziert. Sicher, irgendwo existiert in jedem von uns auf den dunklen Meeren des Verlangens eine von Palmen gesäumte Südseeinsel, ein Schmachten nach Freiheit und Liebe.

Doch eben jener unglückliche Bewohner eines solchen Eilands, wegen dem wir hier den Tag verbringen, war von den Brüdern seiner Angebeteten derart verprügelt, ja mit dem Tod bedroht worden, dass er es vorgezogen hatte, sein paradiesisches Eiland zu verlassen.

Sehen Sie, man muss davon loskommen, immer nur nach Gut und Böse zu suchen, denn die Probleme der Menschen gleichen sich über die Zeiten und Räume hinweg, nur ihre Mittel, diese Probleme zu lösen, sind verschieden. Wenn es für die eurasischen Völkerschaften vorteilhaft war, Gefäße aus Ton herzustellen, so war es für sie ebenso vorteilhaft, die Schalen von Kokosnüssen zu verwenden. Keramische Arbeiten auf ihren Inseln wären hier eher als Idiotie zu bezeichnen denn als kultureller Fortschritt. Was ist in welcher Situation von Vorteil, das ist die Kulturfrage. Und manchmal, wenn ich mir diesen Scherz erlauben darf, kann es auch von Vorteil sein, einen unerwünschten Liebhaber zu verprügeln – oder einen akademischen Widersacher.

Ja, sehen Sie, und was macht dieser Zumpfhagen? Bastelt im Dienst seiner hellhäutigen Kulturbringer ein Floß zusammen, um damit den Pazifik von Ost nach West zu überqueren. Konnte ich da zusehen, musste ich nicht sofort alle Möglichkeiten ausschöpfen, um den Gegenbeweis anzutreten? Ich musste es!

Auf die Frage nach dem menschlichen Oberschenkelknochen, so hieß es in den Akten weiter, hob der Zeuge mit dem Ausdruck der Verzweiflung die Hände, brach dann erschöpft zusammen, woraufhin ihm ein Glas Wasser verabreicht wurde.

Da der Untersuchungsgefangene Hans Kaspar behauptete, die Schuld am Tod des Polynesiers zu tragen, ließen sich die ermüdeten Beamten das als Geständnis unterschreiben und übergaben den Fall der Justiz.

Helder verließ ratlos das Justizgebäude. Auf den Stufen saß ein Einheimischer, ein weißhaariger, einbeiniger Mann, der auf Helder gewartet zu haben schien. Er wehrte Helders Almosen ab, als der ihn für einen Bettler hielt. Vielmehr erhob sich der Einbeinige, indem er sich mit beiden Armen von der Treppenstufe abstieß und emporschnellte, auf eine artistische Art, die allein wegen seines Alters Bewunderung verdient hätte. Als er außerdem Helder mit Namen ansprach, war dessen Erstaunen groß. Es steigerte sich ins Vollkommene, als der Einbeinige glaubhaft versicherte, jener Keola Palaoa zu sein, der angeblich vor einem halben Jahrhundert verspeist worden war.

Dass Mo – ja, Helder: Mo, der Antiquitätenhändler aus San Francisco – ihn avisiert und beschrieben habe, verwunderte Helder nun gar nicht mehr. Vielmehr schien es ihm die einzige logische Erklärung für diese Begegnung.

Allerdings, so der Einbeinige, handle er auch in eigenem Auftrag, denn schließlich habe er mit Hans Kaspar Brügg nicht nur Wochen auf See, sondern auch Monate in uraltem Vogeldreck verbracht.

Der Einbeinige reichte Helder einen Zettel. Er solle sich übermorgen zum angegebenen Zeitpunkt am angegebenen Ort einfinden. Es werde dann die Überfahrt zur Verbotenen Insel vorbereitet sein. Darüber habe Helder natürlich stillzuschweigen.

Ehe Helder sich besann und Fragen stellen konnte, war der Einbeinige, seinen Stock wie ein Sportgerät gebrauchend, davongesprungen und bald im grellen Gewimmel von Passanten und Autos nicht mehr zu sehen.

XVII

Keola Palaoa war Hans Kaspar begegnet, als er noch auf zwei Beinen durchs Leben und durch Vogeldreck ging. Der Vogeldreck war steinalt und ebenso hart, hieß wissenschaftlich ausgedrückt Kalziumphosphat und wurde auf dem Südseeatoll Nauru abgebaut und als Dünger in alle Welt verschifft. Unter den Arbeitern der Phosphatmine, hauptsächlich Chinesen und Bewohner benachbarter Inseln, war Hans Kaspar als Europäer ein Exot.

So stellen wir's uns vor. Stellen es, wie Helder, vor das, was wirklich war.

Stellen wir uns also weiter vor: Am Abend nach dem Untergang der *Roosevelt* war Hans Kaspar in seiner Rettungsweste dahingetrieben. Ohne Hoffnung und zu schwach selbst für die Angst.

Gegen Sonnenuntergang hatte der Himmel japanisch geflaggt: die Sonne rot im milchweißen Dunst. Schemenhaft schob sich etwas heran. Groß, kantig, träge, ein Schiff, geisterhaft still ohne Motorengeräusch. Ein Fliegender Holländer. Nein, ein schlaffes Fahnentuch am Mast kündete von seiner Herkunft, die war japanisch. Deutlich sah Hans Kaspar jetzt die Niete in den grauen Panzerplatten.

Da rief er und schrie. Wunderte sich selbst, dass er das so laut noch konnte. Wunderte sich, dass er so schnell Antwort bekam. Ein Zuruf, in den Lauten fremd wie das Schiff, doch deutlich beruhigend im Klang. Und die Stimme, die ihm jetzt auffordernd zusprach, kam von oben. Über ihm, auf einer Arbeitsbühne außenbords, saß einer, hatte eben seine Arbeit beendet und ließ sich mittels Winde zu ihm herab. So wunderbar gerettet, schwebte Hans Kaspar aufwärts, vorbei an noch frischen schwarzglänzenden Schriftzeichen in der Sprache dieses seltsamen Abends.

Der Japaner, mit kahlgeschorenem Kopf unter der Offiziersmütze und dicken schwarzen Brauen über einem feingeschnittenen Gesicht, führte den Geretteten über ein menschenleeres Deck, über Treppen und durch lange Gänge in die Messe.

Aus den flinken, wie Reiskörner über den Tisch springenden Worten entnahm Hans Kaspar etwas, was er für den Namen seines Retters hielt: Jakumoto.

Jakumoto war der Kapitän des Kreuzers, und er war allein. Die Mannschaft hatte sich, als das Schiff, von einem feindlichen Torpedo manövrierunfähig geschossen, im Sturm dahintrieb, in die Boote gerettet. Jakumoto hatte das getan, was er für seine Pflicht hielt, er war an Bord geblieben. Doch das Meer hatte ihn nicht in seine dunklen Tiefen gesogen, sondern das Schiff von Welle zu Welle und Woge zu Woge geschoben, als wisse es selbst nicht, wohin mit diesem Kasten. Jakumoto harrte tapfer auf diesem treibenden Militärstützpunkt aus. Da die Gefechtspause schon außerordentlich lange dauerte, hatte er begonnen, die Wände mit Schriftzeichen zu bemalen, erst die seiner Kajüte, dann die der Offiziersmesse, dann die der Unteroffiziers- und Mannschaftsmessen, dann die der Unterkünfte, die der Gänge und Maschinenräume. Gestern erst hatte er sich mangels Fläche entschlossen, die Stahlplatten der äußeren Panzerung mit Schriftzeichen zu bedecken.

Jakumotos etwas frostige Höflichkeit erwärmte sich schlagartig, als Hans Kaspar versuchte, sein Herkommen zu erklären. Die ruhmlose deutsch-japanische Waffenbrüderschaft hatte einige Vokabeln des Achsenpartners in Jakumotos Gedächtnis hinterlassen. So dass beide begriffen, hier hatten sich zwei Schiffbrüchige getroffen.

Nach einem reichhaltigen Mahl aus den schier unerschöpflichen Konservenvorräten des Kreuzers und etlichen

Gläschen Reiswein begann Jakumoto aus seinen Werken vorzutragen. Er führte Hans Kaspar durch die Messen und Gänge, verharrte hier und da, um vorzulesen. Schließlich tappten sie in mondloser Nacht nur im Schein einer Karbidlampe über das Deck.

Sein jüngstes Haiku hatte Jakumoto auf dem Turm eines Geschützes platziert. Diskret hielt sich das Meer zurück, nur sanft klopften die Wellen an die Bordwand. Jakumoto, suchend nach den passenden deutschen Worten, las mit zögernder Stimme:

Der dunkle Garten
Dem Herzen gleich. Erstrahlt
Die Kirschenblüte.

Mit der letzten Silbe brachte eine Windböe die Lampe zum Erlöschen, und für einen Moment war jeder der beiden in der Dunkelheit und dem Aufbrausen des Meeres allein.

Wenn der Krieg zu Ende ist, brach Jakumoto das Schweigen, werde ich das ganze Schiff mit Versen bedeckt haben. Ich träumte: Jedes Schriftzeichen verwandelte sich in eine Blume, die der Wind aufs Meer hinaustrieb, wo sie versanken. Ich sah sie sacht zum Grund des Meeres schaukeln. Jede einzelne Blüte sank auf die Brust eines Matrosen. Es waren unzählige Blüten. Doch zahlloser waren die Toten: Briten, Australier, Amerikaner, Malaien, Polynesier und Japaner.

Der Krieg, sagte Hans Kaspar, als sie wieder in der Messe angelangt waren, *ist* zu Ende.

Nach heftigem Widerspruch Jakumotos und Erklärungen Hans Kaspars schwieg der Kapitän, schüttelte aber immer wieder ungläubig den Kopf. Schließlich schnellte er auf und wandte sich zum Gehen. Er besann sich, wünschte mit belegter Stimme seinem Gast eine gute Nacht und verließ nach einer Verbeugung die Messe.

Tief in der Nacht hörte Hans Kaspar die Brecher auf dem Deck niedergehen. Das Schiff ächzte und krachte. Einmal klang etwas wie ein heiserer Schrei aus der Kajüte des Kapitäns herüber, gefolgt von einem Klirren, Glas zersprang auf Metall.

Als er am anderen Morgen in die Messe kam, erwartete ihn Jakumoto bereits mit dem Frühstück. Er hatte seine Uniform abgelegt und trug einen Kimono. Er wirkte gelöst, ja heiter.

Während des Essens, auf seine Frage nach dem nächsten Hafen, lächelte Jakumoto nur nachsichtig. Später reichte er Hans Kaspar einen Farbeimer und einen Pinsel.

Eine Woche lang arbeiteten sie zu zweit an ihrem stählernen *Buch der Wandlungen*. Abends redeten sie, worüber zu reden war: die Verse für den nächsten Tag.

Einmal bat Hans Kaspar darum, den Rumi-Vers von seinen Schuhen auf die Bordwand übertragen zu dürfen. Jakumoto, als er sich den Text übersetzen ließ, wiegte zweifelnd den Kopf. Da begann Hans Kaspar von Konya, von Ahmad, Estragon und Siyakuu zu reden. Dabei setzte er immer wieder einen Schlusspunkt, indem er die Hände hob und sagte: Sicher langweile ich Sie, Kapitän. Doch eigentlich wollte ich damit nur sagen …

Schon war Hans Kaspar wieder mittendrin im Erzählen.

Jakumoto nickte, lächelte, nickte. Zum Schluss wiederholte er : … wer die Perle finden will, muss bis *zum Grund des Meeres* tauchen. Er wiegte wieder den Kopf und blickte gequält.

Lange saßen sie schweigend über ihren Entwürfen, mal ging der eine, mal der andere auf und ab. Draußen wogte das Meer, dunkel und schwer.

Es war vor mehr als einem Jahr, begann Jakumoto unvermittelt zu reden, da suchte die Admiralität Marineflieger. Man nannte die jungen Männer, die mit ihren Maschinen aufsteigen und feindliche Schiffe angreifen sollten, Kamikaze: Göttlicher Wind. Wie ein Taifun einst die Flotte des Mongolenfürsten Kublai Khan zerstörte, sollte dieser Götterwind die amerikanischen Schiffe treffen. Nicht allein mit Bomben oder Bordgeschützen. Nein, die Piloten stürzten sich samt ihren Maschinen auf die Amerikaner. Es hieß: ein Mann – ein Schiff.

Einer dieser Piloten war mein Sohn. – Ich hatte genug Ansehen. Ich hätte verhindern können, dass er *auf dem Grund des Meeres* nach der schwarzen Perle des Todes taucht.

Jakumoto schwieg. Was ist das, fragte er dann, dass Worte vermögen, uns erst zu erheben, um uns dann um so gründlicher in die Tiefe zu stoßen.

Vielleicht, antwortete Hans Kaspar, liegt es an dem Mund, der die Worte spricht. – Selbst Gott, hat Ahmad einmal gesagt, ist kein guter Redner. Er wird häufig missverstanden.

Nachts hörte Hans Kaspar, wie das Meer mit dem Schiff spielte, es auf und ab wiegte, hin und her schob, tanzen ließ und ahnen, lang genug habe es diesen Kasten getragen.

Am siebten Tag, lange nach Mittag, am Nordostrand eines wolkenlosen Blaus eine große weiße Wolke.

Da, Jakumoto streckte den Arm aus, eine Insel.

Am nächsten Morgen war noch immer kein Land zu sehen, nicht einmal eine Wolke.

Jakumoto, was ist los! Wo ist die Insel? Sie haben doch gesagt …

Jakumoto hob die Schultern: Ja, Land, habe ich gesagt. Doch ich habe nicht gesagt, dass wir das Schiff plötzlich wieder steuern könnten.

Gegen Mittag hob sich aus dem Dunst des Horizonts doch noch der dunkle Schemen einer Insel.

Endlich.

Zur Freude Hans Kaspars zog Jakumoto eine Plane von einem kleinen Rettungsboot. Gemeinsam ließen sie es zu Wasser.

Hans Kaspar, als Erster im Boot und in der Meinung, Jakumoto werde wie er die Gelegenheit nutzen, das Wrack zu verlassen, reichte ihm helfend die Hand. Doch der zog die seine weg und hob sie, halb Abwehr, halb Gruß.

Zu viele, sagte Jakumoto und machte eine Geste zur See hin, zu viele dort draußen tragen noch keine Blüte.

Dann gab er dem Boot einen Stoß.

Hans Kaspar ruderte und sah, während er sich von dem Kreuzer entfernte, bald Jakumoto außenbords auf der Arbeitsbühne an einem Schriftzeichen, größer als die bisherigen, arbeiten. Hans Kaspar, in der Absicht, später die Bedeutung dieses Zeichens zu erfragen, prägte es sich ein. Es war das Zeichen für Liebe.

Dann blickte er immer wieder über Schulter und Bug zur Insel, seinem Ziel. Als er noch einmal den Blick zurückschweifen ließ, war der Fliegende Japaner verschwunden.

Wo die Palmen sich verneigen, wo die Purpursonne weint, will ich aus der Gondel steigen ..., aus Helders Erinnerung klang ironisch das Lied einer Musikband herauf, die einmal Susannes wie auch seine Lieblingsband gewesen war. *Einmal wissen, dieses bleibt für immer ...* – Nichts blieb für immer, nur die Klischees, die einmal Wirklichkeit waren und vielleicht irgendwo auch noch sind. Weiße Strände, stille Buchten, kristallklares Wasser, buntleuchtende Fische und natürlich Frauen ... Frauen, nackte Frauenfüße, rhythmisch schwingende Grasröcke, Blütenkränze über zimtfarbenen Brüsten, Blätterkronen auf wildschwarzen Mähnen und Augen ... Augen ... dunkle Lagunen im Schimmer des Mondes.

Ach, wie Riffe, Helder, lauern die wieder und wieder gefertigten Bilder unter der Oberfläche unseres Bewusstseins.

Versuchen wir zu landen, ohne dass Korallenblöcke unterm Druck der Brandung uns das Boot zertrümmern.

Die Insel, deren Dunst die Sonne am Vortag zu einer Wolke aufgesogen hatte, war ein Werk der Korallen. In Jahrtausenden hatten sie ihre kobaltblauen Skelette auf einem alten Vulkankegel hinterlassen. Der Berg hatte sich gehoben, und Sturm und Regen hatten seine blaue Krone bizarr geschliffen. Wieder war der stumme König ins Meer gesunken. In seinen Mulden und Höhlungen, zwischen den Klippen und Zacken des Kalksteinriffs lagerten sich Sedimente ab. Der Berg tauchte erneut empor, und sein alter Schädel wurde von Pflanzen besiedelt, Vögel nisteten auf seinen Klippen und füllten die Senken ringsum mit Exkrementen. Ein Paradies auf Vogelkot, zwanzig Quadratkilometer, kaum größer als Hiddensee.

Was für ein Schatz, dachte ein englischer Kaufmann im Jahr 1898 und schickte einen Klumpen davon nach Australien mit dem Vorschlag, daraus Indianer, Soldaten und andere Figuren für Kinder zu schnitzen.

Entweder war das diese Idee formulierende Schreiben verlorengegangen, oder aber der manchmal recht unansehnlich daherkommende Fortschritt traf auf die bürokratische Ignoranz eines schlechtgelaunten Bürovorstehers. Jedenfalls, so lässt sich noch heute nachlesen, diente der Stein einige Jahre als Türstopper, bis ihn ein neugieriger Zeitgenosse ins Labor schleppte und herausfand, das Ding bestand zu achtzig Prozent aus Phosphat.

So kam es, dass ein Mensch mitten im großen Meer nicht nur etwas zum Anlanden fand, sondern auch Obdach und Arbeit in einem staubigen Bergwerk dazu.

Man sah Hans Kaspar später immer wieder vor der kleinen Lokomotive einer Grubenbahn stehen und mit der Hand über gusseiserne deutsche Schriftzüge streichen. In den Versen, den Zeichen die sie auf die Stahlplatten des Kreuzers geschrieben hatten, waren oft Zwischenräume geblieben, Durchgänge in eine Weite, die Geborgenheit zugleich war.

Und die Buchstaben hier? BORSIG, das war für Hans Kaspar nicht nur ein Firmenname. Da war auch ein Durchgang. Vielleicht eine Tür in die kleine ordentliche Welt von Krahnsdorf-Brandt. Oder ein Fenster in eine fernere noch, in die anatolische Hochebene, wo es neben den Gleisen nach Minze roch und Thymian. Ein Geruch wie ein Lächeln, wie frische Maulbeerblätter, wie feuchte Haut, wie … wie das Leben, wenn man achtzehn ist.

Helder durchstöberte das limbische System seines Hirns, fand dort keine Gerüche, nur ein Bild mit dem Vermerk *Achtzehnter Geburtstag*: ein frisches Brot in seinen Händen, eben vom Bäcker geholt. Und da ist er auch schon, der Geruch zu diesem Brot, ofenwarm und knusprig. So verlockend, dass selbst der steinerne Soldat auf dem Kriegerdenkmal hinter den verwilderten Büschen sich im Fallen noch die Lippen leckt. Da entscheidet sich, ob Helder volljährig, also erwachsen ist oder noch ein Kind. Wird er die Zähne in die knusprige Brotrinde schlagen, dass es kracht und kleine Rindenbröckchen fliegen? Einer sieht immer zu, hinter den Vorhängen, durch den Spalt einer sich schließenden Tür, vom Himmel hoch, von nebenan … Selbst wenn ausnahmsweise nicht, es bleiben Spuren: Wer hat von meinem Brotchen gegessen?

Helder hat sich entschieden. Helder ist erwachsen. Welch ein Verdikt!

Sieben Stunden später: Der verführerische Laib säuberlich in Scheiben geschnitten, eine jede mit unversehrter Rinde –

Henri, ruft die Mutterküchenstimme, magst du wieder den Kanten?

Klirrende Antwort eines Bierkastenträgers: Nööö. Und leise: Iss doch selber.

– und jede Scheibe mit Wurst und Käse und Ei belegt, kunstvoll getürmt und grün drapiert mit Petersilie erwartet mit dem Volljährigen im Partykeller die Gäste.

Sieben Jahre später, nein, nur sieben Stunden: Auf dem Sprelacart des Tisches Rotweinpfützen, Kronkorken, Zigarettenasche, überquellende Aschenbecher und eine letzte verschrumpelnde Schnitte. Über Decken und Schlafsäcken Alkoholdunst.

Eine Hand, ein ganzer Arm schiebt sich aus einer Decke unter eine andere Decke. Die Hand tastet nach einer Brust, hat die festweiche Rundung gefunden, greift zu …

Ein Ellenbogen trifft Helder in die Seite.

Du, flüstert er, ich habe doch Geburtstag.

Du hattest, Henri, du hattest. Das ist schon ein paar Stunden her.

Mensch, Rosita, weißt du noch, im Kino …

Das ist schon ein paar Jahre her.

Erst knutschen wollen, dann … – nun gut, zwischen ihrem *wollen* und seinem *dann* war tatsächlich etwas Zeit vergangen.

Als er aufwacht oder sich aufwachend gibt, sind alle weg, haben schon in der Mutterküche gefrühstückt, haben das Haus verlassen, sind nach Hause getappt, schlafen dort längst weiter. Helder räumt auf, die Gerüche bleiben, senken sich hinunter bis in den Magen: kalter Rauch, Bierpfützen, auf halber Treppe, weil der Weg zur Toilette zu weit war, Erbrochenes. Helder legt, zwei Stufen weiter, das Seine daneben.

Sieben Stunden später: im Brotkasten ein Kanten, die Rinde weich und ohne Biss.

Was, Helder, wirst du finden im sieben mal siebten Jahr deines Lebens?

Hans Kaspar, der Großvater, muss auf Nauru im neunundvierzigsten Lebensjahr gewesen sein, hager und von der Arbeit noch nicht verbraucht, sondern gekräftigt, graue pochende Schläfen. Immer wieder strich er mit der linken Hand die Haare zurück, die rechte hebelte mit dem Schraubenschlüssel an einer Stellschraube der Treibstange seiner Lok.

Er, denkt Helder, wird Schmieröl gerochen haben und Rauch. So wird sein Riechhirn diese Information zum Mandelkern geschickt haben. Der setzte ein Gemisch an Emotionen frei, die wiederum im benachbarten Hippocampus andere Erinnerungsbilder aufriefen. Erlebnisse, die ihrerseits einst Gerüche ausgedünstet haben: Bohnerwachs im Bahndammhaus. Der sanft aufsteigende Rauch des in Ahmads Wasserpfeife verglühenden Hanfs. Ein scharfer Seifengeruch aus dem Kragen des Offiziers, ein pelzig-bitterer Tabakatem hängt in den Worten: Lassen Sie den Zug endlich abfahren, Mann!

Ein Windstoß jagte an der Grubenbahn vorüber, Guanostaub wirbelte auf. Ein neuer Geruch, fischig und stechend, wie Ammoniak.

Einige Jahre zuvor, 1942, hatten die Japaner die Phosphatmine übernommen. Sie besetzten der Einfachheit halber gleich die ganze Insel mit ihren Soldaten. Wie schon einen Krieg zuvor die Australier dies getan hatten. Ebenso, wie es wiederum dreißig Jahre davor die Deutschen getan hatten. Die nannten das damals Schutzherrschaft.

Möglicherweise erschienen den neuen Herren aus Japan die eintausendzweihundert Insulaner ungeeignet für die Arbeit im Bergwerk. Jedenfalls wurden sie kurzerhand auf ein anderes Inselchen verschifft. Die Arbeit dort, welcher Art auch immer, muss den Nauruern auch nicht bekommen sein. Als sie drei Jahre später wiederkamen, zählten die ebenfalls zurückgekehrten australischen Verwalter nur noch siebenhundert Eingeborene. Sie waren noch immer ungeeignet für das Bergwerk.

Es fehlte an Arbeitskräften. So kam es, dass die Stelle eines Grubenbahnfahrers vakant war. So lange, bis Hans

Kaspar Brügg die Lok in überzeugender Weise in Gang zu setzen verstand. Eines Tages taumelte ein Arbeiter quer über die Gleise und brach wenige Meter vor Hans Kaspars Lok zusammen.

Keola Palaoa vertrug den Staub nicht, er vertrug diese Arbeit nicht, und vor allem vertrug er die Fremde nicht. Den Branntwein allerdings vertrug er auch nicht.

Hans Kaspar schleppte ihn von den Gleisen.

Der pazifische Krieg hatte Keola von Samoa vertrieben. So hatte er es formuliert, als Hans Kaspar nach Feierabend mit ihm zusammensaß. Später stellte sich heraus, der Krieg war ein familiärer gewesen. Genauer gesagt, die Familie seiner Liebsten wollte ihn nicht haben. Besonders deren Brüder, die ihrer Abneigung gegen Keola tatkräftig Ausdruck verliehen. Das erste Mal trafen ihn ihre Fäuste. Das zweite Mal zersplitterte eine Bambusstange auf seinem Schädel. Das dritte Mal warfen sie ihn auf den Boden und hielten ihn fest. Dann riefen sie ihre Matriarchin. Die schlurfte herbei, hob ihren Rock und hockte sich nieder, wobei sie bemüht war, sich ziemlich genau über Keolas entsetztem Gesicht in Stellung zu bringen. Sein Gezeter hielt die betagte Dame jedoch nicht davon ab, zu tun, was ihr beliebte: Sie urinierte.

Solcherart entehrt, hatte Keola sein Dorf verlassen. Ein Plakat der Pacific Phosphate Company in der Hauptstadt versprach Wohlstand für jedermann. Keola sah sich in feinen europäischen Kleidern in sein Dorf zurückkehren und die Frevler beschämen.

Altweiberurin und Vogeldreck. Der Schnaps wusch sie weg und brannte doch in den Wunden. Niemand darf derlei dem Nachfahren eines Königs antun. Sagte Keola.

Hans Kaspar lachte. Doch in diesem Lachen merkte er auf, denn Keola hatte in seiner vokalreichen Muttersprache leise und selbstvergessen zu singen begonnen. Der

Klang dieser Laute faszinierte Hans Kaspar auf merkwürdige Weise. Ähnlich hatten ihn nur an einem anderen Ort, zu einer anderen Zeit Ahmads Lieder bezaubert. So werden wohl kleine Kinder von den Lauten einer ihnen noch fremden Welt in den Bann gezogen, damit sie sich diese zur Heimat machen. In Hans Kaspar aber weckten die fremdartigen Laute Sehnsucht. Vielleicht die Sehnsucht nach einer verlorenen Heimat.

XVIII

Keolas Großmutter väterlicherseits war bis ins hohe Alter eine klar denkende und gewissenhafte Frau. So ist nicht anzunehmen, dass sie in ihren Erzählungen einige Details durcheinandergebracht oder gar aufgebauscht hätte. Vielmehr war es die Phantasie des Kindes Keola, die ihren früh verstorbenen Mann, William Christopher Palaoa, posthum zum König ausrief. Wäre es Hans Kaspar möglich gewesen, Madame Palaoa zu befragen, hätte sie gesagt: Gewiss, er war der König meines Herzens. Und vorher war er, wie er sich selbst nannte: König der Kombüse.

Zwei Schiffe waren es, die an einem meereskühlen Tag des Jahres 1887 vor Samoa kreuzten. Das eine war die *Kamilou*, erstes (und einziges) Schiff eines wirklichen Königs, Seiner Majestät Kalākauas I., Herrscher über die Sandwichinseln, heute bekannter unter dem Namen Hawaii. Das zweite Schiff, die *Albatros*, war ein deutsches Kanonenboot.

Es musste den Kanzler des Deutschen Reiches empören, dass dieser *Lustige König*, wie er seit seiner Europareise genannt wurde, versuchte, sich in die Auseinandersetzungen mit den Briten um die ozeanischen Kolonien einzumischen. Was wollte dieser gekrönte Mohrenkopf? Eine Föderation pazifischer Inseln? Gar ein polynesisches Königreich? Lächerlich! Bismarck drohte kurzerhand mit der Annexion der Sandwichinseln.

So hatte denn der Kapitän der *Albatros* Order, das Einlaufen der *Kamilou* in den Hafen der samoanischen Hauptstadt Apia zu verhindern. Doch bevor auch nur eine der vier Kanonen der *Albatros* einen Schuss abgab, kam es auf dem hawaiischen Schiff zu einer Meuterei.

Die Gründe für die Meuterei auf der *Kamilou* und damit für das schnelle Ende einer polynesischen Reichsidee sind uns nicht überliefert. William Christopher Palaoa bestritt zeit seines Lebens heftig, dass seine Kochkunst auch nur den geringsten Anlass zur Unzufriedenheit gegeben haben könnte. Auch habe die Besatzung nicht etwa aus Feigheit gemeutert. Vielmehr, so William Christopher seiner Frau, Keolas Großmutter, gegenüber, habe einer der Offiziere einen Putsch angezettelt.

Wie es dazu kam? Nun, unsere kühne These lautet: Die polynesische Reichseinigung scheiterte an der Musikliebe des hawaiischen Monarchen. Dies im zufälligen Detail ebenso wie im Symbolischen: die Möglichkeit einer anderen Existenz – und ihr Scheitern in der Realität. Die Geschichte, auch unsere, ist schließlich immer eine Geschichte der glücklosen Suche nach dem glücklichen Leben, im Kleinen wie im Großen.

Erinnern wir uns, Helder: Der Kaiser mit der Rassel war das Traumbild deiner Urgroßmutter.

Der König mit der Ukulele, das war Kalākaua I.

David Kalākaua träumte sich selbst. Er träumte sich noch, als sein massiger Körper in den seidenen Kissen eines Hotels in San Francisco im Sterben lag. Polynesische Könige sterben jung, dachte er und träumte, die Hand zu heben, ein Zeichen zu machen, dass jemand ein Blatt Papier brächte, diesen Satz zu notieren.

War er jung? Er war im fünfundfünfzigsten Lebensjahr. Sein Vorgänger war mit vierzig dahingeschieden. Dessen Vorgänger mit zweiundvierzig, der davor mit neunundzwanzig Jahren … Eine Genealogie des schnellen Sterbens. Der Könige wie ihrer Untertanen. Vierhunderttausend sollen es zu Cooks Zeiten 1799 gewesen sein, knapp hundert

Jahre später, als Kalākaua im Sterben lag, waren es, Mischlinge eingerechnet, noch vierzigtausend. Dezimiert von Lepra und Syphilis, von Tuberkulose und Grippe, Krankheiten, die mit den Matrosen, Missionaren, Siedlern und Plantagenarbeitern übers Meer gekommen waren.

Dieses Volk, hatte einer von denen gesagt, sei nicht robust genug. Auch nicht ihr letzter König, trotz seiner stattlichen Körpergröße von knapp zwei Metern.

Hatte er die Hand gehoben, oder hatte er das nur geträumt? War alles nur ein Traum gewesen? Der Mantel aus 450000 goldgelben Federn, den schon der Große Kamehameha getragen hatte? Die Krone mit 521 Diamanten, 20 Opalen, 8 Smaragden, 6 schwarzen Kuikuinüssen und einem Karfunkel, die er sich nach alter Sitte selbst aufs Haupt setzte? Die segnende Hand des calvinistischen Pfarrers und die Betelnuss aus der des Kahuna-Priesters, während draußen schon die Royal Hawaiian Band den ersten Walzer intonierte und die Tänzer ein letztes Mal den Hula probten?

Alles verschmolz, wie Dichtung, Musik und Tanz beim Hula, in seiner Erinnerung. Ein Leben wie ein Tag, vom Atem der alten Götter durchweht, immer wieder unterbrochen vom gestrengen Räuspern des christlichen Gottes.

Es könnte auch gut sein, dass alles bald vorüber war. Der König schämte sich plötzlich dieses Gedankens. Er schämte sich bis in seine Träume hinein. Da begann er zu weinen. Er weinte um sein verlorenes Volk.

In seiner Jugend hatte David Kalākaua eine von amerikanischen Missionaren geführte Schule besucht. Eines Tages wäre er dieser Schule beinahe verwiesen worden.

In der Nacht vor diesem Tag, so der erregte Schulleiter Davids Eltern gegenüber, soll sich David in eine der Hütten des Dorfes geschlichen haben und dort auf das Lager der Hausherrin gekrochen sein. Eine verheiratete, siebenunddreißigjährige Frau! Ich bitte Sie!!

Bei der ein wenig inquisitorischen Befragung Davids gab der an, Ziel des nächtlichen Ausflugs sei die siebzehnjährige Tochter der Anklägerin gewesen. Sicher habe er seinen Irrtum sofort bemerkt, sei aber von der Frau kräftig umschlungen worden. So lange, bis er laut nach Hilfe gerufen habe. Woraufhin das ganze Dorf zusammengelaufen sei.

Natürlich, sagte die Frau, habe sie den Eindringling festgehalten. Allerdings sei sie es gewesen, die um Hilfe geschrien habe.

Lieber David, sagte der Schulleiter und legte väterlich den Arm um dessen Schulter, wer auch immer Ziel deines nächtlichen Ausflugs war, derlei mag ja bei Eingeborenen Brauch sein (an dieser Stelle glitt sein Blick herablassend zu Davids Eltern hinüber), für einen Christen ziemt sich so etwas nicht!

Aber ich liebe sie, sprach David trotzig.

Liebe?!, der Missionar lächelte amüsiert. Dann, streng an die Eltern gewandt: Ihr Sohn muss seine animalischen Triebe ausmerzen. Sonst ist für ihn kein Platz in unserer Gemeinschaft.

Als David mit seinen ratlos schweigenden Eltern das Direktorenzimmer verließ, hörte er, wie der Direktor zu seinem Sekretär sprach: Es sind und bleiben doch immer nur Wilde.

Damals war er das erste Mal heimlich in das Tal der rotblühenden Bäume zu einem alten Kahuna geschlichen, dem man große Weisheit und magische Fähigkeiten nachsagte.

David grüßte und ließ sich auf ein Zeichen des Alten vor dessen Behausung nieder.

Der Kahuna, ohne von einer Flechtarbeit aufzusehen, schwieg.

David wartete. Schließlich hielt er es nicht mehr aus: Sag mir, was wahr ist. Sag mir, wer ich bin.

Immer noch schwieg der Alte.

Also wiederholte David seine Frage, erläuterte sie und begann, da der Alte noch immer nichts sagte, von seinen Erlebnissen zu erzählen.

Nachdem sie so eine gute Zeit verbracht hatten, erhob sich David enttäuscht und irritiert. War der alte Mann taub und stumm, war er an einen Einfältigen geraten, statt an einen Weisen?

Jetzt lächelte der Alte, bedeutete David, sich wieder zu setzen, und reichte ihm das eben vollendete Stirnband.

Endlich öffnete der Alte den Mund und sagte: Du hast mir viele Fragen gestellt. Warum? Du selbst bist die Antwort.

Ein anderes Mal reichte er David eine Kokosschale, gefüllt mit dem berauschenden Sud aus der Wurzel der Kava-Pflanze, und hieß den Jungen, die Augen zu schließen. Höre auf die Stimme deines Herzens!

In diesem Moment erklang der Ruf eines Falken. Neugierig und gleichzeitig erschrocken, sich mitten in dieser Zeremonie unterbrechen zu lassen, öffnete David die Augen und wandte seinen Blick nach oben. Da landete eben auf einem der das Tal umschließenden Felsen tatsächlich ein Falke.

Du wirst, sagte der Alte, der Davids Beobachtung teilte, eines Tages im Palast des Himmlischen Falken wohnen. Er sagte das so daher, als mache er eine Mitteilung über kommenden Regen.

Davids Herz schlug bis zum Hals, der 'Iolani-Palast, dort wohnte der König. In David war mehr Schrecken als Freude. Was, wenn sich die Worte des Kahuna so sicher erfüllten, wie der Nordostwind Regen bringt?

Du wirst, sagte der Alte, als höre er die einander jagenden Worte hinter Davids Stirn, Hawaii den Hawaiianern zurückgeben! – Die Weißen sind wie die Lava, welche die Hänge hinabströmt und alles Leben verschlingt. Sie nehmen unsere Taro-Felder und machen daraus Plantagen für Zucker. Sie graben den Sand aus den heiligen Hügeln, um damit ihre Kirchen zu bauen. Die Gebeine unserer Ahnen, die dort bestattet sind, werfen sie zu ihren Abfällen. Sie haben den Hula verboten. Unsere Tempel verfallen. Sie geben uns dafür ihre Krankheiten, ihren Schnaps und einen Gott, der die Kranken tröstet, aber nicht heilt. Sie gehen mit gesenkten Köpfen einher: Tut Buße, tut Buße! Sie kommen und teilen, was ganz war. Sie teilen alles in hoch, höher und niedrig. Niedrig sind die Tiere und wir. So haben sie sich auch selber geteilt, in Kopf und Herz und Leib. Von unheilen Menschen kann Unheil nur kommen!

David, rundlich und freundlich, liebte keine Keilereien, wie sollte er den Krieg lieben? Und das, was der Kahuna sagte, mochte wahr sein, doch es klang nach Krieg.

Kamehameha, der erste König Hawaiis, hatte, um die Inseln zu einen, die feindlichen Häuptlinge eingeladen und sie dann getötet. Alle Weißen einzuladen und zu töten, war unmöglich. Dennoch, sei es, um sich selbst zu ermutigen, sei es, um den Alten nicht zu enttäuschen, griff David eine herumstehende Kalebasse und schwang sie wie eine Keule.

Als der Alte lachte, stellte David seine Waffe verlegen beiseite. Dann wurde der Kahuna ernst. Wofür willst du kämpfen? Kennst du die Geschichten deines Volkes? Weißt du von den Taten deiner Ahnen? Wie willst du wissen, wohin, wenn du nicht weißt, woher?

Jahre später begann David Kalākaua die Geschichten zu sammeln, welche die alten Leute in den Dörfern zu erzählen wussten. Kalākaua liebte die alten Geschichten Hawaiis. Und er liebte dieses neuartige Instrument, das portugiesische Einwanderer mitbrachten. Bald verstand er, die kleine, von den Hawaiianern Ukulele genannte Gitarre zu spielen.

Einer seiner Parteigänger machte aus Kalākauas laienhaften Beschäftigungen während des Wahlkampfes ein politisches Programm: Das Heute umarme das Gestern, posaunte er, damit das Morgen geboren wird.

Als Kalākaua schließlich zum König gewählt worden war, schickte er Kuriere auf alle Inseln des Archipels, um die letzten Hulameister, die Lehrer des seit Jahrzehnten verbotenen Tanzes, zu finden. Dies geschah gegen das Grollen der Calvinisten, die, weil nur dies ihren Vorstellungen entsprach, diesen Tanz für unzüchtig hielten. Mit jeder Bewegung der Hände erzählten die Tänzerinnen und Tänzer von Göttern und Menschen, von Pflanzen und Fischen, Arbeit und Liebe. Die Natur, auch die eigene, war in diesen Geschichten noch nicht das Fremde. Die Weißen jedoch lasen darin, ihren Blick auf wackelnde Hinterteile fixiert, nur das eine Wort: Sünde.

Ach, dachte Kalākaua, manchen Predigern der christlichen Liebe fehlt nichts mehr als die Liebe, nichts mehr als *Aloha*: Mitgefühl, Verständnis, Respekt.

Einer der Tänze erzählte von einem Kipuka, einem kleinen Hügel inmitten eines glühenden Lavastroms. Als die Lava erkaltet, ist ringsum alles erstarrte Einöde. Doch der kleine Hügel grünt und blüht. Vögel und Wind verteilen ringsum die Samen. Eines Tages entrollt auch dort über dem schwarzen Gestein ein erster Farn seine Blätter. Ihm folgen mehr und mehr Pflanzen, bis schließlich der Hügel inmitten eines blühenden Waldes verschwunden ist. Durch den Wald geht ein junges Mädchen, sammelt Blüten für eine Kette und singt das Lied vom Kipuka.

Die tiefroten Vorhänge in König Kalākauas Hotelzimmer wurden von der Morgensonne durchstrahlt. Eine glühende Flut ergoss sich ins Zimmer. Was wird sein, dachte Kalākaua, wenn auch der Kipuka im Strom der Lava versinkt.

Er spürte, nie mehr würde er nach Honolulu zurückkehren, nie mehr den Palast des Himmlischen Falken durchschreiten, nie mehr die vertraute Hand seiner Frau über den Augen spüren, wenn der Kopfschmerz ihn plagte.

Träume, Kalākaua, träume: Hawaii den Hawaiianern, Polynesien den Polynesiern. Dass das wahr würde, bist du nicht robust genug. Du bist ein Schiff gegen tausend Flotten. Ach, David, nur wenn du das Kind in dir töten kannst, kannst auch du einen Goliath bezwingen.

Gestern noch hatte er mit Senator Walker Tee getrunken.

Sehen Sie, Hoheit, sagte Walker und hob, nachdem er lange darin gerührt hatte, einen gehäuften Löffel Zucker aus der Porzellandose, das hier ist Zucker aus Louisiana. Er ist nicht besser als der Zucker aus Hawaii …

Ich weiß, hatte Kalākaua gesagt, er ist billiger.

Es gibt eine Menge Leute hier, die würden Ihrem Land gern erneut Zollfreiheit gewähren. Zumal der Zucker vor allem von den Plantagen unserer Landsleute kommt. Aber wir können 2000 Amerikaner nicht ohne Schutz lassen. Ein Flottenstützpunkt …

Kalākaua hatte die Augen geschlossen. Da war sie wieder, diese Müdigkeit. Was war er schon für ein König?

Die Plantagenbesitzer hatten dafür gesorgt, dass ihn die Wahlmänner wählten. Als er nicht ihren Interessen, sondern seinen Visionen zu folgen begann, schickten sie ihre Miliz. Sie erzwangen von ihm die Annahme einer neuen Verfassung, die seine Macht einschränkte. Und jetzt sollte er den Export ihres Zuckers ankurbeln und dafür ein weiteres Stück hawaiischer Unabhängigkeit opfern? Pearl Harbor den Amerikanern völlig überlassen?

Kalākaua hatte mit geschlossenen Augen zu summen begonnen: Hawaii Ponoi. Gemeinsam mit Kapellmeister Berger hatte er die hawaiische Hymne komponiert. Dass die Melodie ein wenig, um nicht zu sagen sehr deutlich wie die deutsche Kaiserhymne klang, war Kalākaua recht gewesen: *Heil dir im Siegerkranz …*

Am Tag seiner Geburt waren Einheimische in eine gewalttätige Auseinandersetzung mit französischen Seeleuten geraten. Ka La Kaua, so hatte ihn nach diesem Ereignis sein Vater genannt: der Tag des Kampfes. Nun war dieser Tag vorüber. Er war sehr lang gewesen. Schwer fielen die Lider über Kalākauas Augen.

Der König hatte den Senator nicht mehr angesehen. Irritiert hatte sich Walker erhoben und dem vor der Tür stehenden Bediensteten bedeutet: Besser, man holt einen Arzt.

Der Arzt kam. Der Arzt ging. Kalākauas Müdigkeit blieb. Sie hing in den schweren Samtvorhängen, schlich mit den Schritten der Lakaien über den dicken Teppich, tropfte von den Leuchtern am Abend. Und lag jetzt, am Morgen, noch als milder Schimmer auf seinem Bett.

Klang da nicht von der Straße her Musik? Spielte da nicht jemand Klarinette? Schiebt doch die Vorhänge beiseite, macht doch die Fenster auf! Ja, das ist doch ein Dreivierteltakt!

Wien, ach, Wien. Die Nacht im Dritten Kaffeehaus, war dies nicht die eigentliche Krönung nicht nur seiner Weltreise, sondern seines ganzen Lebens gewesen?

Solch eine feine und köstliche Musik. Musikkapellen überall, Theater, Opern, Pferderennen. Und alles am heiligen Sonntag?! Wer hat uns nur angeleitet zu all dem puritanischen Quatsch? Von Wien hatten ihm die sittenstrengen Missionare nichts erzählt. Kann es sein, schrieb Kalākaua nach Hause, dass alle diese unbeschwerten glücklichen Menschen zur Hölle fahren? Alle, die sich ihrer Natur als der Natur bestes Geschenk erfreuen? Sicherlich nicht! Aber was für ein Kontrast zu unserer elenden bigotten Gemeinschaft, die einen falschen Sabbat hält statt eines richtigen Sonntags! So hatte es gestanden in Kalākauas Brief aus Wien an seine Schwester, in einem Brief aus seinem Herzen, angefüllt mit dem Hochgefühl eines Touristen. Auch ein königlicher Alltag ist Alltag, dem man entfliehen muss.

Der König griff unter sein Kopfkissen und zog einen anderen Brief hervor, einen, der an ihn gerichtet war. Wieder und wieder hatte er das Papier in den letzten Stunden zur Hand genommen, wieder und wieder gelesen. Mal stürzten ihn die Zeilen in tiefe Trauer, mal jubelte sein Herz: Er hatte ein Kind. Er, König Kalākaua I. Er, dessen Ehe seit Jahren kinderlos geblieben war. Jetzt las er es wieder und wieder: Er hatte eine Tochter. Deren Mutter allerdings war nicht Kalākauas Gattin, nicht die Königin.

Mit einem Kniefall und der Bitte um Vergebung hatte ihm sein Diener den Brief überreicht. Mehr als drei Jahre hatte er ihn zurückgehalten, aus Gründen der Staatsräson, um den Feinden der Monarchie keine Handhabe zu bieten, wie er betont hatte, um des Königs Herz nicht in Verwirrung zu stürzen, wie er beteuert hatte. Doch nun, da er den König so elend sähe …

Kalākaua lachte auf, dass der Diener erschrocken den Kopf zur Tür hereinsteckte. Was für ein Schluss, wie der glückliche Schluss einer köstlichen Operette.

Das wäre noch etwas, was zu tun wäre. Zusammen mit Berger eine Operette schreiben: ein König in Wien. Oder: Isabelle und der bronzefarbene König. Fangen wir gleich an, Bild auf Bild, Szene auf Szene:

Der König inkognito. Als Mister David durchfährt er im Zweispänner Berlin, durchstöbert sämtliche Musikalienhandlungen, sucht Melodien im Dreivierteltakt.

Eine Villa irgendwo zwischen Rhein und Ruhr. Wie hieß diese Stadt doch gleich? Hessen? Oder Essen? Ein kleines Orchester spielt im Vestibül zu Ehren des Gastes. Dieser – jetzt wieder König – betritt den Raum in blauem Frack und hellen grauen Hosen, reicht einem Diener die taubengrauen Handschuhe und den Zylinder von der gleichen Farbe. Er streicht sich über das schwarze Haar – wie von Ebenholz, wird ein Reporter schreiben. Ebenso tiefschwarz die üppigen Koteletten, die sich an den Kinnbacken mit dem kräftigen Schnurrbart verbinden und den samtigen Bronzeton seines vollen Gesichts unterstreichen.

König David wiegt sich im Takt von Polka, Walzer, Mazurka. Der würdige, backenbärtige Herr, der die Violine vom Kinn nimmt, nickt ihm erwartungsvoll zu.

Das muss der Hausherr sein, jener Herr Krupp, der sich vielfach hatte entschuldigen lassen, als man am Nachmittag seine Kanonengießerei besichtigen fuhr.

Der König winkte einem seiner Begleiter, der öffnete eine Schatulle und trat heran. Der König nahm aus dem Kästchen einen funkelnden Orden und heftete ihn dem nicht weniger strahlenden Violinisten an die Brust.

Die Sache mit dem Orden, leider ein Fauxpas. Denn als der wirkliche Herr Krupp das Haus betrat, war der Orden nicht nur einem gewöhnlichen Kaffeehausgeiger verliehen, das königliche Ziermetall war außerdem zur Neige gegangen.

Ganz vorzügliche Kanonen, Mister Krupp, lobte der König den Fabrikanten und fügte hinzu, er habe Mr. Krupps Orden schon bei einem Juwelier in Auftrag gegeben.

Eine aber hatte die Wahrheit gesehen. Isabelle im weißen Kleid, das Cello zwischen den Knien, hatte die fremde Majestät gesehen: ein wenig verloren zwischen all den bunt behangenen Schranzen, sein Gesicht, so gutmütig zwischen all den scharf und herablassend blickenden Herren der Industrie.

Und dieser Krupp war noch immer nicht da. Durfte man einen König so kränken?

Sie hatte mit dem Violinisten geflüstert, der hatte nach kurzem Zögern mit dem Bogen ein Zeichen gegeben und das Orchester mit dem Stück *Frauenherz* begonnen. Als das letzte Stück, *Dorfschwalben aus Österreich*, verklungen und noch immer kein Krupp zu sehen war, da – von wegen Versehen – hatte der König den ausgezeichnet, der es tatsächlich verdiente, den Violinisten Richard Wolkenfuß, ihren Vater. Ob Verwechslung oder Absicht, die Diplomaten des Königs hatten im August 1881 einige beschwichtigende Noten zu verfassen.

Dass die sogenannte Geigeraffäre von Essen mit dem Wiener Kaffeehausskandal in unmittelbarem Zusammenhang stand, war selbst der nächsten Umgebung des Königs wie auch der europäischen Presse verborgen geblieben. Man berichtete ausgiebig über das tänzerische Extempore des *Lustigen Königs*, das den Redakteuren eine willkommene Süßspeise war in der sommerlichen Zeit der Sauren Gurken.

Nach dem sonntäglichen Besuch der Galerie von Schloss Schönbrunn und der kaiserlichen Menagerie hatte sich Kalākaua auf dem Wiener Prater umgetan. Die Majestät, so die *Morgenpost*, zeigte sich außerordentlich beeindruckt vom Frohsinn der sich dort vergnügenden Menschen. Diese sahen gewiss ihrerseits die Begegnung mit dem exotischen Monarchen als eine zusätzliche Attraktion ihres sonntäglichen Ausflugs zu Bratwurst, Bier und Damenkapelle. So steigerte sich freundliche Neugier wechselseitig über einander zuprostende Sympathie zu händeschüttelnder Begeisterung. Diese mag den König, nach einem abendlichen Opernbesuch ins Hotel zurückgekehrt, veranlasst haben, sein Quartier zu später Stunde noch einmal zu verlassen, um das sogenannte Dritte Kaffeehaus im Prater zu besuchen.

Man berichtete später von einer unbekannten jungen Dame, die der König erst an seinen Tisch gebeten, dann mit Rosen beschenkt und schließlich aus seiner Loge herab zu Quadrille und Walzer geführt habe. Kalākaua tanzte hemdsärmlig erhitzt mit der schönen Fremden bis weit in die Nacht, als der Reporter gegen Viertel vor zwei in die Redaktion eilte, um für das *Abendblatt* zu berichten, der König tanze noch immer.

Erst am darauffolgenden Tag konnten die Wiener lesen, dass die junge Dame am Ende jener Nacht in den Fiaker des Königs gestiegen war. Die liberalen Blätter priesen Volkstümlichkeit und Lebenskunst des *fidelen kaffeebraunen Königs*, während einige Konservative Tränen der Tugend vergossen über die betrogene Königin daheim auf Hawaii.

Keiner aber fragte nach jener geheimnisvollen Schönen, die den König in das Hotel »Imperial« begleitet hatte.

IXX

Isabelle Wolkenfuß war dem königlichen Tross nach Wien gefolgt, um den König zu bitten, seinerseits eine Bitte zurückzuziehen. Hatte Kalākaua doch während der Ordensverleihung an ihren Vater Richard diesem ein überaus verlockendes Angebot gemacht: Die Royal Hawaiian Band verfüge lediglich über Blechblasinstrumente, was er, der König, erst seit eben, da er ihn, Wolkenfuß, habe spielen hören, als einen Mangel empfände. Er bitte ihn, diesen Mangel zu beheben. Kurz: Er lade den Meister samt seiner Familie ein nach Hawaii.

Drei Tage lang war die kleine Wohnung der Familie Wolkenfuß ein Schlachtfeld der Ängste und Hoffnungen.

Richard Wolkenfuß war begeistert. Dies war seine Chance: nicht mehr Kaffeehausgeiger, nicht mehr Garnierung für die Soireen der Reichen. Da verstand einer den Geist der Musik.

Isabelles Mutter war entsetzt und sprach von wilden Menschenfressern.

Isabelles halbwüchsiger Bruder träumte von Robinsoninseln und Piratenschätzen.

Isabelle selber war noch immer irritiert vom sanften dunklen Blick dieses fremden Mannes. Seit sie denken konnte, trat sie gemeinsam mit ihrem Vater auf. Gleichförmig wie der Tabakrauch im Café »Stietz« waren die Jahre vorübergezogen: blaugrau verträumt über stillem Gemurmel und dem dezenten Vibrieren der Saiten. Manchmal am Morgen ein schaler Geschmack, hin und wieder ein leichtes Aufwirbeln im kühlen Luftzug, wenn ein neuer Gast das Lokal betrat.

Zwar wusste die Mutter warnende Redensarten von alten Jungfern und späten Mädchen, doch das nahm Isabelle gleichmütig hin. Sie hatte bereits einige unglückliche Liebschaften hinter sich, und was noch kommen konnte, konnte nichts Neues mehr sein. Außerdem hatte sie ihr Cello. Es war immer da, wenn sie es brauchte. Man konnte miteinander reden, wann immer ihr danach war, zu reden. Es widersprach nicht, verlangte keine Erklärungen, erwartete nichts. Freilich, bei all seinen Vorzügen musste man verstehen, seine Saiten zu streichen, um Harmonien zu erzeugen. Nur Dissonanzen gab es umsonst.

Doch nun war da ein neuer Klang in ihrem Herzen, ungeahnt und nie ersehnt, pulstreibend, klar und undurchschaubar: Glücksangst. Alles so fremd.

Da die Frauen zögerlich gewesen waren, hatte Richard Wolkenfuß die Koffer allein gepackt, seinen Sohn genommen und war mit Kalākauas auf einer Serviette notierten Empfehlungen zur hawaiischen Botschaft nach Berlin gereist.

Als Isabelle am Montagmorgen gegen elf Uhr im Hotel »Imperial« erwachte und Kalākaua bereits wieder seinen offiziösen Verpflichtungen nachkam, wusste sie, nicht den Vater hatte sie aufhalten wollen, sondern selbst einer Sehnsucht folgen. Während sie beim Frühstück im *Wiener Tageblatt* blätterte, beschloss sie, anschließend einkaufen zu gehen. Der kommende Abend und vor allem der König hatten ein neues Kleid verdient.

Flüchtig glitt ihr Blick über die Zeilen, las, was ihre Aufmerksamkeit weckte, von Hawaii und von einer Frau, die einsam und voller Sehnsucht am Strand der Südseeinsel warte. Was für eine Demütigung, schloss der Feuilletonist seine Beschreibung, waren Kalākauas Eskapaden für die Königin!

Da wusste Isabelle, es würde für sie auf den ozeanischen Inseln keine Zukunft geben.

Sie reiste zu ihrer Mutter zurück.

Was blieb an Zukunft? Zwei Frauen im Kummer vereint, im Gram über Männer, die gingen.

Und es blieb ein Kind: Isabelles Tochter. Sie hieß Margarita, nach einem der Walzer aus jener Nacht.

Fünf Jahre später war Isabelles Bruder zurück aus der Südsee. Weder ihm noch dem Vater war dort das erträumte Glück zuteilgeworden.

Der königliche Kapellmeister hatte nichts mit einem einzigen Violinisten anzufangen gewusst. Außer einigen wenigen Soloauftritten bei Hof oder in den Salons wohlhabender Pflanzer blieb Richard Wolkenfuß der berufliche Erfolg versagt. Dass Sohn Isidor den daheim mühsam betriebenen Klavierunterricht auf der Insel gänzlich aufgab, tat ein Übriges, seine seelische Konstitution anzugreifen.

Eines Tages verpackte Richard Wolkenfuß sorgfältig seine Violine und ließ sich in einem Kanu zur Insel Molokai bringen. Ein Einheimischer führte Wolkenfuß einen schmalen Pfad durch das Gebirge, welches eine Halbinsel vom Rest der Welt abschirmt.

Zwar kannte Wolkenfuß Beschreibungen der dort lebenden Menschen, doch musste er sich des Entsetzens mühsam erwehren, als er in Gesichter blickte, die nasen-, lippen-, ja augenlos kaum Gesichter zu nennen waren. Doch Wolkenfuß fasste sich und tat das, was zu tun er sich vorgenommen hatte, er packte seine Geige aus und spielte.

Die chinesische Ärztin der Leprakolonie berichtete später, nichts habe sie je so berührt wie dieses lächelnde Weinen der sich um Wolkenfuß versammelnden Kranken. Plötzlich sah ich keine unförmigen Masken mehr, plötzlich sah ich wieder Gesichter. Dieser Musiker hatte ihnen die Welt zurückgegeben.

Keiner von uns, sagte die Ärztin, ist vor Ansteckung gefeit, sei er Mediziner, sei er Geistlicher. Doch dieser Musiker blieb, trotz seines fortan täglichen Umgangs mit den

Patienten, von dieser bösen Krankheit verschont. Von Wunder wolle sie nicht reden, doch seltsam erschiene ihr die Tatsache schon.

Freilich, für die Welt jenseits der Berge war Richard Wolkenfuß seither verloren. Vor allem für seinen Sohn Isidor. Doch der war längst seine eigenen Wege gegangen. Geführt hatten sie ihn in die neue hawaiische Flotte, die, wie schon erwähnt, aus lediglich einer Fregatte bestand, der *Kamilou*.

Isidor, der Meuterer. Als die *Kamilou* vor den Samoainseln kreuzte, wurde er beim Anblick der deutschen Seekriegsflagge, die stramm am Mast der *Albatros* knatterte, von solchem Heimweh gepackt, dass der nächstbeste Anlass – es mochte tatsächlich ein leicht versalzenes Essen gewesen sein – ihm gut genug war, eine Rebellion anzuzetteln.

Die nach dem Stapellauf der *Kamilou* eilig zusammengelesene Mannschaft zerstreute sich erst in die Hafenkneipen von Apia, dann in alle Winde.

Unter ihnen William Christopher Palaoa und Isidor Wolkenfuß. Beide, ohne je mehr als ein paar Grußworte, einige Scherze und etliche Flüche ausgetauscht zu haben und ohne zu ahnen, dass sich die Geschichten ihrer Familien in ferner Zukunft noch einmal berühren sollten.

Isidor also war mit der *Albatros* Ende der achtzehnachtziger Jahre nach Deutschland zurückgekehrt. Er wäre aber, hätte ihm dazu nicht das nötige Vermögen gefehlt, sofort wieder nach Hawaii gereist. Dies jedoch nur, um sich mit seinem ehemaligen Dienstherrn, dem hawaiischen König, zu duellieren. Kalākaua habe seine Schwester, wie er sagte, in Schande zurückgelassen. Auch, wenn diese Schande, wie er zugeben müsse, sehr hübsch anzusehen sei.

Isidor setzte ein Schreiben an den hawaiischen Monarchen auf, in dem er erstens alle Schuld für die Meuterei auf der *Kamilou* auf sich nahm und zweitens den König aufforderte, für sein Handeln die Verantwortung zu übernehmen, zumindest die finanzielle.

Er brachte den Brief persönlich zur Post und verließ noch am selben Tag Mutter, Schwester und Nichte, um seiner neuen Leidenschaft, der Seefahrt, zu folgen. Im Dezember 1914 sollte er, als mehrere Kreuzer eines deutschen Geschwaders vor den Falklandinseln von britischen Schiffskanonen versenkt wurden, seinem neuen Dienstherrn, anders als dem alten, treu bleiben – bis hinab auf den Meeresgrund.

Wo die Männer sich anschicken, geistigen Gespinsten, die sie gerne Pflichten nennen oder Ideen, all ihre Inbrunst entgegenzubringen, da bleibt in den heimischen Hütten der kalte Gram zurück. Die verlassenen Wolkenfuß-Frauen spannen sich ein in ihr Verlassensein, bis es wie ein schwerer Schleier ihr Leben bedeckte.

Als Margarita vierzehn war, hatte sie davon genug und floh dorthin, wo sie das heftigste, Bleidecken schmelzende Leben vermutete, sie floh nach Berlin. Sie träumte von einer Karriere als Tänzerin.

Sie hatte tatsächlich einiges Talent zu diesem Beruf, der aber, nach Meinung von Mutter und Großmutter, leicht zum Ausgleiten und Fallen, vor allem im übertragenen Sinne führen könne. Dunkeläugig und von bronzenem Schimmer wie ihr Vater, würde sie der Männerwelt eine verlockende Beute sein. Eine Befürchtung, die nun um so sicherer eintrat, als die beiden Frauen sie zu verhindern gesucht hatten.

Es fiel Margarita nicht schwer, stets hilfsbereit und älterer Damen Koffer tragend, sich zu deren mitleidigen Herzen Zugang zu verschaffen. Da nach Margaritas Ansicht Klagen über eine allgemeine Alltagsödnis eher Kopfschütteln über die heutige Jugend hätten hervorrufen können, beließ sie es bei dunklen Andeutungen. Diese vollendeten in der Phantasie der jeweiligen Zuhörerin düster ihr Werk, was Margarita an deren schreckweiten Augen erkannte. Dann war es Zeit, von einem jahrelang gefüllten Sparschwein zu reden und von väterlicher Trunksucht, die das rosarote Porzellan und die kindlichen Träume gleichermaßen zerschlug.

Einiges Geld, das sie selbst aus der Wäschekommode der Großmutter entwendet hatte, erwähnte sie wohlweislich nicht. Wie hatte Oma sie gelehrt: Spare in der Zeit …

Margarita hatte zunehmend Spaß an ihrer Leidensgeschichte. Sie variierte und ergänzte die Erzählung um einen verbrecherischen Onkel und führte einen älteren Bruder ein, der immer wieder selbst Hand an sich legte. Sie ließ in einer weiteren Folge die Mutter auf unsittliche Weise das Familieneinkommen aufbessern und machte die Großmutter zur Hexe. Letztere verwandelte in einem harten Winter, als wie so oft das Geld fürs Brot nicht reichte, Margaritas Lieblingskatze in einen Hasen.

Ja, es war der Heilige Abend, und alle, alle haben sie davon gegessen! Nur ich, ich konnte das nicht.

Eine Ausdenkerin von Geschichten könnte man werden, wenn – damit spann sie für sich ihre Passionsgeschichte gleich weiter – sie sich den Knöchel tragisch verletzen und ihr vielversprechendes Tanztalent verdorren sollte.

Hier eine Fahrkarte, dort eine Bockwurst oder ein Glas Tee von den reisenden Damen spendiert, das waren handfeste literarische Erfolge, von denen, wie sie bald erfuhr, andere junge Autoren nur träumten.

An einen solchen nämlich geriet Margarita nach ihrer Ankunft in Berlin. Er nannte sich Oskar Maximilian Große, hauste in einer Dachkammer und liebte von allen Worten am meisten das *Oh*. Nach einigen romantischen Wochen in seiner Klause, oh, da war das Großmuttergeld aufgebraucht. Beide versuchten, auf dem Ostbahnhof Reisende mittels erdichteter Wahrheit zu Mäzenen zu machen. Dies schlug leider fehl.

Wie sollen uns die Leute glauben, sagte Margarita. Wenn ich Onkel Isidor gerade seine Pistole unterm Kinderbett verstecken lasse, deklamierst du: Oh, Finsternis, oh, große Not …

Oskar war tief gekränkt. Lieber wie ein Dichter sterben, rief er aus, als wie ein Lügner leben!

Sie starben nicht. Ihr Leben in der Dachkammer war wie ein Märchen: ein Hexenbackofen im Sommer, ein Schneeköniginnenpalast im Winter. Margarita übte, weil es für Sprünge zu eng war, die Spindel, wie sie diese Tanzfigur nannte. Sie drehte sich wieder und wieder um ihre eigene Achse. Sauste, auf der Spitze eines Fußes stehend, tatsächlich wie eine Spindel um ihre Mitte: Stroh zu Gold, Stroh zu Gold …

Meist aber, während Oskar Tag für Tag einem altersblinden Spiegel sein Oh! entgegenschleuderte, versuchte Margarita mit Näharbeiten Geld einzubringen. Als sie einen ersten Auftrag erhielt, erfüllte sie ihn mit großem Eifer, aber auch mit schiefen Nähten, so dass sich nur wenig Kunden in die Kammer verirrten.

Während kalter Januarwochen erdachte sie sich Erwärmungsübungen für die Hände, die sie zu einer Art Hand- und Fingerpantomime perfektionierte. Sie ahnte nicht, dass die Tänzerinnen auf den warmen Inseln ihres Vaters auf diese Weise ganze Epen zu erzählen verstanden.

Die Kälte, die Enge, der Hunger, all das hätte Margarita noch lange ertragen, hätte ihr Dichterfreund sie nicht fast nur noch von imaginären Gipfeln herab gegrüßt. Eines Tages, im blinden Spiegel seufzte es eben von ewiger Liebe, oh … verließ Margarita die gemeinsame Kammer, unbemerkt und für immer.

Sie soll, fand Isabelle später, als sie ihrer Tochter nachforschte, heraus, eine Zeitlang tatsächlich auf einer Bühne getanzt haben. Ihre Mutter nannte den »Froschkönig« ein ziemlich schmieriges Lokal. Dort, so meinte Isabelle nach ihrer Rückkehr aus Berlin, hockten tatsächlich vornehmlich alte Quaker, die sich eine Prinzenschaft erhofften, wenigstens für eine Nacht.

Einige der Gäste, die Margaritas Darbietungen erlebt hatten, sollen Isabelle gegenüber von einem erstaunlichen Talent gesprochen haben. Da war die Rede von minutenlangen Pirouetten, die sich zu einem kreiselnden Schweben gesteigert hätten: So hoch wie eine Handbreit über den Brettern Eine artistische Meisterleistung! Damit aufs wunderbarste kontrastiert hätte der zauberhafte Tanz ihrer Hände. Margarita erzählte, so habe einer berichtet, Geschichten der Stille. Alles schwieg, auch die Musik. Man hörte nichts, doch alle hörten zu. Und der, der das sagte, hatte gemeint: Mir war, als hätte ich dort in mein eigenes Herz geblickt.

Sie soll, erzählte Isabelle ihrer Mutter weiter, in den letzten Wochen vor ihrem Tod aber nicht mehr getanzt haben. Einige hätten eine Schwangerschaft vermutet. Sie sei auch mehrmals mit einem schnauzbärtigen jungen Mann gesehen worden. Einmal habe der Schnauzbart eine Uniform getragen. Ja, hätte Margaritas letzte Zimmerwirtin gesagt, es könne die einer Bahngesellschaft gewesen sein.

Sie selber, so die Wirtin, habe drei Kinder, aber so viel Blut bei einer Geburt, das sei ihr gleich ein schlechtes Zeichen gewesen. Nein, das junge Fräulein sei aus der Klinik nicht wiedergekommen. Nur der Schnauzbart sei noch einmal erschienen und habe die ausstehende Miete beglichen.

Ein paar Wochen später hatte Isabelle den Namen des Schnauzbartes herausgefunden, den wir längst als Arno Brügg identifizierten.

Als Isabelle, nach Cottbus gereist, Arno Brügg neben einer jungen Frau und hinter einem Kinderwagen an der Spree entlangspazieren sah, verwickelte sie die Frau, während der Mann Eis kaufen ging, in ein Gespräch. Dabei betrachtete sie das rosige Gesicht des schlafenden Kindes, ohne sich selbst zu erkennen zu geben. Ja, sie äußerte kaum mehr als jene Art verzückter Komplimente, wie sie weibliche Wesen beim Anblick eines Säuglings auszustoßen pflegen. Doch plötzlich schlug das Kind die Augen auf und blickte sie fragend, wie ihr schien, an. Da war ihr ein Ausruf entfahren, wofür sie sich später schalt. Denn der Satz *Schade um die Mutter!* musste die junge Frau – was wir bestätigen können – verwirren.

Eine Entschuldigung murmelnd war Isabelle davongeeilt, noch ehe Arno Brügg, zwei Eis in der Hand, herangekommen war. Erst als sie das Paar samt Wagen nach einer Wegbiegung hinter Büschen und Bäumen verschwunden wusste, sank Isabelle auf eine der Uferbänke und fiel in tiefes Schluchzen. Sie weinte um ihre Tochter, doch mehr noch um ihre eigenen glücklosen Lieben. Und sie beschloss, sich fernzuhalten von ihrem Enkel. Damit das Unglück nicht übergehe auf ihn.

Um die Entscheidung unumkehrbar zu machen, wischte Isabelle ihre Tränen hinweg und sprang in den Fluss.

Der Fluss aber wollte das nicht und schob sie sanft, doch mit Nachdruck auf eine Sandbank. Dort stand die verhinderte Selbstmörderin triefend und schniefend. Den Tod hätte ich genommen, dachte sie, aber eine Erkältung will ich nicht. Dankbar kroch sie in die bereitgehaltene Jacke eines herbeigeeilten Spaziergängers. Und in seine Arme später auch.

Unerwartet hatte so für Isabelle doch noch mal ein neues Leben angefangen. Plötzlich konnte sie wieder riechen, was sie seit Jahren nicht gerochen hatte: den blühenden Holunder im Juni.

Das geschah sieben Jahre nachdem König Kalākaua mitten auf einer Dienstreise im Jahr 1891 erst ins Träumen und dann ins Sterben geraten war. In der Zeit zwischen Träumen und Sterben hatte er beschlossen, an sein verlorenes Volk noch einmal das Wort zu richten. Zu diesem Zweck ließ er sich einen Edison'schen Phonographen nebst Tonmeister kommen.

Er bat einen Bediensteten, doch bitte im Kamin kräftig Holz nachzulegen, denn die feuchte Kühle des Januartages drang durch die Fenster herein. Nachdem er sich mit Hilfe des Dieners angekleidet hatte – es soll seine weiße Galauniform gewesen sein –, nahm er, in der Hand einen Packen dicht beschriebener Blätter, im Sessel Platz. Vor ihm stand der Apparat, und der Tonmeister wartete nur noch auf Kalākauas Zeichen, die Kurbel mit der Wachswalze zu drehen. Doch plötzlich, mit einem schmerzlichen Ausdruck im Gesicht, warf Kalākaua die vorbereitete Rede ins Feuer. Laut und deutlich mit einer Spur von Trotz in der Stimme sprach er in den Schalltrichter: *Richten Sie meinem Volk aus, ich habe mich bemüht!*

Nach diesem Satz, so heißt es, habe der Apparat versagt. Von denen, welche die Wachsmatrize später abhörten, behaupteten einige, des Königs aus dem Trichter leise und blechern klingende Stimme habe nicht das Prädikat des zweiten Halbsatzes, sondern dessen Subjekt betont. Also nicht: Ich habe mich *bemüht*, sondern: *Ich* habe mich bemüht ... Eine Betonung, welche die Frage einschlösse: Und was habt *ihr* getan?

Es sei aber gut möglich, antworteten andere, dass eine solche, wenn auch dezente Kritik am hawaiischen Volk eine antimonarchistische Erfindung sei. Ebenso wie das Gerücht, der Diener Kalākauas, ein der königlichen Familie sehr verbundener Mann, habe, um Schaden von dieser abzuwenden, eigenmächtig eine zweite Matrize gelöscht, die mit dem folgenden Satz begonnen haben soll: *Übermitteln Sie Frau Isabelle Wolkenfuß in Deutschland mein tiefstes Bedauern.*

Isabelle hatte weder von derlei Gerüchten erfahren, geschweige denn irgendwelche Zahlungen aus Hawaii erhalten. Auch hatte sie keine Notiz genommen von einer Pressemeldung, die deutschen Zeitungslesern vom Tod Kalākauas I. Mitteilung gemacht hatte. Daher geriet sie erst viel später, einige Zeit nach ihrem Bad in der Spree nämlich, noch einmal in heftige Gefühle des Königs wegen.

Sie saß am Tisch eines Ostseehotels und befühlte ihr Frühstücksei. Noch war es fast heiß. Sie nahm das bereitliegende Morgenblatt vom Platz ihres Begleiters, der noch mit einem dringenden Bedürfnis beschäftigt war, und begann gelangweilt darin zu blättern. Da vermeldete eine Schlagzeile, Hawaii sei seit wenigen Tagen von amerikanischen Truppen besetzt. Mit Sorge, aber auch einer gewissen Genugtuung dachte sie an Kalākaua:

Der Ärmste. –

Nun sieht er mal, wie das ist …

Was, Isabelle?

Erobert, verraten, verlassen zu werden! –

Lieber Gott, die werden ihm doch nichts tun …

Dieses Gefühlsgemisch wurde abgelöst von Erleichterung und Trauer:

Er muss das nicht mehr erleben. –

O Gott, er ist tot?

Denn im nebenstehenden Kommentar musste sie lesen, die Annexion sei der endgültige Verlust der hawaiischen Unabhängigkeit. Bereits im Jahr 1893 sei die Monarchie von amerikafreundlichen Republikanern hinweggeputscht worden.

Ein saxophonspielender amerikanischer Präsident übrigens wird sich hundert Jahre später für den Sturz der Königin entschuldigen.

Königin?

Ja. Lilioukalani, schrieb der Kommentator, sei die Schwester jenes 1891 verstorbenen Kalākaua I., der zehn

Jahre zuvor Deutschland besucht habe, wo er unter anderem Gast des seligen Alfred Krupp gewesen sei und ihm den Orden …

Nein, dachte Isabelle, nicht noch einmal.

Sie faltete die Zeitung zusammen und legte sie sorgsam glattgestrichen zurück neben das Frühstücksgedeck ihres Begleiters.

Einen Augenblick lang sah sie noch versonnen über den herbstlich leeren Strand hinaus auf ein nebliges Meer, dann nahm sie entschlossen ihr Messer und köpfte das Ei.

XX

Der Kombüsenkönig William Christopher Palaoa hatte seinem Enkel Keola zwar keine aristokratischen Gene vererbt, dafür aber eine Gabe, die gekrönten wie auch ungekrönten Staatsoberhäuptern besser ansteht als das blaueste Blut: die Kunst, die Welt ringsum genau zu beobachten, die eigene Mannschaft zu kennen und vor allem sich selbst, zu begreifen, wie eines mit dem anderen zusammenhängt, und daraus den richtigen Kurs abzuleiten – kurz: ein guter Navigator zu sein.

Denn dies, die Kunst der Navigation, war William Christopher Palaoas eigentliche Berufung gewesen. Navigieren auf See, wie es die alten polynesischen Seefahrer verstanden, anhand der Wege, die die Meereswellen nehmen und die Wolken, an ihrem Farbenspiel beim Aufgang der Sonne, natürlich an deren Wanderung bei Tag wie auch am Gang des Mondes und der Planeten sowie an den Fixpunkten, welche die Sterne setzen am nächtlichen Himmel.

Den richtigen Kurs finden: ohne Kompass, ohne Sextanten. Damit aber waren, seit die Weißen den Pazifik befuhren, die Schiffe ausgerüstet, natürlich auch die *Kamilou*. Deshalb, als Navigator kaum noch zu gebrauchen, hatte Keolas Großvater als Koch auf der *Kamilou* angeheuert.

Es kamen aber die Zeit und ein Professor, die einen Navigator der alten Art wieder brauchen sollten.

Professor Edvard Malinowski war auf der Suche nach dem Urkontinent Rutas. Einem Kontinent, der, gleich Atlantis, in den Fluten eines Ozeans versunken war, Rutas, die Urheimat des Menschen. Als Neffe des berühmten Ethnologen Bronislaw Malinowski, der jahrelang unter den Eingeborenen Neuguineas gelebt hatte, war ihm wissenschaftlicher Ehrgeiz in die Wiege gelegt worden. Ein andauernder Streit mit seinem Kollegen und einstigen Assistenten Zumpfhagen über die Kultur Polynesiens wuchs ins Politische, als die Nationalsozialisten die Macht übernahmen. Nach Malinowskis Ansicht habe Zumpfhagen lediglich die Gelegenheit genutzt, seinen Widersacher aus dem Universitätsbetrieb zu drängen.

Arisch ... jüdisch ... deutsch ... polnisch? Ich bin Malinowski – Punkt. Ihnen passt einzig meine Hypothese nicht, dass wir alle Kanaken sind. *Kanaka* nennen sich die Polynesier: Mensch.

So sei er, erzählte Malinowski gern und oft, an die beste deutsche Universität jener Tage gelangt: nach Istanbul. – Tja, der Herr Hitler ließ die deutschen Universitäten nach seinem Gusto säubern. Per Gesetz – es muss alles seine Ordnung haben – *Zur Wiederherstellung des Berufsbeamtentums*. Das war in Deutschland. 1933. In der Türkei wollte Atatürk alles haben wie im Westen. Auch eine Universität. Kurzerhand machte er in Istanbul die alte zu und eine neue auf. So hätten etliche, der von den Nazionalen forsch Hinausgeputzten, wie Malinowski es nannte, nicht nur Tisch und Bett beim Vater aller Türken, sondern auch einen Lehrstuhl gefunden; er, Malinowski, an der Philosophischen Fakultät.

Der Vertrag war auf fünf Jahre befristet. Malinowski brauchte noch ein weiteres Jahr für sein Projekt. Er lebte in dieser Zeit von kleineren Arbeiten für verschiedene Zeitschriften, also von wenig. Dann war sie fertig, seine Schrift: »Über den Ursprung der Menschheit und die Gleichheit der Rassen«. Eine hochbrisante Arbeit, so der Grundtenor einer philosophischen Konferenz, die Malinowski kurz darauf mit einem Vortrag eröffnete.

Da meldete sich ein Mitemigrant Malinowskis zu Wort. Ausgerechnet sein alter Doktorvater donnerte los: Auch wenn der geschätzte Kollege nicht auf dem Gebiet der exakten Naturwissenschaften, auf die er sich zwar hie und da berufe, sondern der Philosophie zu brillieren gedenke, sei seine Hauptthese vom versunkenen Südland, allein aus indigenen Mythen belegt, reichlich spekulativ.

Heute erst habe er erfahren, dass Himmlers *Amt Ahnenerbe* eine Expedition in den Himalaja ausrüste, um die Vorfahren der Nazis zu finden. Eine andere sei unterwegs nach Südamerika, um dort nach Spuren germanischer Blondlinge zu graben. Und, fragte der Kritiker abschließend, was tut unser geschätzter Kollege? Er erzählt Märchen. Märchen, meine Herren, ich bitte Sie! Wo sind die Fakten, wo die Beweise?!

Beweise, sprach Malinowski mit zitternder Stimme, Sie wollen Beweise. Die sollen Sie haben.

An jenem Abend mied Malinowski das vornehmlich von deutschen Emigranten im Universitätsdienst besuchte Lokal am Ufer des Goldenen Horns. Er fand, nach ziellosem Auf und Ab durch die engen Altstadtgassen, endlich ein kleines, fast leeres Café.

Dass er dann doch vom Nachbartisch die deutsche Sprache vernahm, missfiel ihm anfangs. Abschätzig betrachtete Malinowski den Mittvierziger. Wieder einer dieser Emigranten, dachte er mit heftiger Abneigung vor allem gegen sich selbst.

Die Frau neben dem Fremden fesselte allerdings seine Aufmerksamkeit. Ihr volles dunkles Haar war auf eine anrührende Weise von einigen Silbersträhnen durchzogen. Die zärtliche Vertrautheit mit ihrem Begleiter war weder das routinierte Beieinandersein eines seit Langem verheirateten Paares, noch war es das alles ringsum vergessende Zueinanderdrängen Frischverliebter. Diese beiden – mal sie ihm die Hand auf den Unterarm legend, mal er ihr die

Wange streichelnd –, die waren in einer Sphäre miteinander verbunden und gleichzeitig doch jeder in einer für sich.

Das erfüllte Malinowski mit einer gewissen Sehnsucht. Seine Niederlage ließ ihn seine Bedürftigkeit erkennen. Ende fünfzig, unverheiratet, bis vor wenigen Stunden ausgefüllt mit nichts als einer Idee und jahrzehntelanger Arbeit. Seine Hände suchten Halt: die eine im kurzen, schlohweißen Haar, die andere das Weinglas drehend und drehend und …

Entschuldigen Sie, sagte er plötzlich, Sie kommen aus Deutschland? Erlauben Sie mir eine Einladung? Kommen Sie, setzen Sie sich zu mir. Bitte.

Die Angesprochenen blickten sich an. Sie schüttelte kaum merklich den Kopf, er drückte auffordernd ihre Hand. Sie folgte ihm zögernd, als er, den linken Fuß nachziehend, an Malinowskis Tisch trat.

Kniestübl, Estragon Kniestübl, sagte der Mann.

Estragon trug noch immer weiße Pullover, jetzt in diesem Moment über die Schultern geworfen mit zusammengeknoteten Ärmeln.

Malinowski erhob sich: Malinowski, Edvard Malinowski – Professor Edvard Malinowski.

Estragon stellte, wir ahnen es schon, dem Professor Siyakuu vor.

Siyakuu war nicht fähig, sich von akademischen Titeln beeindrucken zu lassen. Doch der Mann erinnerte sie an ihren Vater. Sie sagte das auch.

Estragon nahm es mit einem missbilligenden Blick zur Kenntnis, doch schon schwang er, eine Zigarette im Mundwinkel, die Weinflasche. Sie erlauben doch, Herr Professor?

Eigentlich, sagte Estragon und war in seinem Element, können wir gleich die nächste bestellen.

Du tust, sagte Siyakuu staunend, als wäre nichts passiert.

Was ist denn passiert? Meinst du den deutschen Überfall auf Polen? Oder, jetzt wurde er laut und provozierend, meinst du die Deportationen?! Leiser fügte er hinzu: Siyakuu, es ist so lange her.

Malinowski hatte sich, von Estragons Bemerkung erschreckt, eine der ausliegenden Zeitungen gegriffen. O Gott, entfuhr es ihm, sie sind tatsächlich in Polen eingefallen. Die Herrenmenschen marschieren weiter. – Das ist heute schon die zweite Botschaft für Hiob. Sie müssen wissen … setzte Malinowski zu einer Erklärung über seinen missglückten Konferenzauftritt an, doch plötzlich erschien ihm sein persönlicher Misserfolg banal, ja lächerlich. Beklagenswert nur im Sinne eines Triumphs der Zumpfhagens. Ach, sagte er, lassen wir das.

Ja, lassen wir das, sagte Estragon resigniert, es ist vorbei. Vergessen …

Plötzlich sprang er auf, legte zwei Finger auf die Oberlippe und imitierte mit düster rollender Stimme den neuen deutschen Feldherrn: *So habe ich, einstweilen nur im Osten, meine Totenkopfverbände bereitgestellt mit dem Befehl, unbarmherzig und mitleidslos Mann, Weib und Kind polnischer Abstammung und Sprache in den Tod zu schicken. Nur so gewinnen wir den Lebensraum, den wir brauchen. Wer redet heute noch von der Vernichtung der Armenier?*

Estragon ließ sich zurück auf den Stuhl fallen und griff erneut zur Flasche.

Du hast recht, sagte er, es ist nicht vorbei. Aber: Haben wir uns deshalb getroffen? Getroffen, um zu klagen?

Das ist es nicht: Du spielst Theater. Das Stück heißt *damals*. Du spielst *früher*. Du spielst *jung sein* … was weiß ich. Du bist es nicht, aber du spielst es.

Dreiundvierzig. Sagen Sie, Herr Professor, ist das alt? Ist das alt?! Oh, ja das ist alt. Weh mir, wenn es Winter wird … weh dir, Siyakuu … weh auch Ihnen, Professor Winterhaar … weh uns … woher nehmen wir …

die Blumen, und wo
Den Sonnenschein,
Und Schatten der Erde?

Estragon hob sein Glas gegen das Licht und betrachtete einen Moment den funkelnden Wein. Dann setzte er es hart auf den Tisch und fuhr fort:

Die Mauern stehn
Sprachlos und kalt, im Winde
Klirren die Fahnen.

Einen Moment schwiegen alle drei. Es war, als lauschten sie einem eisigen Klirren, das bis in diesen Zipfel Europas drang.

Kommen Sie doch mit nach Südland!

Das war ein Angebot, von dem Malinowski selbst noch nicht wusste, was es bedeutete. Aber einmal ausgesprochen, weckte es Neugier, führte es weg von Hölderlin'scher Verzweiflung. Es war ein kleiner Wimpel, der aufgezogen wurde. Ein anderes Zeichen. Anders als klirrende Fahnen, klirrendes Glas, klirrende Waffen.

Südland?

Ja, Rutas, die Heimat des Menschen.

Heimat?! Ha, Heimat!, Estragon lachte bitter. Als gäbe es so etwas wie Heimat. Nicht für ihn. Einer hätte es für ihn sein können: Hans, dieser tapsig starre Bahnbeamte, in dessen dunklen Augen manchmal etwas lag, wovon er wohl selbst nichts ahnte. Eine Weisheit, so wie Kinder sie haben, ohne darum zu wissen. Bei Hans aber eine verschüttete Weisheit. Hätte er sonst zugelassen, dass sie Siyakuu in den Zug stecken? Ahmad hatte es nicht zugelassen, auch wenn er es nicht hatte verhindern können.

Diese Türken, es sind eben Asiaten, hatte Estragon damals gedacht, barbarisch, kulturlos. Und jetzt: Die deutschen Hunnen machten ihrem Namen böse Ehre. Millionenfach verlorene Kinderweisheit, achtlos liegen gelassen, preisgegeben den Straßenkötern, die sich drum balgten.

Damals, er hatte den fiebernden Hans schon schweren Herzens zurück nach Aleppo geschickt, sah er zwei Hunde sich balgen um ein Stück Fleisch. Er verscheuchte sie mit Steinwürfen. Er ging, weil dort, wo Hunde sind, eine menschliche Ansiedlung sich befindet, ihnen nach, den Hügel hinauf. Als er an der Stelle vorbeikam, wo die verjagten Köter ihre Beute hatten fallen lassen, und sein Blick darauf fiel, sah er: Es war eine Hand, eine kleine Hand, die Hand eines Kindes.

Wochen später, als er Siyakuu in ein Krankenhaus brachte, sah er dort ein Kind, das trug Verbände, dort, wo eigentlich die Hände sein sollten. Eine Ärztin erzählte, man habe, als man seine Familie tötete, das Kind verschont. Doch um sicherzugehen, dass es sich nie werde rächen können, habe man ihm die Hände abgehackt.

Noch lange danach träumte Estragon, er hat Hans wiedergefunden und will eben sein Gesicht berühren. Plötzlich sieht er: Dort, wo seine Hände waren, sind nur noch traurige Stümpfe.

Ende 1918 war Estragon mit Siyakuu in Haifa gelandet. Fürs Erste fand man in einer Siedlung deutscher Templer ein Unterkommen. Im Durcheinander dieser Nachkriegszeit entstand im Nahen Osten ein neuer Staat nach dem anderen, doch Heimat?

Der Weltstadtmensch Estragon träumte vom Landleben. Mit dem nackten Klumpfuß auf der Wiese Heu machen. Buttern. Brot backen. Geruch nach Dung und warmen Kühen. Ein Garten, die bitteren Astern im Nebel, knallende Tulpen im Frühling. Gewürze im Sommer: Salbei, Dill, Estragon. Sich selber endlich riechen können. Endlich irgendwo zu Hause sein.

Dann zurück in Deutschland, eine Landkommune in Thüringen: ein Dutzend Erwachsene, eine Handvoll Kinder. Landbau, Handwerk, Lieder singen. Jeden Tag die Bergpredigt. Lesen, gut. Aber leben?

Estragon musste ins Gewöhnliche, Rohe, Fleischliche zurück. Er fühlte sich als ein Judas. Und als ein Christus. Bin ich Fleisch geworden, um zu leiden? Er lebte im Hinterzimmer einer Villa für die stets gleiche sexuelle Dienstleistung zweimal die Woche. Einmal machte er mit seinem Gönner einen Ausflug mit der Bahn. An einem Bahnübergang stand in Habachtstellung der Schrankenwärter.

Was, dachte Estragon, wenn ich jetzt Hans wiedersähe? Er sah ihn wieder, denn der Schrankenwärter war Hans Kaspar Brügg, ohne dass der ihn wahrnahm, geschweige erkannte.

Tage später fuhr Estragon dieselbe Strecke noch einmal, allein. In Krahnsdorf-Brandt verließ er den Zug. Er traf Hans Kaspar wie vermutet an seiner Bahnschranke. Er bearbeitete gerade mit einer Hacke die kleine Rabatte vor dem Wärterhäuschen.

Er muss mich von weitem gesehen haben, erzählte Estragon später, doch er arbeitete ungerührt weiter. War auch nicht überrascht, als ich ihn ansprach. Er streckte mir die Hand hin, so beiläufig, wie er wohl einen Nachbarn begrüßte. Während ich redete, hielt er die ganze Zeit mit beiden Händen seine Hacke, wie ein mittelalterlicher Torwächter seine Lanze, schräg vor der Brust. Er wirkte so unberührbar in seiner Uniform. Sagte nur, es ginge ihm gut. Fragte nicht einmal nach dir, Siyakuu. Er wirkte erleichtert, als im Haus der Fernsprecher läutete.

Da war Estragon gegangen und hatte den nächsten Zug bestiegen, ohne zu wissen, wohin der fuhr. Es war ihm egal. Er wollte nur weg.

Bald darauf türmte er mitten in der Nacht aus seiner Bleibe. Rechtzeitig. So musste er nicht wie sein Vermieter im Lager einen Winkel tragen, rosarot. Ein umgekehrtes Kainsmal, Ausgestoßener unter den Ausgestoßenen, Estragon trug es im Herzen. Schließlich war er ein zweites Mal in die Türkei gegangen, in das Land, dessen Sprache er immerhin sprach. – Aber Heimat? Dieses Wort kannte er nicht.

Also, wie ist es. Kommen Sie mit nach Südland!

Südland? Ach so, das war ja immer noch Professor Winterhaar, der da sprach, der sich in Begeisterung geredet hatte über seine Theorie von der menschlichen Urheimat.

Dahin gab es keinen Weg. Nicht für Estragon. Estragon muss sterben, dachte Estragon. Wie kann man leben, wenn man den Namen eines Gewürzes trägt? Wenn jeder, der diesen Namen hört, an Essig denkt und Sauce Béarnaise. Nicht an … einen Ozeanüberflieger, einen Telegrafenerfinder, einen Unsterbliche-Verse-Dichter. Nicht einmal zum Diktatorgehilfen hat es gereicht, trotz des Hinkefußes.

Letzteres ließe sich immerhin noch als Verdienst in die Lebensabrechnungskladde eintragen. Gefallener Engel mit Chance zur Rehabilitation? Nein, so tief ist er gefallen, da ging die Erinnerung an den Himmel verloren. Wer ihn sieht, sieht einen Hinkefuß. Wer ihn kennt, kennt einen gezeichneten Menschen. Das umgekehrte Kainsmal: einer, der seinen Bruder nicht erschlug, sondern liebte.

Estragon, diesem essigsauren Leben wolltest du eine milde Würze geben. Dies nicht, nichts überhaupt ist dir gelungen. Du hinkst über die Halbmarke des Lebens und vermagst nicht einmal ein Gedicht darüber zu verfassen. Was für ein trauriger Zustand. Beende ihn. Gründlich.

Wenige Tage später verließ Estragon das Haus, in dem er ein Zimmer gemietet hatte. Er ging ganz ruhig. Nicht wie gewöhnlich überhastet. Er ging, soweit es sein Fuß ihm erlaubte, gemessenen Schrittes. Noch ehe er die Straße überquert hatte, war er tot. Nicht sofort. Ihm blieben, von der Straßenbahn aufs Pflaster geworfen, noch einige Sekunden.

Er war glücklich. Er spürte keinen Schmerz. Er sah eine Menge Leute um sich herum, neugierige, besorgte, erschreckte Gesichter. Es interessierte ihn nicht mehr. Darum war er glücklich.

Seht ihr denn nicht, wie blau der Himmel heute ist?!

Der herbeigerufene Arzt erzählte noch lange danach, nicht bei jeder Gelegenheit, sondern nur, wenn er glaubte, einen Menschen gut genug zu kennen: Bevor er starb, sagte er noch: Ja, sehen Sie denn nicht, wie blau der Himmel ist …

Siyakuu hatte noch am Tag des Unfalls an Estragons Wohnungstür geklingelt. So lange, bis eine Frau die benachbarte Tür öffnete und sagte: Ja, wissen Sie denn nicht …

Nein, Siyakuu hatte nichts geahnt, sie hatte sich während der letzten Woche mehrmals mit dem Professor getroffen, nicht einmal ärgerlich darüber, dass Estragon zu diesen Verabredungen nicht erschienen war. Ja, sie wollte nach Südland. Doch nun, ohne Estragon?

XXI

Estragon hatte sie gefunden, damals, als sie, wochenlang im Gebälk eines Brunnens versteckt, dem Wahnsinn nahe war.

In einem Lager bei Aleppo war es gewesen, da war ein Sheik durch die Gassen der Zelte geritten und hatte nach jungen Frauen Ausschau gehalten. Er verstand es, genau zu unterscheiden zwischen denen, die ein langer Weg zu alten Weibern gemacht hatte, und jenen, die eine kurze Reise bisher gut überstanden, sich aber aus Furcht vor Vergewaltigung Ruß ins Gesicht und Lehm ins Haar geschmiert hatten. Als der Sheik vom Pferd herab auf sie deutete, rannte Siyakuu in Panik davon. Sie glaubte schon, sie sei im Gewirr der Zelte entkommen, als sie jemand zu Fall brachte und eine Decke über sie warf.

Ruhig, ruhig, ganz ruhig.

Die heiseren türkischen Worte ließen sie das Schlimmste befürchten. Später blickte sie in ein knochiges sonnenverbranntes Gesicht, dessen Bartgestoppel schon etliche graue Flecken aufwies. Wenn ihr der Mann auch nichts antat, so wusste sie doch lange nicht, ob dieser Maultiertreiber, der sie in türkische Pumphosen gesteckt und ihr einen Schleier übergeworfen hatte, sie nicht am Ende noch verkaufen würde.

Tagelang waren sie unterwegs. Sie folgten anfangs der Bahnstrecke nach Bagdad, sie auf einem der Maultiere, der Mann ging wortkarg nebenher. Bald ließen sie den Bahndamm zu ihrer Rechten liegen und wandten sich nach Norden. So erreichten sie Urfa.

Brandgeruch lag über Urfa, die man die Stadt Abrahams nannte. Unbeeindruckt vom grollenden Donner eines Geschützes, führte der Mann Siyakuu zu einem Teich, in dessen klarem Wasser zahllose rote Fische schwammen. Seine hoch beladenen Maultiere band er an einen dicht dabeistehenden Olivenbaum. Dann griff er in seine Kamelhaartasche, die er an einem Riemen über der Schulter trug, und holte eine Handvoll Krumen hervor. Nachdem er ein paar wenige Krümel ins Wasser geworfen hatte, erfasste er Siyakuus Hand, gab die Krumen hinein und bedeutete ihr, ein Gleiches zu tun.

Die Fische haschten nach den im Teich treibenden Krumen. Immer mehr schwammen heran und brachten mit ihrer Jagd nach den Brosamen das Wasser zum Brodeln.

Der Mann, der bisher kaum mehr als seinen Namen, Ismael, von sich gegeben hatte, begann plötzlich in feinstem Osmanli von der wundersamen Errettung Abrahams zu erzählen:

Als Abraham noch ein junger Mann war, schlich er sich nachts in den Tempel und zerschlug dort die tönernen Götzen.

Dafür sollst du brennen!, sagte König Nimrod und ließ einen großen Scheiterhaufen errichten. Da aber der Scheiterhaufen so groß war und das Feuer alles in seiner Nähe versengte, gelang es den Wachen des Königs nicht, Abraham in die Flammen zu stoßen. Da holten sie ein Katapult, um Abraham mit dessen Hilfe in das Feuer zu schießen.

Als Abraham durch die Luft flog, schickte er ein Stoßgebet zum Himmel. Da verwandelte Gott, als Abraham aufschlug, das Feuer in klares Wasser. So wurde er gerettet. Und die durch Abrahams Aufprall emporgeschleuderten Glutbrocken fielen als rote Fische herab in diesen See.

Wir …, sagte Ismael eben, da schlug eine verirrte Granate ins Wasser des Teiches. Hastig band er die Maultiere los und zog Siyakuu fort.

Wenige Minuten später, als er mit der Hand die Gasse hinauf zum armenischen Viertel wies, wurde sein Brustbein von einem Gewehrschuss zerschmettert. Jemand rief und winkte aus einem benachbarten Gebäude, auf dessen Dach eine zerschlissene deutsche Fahne hing.

Siyakuu rannte geduckt zu der kleinwüchsigen Frau, die sie an der Hand packte und in den Schutz des Hauses schob. Gleichzeitig sprang eine kahlgeschorene Gestalt hervor und lief in der Art eines Affen, mal eine, mal zwei Hände zur Fortbewegung nutzend, auf die Straße. Augenrollend und wild gestikulierend zog das Wesen erst den leblosen Ismael, dann die Maultiere herein.

Ehe Siyakuu sich besinnen oder gar fragen konnte, war die kleine Frau verschwunden. Die anderen Hausbewohner waren inzwischen herbeigelaufen und führten Siyakuu zu einem Stuhl. Der Geschorene hatte sich, kaum dass die Haustür hinter ihm ins Schloss gefallen war, aufgerichtet. Er, ein Halbwüchsiger, den die anderen Alexa nannten, legte Ismael auf eine Bank. Dieser Alexa schien völlig normal, als er sich mühte, Ismaels Wunde zu versorgen.

Es dauerte nicht lange, da kam die kleine Frau unter Poltern und Schimpfen eine Treppe herunter. Ihre rechte Hand langte aufwärts an den Kragen eines jungen Mannes, während ihre linke ein Gewehr hielt.

Für einen Moment schien es, als schleppe der große Kerl die kleine Frau wie ein Anhängsel hinter sich her, als genüge ein Schütteln seines stämmigen Nackens und sie flöge einem Bündel gleich in die nächste Ecke. Doch er wagte nicht, sich zu rühren, sondern blickte betreten zu Boden.

Die Frau warf das Gewehr wütend auf die festgestampfte Erde und stieß den Burschen zu der Bank, auf der Ismael lag.

Alexa sah auf und hob hilflos die Schultern.

Da, sieh!, schrie die Frau und gab dem anderen Burschen noch einen Stoß. Sieh dir das an! Sieh, was du angerichtet hast!

An die Umstehenden gewandt, schnaufte sie erregt: Dieser Idiot saß auf dem Dach unter der Fahne, die uns schützen soll, und schoss auf alles, was auch nur entfernt einem Türken ähnlich sah.

Seit Tagen wurde das armenische Viertel belagert. Mit zwei Geschützen versuchte das osmanische Militär, den Aufstand der Armenier niederzuschlagen.

Die armenischen Bewohner von Urfa hatten monatelang die durchziehenden Elendszüge ihrer Landsleute erlebt. Eher wollten sie sterben, als deren Schicksal zu teilen. Auf etlichen Dächern hatten sich armenische Scharfschützen postiert. Der vom Dach des Hauses stand jetzt schuldbewusst vor Ismaels Leiche und schwieg.

Die kleine Frau, von den Hausbewohnern nur Herrin genannt, kümmerte sich später um Siyakuu. Sie hatte vor einem Jahr noch dem vom deutschen Pfarrer Lesepius gegründeten Waisenhaus für armenische Kinder vorgestanden. Bald nach Kriegsbeginn war die ehemalige Karawanserei vom Militär beschlagnahmt worden.

Die Kinder haben sie *fortgebracht*. Ha, fortgebracht! Jeder hier weiß inzwischen, was das heißt!

Einige der Kinder hatte die kleine Frau verstecken können. Es war Ismael gewesen, der sie nach und nach aus der Stadt schmuggelte. Der fünfzehnjährige Alexa hatte die Rolle eines Irren übernommen und war bisher unbehelligt geblieben.

Anfangs, erfuhr Siyakuu, habe man Ismael misstraut. Würde er die Kinder nicht nur an reiche Araber verkaufen? Doch war es nicht besser, als Haussklave zu überleben, als in der Wüste zu verdursten? Endlich war von einem amerikanischen Gewährsmann Nachricht gekommen. Dem Missionar war es mit Gottes und, mehr noch, mit Geldes Hilfe gelungen, eine lebensrettende Route einzurichten. Die Kinder, vermeldete er, hatten Haifa sicher erreicht.

Ismael selbst habe kaum ein Wort darüber verlauten lassen. Wie er auch sonst sehr wortkarg gewesen sei. Es ging das Gerücht, er habe nach einem Streit mit seinem Nachbarn, als der mit seiner Familie zu einem Verwandtenbesuch aufgebrochen war, dessen Haus angezündet. Es war aber doch noch jemand in dem Haus gewesen, ein krankes, halbwüchsiges Mädchen.

Einmal, so sagte die kleine Frau, als ich ihn zufällig am Teich der roten Fische traf, erzählte er mir die Geschichte von Abrahams Rettung. Er hatte recht: Wir sind alle Abrahams Kinder. Möge Gott, sagte er, wenn wir am Ende unseres Lebens ankommen, das Feuer in kühles Wasser verwandeln.

Erst am späten Abend ebbte der Geschützdonner ab. Feuerschein fiel durch das Fenster in Siyakuus Kammer. Sie dachte an ihren Vater, an Ahmad und an Estragon. Und sie dachte an Hans Kaspar. Wie sich alles hatte so schnell ändern können. Erst das Seidenraupenhaus, jetzt hier. So plötzlich. Nein, nicht plötzlich. Es fängt immer irgendwann an: eine hämische Bemerkung auf dem Markt, eine kleine Verordnung, eine Überprüfung auf dem Revier, dann plötzlich – ja, doch plötzlich – sind die Pogromgeschichten aus dem fernen Gestern ins hautnahe Heute gerückt. Und sie selber mittendrin.

In der Nacht war der Himmel ihrer Träume mit roten Fischen gefüllt. Ein Boot fuhr übers Wasser, darin die Gefährten, der Vater. Sie winkten. Sie ging, als sei es eine feste Straße, übers Wasser. Dann sank sie ein. Das Boot in Flammen, der See in Flammen. Sie versank, und sie wollte versinken, weil die Tiefe so kühl war.

Geschrei, Geschrei, immer lauter das Geschrei. Siyakuu schrak auf. Das Haus brannte.

Am anderen Morgen entschuldigte sich der Artillerieoffizier, ein deutscher Graf, in ausgesuchten Worten bei der kleinen Frau für das, wie er es nannte, Malheur. Sein

Bursche brachte die Reste der schwarz-weiß-roten Fahne. Der Graf schlug die Hacken zusammen und salutierte.

Immerhin, sagte er forsch, haben sich die Rebellen heute Morgen ergeben.

Von fern hörte man Gewehrsalven. Der Graf zuckte zusammen. Und die kleine Frau sah ihn fragend an: wieder die Männer?

Der Graf nickte und schüttelte, als könne er damit etwas ausrichten, sogleich den Kopf. Nein, das ist nicht schön, murmelte er, gar kein Ruhmesblatt für unsere türkischen Freunde. Aber was soll man tun. Die Armenier sind uns in den Rücken gefallen.

Der Blick des Grafen glitt über die rauchenden Trümmer. Selbstverständlich, sagte er hüstelnd, werden meine Leute für die Aufräumarbeiten zur Verfügung stehen, wenn die gnädige Frau es wünschen.

Sie wünschte nicht. Man fand Zuflucht in der benachbarten Teppichfabrik.

Im armenischen Viertel Urfas lebten nunmehr nur noch Frauen, Kinder und einige gebrechliche Alte. Der deutsche Besitzer der Fabrik nahm Siyakuu in die Reihen seiner armenischen Arbeiterinnen auf. Ein fadendünner Vorarbeiter führte sie freundlich zu dem Brunnen auf dem Fabrikhof und hieß ihr, für die Pausen frisches Wasser heraufzuziehen. Das blieb ihre Aufgabe, auch wenn sie bald gelernt hatte, Teppiche zu knüpfen, als hätte sie dies von klein auf getan.

Schon wenige Wochen danach wurden auch die verbliebenen Armenier aufgefordert, sich zur Deportation bereit zu machen. Die kleine Frau weinte tränenlos, und der Teppichfabrikant hob ohnmächtig die Arme. Schließlich verteilten sie Brot und getrocknete Datteln als Wegzehrung an die Ausgewiesenen.

Einige Stunden später begehrte am Fabriktor ein Polizeioffizier in Begleitung einiger Gendarmen Einlass. Man habe leider strengste Weisung, auch die ausländischen Besitzungen zu durchsuchen, da es vorgekommen sei … auch, wenn sich hier sicher alles in bester Ordnung befände, aber … und so weiter und so fort.

Da stand Siyakuu schon auf dem Rand des Brunnens. Sie war fest entschlossen, diesmal nicht mit den anderen zu gehen. Zu viel hatte sie gehört, zu viel gesehen. Der morgige Tag hatte nur noch Grauen im Gepäck. Das Palaver am Tor wurde zum fernen Rauschen, und in der Tiefe des mit Holzbalken ausgesteiften Brunnens leuchtete ein Stück Himmel. War da nicht eine Stimme, die rief?

Komm! Siyakuu, komm!

Da wieder: Komm! Siyakuu, hab keine Angst!

Und noch einmal: Komm! Ich bin es, Alexa.

Tatsächlich, es war Alexas Stimme. Da schob sich auch schon über den gespiegelten Himmel der Tiefe der runde kahle Kopf des Jungen. Dann eine Hand, die zwischen den Balken hervorglitt und winkte.

Steig herab, es ist nicht schwer. Da, auf diesen Balken zuerst. Und gut festhalten. Ja, und jetzt …

Waren es sieben Tage oder sieben Wochen, die Siyakuu und Alexa in der feuchten Kühle ausharrten?

Sie sangen leise Lieder, kramten aus dem Gedächtnis die Märchen ihrer Kindheit, erzählten sich Anekdoten aus einer versunkenen, friedlichen Zeit. Ein Kaleidoskop der Worte, das sich zu immer neuen Bildern zusammenfügte. So vergingen die Tage. Nur nachts stiegen sie hinauf und verschwanden im abgedunkelten Zimmer der kleinen Frau.

Dann wieder überraschender Besuch von Gendarmen. Man habe da einen Hinweis erhalten …

Eines frühen Morgens schließlich vernahmen Siyakuu und Alexa vom Brunnenrand her die Stimme des armenischen Vorarbeiters. Brachte er gute Nachricht?

Doch er sprach türkisch, und auf Türkisch wurde ihm von zweien geantwortet. Man war unschlüssig, ob man es wagen sollte, in den Brunnen hinabzusteigen. Schließlich knallten Schüsse und peitschten in der Tiefe das Wasser, Holz splitterte, Erde stiebte, Stein barst. Dann war Stille. Drei Gesichter beugten sich über den Rand des Brunnens und äugten vorsichtig hinunter.

Bist du sicher, dass da welche waren?, sagte der eine.

Sicher, antwortete der Vorarbeiter.

Die sind erledigt, sagte der Dritte.

Still, da ist was.

Was?

Ein Geräusch.

Da tropft nur das Wasser vom Gestein in die Tiefe.

Zwischen den Balken saß Siyakuu und presste die Hand auf Alexas Mund, aus einer Wunde in seinem Bein rann Blut, Tropfen für Tropfen fiel mit leisem Klatschen ins Wasser.

Schließlich zogen die Kopfjäger ab. Notdürftig verband Siyakuu Alexas Wunde. Endlos zogen sich die Stunden. Alexa brauchte dringend einen Arzt. Aber der Abend war noch weit, zu gefährlich, den Brunnen jetzt zu verlassen.

Gegen Mittag, Siyakuu war in einen Dämmerzustand gefallen, sauste der Schöpfeimer herab. Dann wieder die Stimme des Vorarbeiters. Diesmal in gebrochenem Deutsch: Halt, Herr, halt! Viele Brunnen verseucht. Viel Tod überall, verstehen Sie?

Wo kann man hier trinken?, fragte die Stimme eines Fremden.

Ja, sicher da! Und auch dort. Soll ich den Herrn begleiten?

Schon gut, ich muss weiter. In welche Richtung, sagtest du, sind die Armenier gezogen?

Nein, das war kein Fremder. Das war doch Estragons Stimme. O Gott, Estragon!

Wie rufen, ohne rufen zu dürfen? Da surrte der Eimer aufwärts, surrte an ihr vorbei.

Als Estragon den Eimer mit Schwung über dem Erdboden ausgoss, blieb inmitten des versickernden Wassers ein Stofffetzen liegen.

Sehen Sie, Herr, wie ich sagte: Selbstmörder.

Ehe der Vorarbeiter das Tuch fassen konnte, war Estragon hinzugesprungen und hatte es an sich genommen. Zwischen den Blutflecken auf dem seidenen Tüchlein hatte er etwas gesehen, was er näher betrachten musste: eine Stickerei? Ja, das war es, fein säuberlich eingestickt eine tanzende Frau, zu ihren Füßen ein Tiger, Ahmads Tiger.

Endlich kam die Nacht. Am Brunnen traf Estragon auf die kleine Frau. Man begrüßte sich zögernd, sprach über die klare Sternennacht und lenkte schließlich das Gespräch auf die Fabrik, die fehlenden Arbeitskräfte, die Armenier ... Es dauerte eine Weile, bis man begriff, man konnte einander vertrauen. Gemeinsam holte man Siyakuu und den verletzten Alexa aus ihrem Versteck.

Siyakuu!

Sie war kaum eines Wortes fähig. Die ganzen langen Wochen während der Deportation, während ihrer Flucht durch die Wüste, hier in der Fabrik, immer hatte sie klug und rational gehandelt. Jetzt rollte Welle auf Welle ein Schluchzen durch sie hindurch. Es schüttelte sie ungebremst und laut. So laut drang es durch die Nacht, dass die kleine Frau kurzerhand ihr Schultertuch abnahm und auf Siyakuus Gesicht presste.

Es war der Graf von der Artillerie, der sich ritterlich gebärdete und half. Mag sein, er wollte das Bombardement auf das deutsch beflaggte Haus wiedergutmachen. Oder es war seine und Estragons gemeinsame Vorliebe für Hölderlin, die in ihm den Retter erweckte. Vielleicht aber versteckt sich das Gute manchmal tief in unserem Herzen wie in einem Brunnen. So tief, dass es nur sehr schwer hervorzulocken ist.

Jedenfalls waren die kleine Frau, Alexa, Siyakuu und Estragon auf einem deutschen Lastwagen bis nach Damaskus gereist. Während die kleine Frau Alexa nach Deutschland mitgenommen hatte, waren Siyakuu und Estragon bis zum Kriegsende in einer Templerkolonie in Palästina geblieben.

Als Estragon nach Deutschland abgereist war, ging Siyakuu nach Anatolien zurück. Die neue türkische Regierung hatte Gerechtigkeit versprochen, und in Istanbul wurden Prozesse geführt, gewisser Ausschreitungen wegen, wie es offiziell hieß. Siyakuu verbrachte einige Zeit in Alaiye, wo sie, als es so weit war, frische Seidenraupeneier kaufte. In Konya, im Haus ihres Vaters, begann sie eine neue Zucht. Lange hoffte sie, ihr Vater käme zurück. Vergeblich. Nun stürzte sie sich erst recht in die Arbeit und führte die Zucht weiter. Sie fand sogar jemanden, der ihr das rohe Seidengarn abnahm, ein Händler aus Sachsen, von dem wir bei anderer Gelegenheit schon hörten. Siyakuus Seidenherstellung florierte, sie baute das Haus aus, stellte Leute ein, war eine gestrenge Chefin und harte Geschäftsfrau.

Estragon war es, der sie nach ihrer Wiederbegegnung in Istanbul fragte: Weißt du, was sie aus deiner Seide in Deutschland jetzt machen? Fallschirme für die Luftwaffe.

Es war nicht nur das. Estragon hatte auch von Hans Kaspar erzählt. Er schien für sie verloren für immer. Was blieb, war eine ungestillte Sehnsucht. Eine Sehnsucht, die sie trieb, zu Beginn ihrer Reise nach Südland jenen Kartengruß nach Deutschland zu schicken, weniger eigentlich an Hans Kaspar Brügg als an die vergessene Frau in ihrem Innern.

Dass sie Hans Kaspar noch einmal begegnen sollte, ahnte Siyakuu nicht. Dass sie sich Malinowski anschloss, war eher der Versuch, sich von dem, was gewesen war, endlich zu lösen.

XXII

Mit Malinowski bereiste Siyakuu Indien und Nepal. Während der Professor alte Sanskrittexte studierte und mit Vorträgen vor britischen Honoratioren die Reisekasse aufbesserte, schrieb Siyakuu all jene Geschichten und Lieder auf, die sie mit Alexa im Brunnen ausgetauscht hatte. Sie fühlte daraus, so schmerzvoll die Erinnerung an jene Zeit auch war, eine große Kraft aufsteigen, ein stetiger Quell, klar und rein.

Als der zweite Jahrhundertkrieg auch im fernen Osten zu Ende ging, fuhren sie von Kalkutta aus auf einem Schiff voller Engländer, die ihre Kolonie wieder in Besitz nehmen wollten, nach Singapur. Dort aber saßen sie fest.

Das Ziel Malinowskis schien auf absehbare Zeit unerreichbar: Nan Madol, Dutzende künstliche Inseln vor der Karolineninsel Ponape, uralte Bauten aus schwarzem Basalt, nicht mehr von Menschen bewohnt, nur noch von Legenden. Malinowski hielt sie für die Paläste der Könige von Rutas.

Dass die These seiner Existenz in der wissenschaftlichen Welt ebenso versunken war wie der Kontinent selbst im Pazifik, befeuerte nur Malinowskis Ehrgeiz. Doch nicht nur im übertragenen Sinn lag Nan Madol im Jahr 1946 außerhalb der Welt, zumindest von den Territorien der Alliierten aus, denn auf den Karolinen wimmelte es nach wie vor von japanischen Stützpunkten, die von den Amerikanern beim sogenannten Inselhüpfen, dem Kampf Insel für Insel, umgangen worden waren.

Tagelang trieb sich Malinowski im Hafen herum, ohne eine Schiffsverbindung ausfindig machen zu können. Nächtelang brütete er im Hotel über seiner verschlissenen Landkarte, die Lampe mit einem Tuch abgedeckt, um Siyakuu nicht zu stören.

Eines Nachts wurde sie jedoch von einem heftigen Ausruf Malinowskis aus dem Schlaf gerissen. Unmöglich, rief er erregt, das ist doch unmöglich. Immer wieder schlug er mit dem Handrücken auf eine vor sich entfaltete Zeitung. Hör dir das an:

... hat der deutsche Ethnologe Professor von Zumpfhagen, 1940 von Himmler ausgeschickt, in aller Welt nach den Spuren der Arier zu suchen, erklärt, das Ende des Krieges bedeute nicht das Ende der Wissenschaft ... Hört, hört! ... *Er werde beweisen, dass die blonden und bärtigen Vorfahren der Inka* ... Warum sagt er nicht gleich Arier?! ... *Polynesien besiedelt hätten.*

Edvard, bitte, schrei nicht so, es ist zwei Uhr. Übrigens hast du mir selbst von rothaarigen Insulanern erzählt.

Siyakuu, ich bitte dich! Malinowski hieb mit der Faust auf den Tisch. Das ist unmöglich! Nach den deutschen Völkermorden erst recht. So eine Hypothese ist unzumutbar. Hör doch, was dieser Sumpfwagen sagt: *Es ist von bezwingender Logik, dass der Pazifik von Amerika aus, von nordischen Menschen besiedelt worden ist. Denn im Westen Polynesiens wohnen doch nur dunkelhäutige und primitive Naturvölker, entfernte Verwandte der Neger! ... Ich,* also Zumpfhagen, *werde dies beweisen und von Peru aus mit einem Floß den Pazifik überqueren.*

Los, los, wir müssen sofort nach Nan Madol. Wir brauchen Beweise für Rutas' Existenz. Dass wir dorther kommen und von nirgendwo anders. Sollten wir aber diese Beweise nicht finden, dann ...

Was dann, Edvard?

Dann verfasse ich persönlich und pfundweise Schriften über die West-Ost-Besiedlung Polynesiens. Dieser Dumpfmagen darf nicht recht behalten. Und sollte meine eigene Theorie darüber zugrunde gehen.

Malinowski stocherte mit dem Zeigefinger auf seiner Landkarte herum. Es muss doch einen Weg geben. Plötzlich stutzte er. Ich hab es! Inselhüpfen!

Im Morgengrauen eilte Malinowski zum Pier, wo ihm am Vortag ein Frachter aufgefallen war. Es gelang ihm tatsächlich, den Kapitän zu beschwatzen. So reiste das Ehepaar Malinowski auf einem Phosphatfrachter von Singapur nach Nauru, vorbei an den Karolinen, die als blaue Schatten am nördlichen Horizont vorüberglitten.

Immerhin, sagte Malinowski, sind wir ein Stück näher dran.

Im Hafen von Nauru trafen sie auf den arbeitsunfähig herumlungernden Keola, der gerade erwog, sich auf dem eben eingelaufenen Frachter einzuschiffen; als blinder Passagier, denn Geld hatte er keins.

Der weißhaarige Fremde, der mit seiner schönen Frau eben in einem Beiboot von Bord gekommen war, verlangte seltsamerweise von ihm zu wissen, wie man die Insel schnellstmöglich wieder verlassen könne.

Keola lachte, deutete auf das bereits unter der Verladerampe liegende Schiff und bot sich als Begleiter an.

Der Weißhaarige schüttelte energisch den Kopf, die Gläser seiner Brille blitzten in der Sonne. Er sah sich um und steuerte wortlos einen wackligen Holztisch an, der vor einer Bretterbude zu Food & Drinks einlud. Seine Begleiterin hob entschuldigend die Brauen und folgte ihrem Gatten. Nach kurzem Zögern gesellte sich Keola zu ihnen.

Er sei ja, begann er, auch nicht von hier ... Diese Arbeit hier, Keola machte eine vieldeutige Geste, sei etwas für Sklaven. Er, Keola Palaoa, sei aus Samoa und ein freier Mann, nicht nur das: Er sei der Nachfahre eines Königs.

Im Nu war Malinowskis ethnologisches Interesse erwacht. Durch funkelnde Brillengläser betrachtete er sein Gegenüber wie ein seltenes Insekt. Er roch den Alkoholdunst, der Keolas Kehle entströmte. Mit ein wenig herablassender Skepsis hakte er nach: welcher König, etwa der von Samoa?

Obwohl Malinowski selbst einem guten Tropfen nie abgeneigt war, hatte er eine heftige Abneigung gegen alkoholisierte Eingeborene. Vor vielen Jahren hatte er die Südsee schon einmal bereist. Mit einer kleinen Reproduktion des Malers Gauguin und etlichen Büchern im Koffer war er aufgebrochen, um auf einer Pazifikinsel mit der Natur im Einklang zu leben. Da dies in seiner Familie eher Kopfschütteln erregte hätte, reiste er offiziell nach Französisch-Polynesien, um ethnologische Feldstudien zu betreiben. Ein Kapitel dieser Studien blieb auch später ungeschrieben. Nur seinen Tagebüchern hatte er anvertraut, wie sich in seine anfängliche Euphorie über die üppig blühende Natur der Ekel mischte vor den Elefantenbeinen des Häuptlings. Und dass die Furcht vor jeder Mücke, sie könne ihm die Elephantiasis übertragen, schnell seine Genugtuung verdrängte, der Zivilisation (und ihren medizinischen Errungenschaften) entronnen zu sein. Dazu der zunehmende Widerwille vor dem Gestank fermentierter Brotfrüchte in den Hütten. Sich zu sehnen nach weißen Laken, dem Duft von Kaffee und frischen Brötchen. Wie er gleichzeitig Edelmut und Unschuld bei seinen Gastgebern vermisste, wenn sie begierig den Inhalt seiner Koffer begrapschten. Die Objektivität seiner Studien, notierte er, leide allerdings unter derlei Misslichkeiten nicht. Er lerne, diese Wilden zu betrachten wie kopulierende Hunde. Einen Satz später schalt er sich der Untreue einer fernen Freundin gegenüber, weil ihn am Vormittag der Anblick einer Insulanerin erregte, die im seichten Wasser Tintenfische aus ihren Höhlen zog. Als er sich eines Morgens bestohlen fand, geriet seinem Bleistift gar das Wort von den *niggers* aufs Papier. (Später ausgestrichen und mit der Anmerkung versehen: *ethnologisch unhaltbar!*)

Malinowskis spätere Schriften enthielten nichts von der damaligen Enttäuschung, möglicherweise, weil er ahnte, dass er sich auch über sich selbst getäuscht hatte. Manche Seiten seines Tagebuchs aber waren voller Verachtung. Diese abtrünnigen Naturmenschen, schrieb er, verraten ihr Paradies für eine Zivilisation, in der sie nie ankommen werden. Fett und träge von Weißmehl und Zucker lungern sie herum und warten, dass die Kokosnüsse von den Bäumen fallen. Sie saufen und warten auf den nächsten Kopraschoner, der die getrockneten Kokosnusskerne abholt und dafür neues Mehl und neue Naschwaren bringt, damit sie noch fetter werden. Derweil, schrieb er, holt sich der Dschungel die Tarofelder zurück.

Dann, geflohen auf die windige Nordostseite der Insel, schien er ihn endlich gefunden zu haben: den Edlen Wilden. Da der seeseitige Wind die Mücken vertrieb, blieb er bei dem alten Mann und einer Halbwüchsigen, die der Alte seine Adoptivtochter nannte. Beide waren die Letzten eines von einer Grippeepidemie hingerafften Stammes.

Jetzt war Platz, auch auf dem Papier, für sein Glücksgefühl, mit dem Alten zu fischen, nach Wurzeln zu graben oder eines der halbwilden Schweine mit einer Schlinge aus Hibiskusfasern zu fangen. Dann wieder seine zweideutigen Spekulationen über das Verhältnis des Alten zu dem Mädchen, die Abscheu vor den eigenen Phantasien. Daneben notiert, Klagen über ein wachsendes Geschwür am Fuß. Diese gefolgt von Schwärmereien über eine halbe Nacht am Strandfeuer. Nach dem Verzehr eines im Erdofen gebackenen Schweins, die Geschichten des Alten zu hören, eine Schale Kava in der Hand, schrieb er, so müsste doch das Leben überall sein können. Tage später hastig hingekliert: *wieder am Strand, wieder Geschichten. Sein Vater, sagt der Alte, habe noch regelmäßig Menschenfleisch verzehrt!*

Malinowskis Entsetzen hatte die Buchstaben in schräge Fluchten getrieben: *Wie er da hockt und am Ferkelbein nagt, mir ist, als könne es morgen einer meiner Knochen sein.* Und: *Sah heute mein Geschwür als Lebensversicherung. Einen Kranken wird er nicht essen. (Wie lächerlich!)*

Erleichterung, als dann einige Dorfbewohner von der Südseite kamen, um sich nach seinem Verbleib zu erkundigen. Schnaps hatten sie dabei. *Nun gut, wenn es sie friedlich stimmte. Futterten sich am Herd des Alten durch. Nun gut, sollte er die mästen.*

Der Alte schließlich, vom eingeflößten Branntwein verwandelt, sei krakeelend vor Malinowskis Hütte erschienen und habe gefordert, was die anderen ihm eingeredet hatten: Bezahlung für die bisher geleisteten Dienste. Da vom Feuer her die anderen lautstark den Alten angefeuert hätten, habe Malinowski ihm, wie einem Hund den Knochen, seinen Koffer vor die Füße geworfen und sich selbst in einer vor Tagen entdeckten Höhle verkrochen.

Wie war ich froh, schrieb er, *als anderntags der Priester von der Nachbarinsel auftauchte, um nach seinen wilden Schäfchen zu sehen. Ja, selbst der inzwischen zum Doktor avancierte Zumpfhagen, der sich in Begleitung des Missionars befand, erschien mir an diesem Tag als rettender Engel.*

Das allerdings hatte Malinowski nicht davon abgehalten, sich schon am nächsten Tag der Polynesier wegen mit seinem Widersacher zu prügeln.

Seine heiße Leidenschaft für Ideen war geblieben, wenn auch seine Liebe für die Polynesier etwas abgekühlt war.

Dennoch, ein Archäologe stieße in Malinowskis Seele auf einen unaustilgbaren Sehnsuchtsrest, in dem sich (vorsichtig, ganz vorsichtig) mit Pinsel und Fingerspitzen einige Buchstaben freilegen ließen. Mit nur etwas Geschick könnte der Archäologe diese Zeichen zu drei Worten scrabbeln: Liberté, Égalité, Fraternité.

Dem und einem ausgeprägten Intellekt war es zu danken, dass Malinowski seine Urteile stets zu revidieren suchte. In alltäglichen und nervlich angespannten Situationen jedoch, wie der Ankunft auf Nauru, machte sich der Bauch zum Richter. Jetzt saß ihm eine nüchterne Vernunft bei, die Keolas genealogische Behauptung heftig bezweifelte.

Keola, der dies spürte, war gekränkt. Nun, vielleicht sei er nicht Nachkomme eines Königs, doch zweifellos stamme er aus jenem Geschlecht, das – unter anderem – die hawaiischen Inseln als Erstes besiedelte.

Malinowski konnte gar nicht so schnell hinter seiner Brille blinzeln, wie seine Gedanken auf und ab sprangen, den ethnologischen Faden zu erhaschen, den Keola nichtsahnend ausgeworfen hatte wie eine Angel.

Erzähle, erzähle, flüsterte lippenleckend der Professor.

Keola lehnte sich majestätisch zurück und erzählte, großzügig wie eine Gabe, eine Geschichte. Und er war sich ihres Wertes gewiss:

Der göttliche Maui befuhr eines Tages mit einem Kanu Moana, das Meer. Es war ein guter Tag zum Fischen. Maui warf also seine Angel ins Meer. Nicht lange, da zuckte die Schnur. Maui zog, der Fisch musste groß, ja riesig sein.

Was für ein Fang, dachte Maui und zog mit aller Kraft. Um ein Haar wäre sein Kanu gekentert, so schwer war der Brocken, der da an seinem Haken hing.

Schließlich hatte Maui die Leine so weit eingeholt, dass er seinen Fang begutachten konnte. Aber wie staunte er, als es kein Fisch war. Es war ein gewaltiges Stück Land, so groß wie ein ganzer Kontinent …

Malinowski rutschte aufgeregt auf seinem Stuhl hin und her. Ja, es schien, als hüpfe er.

Das ist er, keuchte der Professor, das ist er: Rutas, der pazifische Urkontinent. Weiter, komm, erzähle weiter …

Keola überlegte, ob er sich ein Bier zum Anfeuchten der Kehle wünschen sollte, doch dann siegte sein wiedererlangter Stolz.

Als Maui aber das große Land aus der Tiefe emporgezogen hatte, weigerte Moana sich, ihm seinen Fang zu überlassen. Maui zog, und Moana hielt fest. So ging es hin, so ging es her. Schließlich zerbrach das große Land in viele Stücke.

Eine der Inseln schenkte Maui den Menschen. Sie nannten ihre Heimat Hawaiki. Maui schenkte den Menschen auch das Feuer. Als Maui den Menschen auch noch die Unsterblichkeit schenken wollte, bestrafte ihn die Göttin der Nacht, die das ewige Leben verwahrt, mit dem Gefängnis des Todes.

Bald danach kam es zum ersten Krieg unter den Menschen. Und einige von ihnen mussten fliehen. Sie fuhren über das Meer und wussten nicht wohin. Da wurde Maui, tief unten in seinem Gefängnis, von Mitleid erfasst. Er weinte. So sehr, dass auch die Göttin der Nacht mit ihm weinte und ihn noch einmal ans Tageslicht ließ.

Maui erschien dem klügsten der Menschen und lehrte ihn, auch dort Wege zu finden, wo keiner sie sieht. Als sichtbares Zeichen dieses Wissens schenkte er ihm eine Kette aus Walzähnen, die wir *niho palaoa* nennen. Dann sagte Maui: Fahrt nach Norden, dort findet ihr ein neues Hawaiki.

So war es auch. Die größte der neuen Inseln nannten die Menschen zur Erinnerung an ihre alte Heimat Hawai'i. Eine andere trägt Maui zu Ehren noch immer seinen Namen: Maui.

Diese Geschichte hat mein Großvater, William Christopher Palaoa, meinem Vater, Leo Palaoa, erzählt, und der hat sie mir, Keola Palaoa, erzählt, als er anfing, mich in der Kunst der Navigation zu unterweisen. Mit einem würdevollen Neigen des Kopfes schloss Keola seine Erzählung. Damit war eine Bekanntschaft gemacht, an deren Ende man gemeinsam übers pazifische Meer fahren sollte.

Während Malinowski sich mit Keolas Hilfe in dem einzigen Hotel der Insel einquartiert hatte und sich mit ihm palavernd über Seekarten beugte, schlenderte Siyakuu im grellen Mittagslicht durch den Hafen. Im Kopf das Bild einer schattigen Lagune, suchte sie die Verladekräne und Phosphathallen hinter sich zu lassen. Doch eben hatte die Grubenbahn eine der Aufbereitungsanlagen verlassen und blockierte auf einem der Nebengleise, das quer über die Straße lief, Siyakuus Weg. Kurzerhand tat Siyakuu das, was sie in ihrer Jugend oft getan hatte, sie kletterte zwischen den Wagen hindurch.

Als sie von einer Wagenkupplung herab auf die Erde gesprungen war und ihre Kleider kurz nach Flecken untersucht hatte, blickte sie am Zug entlang und sah den Fahrer der Grubenbahn. Er machte sich gerade mit einem Schraubenschlüssel an der Lok zu schaffen und hatte Siyakuu nicht bemerkt. Zum Glück, dachte sie und wollte in Erinnerung an lange bahnbeamtliche Vorträge über die Gefahren ihrer Kletterei schnell davon.

Etwas jedoch hinderte sie am Weitergehen, etwas an der Art, wie dieser Mann sich mit der linken Hand die Haare nach hinten strich. Sie zögerte, doch ihr Herz begann schneller zu schlagen. Sie lief ein paar Schritte, hielt inne und näherte sich schließlich in einem Bogen der Lok. Das Gesicht, sie musste erst das Gesicht gesehen und festgestellt haben, dass sie dieses Gesicht nie gesehen hatte, das diese Ähnlichkeit in der Bewegung nur zufällig war. Sie könnte ihn ansprechen, etwas fragen, etwas Unverfängliches, nach dem Weg …

Dann, noch ehe er sich ihr zugewandt hatte, war sie sich sicher. Weder Staub noch Schmieröl, noch die dreißig Jahre, seit der Zug aus dem Bahnhof von Konya ausgefahren war, konnten die vertrauten Züge dieses Gesichts verbergen. Ja, er war es wirklich: Hans Kaspar Brügg.

XXIII

Es war sehr viel Zeit zwischen ihnen. Lange, gelebte Jahre. Gerade das machte vielleicht, dass sie sehr viel Zeit hatten. Sie mussten, wenn sie es denn gekonnt hätten, einander nicht stürmisch in die Arme sinken. Sie mussten, wenn sie denn Worte gefunden hätten, nicht versuchen zu berichten. Sie konnten sich ansehen und Alltägliches reden.

Hans Kaspar wischte sich mit dem Unterarm den Schweiß von der Stirn. Es ist heiß heute.

Ja, sagte Siyakuu, sehr heiß. Gibt es hier kein schattiges Fleckchen?

Doch, Hans Kaspar streckte den Arm aus, dort drüben.

Dort, Siyakuu wies in die entgegengesetzte Richtung, aus der sie eben gekommen war, in diesem Hotel wohnen wir.

Ja, sagte Hans Kaspar, ich weiß, es gibt nur das eine.

Sie waren sich nicht fremd, doch unbekannt. Nicht nahe, doch einander verbunden. Was dies für die Zukunft bedeutete, wussten sie freilich nicht. Sie wussten nur, jetzt danach zu fragen, hätte sie wieder getrennt. Aus dem gleichen Grund scheuten sie sich auch, nach dem zu fragen, was gewesen war.

Als Hans Kaspar, frisch gewaschen und rasiert, am Abend zur verabredeten Zeit im einzigen Hotel eintraf, war er nicht überrascht, an Siyakuus Seite einen Mann anzutreffen. Schließlich hatte sie *uns* gesagt: Isst du heute Abend mit uns? Alles andere hätte ihn gewundert, und er wusste nicht einmal, ob ihm ein solches Wunder recht gewesen wäre.

Malinowski war der Garant dafür, das Hans Kaspar weder Siyakuu noch sich selbst zu irgendetwas, und seien es nur Erklärungen, drängen musste.

Malinowski seinerseits, als ihm Hans Kaspar, an den Tisch tretend, fast gleichzeitig von Keola als neuer und von Siyakuu als alter Freund vorgestellt wurde, machte nur eine flüchtige Bemerkung über die distributive Wirkung von Kriegen, um sogleich Hans Kaspar nach einer Möglichkeit des Fortkommens zu befragen.

Der äußerte leichthin: Man bräuchte ein eigenes Schiff.

Natürlich, Malinowski schlug freudestrahlend auf den Tisch, das ist es! Keola, kannst du ein Kanu bauen?

Keola konnte.

Zumindest wusste er, was zu tun war. Er bereiste mit Malinowski die Insel und machte schließlich einen auf siebenundfünfzig Personen geschrumpften Stamm ausfindig, der wegen der Seetüchtigkeit seiner Kanus gerühmt wurde.

So wie Keola noch Jahrzehnte später die Begegnung mit dem Häuptling der Iwi beschrieb, sah ihn Helder vor sich in vollem Ornat. Über einem farbenprächtigen, um die Lenden geschlungenen Tuch trug der Alte die Jacke eines japanischen Offiziers, dem bei den letzten Kämpfen des Jahres 1945 ein Geschoss oder ein Granatsplitter die Eingeweide zerfetzt haben musste, denn die Uniformjacke ließ jetzt an dieser Stelle, von einem zerschlissenen und fleckigen Rand umgeben, den dunklen, faltigen Bauch des Mannes sehen. Das schlohweiß-wollige Haar seines Kopfes war bedeckt von einem dieser breitkrempigen Farmerhüte, wie sie in Australien aus Känguruleder hergestellt werden. Auf seiner linken Schulter hockte ein schwarzer Vogel, dessen Kehlsack purpurrot leuchtete. Er schien gezähmt, doch festigte eine Schnur an seinem Fuß die Liebe zu seinem Herrn.

Als der Alte vernahm, dass unter den Besuchern Deutsche waren, da brachte auf sein Zeichen hin ein Bursche eine aus Palmblättern geflochtene Lade. Der Häuptling entnahm ihr feierlich eine preußische Pickelhaube und setzte sie sich anstelle des Lederhutes wie eine Krone aufs

Haupt. Der Reichsadler und die goldene Spitze auf dem weißbezogenen Paradehelm blitzten in der Südseesonne, als der Häuptling mit seinen Gästen durch das kleine Dörfchen aus runden Palmhütten schritt. Nur der junge Fregattvogel krächzte irritiert und hieb nach dem seltsamen Artgenossen auf dem Kopf des Häuptlings.

Nach wenigen Schritten wies der Häuptling voller Stolz auf eine mit Wellblech bedeckte Bretterhütte in der Dorfmitte: sein Domizil.

Bei einem Begrüßungsmahl aus Reis und Krabben schwärmte er von jener Zeit, als auf dem Eiland noch ein deutscher Amtmann herrschte. Der habe Kopraplantagen anlegen lassen, unzählige neue Palmen gepflanzt in Reih und Glied wie eine kleine Armee.

Die inzwischen emporgestiegene Tropensonne ließ die kleine Gesellschaft unterm Blechdach vor sich hin kochen. Auf ein Handzeichen hin löste einer der Söhne des Häuptlings zwei Stricke, und schon sank die meerseitige Hüttenwand zu Boden und ließ eine erfrischende Brise ein. Auf diese Art, sagte Keola, konnte der Häuptling seine europäide Residenz mit den Vorteilen einer luftigen Palmhütte ausstatten, ohne den Ruf eines modernen, zivilisierten Menschen aufs Spiel zu setzen.

Drei Jahrzehnte deutsches Schutzgebiet, fünfzehn Jahre australische Verwaltung und drei Jahre japanische Besatzung hatten nicht nur in der Kleiderlade des Häuptlings Spuren hinterlassen. In einer Ecke seiner Residenz baumelte ein blütengeschmücktes Marienbild. Vor dem Krieg, erzählte der Häuptling, habe das Dorf in heftigem Streit gelegen, weil es einem katholischen Priester gelungen war, ein halbes Dutzend Familien zu missionieren. Daraufhin habe der Küster, welcher den halbjährlich aus Neuguinea anreisenden lutherischen Pfarrer während dessen Abwesenheit vertrat, mehrere Skorpione in die Hütte des Priesters geschmuggelt. Einige Neukatholiken hätten im Gegenzug das

Haus des Küsters angezündet. Am Ende habe es sogar einen Toten gegeben. Seither, sagte der Häuptling und kramte einen lutherischen Katechismus hervor, sind wir während der Regenzeit katholisch und ansonsten evangelisch. Und unter den Japanern haben wir gelernt, an das ewige Rad der Wiederkehr zu glauben.

Am schönsten aber, wiederholte der Häuptling, war es unter den Deutschen. Damals zeigte mir mein Vater, wie man nachts mit einer Fackel fischt. Draußen in der Bucht zündet man die Fackel an, und die Fische springen, angelockt vom Lichtschein, ins Kanu. Nur nebenbei erwähnte der Häuptling, dass sein Vater bei einer Strafaktion der sogenannten Schutztruppen wegen einer angeblichen Verschwörung erschossen worden war.

Doch selbst dies, dass sein Vater durch eine deutsche Gewehrkugel zu Tode gebracht worden war, schien der Häuptling als Ehre zu betrachten. Mag sein, die Gastfreundschaft dieses alten Mannes war größer als die Erinnerung an einen frühen Schmerz. Oder aber diese Menschen hatten gelernt, die Heimsuchungen durch fremder Menschen Macht ebenso hinzunehmen wie die durch die Natur.

Jedenfalls zeigte ihnen der Alte persönlich zwei prächtige Koa-Akazien. Mit einigen Helfern aus dem Dorf machten sich Keola und Hans Kaspar an die Arbeit. Sie hieben die Stämme aus, kalfaterten Risse und Fugen mit Baumharz. Kokosfasern wurden von den Frauen für die Abdichtung gezupft oder zu Tauen gedreht. Während Malinowski über seinen Aufzeichnungen und Plänen brütete, verteilte Siyakuu Medikamente aus der Reiseapotheke und lernte von einer alten Frau, wie man mit einem Sud aus Meerwasser die Krankheit aus dem Körper schwemmt.

Misstrauisch beäugte Keola anfangs jeden Handgriff der Einheimischen. Wer weiß, raunte er Hans Kaspar zu, ob diese Iwi wirklich Boote bauen können. Die Helfer ihrerseits lachten schallend, als Keola verlangte, statt des Auslegerbalkens das zweite Kanu mit dem ersten zu verbinden.

Und darauf ein Haus?

Ja, darauf ein Haus!

Aus Brettern und Blech?

Nein, aus Bambus und Blättern.

Hans Kaspar hatte vergeblich versucht, im Hafen Segeltuch zu beschaffen, so stellten sie unter Keolas Anleitung ein Flechtwerk aus Pandanussblättern her.

Endlich war es so weit, das Kanu war fertig. Malinowski hatte darauf bestanden, ein Festessen für alle siebenundfünfzig Dorfbewohner auszurichten, zu welchem Zweck er Food & Drink halb leerkaufte. Man zauberte aus Konserven und Reismehl ein annehmbares Mahl.

Mit einer Flasche Brandy durfte Siyakuu das Kanu taufen. *Rutas* stand in großen Lettern auf einem der Rümpfe. Alle waren zufrieden mit dem gemeinsamen Werk. Und mit fortschreitendem Alkoholkonsum wuchs die Entfernung, die man sicher war, mit der *Rutas* zurücklegen zu können: Nan Madol … Hawaii … Amerika … Deutschland.

Deutschland, Deutschland über all… Das war die trunken krähende Stimme des Häuptlings, der seinen Gästen wieder eine Ehre erweisen wollte. Doch die schwiegen betreten.

Gegen Morgen, als alles schon schlief, hockte der Häuptling noch am Glutrest des Feuers, zu seinen Füßen saß der Fregattvogel, die Augen geschlossen.

Hör zu, sagte der Alte zu ihm, wir sollten mit ihnen fahren.

Warum?, fragte der Vogel, ohne die Augendeckel zu heben.

Weil auch unsere Insel diesen Ort verlässt. Seit ich denken kann, fährt sie mit den Laderäumen der fremden Schiffe davon. Die Fahnen der Fremden wechseln, doch mit jedem Wechsel ist wieder ein Stück unserer Heimat verschwunden … Was euereiner in hundert mal hundert Jahren hingemistet hat, karren die in einmal hundert Jahren weg.

Da wunderst du dich? Hast du auf der Missionsschule nur geschlafen?

Ich?

Ja, du. Am Ende, so steht es im Buch ihres Gottes, ist die Erde wüst und leer.

Am Anfang. Du Dummkopf, es heißt: am Anfang.

Bist du sicher, dass ich der Dummkopf bin? Geh in die Mine, und du siehst Anfang und Ende zugleich.

Also fahren wir?

Wohin?

In die Urheimat, wie die Fremden sagen. Dorthin, woher wir kamen.

Nach Hause? Ich dachte immer, wir sind es hier? Hast du nicht gesagt, als ihr aus dem Arbeitslager kamt: endlich zu Hause?

Auf diese Frage gab der Häuptling keine Antwort. Kann sein, dass er sie nicht wusste. Vielleicht war die Antwort ein Hauch, der seufzend seinem Mund entwich.

Der Vogel öffnete erst das eine Auge, dann das andere. Er breitete die Flügel aus und wackelte auf seinen kleinen Füßen dem Meer zu. Die Schnur an seinem Fuß löste sich ohne Widerstand aus der Hand des Häuptlings.

Keola, der als Erster wieder zum Strand kam, fand den reglosen Häuptling. Tot oder, dachte Keola, schon vorausgegangen.

Den Vogel, der sich vergeblich mühte, vom flachen Ufer zu starten, nahm er an sich und später mit auf die Reise.

Der Steuermann des Phosphatfrachters, der am Morgen des siebten Mai Nauru in Richtung Singapur verlassen hatte, traute seinen Augen nicht, als er in der kräftigen Dünung des offenen Meeres plötzlich eine Hütte schwimmen sah. Welche Flut hatte diese Arche vom Land losgerissen? Kein Taifun und kein Seebeben, jedenfalls hatte ihn keine Nachricht erreicht. Oder hatte sich gar der Rest eines Traumes aus der alkoholdumpfen Kneipennacht in den Tag herübergerettet?

Der Steuermann schüttelte den schweren Kopf. Vorsorglich änderte er, für den Fall, dass dieses merkwürdige Gefährt Menschen behauste und diese Menschen Hilfe brauchten, den Kurs. Doch beim Näherkommen verriet ihm sein Fernglas, diese treibende Robinsoninsel auf See war so etwas wie ein Schiff. Die Hütte, gebaut aus Bambus und geflochtenen Pandanussblättern, stand auf der Plattform eines Doppelrumpfkanus. Ein Mann an Bord winkte ihm fröhlich zu, und so nahm der Frachter seinen alten Kurs wieder auf.

Dies war die auf Wochen letzte Begegnung eines Schiffes mit der *Rutas*, deren Besatzung, bis auf den am Steuerruder diensttuenden Hans Kaspar, noch schlief.

Was für eine Expedition! Ein Eisenbahner, eine Seidenfabrikantin und ein Professor segeln auf einem polynesischen Kanu über den Pazifik.

Wo soll das hinführen?, dachte Helder, wird sich Hans Kaspar gefragt haben.

Mit einem guten Navigator und dem Südostpassat, hören wir Malinowskis Antwort, direkt nach den Karolinen.

Blauer Himmel, blaue See, die Grenze zwischen beiden verschwimmt am Horizont. Die Welt ist tagelang eine im Blau dahintreibende Scheibe. Das Kanu darin eine glückliche Insel, begleitet von Delphinen und Schwärmen fliegender Fische.

Malinowski, wenn er nicht gerade in seinen Büchern vergraben war, machte sich einen Spaß daraus, sie mit seinem Hut wie mit einem Schmetterlingskescher zu fangen. Hans Kaspar und Siyakuu, die sich im Küchendienst abwechselten, hatten so eine willkommene Abwechslung im Topf überm Spirituskocher.

Sie haben oft gebadet, erzählte der Einbeinige, einer hielt den anderen an einer Sicherheitsleine und warnte, wenn die Flosse eines Hais auftauchte. Sie redeten viel. Nur einmal haben sie heftig gestritten. Ich glaube, der Name Estragon fiel. Und wenn ich mich nicht getäuscht habe, und ich habe mich bestimmt nicht getäuscht, haben sie nicht nur einmal in einem der Bootsrümpfe sehr eng beieinandergelegen.

Was vermag ein besternter Himmel in einer lauen Meeresnacht? Nicht viel mehr, als ein paar Augenblicke lang die Zeit aufzuheben, die, die war, und die, die kommen wird. Die Zeit und die Entfernung zwischen zwei Menschen, alle Grenzen. – Zumindest so lange, bis ein fliegender Fisch, angezogen von Mond und Sternenlicht, mit nassem Klatschen auf einen ihrer nackten Bäuche fällt.

Das Verhältnis, in dem die drei standen, sagte der Einbeinige, war offensichtlich. Und ich fürchtete um den Frieden an Bord.

Tag und Nacht war ich hellwach. Unterbrochen von wenigen kurzen Schläfchen, beobachtete ich Himmel und Meer, Wolken und Wellen. Ich war der Navigator, verantwortlich dafür, dass das Kanu und die Menschen darauf ihr Ziel erreichten.

Du musst wissen – so erläuterte es der Einbeinige Helder ebenso, wie es Keola Hans Kaspar erklärt haben wird –, wo du hergekommen bist. Du musst die Richtung kennen, in die du segelst, wie lange und wie schnell. Es sind mehr als zweihundert Sterne, die mir mein Vater zeigte, so wie er sie von seinem Vater gezeigt bekam. So war diese Reise, sagte der Einbeinige, für mich nicht nur eine Reise weg von Maschinen und Vogelmist, es war auch eine Reise zu meinen Vätern, ihrem Können, ihrem Stolz.

Das aber, was ein Navigator am meisten fürchtet, ist der Wolkengürtel: dort, wo überm Äquator die Passatwinde aus Nord und Süd aufeinandertreffen, wo die warme Luft aufsteigt und die Feuchtigkeit des Meeres mit sich in die Höhe nimmt. Dort, wo eine undurchdringliche Wolkendecke das Meer bei Tag zu einer grauen, unlesbaren Steinplatte macht und bei Nacht die Welt zu einer undeutbaren lichtlosen Finsternis. Das ist der Ort, wo der Navigator seine Blicke in alle Richtungen schickt – vergebens, wenn er nicht nach innen sieht.

Auch der Professor muss in dieser undurchdringlichen Atmosphäre nach innen geblickt und etwas gesehen haben, denn unvermittelt brach er einen Streit vom Zaun. Kann sein, weil die Fische nicht flogen. Oder das Palapala seiner Bücher hatte ihn verrückt gemacht. Oder er hatte endlich kapiert, dass die Hand seiner Frau doch etwas zu lange auf der Hans Kaspars lag, wenn sie ihn um etwas bat.

Zornesrot bis unter die Haarwurzeln beschuldigte er Siyakuu, das Wachstuch, welches er zum Schutz vor Wasser immer über seine Papiere deckte, beiseitegezogen zu haben. Und der eben einsetzende Regen hatte bereits auf einem der Blätter einer großen hellblauen Tintenfleck hinterlassen. Möglicherweise war es wirklich nur der Tintenfleck, der den Professor so wütend gemacht hatte.

Dennoch drückte ich kurzerhand den Eheleuten je ein Schöpfgerät in die Hand und schickte sie, getrennt voneinander, in die Bootsrümpfe zum Wasserschöpfen. So hockten die beiden pitschenass da und schöpften frisches Regenwasser in jene unserer mit Wachs abgedichteten Bambusrohre, die wir bereits geleert hatten.

Hans Kaspar aber machte ich deutlich, wenn er wolle, dass wir heil ankämen, müsse er vergessen, dass Siyakuu eine Frau sei.

Einsichtig oder nicht, jedenfalls setzte er sich ans Ruder und fragte: wohin?

Ich sah noch immer nichts, nicht außen, nicht innen.

Nun fingen auch die anderen zu fragen an: Wo sind wir? Bist du sicher? Müssten wir nicht längst …

Senkrecht fiel der Regen aus dem Grau. Alles ringsum war eins.

Während ich ins Nichts starrte, schöpften die anderen Wasser. Es dunkelte, wenn es überhaupt noch dunkler werden konnte. Der Regen ließ nach, Wind kam auf, trieb uns gegen schwarze undurchdringliche Wände.

Ich war nervös, angespannt, müde. Ich wusste nicht mehr, wie lange wir schon so orientierungslos dahingetrieben waren. Das erste Mal, seit wir die Insel verlassen hatten, schlief ich ungewollt ein. Und in eben diesem Moment sah ich den Mond, das heißt, ich spürte ihn, hatte das unbestimmte Gefühl einer bestimmten Richtung, dort, wo er aufgegangen sein musste. Sofort war ich hellwach und drehte das Ruder. Es dauerte noch geraume Zeit, bis der Mond die Wolken durchbrach.

Was dann geschah, gehört zu den seltsamsten Dingen, die ich je erlebte. Dinge, von denen ich erst später begriff, was sie bedeuteten.

Lange nach Sonnenaufgang, während die anderen noch erschöpft in der Hütte schliefen, habe der Fregattvogel plötzlich aufgeregt mit den Flügeln geschlagen, berichtete der Einbeinige. Einen Augenblick später sei am nördlichen Horizont eine zweite Sonne erschienen. Wenige Minuten lang, ja vielleicht auch nur Sekunden, sei da ein glutheller Schein gewesen. Dann brach ein Sturm los, kurz nur, aber so heftig, dass der Mast brach und samt Segel ins Meer geschleudert wurde. Noch ehe wir uns besannen, war alles vorüber.

Danach blieb das Meer blass und reglos, als wäre es erschöpft wie wir. Vor uns lag ein dumpfes, bleiernes Grau. Doch, dies war das Merkwürdige: Kein Wolkengürtel verdeckte mehr den Himmel. Der erstrahlte im kräftigsten

Blau, aber das Meer schien jeden Lichtstrahl zu verschlucken.

Paddelnd bewegten wir uns mühsam vorwärts, selbst die Paddel schienen in dem bleiernen Gewässer zu haften. Unser gefiederter Begleiter hockte die ganze Zeit wie trübsinnig auf seiner Stange.

Es war Siyakuu, die das Pferd als Erste entdeckte. Ein Pferd. Plötzlich war es aufgetaucht, mitten in dieser grauen Ödnis. Es stand da, stoisch den Kopf gesenkt, reglos auf einer Art Floß oder hölzernem Tor. Beim Näherkommen sahen wir, sein Fell, oder besser gesagt, seine Haut war über und über mit Brandblasen bedeckt. Von Schweif und Mähne war nur noch ein verschmorter Rest geblieben.

Keiner wusste damals, was dem Tier geschehen war. Sowohl der Professor als auch Hans Kaspar warnten Siyakuu: Das Tier könnte krank sein. Dennoch hat sie sich nicht davon abhalten lassen, hinüberzuklettern und dem Tier von unserem Wasser zu geben. Dann bedeckte sie seine Wunden aus Mangel an Tüchern oder Verbandsmitteln mit Stücken ihrer Kleidung.

Eines Morgens hing an unserem Kanu nur noch das Seil, mit dem Siyakuu das Floß angebunden hatte. Das Floß war samt Pferd verschwunden.

Bald hatten wir den Vorfall vergessen. Ohne Segel, nur mit Hilfe der Paddel kamen wir kaum voran. Wo wir uns befanden, wusste ich nicht. Nur, dass wir, fernab der Karolinen, weit nach Osten abgetrieben waren, das verrieten mir die Sterne.

Die bleierne See, erzählte der Einbeinige, hätte kein Ende genommen. Kein fliegender Fisch schnellte übers Wasser, geschweige denn, dass einer auf dem Kanu gelandet wäre. Nicht mal ein Haifisch, die, wie andere Schiffbrüchige glaubhaft berichteten, sich in ihrer Gier mitunter auf ein Floß werfen würden. So dass mit einigem Geschick und einem Werkzeug das Tier zu erschlagen gewesen wäre, um die einzige weiche Stelle hinter den Kiemen zu verletzen und so an sein Blut zu gelangen.

Da am Himmel Tag für Tag die Sonne glühte und kein Wölkchen weder Land noch Regen verhieß, wurde die Lage auf der *Rutas* ernst. Die Vorräte gingen zur Neige. Die vier Seefahrer hatten ja nur nach Nan Madol und nicht über den ganzen Pazifik gewollt. Das letzte Dörrfleisch war gegessen, die letzte Kokosnuss geleert und das letzte wassergefüllte Bambusrohr angebrochen.

Da verkündete Hans Kaspar, es sei höchste Zeit, den Fregattvogel des Iwi-Häuptlings zu verspeisen.

Malinowski nickte heftig und roch schon den Duft gebratenen Geflügels.

Keola jedoch widersprach zum Erstaunen der anderen. Ja, er befreite den Vogel sogar von der Schnur, die ihn ans Deck band, nachdem er ihm wie einer Brieftaube einen Zettel am Fuß befestigt hatte.

Heftig schlug sich Malinowski an die Stirn. Siyakuu kicherte, zu etwas anderem war sie zu schwach. Auf ihrer Haut bildeten sich Blasen. Hans Kaspar versuchte noch einen Hechtsprung nach dem entfliegenden Braten. Dann krallten sich seine Hände in Ermangelung des Federviehs in Keolas wolligen Schopf und dessen Finger wiederum um Hans Kaspars dürren Hals.

Es dauerte einige Zeit, bis Siyakuus mattes *Hört auf!* den Verstand der Kämpfenden reaktiviert hatte und sie voneinander ließen.

Da, so berichtete der Einbeinige, hätte er seinen Entschluss gefasst. Schließlich sei er der Navigator gewesen. Und ein Navigator sei verantwortlich für alle, die ihm an Bord anvertraut sind.

XXIV

Henri Helder war in den Sternenhimmel vertieft und suchte das Kreuz des Südens, das über so vielen romantischen oder abenteuerlichen Romanhandlungen prangte. Als er später, während der Überfahrt zur Verbotenen Insel, den Einbeinigen danach fragte, lachte der und sagte: Das Kreuz des Südens? Das werden Sie hier vergeblich suchen, wir befinden uns nördlich des Äquators.

Seltsam, Helder, Hawaii, *das* Südseeparadies, im Norden? So verschoben (und verschroben) sind also die Koordinaten unserer Träume.

Noch suchte Helder, der astronomische Laie, den Himmel ab. Gut getarnte Geheimnisse. Das Universum sichtbar – drei Prozent. Das Gehirn (Einsteins) genutzt – zu sieben Prozent (behauptete er). Wie kommt es, dass wir glauben, Utopia niemals entdecken zu können?

Helder, ach, Helder. Also doch dem Auftrag des Großen Spitzbarts noch nicht abgeschworen: die Weltfriedensformel. Ist es das, was du suchst am Himmel? Oder suchst du jetzt ein kleineres, vielleicht menschlicheres Ziel? Etwas, das man unbedingt im Leben tun, noch tun möchte, bevor …

Helder dachte an Rositas Himmel, dachte an Marions Taj Mahal, dachte an den Mann im Postwagen. Liebe? Freiheit?

Marion und der Mann im Postwagen: zwei Chancen in die Freiheit zu gelangen. Was, wird Helder immer betonen, nicht die des sogenannten Westens meint. Auch dort stünden die Mauern aus Angst und Bequemlichkeit. Mauern, die stärker seien als Ostbeton.

War die Verbotene Insel die dritte Chance? Das Tabu?

Kalākauas Vorgänger auf dem hawaiischen Thron hat die Insel im Jahr 1864 verkauft, seither ist das Eiland Privateigentum einer schottischen Familie. Mrs. Crusoe, so wird Helder erfahren, sei eine Dame von achtzig Jahren, mit einem Faible für die polynesische Kultur. Nein, meinen hingegen Spötter mit Lust am ethnologischen Experiment. An die zweihundertfünfzig *reinblütige* Hawaiianer, hieß es, lebten auf dieser Insel wie zu Zeiten Cooks: Kein Strom, kein Telefon, kein Radio … fernsehen, nur übers Meer. Refugium einer um Haaresbreite untergegangenen Kultur. Oder Menschenzoo?

Helder mochte die Frage nicht entscheiden. Obwohl … Ein wenig fühlte er sich an eine untergegangene Republik im Osten Deutschlands erinnert. Also doch Menschenzoo. Füttern verboten, keine Kontakte von und nach außen. Wer die Verbotene Insel verlässt, *das* dürfen ihre Bewohner immerhin, darf nicht zurückkehren. Infektionsgefahr: Grippe, Aids, Coca-Cola …

Es war einmal eine Zeit, da wollte Helders Mutter keine Pakete mehr.

Nicht von dort und nicht von *dem*! Nicht für Rosa, nicht fürs Röschen!

Aber Rosa, Mädchen, es ist dein Bruder, sagte Oma Henriette.

Halb, flüsterte Tante Erdmuthe. Äh …, haste nicht mal, korrigierte sie sich, einen HalbundHalb?

Das erste Halb galt dem Bruder Rosas, der nur ihr Halbbruder war. Da aber dieses Halbige für Henri unentdeckt bleiben sollte, verwandelte es Erdmuthe in einen Likör. Wer Sorgen hat …

Die Sorgen waren von einem Gerücht aufgebracht worden. Es ging um in Krahnsdorf-Brandt, seit Onkel Willi vorgefahren war im Benz. Seit schwere Autotüren geklappt hatten vor der Bahnhofswirtschaft und mit dem einstmals kleinen Willi etwas Großes eingetreten war in die Gaststube, eine strahlende Aura inmitten Müffelgrau, ein Duft, so groß und weit und hanseatisch welterfahren, wie die Zigarettenmarke, deren frisch geöffnete Schachtel auf dem Sprelacart zwischen bestrichelten Bierdeckeln, halb vollen (und halb leeren) Biergläsern landete, direkt neben dem kippenquellenden Ascher mit dem Ausweis: Stammtisch.

Ah, der West-Willi ist wieder da.

Das isser. – Hier! Bedient euch!

Da langten alle zu. Nur einer nicht. Und die Hände der anderen zuckten zurück, als dieser eine knurrte:

Vom Blutgeld rauch ich nicht!

Mensch, Karwenzel, was soll denn das, murrten die Münder der anderen und wollten so den Händen helfen, den duftenden Tabak zu den Lippen zu führen. Streichhölzer flammten, und ein tiefes Inhalieren breitete einen Moment der Glückseligkeit aus.

Der Karwenzel blieb stur. Ruumsch, zurück mit dem Stuhl. Aufgestanden und raus über die Dielen, bang, bang, bang. Krach, zu die Tür. Hinter ihm.

So soll es gewesen sein. Weil der Karwenzel im Lager war, weil er Sturmabteilung gewesen war, weil er den Polen, der in Brüggs Schuppen hockte, gemeldet haben soll. Und damit auch dessen Verstecker, den Hans Kaspar Brügg.

Den Brügg gemeldet also aus nationaler Überzeugung, hieß es. Und aus Rache, sagte man, weil der Brügg sich Karwenzels Revolution gegen Mendel verweigert hatte, damals 1933. Dazu, so wussten einige, hat dem gestunken, dass sein Stiefsohn Bertram sich an Brüggs Tochter Rosa rangemacht hat.

Karwenzel hatte ausgesagt, schon lange mit dem Aloch Hitler fertig gewesen zu sein, weil der die Nationale Revolution verraten … und so weiter. Aber man kann trotzdem keine Gleise sabotieren. Wie der Polack. Das ist Terror. Und ich hätt den Polack selbsthändig aus dem Schuppen gezerrt und den Brügg noch dazu ausm Bett, aber …

Aber was, Herr Karwenzel?

Aber, ich habe es nicht gewusst!

Was Karwenzel allerdings zu wissen glaubte, war, dass Brüggs Sohn, Willi, ihn, den Karwenzel, bei der Kommandantur verzinkt habe, damals, fünfundvierzig. Und dem hat der Bertram – man denke, der leibhaftige Stiefsohn! –, der Bertram also das eingeredet, da war sich Karwenzel sicher. Nur, weil er, Karwenzel, die Lore, also Bertrams Mutter, mal verprügelt hatte.

Die Geschichte hatte in diesen Jahren wieder einmal neu sortiert in Gerechte und Ungerechte. So blieb, wie oft in solchen Zeiten, das Dazwischenliegende ebenso unausgesprochen wie die familiären Feinheiten.

So rollte das Wort vom Blutgeld unkommentiert, wie ein Markstück ohne Groschen und Pfennig, aus der Bahnhofskneipe in den Ort. Es hopste über Katzenköpfe, Grasstreifen, Kleinpflaster und Sandwege, bis es auf dem Linoleum des Dorfkonsums liegen blieb. Nicht lange, denn da war es schon zum Gerücht geworden und kroch, wie sein Klangverwandter, der Geruch, in Nasen, den Leuten in die Ohren.

Einige wenige, die meinten, man dürfe einem bekennenden Nationalsozialisten nicht alles anhängen, wurden gelegentlich ihrer flüsternden Solidaritätsbekundungen von Karwenzel selbst um Schweigen gebeten. Denn: Ärger hätte er bereits genug gehabt.

So kam es, auch weil es sich zu der Zeit besser erzählte, dass vom Konsum die Nachricht ausging, der West-Willi habe den Polen und den Brügg verpfiffen – denk dir, den eigenen Vater!

Rosa hatte das Gerücht eines Tages mit Mehl und Waschpulver nach Hause getragen. Für sie war es endlich eine Antwort auf ihre nie ausgesprochene Frage: Warum hat der

Vater mich – mich, seine Rosa! – verlassen? War ich nicht sein Goldkäferchen, sein Spatzenschnäbelchen, sein Hühnergackerchen …?

Er hat müssen, Kind.

Müssen ist kein Grund für ein Kind. Ein Schuldiger, das ist endlich einer. Auch für die längst erwachsene Rosa noch

Doch der Schuldigbefundene, der Willi, war da längst wieder jenseits der Grenze. Wieder …

Klar, trompetet Rosa, dass der rüber ist. Willis Flucht im Juni 1953 erschien ihr jetzt in einem anderen Licht. Man war ihm auf die Schliche gekommen. Also rüber. Unerreichbar für Strafe. Vielleicht aber doch noch zu treffen, wenigstens moralisch: Fortan wurden Willis eingeschnürte Zuwendungen von Rosa ignoriert.

Das war das Ende auch der Sticksonntage. Wie? Der Willi? Ja, und wenn. Ein Pimpf, ein unreifer. Das Unverständnis der alten Schwestern für Rosas Empörung war so ganz-, wie ihre Klärungsversuche halbherzig. Halb konnte man, halb wollte man nicht reden. HalbundHalb eben, süßer Sorgenlikör mit einer bitteren Nuance, statt einer Wahrheit, die vielleicht bitterer noch war.

Rosas Lektüre wechselte von Paketinhaltsverzeichnissen zu roten Broschüren. Sie wurde Mitglied jener Partei, die eine Mauer hatte errichten lassen, um sie vor *diesen Willis* (Zitat Rosa) zu schützen.

Die Sache mit Onkel Willi verschwand bald unter dem Teppich der neuen Zeit. Der Fall hatte sich dem Knaben Henri auch nur verschlüsselt mitgeteilt: Gibt keine Päckchen mehr, basta!

Eines Tages war doch noch einmal Post gekommen von Onkel Willi, ein Brief. Die drei Frauen hatten die Köpfe über dem Brief zusammengesteckt. Rosa hatte ihn dann noch einmal allein gelesen und heftig geweint.

Was Helder dem Schweigen zwischen den wenigen Bemerkungen der Mutter entnahm: Sie war jetzt nicht mehr böse auf ihren Bruder Willi, sondern wieder auf ihren Vater. Und sie wolle nicht länger zu Hause sitzen.

Rosa verlangte nach Arbeit, nach richtiger Arbeit. Nicht nur Kinder, Konsum, Kittelschürze. Bald trug sie nicht mehr nur Schürzen, sondern den Staat. Sorgte, dass er sich gut kleidete, der Staat. In der Tuchfabrik Cottbus, worin die ehemaligen Stickenbacher Tuche aufgegangen waren, entwarf sie Muster für Stoffe, in denen sich so manche gestickte Sonntagsphantasie wiederfand.

Den ganzen Tag malen, maulte ihr Mann, was ist denn das für Arbeit?

Später, als sie teilhatte an der Erfindung eines künstlichen Gewebes, das der Hausfrau das Bügeln abnahm, wurde sie vom Staat für diese Arbeit zur Heldin ernannt. Der Stoff war knitterfrei und wärmte gut, vor allem im Sommer.

Na endlich, anerkannte Gatte Bertram und zählte die Scheine, 'ne Prämie, die sich lohnt.

Rosa hatte für derlei vulgären Materialismus nur ein geringschätziges Lächeln übrig. Ihre Prämie war die Zukunft, die kommunistische selbstverständlich: knitterfrei und warm. Sie hing dieser Idee mit einer frommen Liebe an, die sie Überzeugung nannte. Ihr Messias hieß Marx, sie sagte natürlich: mein Philosoph.

Das waren die drei Bestandteile ihrer Philosophie: schöner kleiden, schöner wohnen, schöner lieben. Am schönsten aber liebt es sich das Ferne.

Das Leben aus der Nähe ist mitunter allzu hässlich. Und was ist ferner als ein toter Denker? Höchstens die Zukunft.

An Marxens selbsternannten Siegelbewahrern in Rosas Partei erfuhr ihr metaphysisches Bedürfnis jedoch wenig Labung.

Und die nahe, die häusliche Liebe? Die roch doch manchmal sehr nach alten Socken.

Bertram seinerseits fühlte sich vernachlässigt. Er litt Mangel. Er war eifersüchtig. Seine Eifersucht tarnte sich als Gesellschaftskritik: Du und deine Mangelwirtschaft …

Meine liebe Rosa, sagte Bertram feierlich im November 1989, ich habe ja nicht gerne recht. (Was gelogen war.) Aber nun kannst du es endlich auch in deiner Zeitung lesen. (Das stimmte.) Es war doch alles Murx. (So weit wollte die Zeitung aber nicht gehen.)

Rosa las und las und las … Und las am Ende nur noch Romane und die Bibel. Beide lehrten sie: Die Wahrheit ist das Ausgedachte.

Es sollte lange dauern, bis Rosa begriff, dass Gerüchte von dieser Weisheit ausgenommen sind, zumindest was ihren Bruder Willi und auch ihren Stiefschwiegervater Karwenzel betraf.

Aber geahnt, geahnt hat sie schon, warum ihr Vater, Hans Kaspar Brügg, sie in ihrer frühen Jugend verließ und sich in der Welt herumtrieb.

Manches Mal saß sie allein in den Bänken der Brandter Kirche und dachte an ihren halben Bruder Willi. An Willi und daran, dass er gestorben war. Auch dass sie ihm Unrecht getan hatte mit ihrem Verdacht. An seinen Brief dachte sie und wie er geschrieben hatte von seinem Besuch beim Vater. Böse war sie keinem mehr, nur noch ein wenig traurig. Dann stellte sie sich vor, dass *sie* den Vater noch einmal getroffen hätte. Wir hätten gesprochen miteinander, dachte sie, und wären nicht fertig geworden damit …

XXV

Im Juli 1946 tauchte auf Nauru im Dorf der Iwi ein Fregattvogel auf, der sich seltsam benahm. Stundenlang hockte das Tier, ohne sich zu rühren, auf dem Wellblechdach der Hütte des verstorbenen Häuptlings. Als ein Neunjähriger sich daranmachte, ihn einzufangen, ließ sich der Vogel ohne Widerstand oder Fluchtversuch berühren. Dabei entdeckte der Junge an seinem Fuß einen Zettel. Der Zettel wanderte von Hand zu Hand. Bis schließlich einer die Botschaft zu deuten verstand: Es war das *Save Our Souls* von Schiffbrüchigen.

Zur selben Zeit befand sich die Fregatte *Truman* auf dem Heimweg vom Bikiniatoll, wo sie an der Beobachtung nuklearer Versuche teilgenommen hatte. Sie erhielt Order, nach den Schiffbrüchigen zu suchen. Bereits wenige Stunden nachdem der Funkspruch eingegangen war, wurde das Wrack der *Rutas* entdeckt.

Allgemeines Entsetzen herrschte an Bord, als man aus dem Kanu nicht nur drei abgemagerte, aber noch lebende Menschen barg, sondern auch einen großen Knochen, den der Schiffsarzt eindeutig klassifizierte: Der stammt von einem Menschen.

So hatte es Helder bereits im *Hawaiian Observer* berichtet gefunden. Da dem Blatt weitere Erkenntnisse über die Ereignisse an Bord fehlten, zog es eine historische Parallele:

Im November 1820 rammte ein riesiger Pottwal den Walfänger *Essex*. Das Schiff versank, und die Mannschaft rettete sich in die Beiboote. Man verzichtete darauf, eine der nahe gelegenen Inseln anzusteuern. Man fürchtete sich vor Menschenfressern. So nahm man Kurs auf die amerikanische Küste. Viele verhungerten auf der dreitausend Seemeilen langen Reise. Die Toten wurden aufgegessen. Schließlich begannen die Überlebenden, die nächste Mahlzeit unter sich auszulosen.

Der Einbeinige hatte, als sie später das Kanu zur Verbotenen Insel bestiegen, behauptet, an Bord der *Rutas* gewesen zu sein. Allerdings fehle ihm die Erinnerung an Details, er sei erst wieder am Strand dieser Insel neben einem Pottwal erwacht.

Als das Kanu ohne Segel über den Pazifik getrieben und keiner von den vier Schiffbrüchigen in der Lage gewesen sei, die Tage ohne Nahrung zu zählen, habe er zu singen begonnen. Wahrscheinlich, so sagte der Einbeinige, glaubten die anderen, der Hunger hätte mir den Verstand geraubt.

Lass uns auf die Dunkelheit warten, sagte der Einbeinige und begann einen monotonen Singsang, so wie er damals gesungen hatte. Er sang die Lieder seiner Väter. Er beschwor seinen Vater, und er beschwor dessen Vater und seines Vaters Vater bis hin zu Palaoa, dem ersten Navigator.

Helder schloss unwillkürlich die Augen und sah, was der Einbeinige wiedersah: Maui, der Heros, erschien und reichte ihm ein Messer.

Helder hörte Siyakuu schreien. Er sah, wie Hans Kaspar aufsprang und wie Malinowski ihn zurückhielt.

Alle starrten auf Keola, der plötzlich ein Messer in der erhobenen Hand hielt. Dann, ganz ruhig, setzte er das blitzende Metall auf die nackte Haut seines linken Oberschenkels. Schnitt für Schnitt, als wäre es Brot, durchtrennte die Klinge Haut, Muskeln, Sehnen und Knochen so leicht, wie es nur in einem Traum geschehen kann.

Kein Laut drang an Helders Ohr. Nicht einen Tropfen Blut sah er aus Keolas Körper rinnen. Das Gesicht mit den geschlossenen Augen wirkte entspannt und zugleich hochkonzentriert, ohne eine einzige Regung des Schmerzes. Es war, als hätte er, bevor er das Messer ansetzte, sich bereits von seinem Bein getrennt.

Da lag das Bein auf der Pandanussmatte. Die Farben verblassten in weißem Licht. Nur das Rot einiger Blutstropfen, die jetzt langsam aus der Wunde quollen. Helder hörte aus der Ferne der Erzählung, was der Einbeinige wie in Trance wiederholte, die Formel der Hingabe, so absolut wie grotesk: Trinkt, denn das ist mein Blut. Esst, denn das ist mein Fleisch!

Das Blut rann durch das Flechtwerk am Holzgestänge herab und tropfte ins Meer.

Die Haie kamen. Sie umkreisten das Kanu, bis einer, vom Geruch des Blutes getrieben, seinen Schädel von unten gegen das Deck rammte. Ein zweiter schnellte aus dem Wasser und warf seinen schweren Leib auf einen der Rümpfe. Ein dritter schließlich schlug seine mächtigen Kiefer in einen der Ausleger. Splitternd brach das Holz. Das Deck neigte sich, und Keola, noch immer in Trance, rollte ins Meer. Im selben Moment hob sich ein riesiger, hell glänzender Körper direkt neben dem Kanu aus dem Wasser, senkte sich sogleich wieder und tauchte unter dem Kanu hindurch, wobei seine Haut deutlich vernehmbar an den Bootsrümpfen scharrte. Dann war alles still. Keola war verschwunden. Auch die Haie.

Helder glaubte den riesigen weißen Wal zwischen den Wellen zu sehen. Sah, wie sich Moby Dicks Wiedergänger rasch entfernte und eine schäumende Spur hinterließ.

Es ist so weit, sagte der Einbeinige, und Helder wusste nicht, hatte er eben geträumt oder der Erzählung des Polynesiers gelauscht.

Mich, sagte der jetzt, hat ein Walfisch gerettet. Es muss so gewesen sein. Denn als ich zu mir kam, lag ich am Strand der Verbotenen Insel. Neben mir der Wal. In seinem Rücken stak nicht nur eine abgebrochene Harpune. An einer von ihnen werde ich mich wohl festgeklammert haben.

Die Leute aus dem Dorf haben mich erst in eine Hütte geschleppt, dann haben sie mit Seilen und Stangen versucht, den Wal wieder ins Wasser zu bringen. Es war vergebens. Als ich endlich aufstehen und mich mit Krücken fortbewegen konnte, habe ich am Strand nur noch sein von den Vögeln blank gepicktes Skelett gefunden.

Fast lautlos glitt das Kanu über das nächtlich stille Meer zur Verbotenen Insel hinüber.

Hatte Großvater tatsächlich Menschenfleisch verspeist? Vom Widerstandskämpfer zum Menschenfresser? Das, dachte Helder, ist wohl Grund genug, ihn aus dem Familiengedächtnis zu streichen.

So etwas konnte man doch nur vergessen und zurückfliegen nach Hause. Vergiss das alles!

Auch die Grüne Wituland, Helder?

Von mir aus, auch die. Weg mit den Schuhen!

Schon hatte er sie ausgezogen und in hohem Bogen ins Meer geworfen.

He, Helder, was tust du?!

He, was machen Sie, rief der Einbeinige und fischte die Schuhe wieder aus dem Wasser. Das sind die Schuhe ihres Großvaters.

Wissen Sie, von den eigenen Kameraden gegessen zu werden, ist doch besser als von Würmern oder Fischen. Aber ehrlich gesagt, ich weiß selbst nicht, was auf der *Rutas* wirklich geschah. – Hören Sie, es wird nicht leicht sein, an die Tagebücher ihres Großvaters zu kommen. Doch wenn wir es schaffen, dann wissen wir vielleicht mehr.

Schweigend paddelten sie weiter über die nächtliche See zur Verbotenen Insel. Helder war sich nicht sicher, ob er überhaupt noch erfahren wollte, was gewesen war.

Doch vielleicht gelang es, den Großvater vom Vorwurf des Kannibalismus zu entlasten. Vielleicht würde er in dessen Aufzeichnungen lesen, wie die Besatzung der *Rutas* versucht hatte, mit Keolas Bein nach Bonitos zu fischen.

War deshalb der Knochen, als ihn die Besatzung der *Truman* entdeckte, blank und abgenagt? Oder: Hatte Keola sein Bein in Wirklichkeit beim Angriff der Haie verloren, und die Amputation war nicht mehr als die Vision seines hungerverwirrten Geistes?

Ja, sicher, so wird es gewesen sein: Keola hat einen der Haie fangen wollen, war aber dabei unglücklich gestürzt. Kopfüber ins Wasser. Malinowski blitzschnell, was niemand ihm zugetraut hätte, hält ihn noch Sekunden am Bein. Doch ehe Hans Kaspar und Siyakuu hinzuspringen und den Unglücklichen wieder an Bord ziehen können, verschwindet der in der Tiefe. Zurück bleibt, unter den entsetzten Blicken aller, das durch einen Haibiss abgetrennte Bein in Malinowskis Händen. Ja, dachte Helder, so muss es gewesen sein. Dann vielleicht war doch noch Rettung gekommen, der Wal …

Im Kommandozentrum der *Truman* wurde das Entsetzen über den Knochenfund von einer anderen Erregung verdrängt, als der Schiffsarzt über den Gesundheitszustand der Geretteten Bericht erstattete: Ein den Umständen entsprechender allgemeiner Schwächezustand, beginnende Austrocknung des Körpers, erste Anzeichen von Skorbut und …

Und was?!, fragte der Kommandant streng.

Die Haut der Frau weist Schäden auf, die nicht allein durch lange Sonneneinwirkung zu erklären sind. Sondern …

Sondern?!

… durch Strahlung, radioaktive Strahlung. Merkwürdigerweise sind die beiden Männer frei davon. Die Frau wurde selbstverständlich sofort isoliert. Sie steht unter ständiger medizinischer Beobachtung und Behandlung.

Nach eindringlichen Befragungen und einigen Erkundigungen ergab sich für den Kommandanten folgendes Bild:

Als am 1. Juli 1946 um 9:00 Uhr in 158 Metern Höhe über dem Bikiniatoll die 23-Kilotonnen-Atombombe *Able* explodierte, wurden die meisten der 94 Schiffe, die zu Testzwecken im Sperrgebiet ankerten, nur oberflächlich beschädigt. Da die Bombe versehentlich 700 Meter westlich vom geplanten Punkt detonierte, zerriss die Druckwelle allerdings einen in der Nähe liegenden alten Kutter, der verschiedene Tiere von der Insel hatte evakuieren sollen.

Entweder hatte das Schiff einen Motorschaden gehabt, und die Besatzung war, als die Zeit knapp zu werden drohte, fluchtartig von Bord gegangen. Oder jemand in der Einsatzleitung hatte durchgesetzt, die Wirkung der Bombe auch an Tieren zu testen. Dies war dem Kapitän bisher nur gerüchteweise zu Ohren gekommen, als ein nicht verwirklichter Plan. Eine sehr abstruse Idee, wie der Kapitän fand, der zu Hause selbst verschiedene Tiere hielt, darunter ein von seinen Kindern abgöttisch geliebtes Pony.

Nun war da vermutlich ein Pferd von der Wucht der Explosion durch die Luft geschleudert worden. Zufällig war es nicht im Meer, sondern auf einem Floß, vermutlich einem Bruchstück des Kutters, einer Kabinenwand vielleicht, gelandet.

Besser, es wäre ertrunken, dachte der Kapitän. Besser auch für die Frau, die, nichtsahnend, die Schmerzen des Tieres hatte lindern wollen und nun selbst kontaminiert war.

Noch bevor die *Truman* in Pearl Harbor anlegte, erschien ein Zivilist an Bord, der den Geretteten ein Angebot unterbreitete. Man werde von einer Anklage wegen Kannibalismus absehen, sagte der freundliche Herr und bot Zigaretten an. Allerdings erwarte die Regierung ein entsprechendes Entgegenkommen. Selbstverständlich werde Mrs. Malinowski alle erdenkliche medizinische Hilfe zuteil, doch diese merkwürdige Begegnung mit einem Pferd solle man doch besser vergessen.

Ich bitte Sie, ein Pferd allein auf hoher See! Verhungernde haben schon ganz andere Dinge zu sehen geglaubt. So oder so: Die Russen würden einen solchen Zwischenfall sofort propagandistisch ausnutzen.

Malinowski und Hans Kaspar willigten, ohne zu zögern, ein, schon um Siyakuus Gesundheit nicht zu gefährden.

Allein Siyakuu zögerte. Ich weiß nicht, sagte sie, was dort im Pazifik wirklich geschehen ist. Aber ich habe dieses Pferd gesehen. Eine stumme Kreatur. Doch zu mir hat sie gesprochen. Ein Opfer. Ich finde, es wurden genug Opfer gebracht. Zu viele, um zu schweigen.

Der freundliche Herr runzelte die Stirn und verließ den Raum, um den drei Bedenkzeit zu geben.

Malinowski und Hans Kaspar redeten auf Siyakuu ein, beschworen sie eindringlich: Wem es nütze, wenn *sie* sich jetzt opfere, ja opfere.

Für wen, Siyakuu!?

Sie erklärte sich schließlich einverstanden.

Der Mann hielt, was er versprach. Siyakuu wurde in ein Militärhospital eingeliefert. Der behandelnde Arzt hatte nach wenigen Tagen und vielen Untersuchungen keine Bedenken, dass sowohl Malinowski als auch Hans Kaspar sie besuchten, wann immer sie wollten.

So kam es, dass beide mitunter stundenlang an Siyakuus Bett saßen. Jeder auf einer Seite. Und jeder bot dem anderen an, die Krankenwache zu übernehmen. Jeder lehnte ab. Ja, es schien, als bewachten sie sich gegenseitig oder wetteiferten zumindest darum, Siyakuu die größere Zuwendung zuteilwerden zu lassen.

Dies drückte sich nicht allein in den Bergen von Früchten und Süßigkeiten aus, die sie anschleppten, sondern auch in Büchern. Dieses könne die Patientin wunderbar zerstreuen, jenes unbedingt zu ihrer Genesung beitragen. Eines Tages gerieten beide Männer vor der milchverglasten Krankenzimmertür in Streit. Malinowski hatte in einem Antiquariat einen reich bebilderten Band über Anatolien entdeckt, den vermutlich ein Seemann dort zu Geld gemacht hatte. Malinowski war überzeugt, das Buch werde Siyakuu aufmuntern. Hans Kaspar aber führte dagegen ins Feld, das Buch könne ihre traumatischen Erlebnisse reaktivieren.

Wie in einem Schattentheater sah Siyakuu die Streithähne hinter der Glasscheibe. Als die beiden, Frieden heuchelnd, eintraten, sagte sie: Geht bitte. Beide!

Betreten und schweigend setzten sich Malinowski und Hans Kaspar auf eine der Bänke an den Wänden des Flures. Keiner konnte sich entschließen, das Krankenhaus zu verlassen. Man wolle, darin war man sich jetzt einig, auf den Arzt warten, um ihn zu fragen, wie weit Siyakuus Genesung fortgeschritten sei. Zu ihrer Überraschung kündigte der Arzt den Donnerstag der folgenden Woche als Tag der Entlassung an.

Am Montagabend bemerkte eine Schwester beim Wegräumen des kaum berührten Abendessens von Siyakuus Bett einen trockenen Husten an der Patientin, und ihre daraufhin aufgelegte Hand registrierte eine heiße Stirn. Dass die Quecksilbersäule des herbeigeholten Fieberthermometers bei achtunddreißig Grad verharrte, beruhigte die Schwester. Zwei Stunden später kletterte das Quecksilber allerdings schon über die vierzig, und Siyakuu klagte keuchend über starke Schmerzen in der Brust. Der eilends herbeigerufene Arzt fand rostbraunen Schleim auf ihrem Kissen und diagnostizierte sogleich eine Entzündung der Lunge. Obwohl er sofort Penicillin spritzte, hatten sich am Dienstagmorgen Fingernägel und Lippen der Patientin bläulich verfärbt. Die sogleich veranlasste Röntgenaufnahme bestätigte den Verdacht des Arztes auf eine bereits weit fortgeschrittene Schädigung des Lungengewebes.

Am Mittwoch trat kurzzeitig eine Besserung ein.

Als die Schwester in der Nacht zum Donnerstag gegen ein Uhr das Krankenzimmer betrat, fand sie die Patientin vermeintlich schlafend. Sie wollte sich schon zurückziehen, da fiel ihr Blick auf Siyakuus nackten Fuß. So ging die Schwester doch noch einmal an ihr Bett, um die Decke über den Fuß zu ziehen. Der Mond beschien Siyakuus Gesicht, und ihre offenen Augen waren dem Fenster zugewandt. Für einen Moment glaubte die Schwester, Siyakuu sei vertieft in ein stilles Zwiegespräch mit dem Mond. Doch so war es nicht. Ihr Atem stand still.

Malinowski traf am Donnerstagmorgen als Erster im Krankenhaus ein. Hans Kaspar fand ihn weinend auf der Bank im Flur.

Sie ist tot, rief er, sie ist tot. Und Sie, wo sind Sie gewesen?!

Ich? Ich dachte, Sie ...?

So hartnäckig, wie die beiden die Woche zuvor an Siyakuus Bett um deren Gunst gekämpft hatten, so überzeugt war ein jeder, dass Siyakuus Rauswurf ihm gegolten habe. Betroffen von der Erkenntnis, dass die eigene Anwesenheit einer Gesundung Siyakuus eher abträglich sei, hatten sich beide, ohne auch nur noch ein Wort miteinander zu reden, in ihre Hotelzimmer verkrochen.

Malinowski hatte es dort nicht lange ausgehalten und sich nach Möglichkeiten umgetan, seine Forschungen fortzusetzen.

So sagte er denn auf eine entsprechende Frage Hans Kaspars, er hätte Rutas entdeckt. Ja, tatsächlich, glauben Sie mir. Eine winzige Insel im Nordwesten, dort ...

Hans Kaspar fuhr ihn an: Hören Sie endlich auf, Malinowski! Hören Sie auf mit Ihren Hirngespinsten!

Hans Kaspar wandte sich ab und ging. Er verließ das Krankenhaus und lief ziellos durch die Stadt, stundenlang, kam in die Randbezirke Honolulus und verließ auch die. Wohin, wusste er nicht. Nur innehalten, stehen bleiben, ausruhen konnte er nicht. Er spürte seine Füße nicht. Er spürte seinen Körper nicht. Sein Herz war wie taub. Ringsum nur

Leere. Irgendwann, mitten auf einem Felsvorsprung, die Hand schon nach dem nächsten ausgestreckt, um weiter nach oben zu klettern, fiel er erschöpft in Schlaf.

Da lag er. Möwen kreischten, ein Albatros steuerte seinen Nistplatz an, Seeschwalben jagten durch den aufkommenden Wind. Schwere graue Wolken gingen, kaum dass es dämmerte, über in die Dunkelheit.

Am Morgen fand sich Hans Kaspar in einer Klippe auf halber Höhe zusammengerollt auf einem Vorsprung, kaum größer als die Sitzfläche einer Parkbank.

Was Helder später in Hans Kaspars kaum noch entzifferbaren Aufzeichnungen über diese Tage fand, war nicht viel. Kurze nüchterne Notizen. Doch sicher, dachte Helder, wird er sich nach Siyakuus Tod gefragt haben, ob er dafür das Haus am Bahndamm verlassen habe, für diesen Blick ins Nichts.

Bis dahin, während der Flucht, auf der *Dunera*, im Lager, auf Nauru, ja selbst in den verzweifeltsten Momenten in der Wüste, muss er immer geglaubt haben: Es hat einen Sinn.

Auch wenn er sich wohl nie hatte vorstellen können, Siyakuu jemals wiederzusehen, ja wenn er nicht einmal mehr davon geträumt hatte, so hatte er sich doch auf der Suche nach etwas gewusst, dem er in seiner Jugend in Konya schon einmal so nah gewesen war: in sich selbst – Ahmad hätte gesagt, in Gott – zu Hause zu sein.

Und nun? Wenn du dir eine Perle wünschst, musst du bis zum Grund des Meeres tauchen …

Da oben auf der Klippe muss er, Ahmads Schuhe schon in den Händen, nahe daran gewesen sein, sie ins Meer zu schleudern. Sie werden dich zur Liebe führen, das waren Ahmads Worte gewesen. Vorbei, vorbei. Es war vorbei.

Damals, in Krahnsdorf-Brandt, als Siyakuus Kartengruß ihn erreichte, hatte er nach seiner rastlosen Wanderung durch die Felder die Schuhe wieder ausgezogen. Er hätte sonst alles hinter sich lassen und aufbrechen müssen …

Einfach so, nur einer Jugendliebe wegen, geht man nicht weg. Lässt man nicht zwei Kinder zurück und zwei Frauen, ein sicheres Einkommen, ein Haus … Da geht man nicht. Noch dazu ins Ungewisse.

Die Frauen fragten: Was hat sie denn geschrieben, diese Siyakuu? Die eine schob dabei die Blechkanne mit Gerstenkaffee, die andere den Mustopf über den Tisch.

Willi quengelte: Erzähl das noch mal, das mit dem Tiger!

Und Rosa schmatzend: Was für ein Tiger, Papi?

Es könnte doch alles eine abenteuerliche Geschichte sein, die man beim Vesper seinen Kindern erzählt. Mehr nicht.

Doch dann kam diese Nachtschicht. Es war kurz nach zwei, da meldete der Weichenwärter ein Problem mit Weiche 113. Der Weichenhebel ließ sich nicht bewegen. Hans Kaspar nahm den Langhammer und die Karbidlampe und machte sich auf den Weg über die Gleise. In Weiche 113 klemmte ein Schotterstein. Hans Kaspar hebelte ihn heraus. Er war schon auf dem Rückweg, als er an der 97 jemanden hantieren sah. Hans Kaspar löschte seine Lampe, schlich sich heran und ertappte doch tatsächlich diesen Kerl, wie er versuchte, einen eisernen Bremsschuh in die Weiche zu schieben. Hans Kaspar griff zu und schaltete im selben Moment seine Handlampe an. Er konnte gerade das P auf der Jacke erkennen, dann traf ihn ein so heftiger Schlag, dass er taumelte, stürzte und mit dem Kopf auf eine der Schienen schlug …

Ein Geräusch. Hans Kaspar nimmt es wahr. Regen, es regnet. Hans Kaspar begreift, wie er da so liegt, wo er liegt und dass da noch ein Geräusch ist in dem Regen, ein Geräusch, das von einem Zug stammt, der sich nähert, das begreift er auch. Rechtzeitig, um sich aufzurappeln, von den Gleisen zu wanken … und doch gleich wieder zurück.

Denn der Zug, der da kommt, ist der Vierzehnnullfünf und der Vierzehnnullfünf wird ziemlich genau um zwei Uhr vierunddreißig über die 97 fahren, um von Gleis 5 auf Gleis 7 zu gelangen. Und mit der 97 war doch was, da hatte doch der Pole den Bremsschuh …

Hans Kaspar, den Bremsschuh in der Hand, kann eben noch zurücktreten, da rauscht und donnert der Zug an ihm vorbei und bläst ihm Staub und Rauch ins Gesicht. Da fahren eine Kompanie Infanterie und eine Batterie mit vier Feldgeschützen gen Frankreich, auch sie werden am 14. Juni über die Champs-Élysées paradieren.

Augenblicke später wandte sich Hans Kaspar, jetzt auf dem Weg zum Stellwerk, um den Sabotageakt telefonisch zu melden, noch einmal um und sah, nicht ohne Erleichterung, die Wagen des Nachtexpresses München–Berlin vorüberrattern. Es war jetzt also zwei Uhr *sieben*unddreißig.

Die Polizisten brachten einen Spürhund mit. Bei dem Regen ohne Sinn, sagte der Hundeführer. Sie suchten trotzdem das Gelände ab.

Derweil schrieb Hans Kaspar einen Bericht. Der Bericht wurde später von seinem Vorgesetzten mit einem handschriftlichen Vermerk versehen, worin er Hans Kaspar für das Kriegsverdienstkreuz vorschlug (Grund: Rettung eines Militärtransports und von ca. 160 Zivilisten, darunter Gauleiter Sauckel). Dennoch wurde im Zuge der Ermittlungen der Sicherheitskräfte eine Frage laut, in der ein Ton des Verdachts mitschwang: auf welche Weise genau der Saboteur denn entkommen sei?

Dann, nach alldem, kam Hans Kaspar nach Hause und dem Kriegsverdienstkreuz ganz nah.

Die Kinder in der Schule, die Frauen längst in der Hutfabrik, wo sie so kriegswichtige Dinge tun, wie Offiziersmützen nähen. Ihre Grüße und Wünsche mit Bleistift auf einem Zettel auf dem Küchentisch. An Wünschen ist es an diesem Tag nur einer: Holz für den Herd!

Wie Hans Kaspar so die Scheite aus dem Holzverschlag klaubt und einen davon, damit das Feuer sich besser anzünden lässt, mit dem Beil in dünne Hölzchen spaltet, vernimmt er ein Geräusch. Da bewegt sich doch was! Dort, wo auf zwei waagerecht aufgehängten Rundhölzern unterm Schuppendach die Kinderschlitten lagern, etliche leere Kartoffelsäcke und noch ein paar Latten, die man so aufhebt, weil es ja immer mal was zu reparieren gibt. Es bewegt sich was und poltert schließlich mitsamt Latten und Schlitten herunter, etwas, was Hans Kaspar nicht hingetan hat dort oben. Kein *was*, sondern: der Pole.

Ausgerechnet. Ausgerechnet in meinem Schuppen, denkt Hans Kaspar, da er nicht nur das *P* sieht, sondern in der ganzen Gestalt die von Weiche 97 erkennt.

Diesmal macht der Mann mit dem *P* keine Anstalten zuzuschlagen. Geht auch schlecht, weil er am Boden liegt und Hans Kaspar über ihm steht, das Beil in der Hand.

Rückwärts verlässt Hans Kaspar den Schuppen. Langsam, ganz langsam, nur nicht stürzen jetzt …

Er hat es geschafft, ist draußen, schlägt die Tür zu, drückt den eisernen Riegel über die Krampe, dann den Holzpflock, der an einem Bindfaden hängt, durch die Krampe vor den Riegel. Jetzt ist sie zu, die Tür.

Einen Moment lehnt Hans Kaspar an der Tür, drückt den Rücken, die Hände, den Kopf gegen das raue, längst vergraute Holz und fängt an zu denken. Denkt: Jetzt hab ich dich, du Sauhund. Und: Zur Polizei, schnell zur Polizei. Mit dem Rad, ja, am besten mit dem Rad. Nein, halt! Was, wenn er abhaut? Der Schuppen ist alt, ein paar kräftige Tritte, und die Bretter fliegen durch die Gegend. Also: Wache halten. Bis jemand kommt. Mittags kommen die Kinder. Da kann er den Willi schicken.

Hans Kaspar sitzt auf der Haustreppe, den Schuppen im Blick, das Beil in der einen, das Kinn in der anderen Hand. Er ist müde. Immer wieder fallen seine Augen zu.

Er ist zufrieden mit sich. So zufrieden, dass er mindestens verdient hätte, sich ins Bett zu legen und zu schlafen.

Du Sauhund, du Sauhund. Jetzt haben wir dich, wir von der Bahn ... Jetzt gehst du ab. Die machen dich rund, rund werden die dich machen. Hast es nicht besser verdient.

Letzte Woche hing schon einer. Im Wäldchen hinter der alten Kiesgrube. Gleich früh, damit die Kinder, wenn sie nach der Schule zum Baden kommen, das nicht mitkriegen. Erst sind die Polen aus ihrem Quartier anmarschiert, ein paar Fremdarbeiter, die mit dem P. Der im Schuppen hat ihn also auch hängen sehen. Die anderen waren allesamt Kriegsgefangene. Die hatten noch ihre braunen Uniformen an. Auch der, der sich an einer Deutschen vergriffen haben soll. Zwei Beamte in Zivil schoben ihn aus einem PKW. Ein SA-Mann legte dem Polen den Strick um den Hals, und zwei andere zogen ihn langsam hoch. Erst soll ja der Ast gebrochen sein. Einer hatte die Idee und hat vom Feld so eine Stange von einem Heuschober geholt. Die haben sie quer rüber zwischen zwei Bäume gelegt. Strick in die Mitte, fertig. Zwanzig Minuten soll er gehangen haben. So lange hat es gedauert, bis er tot war.

Hans Kaspar kam von der Schicht, ist vorbeigeradelt mit langem Hals, hat ihn, über die Wegböschung weg, hängen sehn. Nein, kein schöner Anblick.

Ein Gendarm mit Gewehr stand Posten und trieb ihn an: Weiterfahren, weiterfahren.

Hat ihn also hängen sehen letzte Woche, der Pole den Polen. Hat also gewusst, was einem passieren kann. Die hatten doch ein schönes Leben auf den Höfen. Und im Ausbesserungswerk. Immer 'ne warme Mahlzeit. Das versteh einer. Warum hat der das gemacht?

Den sie gehängt haben, na gut, der hat es vielleicht nicht mehr ausgehalten, so als Mann. Oder er war verliebt. So richtig verliebt. Kann sein, sie haben sich beide geliebt. Die Frau soll ja jetzt im Zuchthaus sitzen. Die Ärmste wusste nicht, auf was sie sich da einlässt. Kann sie aber gewusst haben, stand ja schwarz auf weiß auf den Merkzetteln: *Wer mit einer deutschen Frau oder einem deutschen Mann verkehrt oder sich ihnen sonst unsittlich nähert, wird mit dem Tode bestraft.*

Die sollen sich noch mal einmachen, kurz vorm Tod. Die Zunge quillt dick und blau aus dem Mund. Nöö, das soll man keinem wünschen. Auch keinem Polen. Kann ja nichts dafür, dass er Pole ist. Niemand kann überhaupt was dafür, als was er geboren wird. Und nun entscheiden da welche plötzlich, wie einer sterben soll, wie einer lieben soll, dachte Hans Kaspar.

Hat er so gedacht? Helder weiß es nicht, aber möglich ist es. Möglich auch, der Pole im Schuppen hatte ein Stück aus einem morschen Brett gepolkt, linste nun aus seinem Guckloch, peilte die Lage, weil es so still war. Dann hat er was gesehen.

Hans Kaspar bemerkte ihn, sah den Blick des Polen mitten auf den Hof gerichtet, dorthin, wo vom nächtlichen Regen eine Pfütze noch stand. Was gab es da zu sehen, gar zu hoffen auf Rettung?

Nichts, nur eine badende Amsel. Die tauchte ihr Gefieder ins brauntrübe Wasser, schüttelte und putzte sich, drehte den Kopf, und da war sie wieder die Erinnerung: Siyakuu auf der Terrasse ihres Hauses in Konya, Ahmad mit der Pferdekopfgeige, der Tiger im Schatten. Wie das Wasser in der Schüssel plätscherte, wie Siyakuu den Kopf in den Nacken warf, die nassen Haare griff und dann im Rhythmus von Ahmads Musik mit der freien Hand ins Wasser schlug. Als er später mit Ahmad den Sema tanzte und mit Siyakuu. Da hatte die Welt in seinem Herzen Platz.

Nicht die Welt, hatte Ahmad gesagt, Gott ist wiedergeboren in dir.

Schwarzer Vogel, Siyakuu, wessen Botin ist die Amsel?

Hans Kaspar blickt zum Schuppen und sieht in die Augen des Polen. Hans Kaspar wird unruhig. Er weiß plötzlich nicht mehr, was richtig ist. Nur eins weiß er, dass er den Polen jetzt nicht mehr einfach der Polizei übergeben kann, nicht der Polizei und nicht dem Strick. Aber wohin mit ihm, wohin?

Hans Kaspar wehrt sich noch, zwingt sich, an die Beinahe-Katastrophe der letzten Nacht zu denken: wie der Vierzehnnullfünf auf die 97 zudonnert, mit der ersten Achse den Bremsschuh herausdrückt und dadurch diese Weiche schadlos passiert. Wie er aber gleich darauf an der Weiche 113, die ein Stein blockiert, in voller Fahrt aus den Schienen springt. Wie zwei Kompanien Soldaten, die doch wohl auch Menschen sind, eben aus den umgestürzten Waggons klettern wollen, als der Nachtexpress in die Unglücksstelle rast. Noch einmal 160 verletzte und tote Zivilisten dazu.

Ist nicht passiert, er, Hans Kaspar, hat es verhindert. Aber der Pole? War vielleicht sein Freund, der – Lewkowiec soll er geheißen haben –, den sie aufhängten. Aber was, wenn sie ihn finden, bei mir? Weg muss er, weg heute Nacht. Das wird er ihm sagen.

Zimenko heißt der Pole, Kristof Zimenko, ein junger Bursche, Zivilist, noch nicht reif gewesen für den Krieg.

Hans Kaspar hackt Holz, die Klötze neben dem Schuppen spaltet er, einen nach dem anderen. Derweil Zimenko im Schuppen auf Hans Kaspars Geheiß das restliche Holz im Verschlag ausräumt und sich mit Brettern eine Buchte baut. Dahinein kriecht Zimenko: Passen gut! So tönt es aus der Holzhöhle.

Dann also die frisch gehackten Scheite drüber. Doch vorher tut Hans Kaspar etwas, was er lieber nicht hätte tun sollen. Er nimmt Zimenko mit in die Küche. Pellkartoffeln und Quark, mit viel Leinöl und dick Zwiebeln drüber.

Bin ja allein in Bude, scherzt Zimenko und häckselt sich noch eine Zwiebel.

Morgen früh bist du weg!, mahnt Hans Kaspar ernst, ich habe Frau und Kinder. (*Eine* Frau hat Hans Kaspar verschwiegen. Das muss der nicht wissen.)

Sie gabeln Kartoffeln und kauen. Schweigend. Hin und wieder ein Blick, misstrauisch.

Bald kommen die Kinder, sagt Hans Kaspar.

Dann also ab in den Schuppen. Wieder quer über den Hof. Da spätestens muss es passiert sein.

Was?

Helder weiß es: *Einer sieht immer zu.*

Auch Hans Kaspar behauptete das, als er in der Nacht Ahmads Schuhe schnürte und die Frauen fassungslos nach Gründen fragten. Ja, sagte er, da sitzt ein Pole im Schuppen.

Henriette schien kaum überrascht. Wo Erdmuthe noch versuchte, Hans Kaspar zum Bleiben zu bewegen, sagte sie, es sei besser, damit der Rest der Familie nicht leide.

Nein, sie bräuchten sich nicht zu sorgen, der Pole sei auch bald über alle Berge. Und schuld, ja, da habe Henriette recht, man solle es der Gestapo so sagen: Schuld an allem sei er.

Da hat ihm Henriette Stullen geschmiert, und Erdmuthe holte aus dem Vertiko einen Briefumschlag. Da, sagte sie, da ist Onkel Denhardts Marke drin, die Grüne Wituland. Die bringt viel Geld.

Dann ist er auf den nächsten Zug aufgesprungen in Eisenbahneruniform. Du, Kollege, ein kleines Problem … So kam er durch.

Den Polen kriegten sie, nicht im Schuppen, irgendwo an der Neiße, als er sich im Fluss die Füße wusch.

Hans Kaspar auf den Klippen muss eines gewusst haben: An jenem Tag hatte sein zweites Leben begonnen. Das erste, als tanzender Derwisch in Konya, war kurz. Wann hatte es geendet? Vielleicht als er auf dem Bahnsteig das Signal zur Abfahrt des Deportationszuges gab.

Der Funke Gottes, hatte Ahmad einmal gesagt, mag verschüttet liegen in unserer Seele. Zu leben heißt, ihn stets aufs Neue freizulegen.

Hans Kaspar zog seine Schuhe wieder an, schnürte sie fest und begann von der Klippe zu steigen. Es sind die vielen kleinen, wohlbegründeten Unterlassungen, welche die großen, unbegreiflichen Verbrechen möglich machen. Dies war einer der wenigen lesbaren Sätze in Hans Kaspars Notizen, und: Es sind zu viele Opfer, um zu schweigen.

Ende August 1946 entdeckte Keola am Ufer der Verbotenen Insel ein seltenes Strandgut, einen Rucksack, an dem eine Leine befestigt war. Er enthielt drei Flaschen Branntwein und musste, so Keolas Spekulation, von Bord eines Kriegsschiffes stammen. Vermutlich hatte ein Matrose den Schnaps an Bord zu schmuggeln versucht, war aber beim Einholen seines Fangs gestört worden, so dass er Rucksack samt Leine hatte fahrenlassen.

Da Alkohol auch auf der Verbotenen Insel unerwünscht war, verstaute Keola seinen Fund für besondere Gelegenheiten im hohlen Stamm eines Baumes, nicht ohne sich vorher ein Schlückchen zu gönnen. Nicht nur der Duft des Brandys erinnerte Keola an sein früheres Leben, auch eine noch lesbare Notiz auf dem durchweichten Zeitungspapier, in das die Flaschen, um sie beim Transport zu schützen, eingewickelt worden waren.

Vor drei Tagen meldete sich ein Mann auf der Polizeiwache in Chinatown und bezichtigte sich selbst des Kannibalismus. Einer der Beamten erinnerte sich an das Wrack der ›Rutas‹, das Wochen zuvor von einem Schiff der US-Marine aufgegriffen worden war.

Ein daraufhin herbeigeschaffter Zeuge, Herr Professor Malinowski, bestätigte gewisse tragische Vorfälle. Da aber der Kannibale, ein Deutscher namens Brügg, die alleinige

Schuld auf sich nahm, wurde gegen Herrn Professor Malinowski keine Anklage erhoben.

Der Anwalt des Angeklagten deutete unserem Korrespondenten gegenüber an, sein Mandant werde im Prozess auch die Umstände des Todes einer Mitreisenden, Frau Siyakuu Malinowski, zur Sprache bringen.

Keola, der noch am selben Tag die Insel mit einem Kanu verließ, wollte Hans Kaspar in der Untersuchungshaft besuchen, was ihm aber verweigert wurde. Dies geschehe, da der Angeklagte sehr gefährlich sei, zu Keolas eigenem Schutz.

Der Anwalt, den Keola ausfindig machte, wirkte verstört. Ja, Hans Kaspar säße in Einzelhaft, streng isoliert. Merkwürdigerweise, so der Anwalt nicht ohne zynisches Auflachen, sei er dennoch vorletzte Nacht von Mithäftlingen halb totgeprügelt worden. Auch mein Büro, sagte der Anwalt, hat man durchwühlt.

Der Anwalt nahm Keolas Aussage zu Protokoll, riet ihm aber dringend, sich erst am Gerichtstag persönlich den Behörden als Zeuge zur Verfügung zu stellen. Doch sollte es zu keinem Prozess kommen.

Denn als der Staatsanwalt von Keolas Aussage Kenntnis erhielt, ließ er die Anklage fallen, da weder von Mord oder Totschlag, ja nicht einmal von Körperverletzung die Rede sein konnte. Mögliche moralische Verfehlungen seien nicht sein Ressort.

Hans Kaspars Anwalt, von einigen Journalisten bedrängt, versprach sensationelle Enthüllungen, über die er selber nur Vermutungen anstellen könne, und lud zu einer Pressekonferenz. Wer aber zu diesem Termin nicht erschien, war Hans Kaspar.

Wie für diesen Fall vereinbart, zog der Anwalt einen verschlossenen Umschlag aus seiner Aktenmappe und öffnete ihn vor den Augen der versammelten Journalisten. Der Anwalt verlas eine Erklärung Hans Kaspars, worin dieser nur kurz die Vorgänge auf der *Rutas* streifte, um sich im Wesentlichen mit den Umständen zu beschäftigen, die zu Siyakuu Malinowskis Tod geführt hatten.

Die Zeitungen schrieben am nächsten Tag von einem tragischen Unglücksfall, nahmen Hans Kaspars Erklärung ansonsten zum Anlass zu fragen: *Wann ist Stalins Bombe fertig?*

Der für die nuklearen Versuche zuständige Regierungsbeamte war einigermaßen überrascht, als er erfuhr, dass der Fall »Rutas« eine derartige, für die Vereinigten Staaten positive Wendung genommen hatte, da er in der öffentlichen Meinung die Notwendigkeit der amerikanischen Tests anschaulich machte. Blieb eine letzte Frage zu klären, ob die Sache mit der *Rutas* nicht ein raffinierter Spionagecoup der Roten gewesen war.

Edvard Malinowski sah sich am Ziel seines Lebens, als er, einer lokalen Legende nachforschend, auf einem Eiland das kaum einen Meter große Skelett eines Menschen entdeckte.

Menehune, sagenhafte Wesen von kindlich kleiner Gestalt. Die alte Frau in einem der Dörfer beschwor, dass ihr Großvater ihnen selber noch begegnet sei. Sie stahlen und trieben allerhand Schabernack, zu intelligent, um sich fangen zu lassen. Einem Mann, der einen der Kleinen mit einem Steinwurf verletzte habe, hätten sie in der darauffolgenden Nacht derart zugesetzt, dass er in Panik davongelaufen und von einem Felsen gestürzt sei. Dem Großvater aber, der ihnen jeden Abend eine Schale mit Kokosmilch hingestellt habe, hätten zwei, als er sich im Dschungel verirrt habe, geholfen. Sie hätten sich erst in einer Art Murmelsprache beratschlagt, um ihm dann in deutlichen Menschenworten den Weg zu weisen.

Auf einer kleinen Insel im Nordwesten des Archipels, wegen ihrer runden Form Pilo, der Nabel, genannt, berichtete die Alte, sollen noch vor wenigen Jahren Kindermenschen gelebt haben.

So saß Malinowski nun mit Schäufelchen und Pinsel vor seiner Fundstätte und hielt einen Schädel von der Größe einer Grapefruit in der Hand: Homo rutensis, murmelte er, Mensch von Rutas. Sogleich fügte seine Phantasie diesen Fund in seine These vom Urkontinent Rutas ein. Es schien ihm logisch, dass ein derart kleiner Mensch in der Evolution dem Homo sapiens und selbst dem Homo erectus vorangegangen war, dass diese also erst mit dem Auseinanderbrechen und -driften des Urkontinents sich über die Welt verbreitet hätten.

Nun, Malinowski sollte nicht dazu kommen, mit seinem Fund die wissenschaftliche Welt in Aufruhr zu versetzen. Vielmehr dienten die Nachrichten von der Pazifiküberquerung durch die *Rutas* jenen als Argument, die eine Besiedlung Polynesiens von Asien her favorisierten. Dass Malinowski seine eigene Theorie damit selbst überholt hatte, bereitete ihm angesichts des Kindermenschenschädels wenig Kopfzerbrechen. Mit Genugtuung allerdings nahm er zur Kenntnis, dass die Expedition seines Widersachers Zumpfhagen vor den Galapagosinseln gescheitert war. Als der Norweger Heyerdahl unabhängig davon ein Jahr später mit einem Floß von Peru aus Polynesien erreichte, war Malinowski im wahrsten Sinn des Wortes so in seine Forschungen vergraben, dass die Welt ringsum für ihn nicht mehr existierte.

Einige Jahre später verschwand Edvard Malinowski endgültig aus der Welt, er versank während einer Sturmflut samt seinem Urkontinent für immer im Meer. Es sollte fast sechs Jahrzehnte dauern, bis die Menehune wiederentdeckt wurden, diesmal Homo floresiensis getauft. Mehrere gut erhaltene Skelette auf der indonesischen Insel Flores sollten eine heftige Debatte über die Darwin'sche Evolutionstheorie auslösen.

Noch aber konnte Malinowski sich wissenschaftlichen Ruhm erhoffen. So war er natürlich ungehalten darüber, erst durch die Behörden, dann von Keola, wegen der törichten Selbstanzeige Hans Kaspars, von seiner Arbeit abgehalten zu werden. Schließlich aber setzte er sich doch für den Mann ein, den er für den ehemaligen Liebhaber seiner verstorbenen Frau halten musste. Dies geschah auf eine sehr unakademische Weise.

Zwei weißbemützte Militärpolizisten hatten Hans Kaspar – zu seinem Schutz, wie sie sagten – in Empfang genommen und verließen mit ihm gerade das Tor des Untersuchungsgefängnisses, da stürzte ein Krüppel direkt vor ihre Füße.

Dass dies kein Zufall war, begriffen sie erst, als ein älterer vornehm aussehender Herr hinzusprang und den einen Polizisten über den stieß, der dem Einbeinigen gerade aufhelfen wollte. Der ältere Herr verlieh seiner Attacke mit einem knüppelähnlichen Instrument Nachdruck, das er aus seiner Aktentasche zog und seinem Opfer über den Schädel hieb.

So war der Krüppel schneller wieder auf seinem einen Bein als auch nur einer der Polizisten auf seinen zweien. Behende sprang er in die offene Tür eines abfahrenden Wagens, in den der ältere Herr den Arrestanten Hans Kaspar eben gezogen hatte.

Malinowski scherzte: Meine Mutter sagte immer, lass dich nie mit Polizisten ein. Dabei hielt er eines seiner archäologischen Fundstücke, die bei der Befreiungsaktion zerbrochene Nasenflöte, in die Höhe.

Meine Mutter musste es wissen, ihr Mann war Kriminalbeamter und entleerte ihre Likörflaschen in den Ausguss, so regelmäßig, wie er sie in unserer Wohnung aufspürte. Zu ihrem Schutz, wie er sagte.

XXVI

Helder, eben aus des Einbeinigen Kanu gesprungen, spürte sein Herz schneller schlagen und im Unterleib ein Grummeln. Unter den Sohlen der Großvaterschuhe knirschte der Sand der Verbotenen Insel. Irgendwo hier, hatte Keola angekündigt, ruhte der Nachlass Hans Kaspars.

Lassen Sie uns bis zum Morgen warten, sagte Keola, ließ sich, wo er gerade stand, nieder, rollte sich zusammen und schlief auf der Stelle ein.

Helder konnte und wollte nicht schlafen. Ein kühler Wind von See ließ ihn frösteln. Er zog die Beine an und umschlang sich selbst mit den Armen. Er dachte an Kapitän Cook und dessen gewaltsamen Tod.

Ruhm würde ihm, Helder, wohl nicht beschieden sein, wenn er hier, am anderen Ende der Welt, das Familiengeheimnis der Helders entdeckte. Ruhm nicht, aber sicher auch nicht der Tod. Schlimmstenfalls eine Geldstrafe wegen unbefugten Betretens von Privatgelände, Hausfriedens-, oder besser, Inselfriedensbruch. Und wegen Bruch des Familienfriedens? Exkommunikation. Das saß tief in den Därmen: die kindliche Angst vorm Alleingelassensein.

Keola, der einbeinige Wanderer zwischen den Welten, sprach mit dem Häuptling. Noch vor Sonnenaufgang hatte er Helder geweckt, seine Krücke genommen und sich auf den Weg ins Dorf gemacht.

Helder war ihm ein Stück gefolgt und dann, von Keola angewiesen zu warten, auf einem Hügel hinter blühenden Hibiskusbüschen sitzen geblieben.

Vom Dorf her näherte sich eine kleine Prozession, angeführt von einem Mann im gelben Gewand, mit einem großen Blatt um die Stirn gebunden. Am Strand angekommen, breitete er die Arme der aufgehenden Sonne entgegen und sang in der klangvollen hawaiischen Sprache: *Aloha e ka la, e ka la! E ola mai e ka la, i ka honua nei* – Ich grüße die Sonne, das Leben, die Erde. So zumindest sollte Keola später diesen rituellen Gruß des Kahuna übersetzen

Das Lied des Vorsängers ging über in einen Gesang, den die Männer und Frauen, die ihn begleiteten, wie eine Antwort anstimmten. Fast unmerklich begannen sie, Füße und Hände in einem sanften Rhythmus zu bewegen, tänzerische Gesten, die den Gott Lono, so Keola später, um Frieden und Fruchtbarkeit baten, um das Mana, die Lebenskraft.

Das Glitzern des Sonnenlichts auf dem Wasser, das stete und leise Heranrollen der flachen Meereswellen, der starke Duft aus weißen Blüten, alles wurde eins mit dem weichen Rhythmus des Tanzes, mit den sanften und gleichzeitig kraftvollen Bewegungen der Menschen, bewegt vom Atem eines Gottes, der sie doch selber waren. Ohne Zuschauer, ohne Gage, nicht mal Applaus. Niemand sah zu.

Nur Helder, der stille Voyeur in seinem Versteck. Er war angerührt wie selten in seinem Leben. Und er schämte sich, als würde er hier etwas stehlen, was ihm nicht gebührte.

Drüben im Dorf hatte Keola inzwischen den Häuptling gefunden, palavernd standen sie vor dessen Hütte. Ringsum war das dörfliche Leben erwacht. Eine dicke Matrone übte mit ein paar halbwüchsigen Mädchen den Hula. Ein paar Frauen saßen im Kreis und zogen Blüten, Muscheln und Federn auf Schnüre, zwischen ihnen krabbelnde, plappernde Kinder. Mehrere junge Burschen schleppten Körbe mit Taroknollen herbei. Ein Alter kommandierte eine Schar

Jungen, die Kokosnüsse von den Palmen holten. Unten am Strand wateten einige Mädchen auf der Jagd nach Tintenfischen durchs flache Wasser; gerade hatte eine von ihnen ein Prachtexemplar an den Fangarmen gepackt und hielt es triumphierend in die Luft, wobei das Tier seine Arme, gleichfalls besitzergreifend, um den Hals des Mädchens zu schlingen schien. Draußen in der Bucht standen ein paar Fischer in ihren Kanus und warfen die Netze aus. Friedlich, ja idyllisch, als habe Gott Lono selbst Regie geführt.

Da spürte Helder plötzlich eine kräftige Hand auf der Schulter. Er fuhr herum und blickte erst in das finstere Gesicht eines Burschen, dann auf die Keule in dessen anderer Hand. Mehr als die kunstvollen Schnitzereien des Schlaginstruments interessierte Helder, ob es im nächsten Moment auf seinem Schädel landen würde.

Doch der Bursche zog ihn lediglich aus den Büschen und führte ihn zur Hütte des Häuptlings. Helder hoffte auf Keolas Beredsamkeit, der sich dort inzwischen auf einer Matte niedergelassen hatte. Keola beschwichtigte den jungen Mann und machte sie einander bekannt. Der Bursche war Keolas Sohn, und Helder wurde von Keola als Kanaka Kīpuki bezeichnet.

Schnell waren sie von neugierigen Dorfbewohnern umringt. Es war nicht so, dass sich die Eingeborenen wie zu Cooks Zeiten auf den Boden geworfen hätten, als sei Lono tatsächlich erschienen. Doch als Keola ihnen mitteilte, vor ihnen stünde niemand anders als der Nachfahre Hans Kaspar Brüggs, da hellten sich ihre Mienen deutlich auf. Ja, einige zeigten staunend auf Helders gelbe Erbschuhe, andere flüsterten anerkennend: Kanaka Kīpuki, was Keola übersetzte mit: Mann im Lavastrom.

Während Malinowski auf Pilo seinen Forschungen nachgegangen war, hatte Keola auf der Verbotenen Insel eine Familie gegründet.

Hans Kaspar aber hatte sich auf die Leidenschaft seiner frühen Jugend besonnen: Steine. Er hatte sich auf der Großen Insel am Fuß des Vulkans Kilauea niedergelassen, dort, wo sich immer wieder Lava ins Meer ergoss. So war er, wie Empedokles in Ahmads Erzählung, den Elementen ganz nah: Feuer, Wasser, Erde und Luft.

Immer wieder wanderte er über die weiten Felder erkalteter Lava, die mal sanft sich wie ein zufällig verlorenes Tuch wellte, dann wieder in scharfkantigen Splittern das Land überzog, an den Bruchkanten mal schillernd wie ein Regenbogen, dann wieder braun vom oxidierten Eisen oder schwefelgelb.

Ganze Tage verbrachte Hans Kaspar in den schwarzen Lavawüsten, sie schienen seinem Seelenzustand am ehesten zu entsprechen. Doch manchmal fühlte er mit den Fingern, wie Wind und Wasser das harte Gestein spröde machten, sah hier die ersten Farne als Boten des Lebens und stieß dort im dichten Dschungel auf von weißen Blüten überwucherte Lavastollen.

Manchmal stand er am Rand des dampfenden Kraters, in der Nase den Schwefelgeruch, und beobachtete den weißschwänzigen Kratervogel. Wie ein Bote der Feuergöttin Pele stieg er in ein von weißen Wolken gesäumtes Blau, als suche er die Seele ihres Geliebten, den sie der Sage nach in einem Anfall leidenschaftlichen Zorns in schwarzen Stein verwandelt hatte.

Eines Tages brach aus der östlichen Flanke des Vulkans ein Lavastrom, von dem die Mitarbeiter des Nationalparks kaum Notiz nahmen. Lediglich Hans Kaspar, der sich zu der Zeit um eine Anstellung bei der Parkverwaltung bemühte, war mehr oder weniger zufällig vor Ort.

Anfangs glaubte er an eine Täuschung, dachte, dass ihm seine Sinne, angestiftet von Malinowskis vielfältigen Erzählungen über die Menehune, einen Streich spielten. Doch schließlich musste er glauben, was er sah:

Der Strom der glühenden Lava umfloss eine kleine Erhebung, eine jener grünen Inseln, die von den Einheimischen *kipuka* genannt werden. Auf diesem Inselchen aber stand ein Kind.

Es rief nicht. Es weinte nicht. Es stand nur da, immer wieder verdeckt von Schwaden aus Rauch und Dampf, und blickte ihn an, stumm. So, als hätte es vor langer Zeit aufgehört zu rufen, aufgehört zu weinen, aufgehört zu warten, zu hoffen …

Ein Kind in Not. Hans Kaspar sah durch den Dunst, über den Strom hinweg, sah sie in seinen Augen. Er musste hinüber. Er lief am Ufer des Lavaflusses hin und her, aber er war zu breit, um übersprungen zu werden. Doch kam da nicht der glühende Strom zum Stehen? Bildete sich dort nicht schon eine Kruste?

Während Hans Kaspar nach einem geeigneten Übergang suchte, war ihm, als riefe das Kind jetzt nach ihm. Als riefe es durch das Brechen stürzender Bäume, durch das Zischen und Grollen hindurch: Komm! Komm doch! Worauf wartest du?! Komm doch, rette *dich*!

Rette dich?

Ja, Hans Kaspar, rette dich!

Er schüttelte instinktiv den Kopf. Seine Hände fuhren erregt und ratlos zugleich übers Gesicht, durch die Haare, in den Nacken.

Da war mit diesem Kind etwas aus dem Schatten seines Lebens getreten. Etwas, das sein Innerstes berührte, ein Traumgesicht: Erscheinung und Antlitz zugleich.

So wird es Helder in Hans Kaspars wenigen noch erhaltenen Notizen lesen:

In diesem Gesicht, so fremd es auch war, erkannte ich mich selbst. Ich sah in einen Spiegel, der sich plötzlich hinter allen Spiegeln meines bisherigen Lebens zeigte. Jene erschienen mir in diesem Moment wie trübe Teiche, dieses aber als ein Meer. Ein Meer wie ein fremdes Gesicht, wie das Gesicht dieses Kindes. Ein anderes Ich. Mein verlorenes Ich, mein Zuhause. Das Meer und gleichzeitig eine Perle, verloren und eben jetzt wiederentdeckt auf dem Grund dieses Meeres.

Doch wie hingelangen?

Da war plötzlich etwas Dunkles an meiner Seite. Ich glaubte, es sei mein Schatten. Dann sah ich dieses Du wie einen Bruder, war wie benommen, sah Ahmad, sah Estragon, sah Siyakuu neben mir im brandigen Dunst. Erst fürchtete ich, ich müsse vergehen. Dann spürte ich eine Berührung, fühlte Stärke, Zärtlichkeit, Mut. Die Möglichkeit einer anderen Existenz. Da lief ich los …

Helder, auf der Verbotenen Insel vor einer Palmhütte hockend, lauscht dem Bericht, sieht die schemenhafte Gestalt seines Großvaters überm Lavastrom, sieht seine Füße über brüchiger Kruste, über sich dehnenden Gluträndern die Schuhe, ihre schwelenden, von Flämmchen umzüngelten Sohlen. Dann verschwindet er im rauchigen Dunst. Irgendwann sieht er ihn wieder, da hat er schon das Kind auf dem Arm, steht am sicheren Ufer.

Jemand ruft, jemand winkt, gestikuliert. Auf dem Dschungelpfad, den Hans Kaspar gekommen war, tauchen Leute auf. Hans Kaspar, auf dem Arm noch immer das gerettete Kind, hebt die Hand. Er setzt das Kind ab, vielleicht in der Annahme, dass es zu diesen Leuten gehört. Doch kaum ist das geschehen, verschwindet das Kind mit zwei, drei Sprüngen im Dschungel.

Die Leute stammten, erfuhr Helder weiter, aus einem naheliegenden Dorf. Sie mussten die Szene beobachtet haben. Voll Ehrfurcht näherten sie sich. Einer, der über glühende Lava läuft, musste magische Fähigkeiten haben. Sie luden Hans Kaspar zu sich ein. In ihrem Dorf verbreitete sich im Nu der Bericht vom Kind im Lavastrom. Von diesem Tag an wurde Hans Kaspar von den Leuten verehrt wie ein Kahuna, als ein heiliger Mann.

Von dem Kind fehlte weiterhin jede Spur. War es aus einem der anderen Dörfer gekommen? War es tatsächlich einer der kleinwüchsigen Menehune, jener Kindermenschen aus Rutas, der Urheimat des Menschen? Jedes Gerücht wusste es besser, eines besagte gar, das Kind sei göttlicher Herkunft gewesen.

Der Pfarrer, der regelmäßig aus der nächsten Kleinstadt kam, wollte bei seinem Gottesdienst nicht so weit gehen, von einem Wunder zu sprechen. Doch begrüßte er Hans Kaspar fortan nicht ohne einen spöttischen Unterton: Ah, da ist ja unser Christophorus.

Der aber lächelte dann und zeigte auf seine Schuhe: Die, Herr Pfarrer, hat ein Derwisch gemacht.

Für die Leute blieb er der *kanaka kīpuki*, der Mann im Lavastrom. Zu den Ehrungen, die man ihm zuteilwerden ließ, gehörte auch, dass ihm ein steinalter Mann eine Reliquie übergab. Es handelte sich um eine sorgfältig verpackte Wachswalze, wie sie am Ende des 19. Jahrhunderts in Edison'schen Phonographen verwendet wurden. Der Traum des Alten war es, noch einmal die Stimme seines Königs, Kalākauas I., zu hören, der sich, wie der Alte behauptete, auf dieser Walze verewigt hatte.

Es mochte sein, dass sich Hans Kaspar ein wenig herausgefordert sah, seinem Ruf als Wundertäter gerecht zu werden. Je länger er nach Wegen sann, die Walze zum Klingen zu bringen, desto heftiger erfassten ihn Neugier und Ehrgeiz. In einem alten Physiklehrbuch aus der Bibliothek des Pfarrers entdeckte er schließlich die detaillierte Abbildung eines Phonographen.

Mit einer Kurbel, die ursprünglich zum Anwerfen eines Automotors diente, einem größeren Trichter, bisher zum Durchseihen von Ziegenmilch verwandt, und, neben anderen Kleinteilen, einem dünnen Metallstift aus des Pfarrers Regulator gelang es ihm, die ersten, noch undeutlichen Töne aus der Walze zu locken.

Endlich, nach vielen Experimenten, erklang aus der Pfarrei, ein wenig blechern zwar und leise, doch klar verständlich die Stimme König Kalākauas über den schwarzen Lavastrand.

Erstaunt vernahm Hans Kaspar den Namen Wolkenfuß. Da erinnerte er sich an jenen Tag im Frühsommer, als er vom Schoß der Mutter, von Carlas Schoß, herabglitt und durch ein großes Tor lief, durch das er den Vater hatte eintauchen sehen in einen Wald von dunklem Grün und hohen, aneinandergereihten Steinen. Zwischen Steinen und Kreuzen, zwischen mild lächelnden Engeln und den schmerzvollen Mienen dünner Männer, die an manchen der Kreuze hingen, da hindurch lief er und suchte den Vater. Und endlich stand er da, versunken vor einem der Steine. Später, als er von Carla wusste, es war das Grab seiner leiblichen Mutter, war er nochmals an diesen Ort gegangen und mit den Fingern den Buchstaben ihres Namens gefolgt: Margarita Wolkenfuß.

Wolkenfuß. Grüßen Sie Frau Isabelle Wolkenfuß … sagte die blecherne Stimme. Anfangs verstand Hans Kaspar nicht und wandte sich rätselnd an den Wachswalzenbesitzer. Im Gespräch mit dem ehemaligen Kammerdiener König Kalākauas begriff er, was wir schon wissen: dass dieser Kalākaua mit einer Isabelle Wolkenfuß eine Affäre gehabt hatte. Dass daraus eine Tochter hervorgegangen war, Margarita. Dass diese Margarita später Tänzerin in einem Berliner Nachtlokal gewesen war und liiert mit Arno Brügg für kurze Zeit. Lang genug, dass sie, wobei sie starb, ein Kind gebar: Hans Kaspar genannt und später auch amtlich mit dem Vaternamen Brügg versehen.

Hans Kaspar schwieg. Die Bilder seines Lebens zogen vorüber: nochmals der Vater an Margaritas Grab, das Kaninchenblut im Kinderzimmer, der Gefallene ohne Gesicht in Arabien, der Sturz des Vaters von der Brücke, Clara im Fieber, der tanzende Ahmad, Estragons Blut auf dem weißen Pullover, Siyakuus Lachen … die Schwanenweide und das Bahndammhaus, seine Frauen, die Kinder … der Pole im Schuppen … die Überfahrt auf der *Dunera*, Mo und das Lager, der Major, die Witwe und ein Kakaduschwarm im Weizenfeld, die Grubenbahn in der Phosphatmine, Keola, Malinowski, das Kanu, Siyakuus Gesicht … Nun, am Ende seiner merkwürdigen Reise, war er zu einem Anfang gelangt, hatte entdeckt, dass diese Fremde die Heimat eines seiner Vorfahren war.

Er war, so Kalākauas alter Diener, der Erbe eines Königreichs. Leider seien ein paar Geschichten und eine Wachsmatrize alles, was von diesem Reich noch existiere. Und, so fügte der alte Diener an: die Würde.

Da, so erzählten sich die Leute noch Jahre danach, wäre Moana, das Meer, in die Augen Hans Kaspars gestiegen und wäre, was in Polynesien noch nie eine Schande war, über seine Wangen zur Erde geströmt. Ein seit Jahren ausgetrockneter Bachlauf hinter der Hütte des Dieners hätte von diesem Tag an wieder Wasser geführt.

Helder, was nun? Du, Enkel des Enkels eines polynesischen Königs? Werden sie dir jetzt eine Krone flechten, dich mit Blüten behängen, dir eine Kokosnuss als Reichsapfel in die Hand drücken?

Nichts dergleichen. Im Gegenteil, der Häuptling, Ärger mit Mrs. Crusoe fürchtend, wollte Helder in ein Boot setzen und wegschicken. Doch der Kahuna trat eben hinzu und legte für Helder ein Wort ein.

Also bekam Helder immerhin zu essen: wie üblich erdgebackenes Schwein, rohen Fisch, mariniert in einer undefinierbaren Tunke, und einen sehr kräftig (Helder fand: faulig) riechenden Brei. Er aß einige Happen Schweinefleisch und hielt sich ansonsten an das ihm dargebotene Obst: Mango, Ananas, Bananen, die kannte er aus seiner Kaufhalle.

Danach durfte man ruhen. Das Paradies. Das war es. Oder, Helder? Was fehlte noch?

Gauguin.

Gauguin?

Nicht er, seine barbusigen Schönen. Solche, wie sie auch die Illustrationen zu Cooks Logbüchern zeigten.

Helder dämmerte, träumte dahin zwischen Klischees und testosterongeschwängerten Wünschen. Junge Frauen, unverständliche, aber zärtliche Laute flüsternd, die ihn an der Hand fassten, kichernd mit sich zogen an den Strand, auf eine sonnige Lichtung, in eine schattige Hütte … *dreams come true in Blue Hawaii.* Wenig ist so unvergänglich wie die Okkupation unser Hirne durch Hollywood.

Am Abend wieder Gebete und Tänze, vor einem Tempel unter den großen Augen martialischer Holzfiguren und am Strand um große Feuer herum. Dann: gemeinsames Essen und wieder Gesänge und Tänze.

Dann etwa doch? Dreams come true …? Eine winkt ihm. Helder zögert, soll er oder … Sie kommt, nicht barbusig, nicht grasberockt, aber immerhin jung. Aber nicht einmal so alt, wie es Helder selber passend fände. Er lässt sich trotzdem am bunten Hemd hinüber ins Dunkel ziehen, abseits hinter einen Felsen. Helders Herz klopft, springt und schlägt drei Salti.

Die Unbekannte zückt einen Taschenspiegel, fängt mit ihrem hübschen Gesicht den Mondschein ein und bemüht sich, ihre Jugend dick mit Lippenstift zu übermalen.

O nein, durchfährt es Helder, ich muss zurück!

Da, ein Geräusch, Helder wendet sich um, erkennt im Halbdunkel drei Burschen. Was ist das? Schnappt da ein Messer auf? Nein, nur ein Feuerzeug. Es wandert von Zigarette zu Zigarette. Einer trägt helle Turnschuhe, ihre dicken Sohlen glimmen hellgrün. In die Ohren eines anderen ist ein Walkman gestöpselt, metallisches Hämmern zischt rhythmisch herüber. Eine Büchse kreist, Biergeruch.

Was wollen die? Ist das ein Lächeln oder ein Grinsen?

You have hand held?

No, nix Handy! Helder schüttelt den Kopf und denkt: Ich nur altes Telefon.

You have MP3 Player?

No. Nix MP3. What is MP3?

Gameboy?

No. No.

You give cell phone or Player, okay? And we … der Turnschuhträger legte den Finger auf die Lippen. Psst. Okay?

Helder hob die Schultern.

Cell phone or Police?!, wiederholte der Wortführer der Halbstarken.

Helder war irritiert. Wollten die ihn anzeigen, weil er einer Siebzehnjährigen nachgeschlichen war? Besser gesagt, von ihr mitgezogen worden war.

Nein, wird Keola sagen, die drohten damit, uns zu verpfeifen, weil wir illegal auf dieser Insel sind.

Jetzt zieht Helder seinen Brustbeutel und bietet *some Euros* an. Die Jungen greifen zu und neigen freundlich den Kopf. Das Mädchen dreht sich um, wackelt noch einmal mit dem Hintern, und schon sind sie alle zwischen Bäumen und Büschen verschwunden.

Was für eine Bande, denkt Helder. Wollen halt auch ein bisschen vom Fortschritt haben, die jungen Leute.

Er denkt an die morgendlichen Lieder und Tänze, die dörfliche Idylle. Paradise lost.

Er spielt Rolling Stone oder Einstein oder Klein Henri und streckt den Sternen die Zunge raus. Dann schleicht er zurück zu den Feuern am Strand.

Wieder ein Morgen. Die Nacht am Ende nicht allein verbracht, oft die Hände gebraucht. Es juckte überall. Dann doch eingeschlafen. Aufgewacht und gespürt, da ist ein warmer Körper am Rücken. Ein Schwein. Es hatte sich's bequem gemacht neben Helder, vermisste wohl den am

Vortag verspeisten Gefährten. Wollte nicht allein sein. Teilte das Lager und seine Flöhe mit dem Weltenwanderer. Aha, daher das Jucken. Bloß schnell ins Wasser.

Am Ufer des Meeres traf Helder Keola, der stand dort auf seine Krücke gestützt und sprach mit dem Kahuna und dem Häuptling. Sie gestikulierten und deuteten dabei immer wieder auf eine Stelle an der Küste, die schroff ins Meer abfiel.

Dort, erfuhr Helder, liege in einer Höhle Hans Kaspars Nachlass.

Vermutlich liegt er da, erläuterte Keola, das behauptet zumindest der Häuptling.

Der Priester schüttelte heftig den Kopf.

Er meint, sagte Keola, die gesamte Höhle liege seit der großen Flut völlig unter Wasser. Nicht nur der Eingang …

Dies verneinte der Häuptling aufs Neue energisch. Und die Debatte entspann sich erneut.

Nein, nein. Der Priester sprach von einem Tabu.

Keola erklärte, dass man im Dorf anfangs uneins gewesen sei, ob man dem Verbleib der Heiligtümer, insbesondere der Stimme des Königs, nachforschen sollte. Ein junger Mann, der heimlich danach tauchte, war bereits ertrunken. Da hatte der Kahuna die Höhle zum Tabu erklärt. Moana, sagte er, das Meer, aus dem alles kam, hat alles wieder zu sich genommen.

Helder kratzte sich und ging schwimmen. Er schwamm seinen nächtlichen Gefährten, den Flöhen davon, und wie er so schwamm, entsann er sich seiner Tauchübungen für die Ostsee vor Baabe.

So tauchte er.

Die Welt hier unten ist farbiger als alle Hawaiihemden zusammen, dachte Helder und geriet ein wenig in Euphorie. Und da, da drüben, ist das nicht tatsächlich der Eingang zu einer Höhle?

Helder tauchte auf, prustete, schnaufte und winkte den drei Männern am Ufer. Ihm gegenüber lag der Felsen. Da drin also sollte das letzte Geheimnis seines Großvaters ruhen, der Grund für das Helder'sche Familienschweigen.

Nein, jetzt würde er nicht einfach zum Ufer schwimmen, würde nicht ins Kanu steigen, ins Flugzeug, in den Zug, ins heimische Bett und dort ruhig schlafen können. Das dort unten nicht gesehen zu haben, würde ihn mehr jucken als eine ganze Armee von Flöhen. Außerdem, er dachte an Tante Erdmuthes Auftrag, die Grüne Wituland …

Helder atmete tief ein, so tief, als wolle er den Himmel über Hawaii mit hinunternehmen, und tauchte.

Zwischen den zwei wenig angenehmen Begegnungen der vergangenen Nacht lag der Bericht des Kahuna über Hans Kaspars letzte Jahre. Bis Mitte der sechziger Jahre hätte der auf Big Island gelebt, am Fuße des Vulkans. Abseits des Dorfes noch immer, doch dort oft und gern gesehen, zumal er zu besonderen Anlässen die Stimme Kalākauas erklingen ließ. Als Parkranger führte er Touristengruppen, die zunehmend aus aller Welt auf die Insel strömten, durch die Vulkanlandschaft. Aber immer wieder sei er auch allein unterwegs gewesen.

Eines Tages sei ein *haole* aufgetaucht, ein Weißer. Ein Deutscher wie Hans Kaspar. Man hätte sie im Dorf zusammen gesehen. Doch sei der Fremde nicht lange geblieben.

Wenige Wochen später sei Hans Kaspar von einem Ausflug auf den Mauna Kea nicht zurückgekehrt.

Es kam das Gerücht auf, seit der Abreise des Fremden habe Hans Kaspar nicht länger seine magischen gelben Schuhe getragen. Er hätte sie verschenkt, sagten die einen. Andere, der Besucher hätte sie gestohlen.

Einige Zeit später begann der Staat Hawaii ohne viele Fragen eine große Sanddüne abtragen zu lassen, um dort einen Hotelkomplex zu errichten. Nach heftigen Protesten und Sitzblockaden der Dorfbewohner, die dort ihre toten Ahnen bestattet wussten, kam es zu Verhandlungen. Schließlich bot man, unter Vermittlung von Mrs. Crusoe, den Leuten an, auf die Verbotene Insel umzusiedeln.

Man nahm alles mit, auch die Gebeine der Toten und die Stimme des Königs, einschließlich einer mit Harz versiegelten Kiste, die Hans Kaspars Hinterlassenschaften enthielt. Fürs Erste brachte man alles in einer Höhle unter.

In jenen Wochen war der Hotspot unter dem hawaiischen Archipel besonders aktiv, im Meer südöstlich von Big Island begann sich ein neuer Vulkankegel aufwärtszuschieben. Gleichzeitig lösten starke seismische Aktivitäten eine Flutwelle aus.

Diese Welle verschlang sowohl Malinowskis Rutas, die Insel Pilo, als auch die Höhle.

Die Geologen sprachen von der Nordwestdrift der pazifischen Platte, damit verbundenen Einbrüchen in der Erdkruste und einem relativen Anstieg des Meeresspiegels. Letzterer war sowohl für Rutas als auch für den Höhleneingang absolut, beide tauchten nicht wieder auf.

So wie Helder.

XXVII

Etwas Helles, ein blendendes Licht.

War es das, das Leben danach?

Aber tanzender Staub in den Strahlen? Trotzdem, weiter:

Ein Fenster voll Sonne. Davor: Gott, ein Chinese. Sitzt gelassen auf einem Hocker und hält eine dampfende Schale Tee in der Hand. Zu seiner Linken auf dem Boden etwas Dunkles, ja Finsteres: Der Eingang zur Hölle?

Nein, eher eine Kiste. Oder etwa der Sarg des Auferstandenen?

Zur Rechten des Chinesen sitzt einer im Sessel, einbeinig, springt jetzt auf, ruft: Er ist da, er ist da!

Dann endlich, ein Engel. Dunkeläugig, schwarzhaarig, nicht blond, aber viel Weiß um den Kopf. Auch er – mit weiblicher Stimme – fast ein wenig tadelnd: Da sind Sie ja endlich.

Ist das Dreitagefieber endlich vorbei, alles ausgestanden?

Drei Tage? Dreißig, mein Freund, sagt der Chinese, dreißig Tage im Koma.

Mo?

So ist es. Ich bin es, wer sonst.

Aber, denkt der wieder zum Leben Erwachte, wer bin *ich*? Ich war tot. Und jetzt lebe ich. Wiedergeboren. Als was? Offenbar als Mensch.

Wir kennen seinen Namen: Henri Helder. So finden wir ihn also wieder nach seinem verunglückten Tauchgang auf der Verbotenen Insel: im weißbezogenen Bett eines Krankenhauses in Honolulu.

Der Weg in die Höhle war einfach gewesen, vielleicht drei, höchstens fünf Meter zu tauchen, ein schmaler, hoher Spalt, der sich schräg aufwärtswand.

Oben in der Höhle angekommen, sah Helder eine Unmenge Knochen und etliche kreuz und quer geworfene Götterfiguren. Dazwischen etwas, das der klägliche Rest von Hans Kaspars Phonographen sein musste, und eine Kiste. Sie war leicht ins Wasser zu ziehen. Ihr Auftrieb aber erschwerte das Tauchen.

Endlich hatte er sie in den Gang bugsiert, der nach draußen führte. Dort hing die Kiste fest.

Da muss es passiert sein: Durch das Ziehen und Rütteln Helders muss sich nicht nur die Kiste, sondern auch Gestein aus dem Felsen über seinem Kopf gelöst haben.

So also war es gekommen. Helder war gestorben, tot für dreißig Tage. Und wiedergeboren. Aber war er ein anderer? Wir werden sehen.

Keolas Sohn hatte den reglosen Körper schließlich aus der Höhle gezogen. Die Kiste auch.

Also kein Sarg.

Mo begann sich dafür zu entschuldigen, ihn in Lebensgefahr gebracht zu haben. Er hätte auf die Einwände Keolas und des Kahuna pfeifen und sich mit Mrs. Crusoe in Verbindung setzen sollen, um Profis nach der Kiste tauchen zu lassen. Doch immerhin könne er für sich geltend machen, dass eine ältere Dame ihn gebeten hätte …

Lebensgefahr?, dachte Helder. Vielleicht war ich dem Tod näher, als ich meinte zu leben. Jetzt lag sein vergangenes Leben weit zurück. Aus der Ferne sah es aus wie ein fremdes. Als sitze – nun gut –, als läge er auf einem Hügel, blicke einen sich heraufschlängelnden Weg zurück und sähe irgendwo weit unten etwas liegen: Er wusste, es war ein Rucksack, groß und schwer. Sicher, er hatte ihn einmal getragen. Doch jetzt wunderte er sich nur, ihn so lange getragen zu haben. Jetzt lastete nichts mehr. Er war frei und spürte einen winzigen Moment des Glücks. Er spürte den Tag auf der Haut. Er sah die Gesichter Keolas und Mos, sah alles um sich her, so klar, als hätten sie eine zusätzliche Dimension. Jedes Wort, das an sein Ohr drang, hatte eine untergründige Melodie.

Helder lächelte und nickte. Doch er unterließ es, Mo von seiner Wiedergeburt zu erzählen.

Mo würde nur nachsichtig lächeln und sagen: Mein Freund, das ist doch alles Metaphysik. Die Schlange häutet sich vielmals und bleibt doch eine Schlange.

Also gut, hängt ab heute also nur eine alte Haut im Kleiderschrank, ein Anzug namens Helder, eine Eisenbahneruniform vielleicht …

Inzwischen redete Mo von einem alten Kartenspiel mit Eisenbahneruniformen und Lokomotiven.

Helder horchte auf. Ja, natürlich kannte er das. So eines hatte ihm doch an den Stick- und Sticheltagen seiner Kindheit geholfen, die Langeweile zu vertreiben.

Genau, sagte Mo, wie deinem Großvater und mir damals auf der *Dunera*.

Eben dieses Spiel hatte Mo in seiner Jackentasche gehabt, da er Hans Kaspar das letzte Mal sah in jener Nacht im Pazifik, als die *Roosevelt* unterging. Lange hatte es unbeachtet und vergessen zwischen seinen Sachen geschlummert.

Als ich später meinen Laden einrichtete, sagte Mo, fiel es mir wieder in die Hände. Oft genug hatte ich von Hans den Namen Krahnsdorf-Brandt gehört und die seiner Frauen, seiner Kinder. War es nicht eigentlich ihr Kartenspiel? Hatten die überhaupt von Hans Kaspars Tod erfahren? Oder, falls er überlebt hatte, wussten sie von seinem Verbleib?

Ja, vielleicht war Hans längst zurückgekehrt nach Deutschland. So schrieb ich an Frau Brügg und schickte ihr das Kartenspiel.

Die Antwort ließ sehr lange auf sich warten. Sie kam erst vor einigen Wochen. Eine Frau Stickenbacher, ja, Erdmuthe Stickenbacher, kündigte deinen Besuch an und bat mich, dir ein wenig behilflich zu sein auf der Suche nach deinem Großvater, der, wie sie sicher wisse, sich irgendwo auf den Lavafeldern Hawaiis aufhalte oder aufgehalten habe.

Ich rief sie an und sagte: Madam, wie stellen Sie sich das vor, ich bin siebenundsiebzig!

Sie antwortete: und ich, junger Mann, bald hundertsieben.

Ich solle ja auch nicht über Vulkane kriechen, sondern mich nur ein bisschen um ihren Enkel kümmern. Nur von ihr sollte ich dir nichts sagen. Sie sei so froh, dass du dich endlich auf den Weg gemacht hättest. Es wäre doch sonst sehr schade gewesen um dich. Nun müsstest du da allein durch. Und hättest im Übrigen ja die Schuhe.

Ja, Großvaters Schuhe, dachte Helder. Tante … Großmutter Erdmuthe hatte ihn also nicht nur wegen der Grünen Wituland zu dieser Reise gedrängt? Hoffte sie, dass sich noch etwas anderes in Großvaters Nachlass fände? Vielleicht die Tagebücher, von denen Keola gesprochen hatte? Um eines zu erfahren: Wer oder was hatte Hans Kaspar im Jahr 1940 zur Flucht getrieben?

Helder wollte aufstehen, um die Kiste zu untersuchen. Doch die Krankenschwester verbot dies ausdrücklich und weigerte sich, ihn von den Drähten und Schläuchen zu befreien, die ihn neben einer spürbaren körperlichen Schwäche ans Bett banden.

So bleibt uns Zeit, von dem zu erzählen, der sich schon Mitte der sechziger Jahre auf die Suche nach Hans Kaspar gemacht hatte: Onkel Willi.

Es war nach Willis erstem und einzigem Ost-Besuch. Zurück in Hamburg, hatte er den Benz beim Verleiher abgegeben. Er war froh darüber, das Gefährt wieder los zu sein.

Die schnitten ihm die Vorfahrt, drängelten lichthupend, überholten und tippten sich dabei an die Stirn. Nur, weil er gemächlich dahintuckerte. Er hatte Zeit. Niemand wusste besser als er, was Zeit bedeutete. Man kann ihr nicht entrinnen. Und kaum dass er seinen kleinen Uhrmacherladen betrat, fiel sie mit all dem Ticken und Tacken erneut über ihn her. Seine Augen- und Mundwinkel sanken schwer herab: Er war wieder allein. Würde es bleiben, in seinem Laden sitzen und alte Uhren reparieren, die keiner mehr haben wollte. Trotzdem würde er das tun, solange er noch seine Hände regen konnte.

Eine Woche später erreichte ihn ein Brief seiner Mutter Henriette, die Aufklärung verlangte über die, wie sie verklausuliert schrieb, polnische Angelegenheit.

Was sollte er antworten? Er hatte viel darüber nachgedacht und war überzeugt, zu wissen, warum der Vater damals verschwunden war. Er wusste es, seit er neben ihm auf der Treppe des Hauses gesessen und zugesehen hatte, wie der Vater seine Tigerschuhe putzte. Der Vater würde dorthin gehen, wo er schon oft gewesen war, wenn er manchmal reglos und gedankenverloren am Tisch saß. Reagierte er dann endlich auf Willis Ärmelzupfen, war es stets, als kehre er aus weiter Ferne zurück.

Jetzt saß Willi selber so da, an seinem Arbeitstisch und ließ, was er seit seiner Kindheit nie wieder getan hatte, das Zahnrädchen einer auseinandergenommenen Uhr kreiseln. Die Welt war klein geworden, eng und garstig. Damals, auf den sonnenbeschienenen Stufen des Hauses, da war sie groß und gut, wie die Mutter, die zum Essen rief. Da war sie weit und voller Abenteuer, wie in den Geschichten von den Tigerschuhen, nach denen er aus dem großen Ohrensessel heraus immer wieder verlangte.

Manchmal hatte Willi die Schuhe heimlich angezogen und war mit ihnen, die viel zu groß waren, über den Hof gestapft. Einmal sogar hinaus auf die Straße, über die Kreuzung hinweg, die Leipziger hinauf. Dort, in der Torfahrt eines Mietshauses, stand Bertram Helder.

Tag, Schwager, sagte der zur Begrüßung. Das tat Bertram gern, aber nur, wenn Rosa nicht dabei war. Tag, Schwager, erwiderte Willi. Er hätte nichts dagegen, wenn Bertram die Schwester heiraten würde. Bertram konnte schon rauchen, ohne zu husten, und auf zehn Meter mit dem Messer ein in die Baumrinde geritztes Herz treffen. Dem zeigte er prahlend die Schuhe. Er bemühte sich, die Sache mit dem Tiger möglichst eindrucksvoll zu schildern.

Doch Bertram lachte nur. Kinderkram, nie und nimmer ist das wahr.

Bertram rannte ins Haus. Willi folgte. Bertram befahl: Warte hier!, stürmte die Treppe rauf und verschwand in der Wohnung.

Er kam mit einer Postkarte in der Hand wieder. Sie setzten sich auf eine der Treppenstufen, und Bertram sagte stolz: Hier, das ist wahr! Er zeigte auf eine Gruppe Soldaten, die auf die Karte gemalt war. Alle trugen sie Stahlhelme und strahlten blauäugig, wie Siegfried der Drachentöter in Willis Sagenbuch. Sie standen, Gewehre und eine Panzerfaust in ihren Armen, vor einem Haus unter einem dunklen Himmel. In dem Haus war ein großes Fenster, das den Widerschein eines Feuers zeigte.

Da, sagte Bertram, man kann das Fenster aufmachen. Nein, nicht jetzt. Er drehte die Karte um und las vor: *Wenn Deutschland den Krieg gewinnt …* Und, fragte er, haben wir schon gewonnen?

Willi hob fragend die Schultern.

Für fünf Zigarettenbilder?

Willi nickte heftig.

In diesem Moment kam Bertrams Stiefvater zur Haustür herein. Ohne Gruß und ohne zu zögern, fasste er mit Daumen und Zeigefinger Bertrams Haaransatz im Nacken und schob ihn schimpfend die Treppe hinauf: Weißt du, wen ich gerade getroffen habe? Deinen Lehrer. Und weißt du, was er gesagt hat …

Bums. Da war die Wohnungstür zu. Und Willi erfuhr weder was Bertrams Lehrer gesagt hatte, noch was sein würde, wenn Deutschland den Krieg gewänne.

Er wusste nicht einmal alles, was war, als Deutschland den Krieg verloren hatte.

Nein, Willi schüttelte den Kopf, das Zahnrädchen trudelte vom Tisch. Willi bückte sich, wollte zufassen, doch die Finger versagten ihren Dienst. Er ließ es liegen.

Nein, er hatte weder Bertrams Stiefvater, den Karwenzel, angezeigt, noch hatte er überhaupt von dem Polen gewusst. Erst als die Polizei gekommen war, Haus und Hof zu durchsuchen, da hatte er gehört, dass da einer im Schuppen gesessen haben soll. Doch da war der Vater schon weg gewesen. Weg, weg, weg …

Nun, nach dem Brief seiner Mutter, fasste Willi einen Entschluss. Er wandte sich an den internationalen Suchdienst des Roten Kreuzes und fragte dort nach seinem Vater. Nach einem knappen Jahr bekam er eine Antwort: Hawaii.

Er fand ihn tatsächlich auf Big Island. Er blickte in ein fremd gewordenes Gesicht unter einem grauen, aber noch vollen Haarschopf. Nur die dunklen Augen blickten ihn auf eine vertraute Weise forschend an. Sie wechselten nur wenige Worte.

Uhrmacher bist du?

Ja, bin ich.

Und?

Geht so.

Hin und her ging dieses *geht so*. Am Ende wusste jeder ein paar Tatsachen aus dem Leben des anderen, aber kaum etwas über ihn selbst.

Auch die Vorwürfe, die Willi sich aufgesammelt hatte in seinem Herzen, nahm er darin wieder mit.

Sag mir nur, sagte Willi, hat dich damals überhaupt jemand verraten, oder bist du von allein weg?

Hans Kaspar atmete tief und schüttelte den Kopf, was auf Willis Frage natürlich keine Antwort war.

Willi wollte nicht so einfach gehen. Ihn hielt ein unklares Gefühl, vielleicht, dass der Vater ihm noch etwas schulde. Aber was, wusste er nicht.

Da erbat er sich die Tigerschuhe, sagte: zur Erinnerung.

Hans Kaspar zögerte, dann sagte er: Aber vorher putze ich sie dir.

So saßen sie, während Hans Kaspar die Schuhe eincremte und bürstete, noch einmal zusammen auf einer Treppe.

Hans Kaspar sagte: Übrigens, ich habe sie wiedergetroffen.

Willi fragte, obwohl er sofort wusste, wer gemeint war: wen?

Na, die Frau aus dem Zug in Konya, um derentwillen der Derwisch den Zug … Na, du weißt doch, die Sache mit dem Tiger.

Ja, ich weiß.

Hans Kaspar überreichte Willi die Schuhe. Und sag den Frauen, die Marke ist seit England da drin.

Welche Marke?

Frag deine Tante Erdmuthe. – Warte. Er notierte noch ein paar Zeilen.

Er schrieb: Die Grüne Wituland ist im linken Schuh, hinterm Futter. Meine Not war manchmal groß, doch nie von der Art, dass mir Geld geholfen hätte. Vielleicht hilft es jetzt euch. Es tut mir leid. Ich konnte nicht bleiben. Verzeiht mir.

Ob Willi die Schuhe jemals getragen hat? In den neunziger Jahren ist er gestorben. Eines natürlichen Todes, soweit man es natürlich nennen kann, wenn nach und nach das ganze Körpergewebe sich in Knochen umwandelt. Willi erstarrte, wie in Stein verwandelt.

Helder erinnerte sich an gewisse Andeutungen. Der Name des Großvaters fiel, als die Eltern von Onkel Willis Beerdigung kamen. Auf der Trauerfeier war es offenbar zu einem heftigen Streit gekommen. Wie sich später herausstellen sollte, der Grünen Wituland wegen. Erdmuthe hatte die Schuhe an sich genommen, vielleicht schon damals in der Absicht, für Helder eine Erbschaft vom Großvater zu inszenieren.

Nachspiel

Hans Kaspars Schuhe standen auf dem Stuhl im Saal des Gasthofes »Alt-Brandt«. Gegenüber saßen Rosa und Bertram Helder, die an diesem Tag ihre Goldene Hochzeit begingen. Alles schwieg und blickte auf Helder, gespannt, was da wohl folgte. Die Mutter rot wegen der Peinlichkeit, die ihr Sohn da veranstaltete. Und der Vater blass.

Helder zögerte. Senkte den Kopf und begann nachzudenken. Noch könnte man die Angelegenheit mit einem Scherz abtun: Großvater Hans wollte auch dabei sein heute ... etwas in der Art ... Er könnte später ... oder morgen ...

Nein, er konnte nicht zurück: wenn nicht jetzt, dann nie.

Großmutter Erdmuthe nickte aufmunternd herüber.

Es ist, dachte Helder, doch nur eine sachliche Frage:

Wer hat im Juni 1940 der Polizei mitgeteilt, dass im Schuppen ein Pole saß?

Das Schweigen blieb. Keiner sagte etwas.

Hatte er das jetzt wirklich gefragt? Oder nur gedacht, dass er gefragt hätte? Also noch mal, laut und deutlich:

Wer hat den Polen verpfiffen? Wer hat Großvater verraten?

Ich.

Wer sagte das eben?

Ich, sagte der Vater und ließ sich erschöpft auf den Stuhl sinken.

So nun weißt' es. Pack endlich die Treter weg!

Bertram Helder schickte einen gequälten Blick zu seiner Frau hinüber. Rosa war plötzlich so weit entfernt. Sie sah starr geradeaus.

Bertram flüsterte: Ja, ja, ich war es.

Rosa sagte, ohne ihn anzusehen, fast tonlos in den Saal: Ich habe es geahnt.

Jetzt Bertram, lauter werdend und fast trotzig: Ja, ich habe es gesehen! – Der Lehrer hatte mich früh wegen Fieberverdacht nach Hause geschickt. Wär ich doch lieber im Bett geblieben, wie ich sollte. Aber so bin ich auf den Dachboden mit Karwenzels Fernglas. Wollte gucken, wie so oft, ob die Rosa schon aus der Schule ist. Aber wen ich gesehen habe, das war Hans Kaspar Brügg. Und den Polen. Wie sie über den Hof schlichen. Das hätten die nicht machen sollen. Hätten sich doch denken können, dass einer zusieht. Ob ich oder ein anderer. Bin aber nicht zur Polizei! Ich nicht! Wirklich nicht.

Am Abend hat der Karwenzel von dem Attentat erzählt, und dass der Vater von der Rosa, der Brügg also, ein Held ist und wohl noch mehr Karriere machen wird. Habe ich noch immer nichts gesagt, dem Karwenzel schon lange nicht. Hab nur gedacht: von wegen Held. Der Brügg, steckt ja mit dem Polack unter einer Decke. Hab ich gedacht.

Hab mich umgewälzt und umgewälzt im Bett. Konnte nicht schlafen. Was soll ich bloß machen, hab ich gedacht. Ist doch der Rosa ihr Vater, hab ich gedacht. Aber den Polack, den kann man doch nicht einfach so laufenlassen, den Saboteur, den Verbrecher, den … Ich weiß nicht.

Bin am nächsten Tag zu unserem Fähnleinführer. Was soll ich machen, sag ich, ich habe da was gesehen. Ist doch die Rosa, die … Der wusste gleich, worum es geht. Kannst mir vertrauen, Bertram, hat er gesagt. Vertrauen … der Arsch.

Die Mutter schüttelte immer wieder den Kopf: Bertram, wie konntest du …

Rosa … Mädel!, Bertram faltete mit zitternder Hand die Serviette, habe mich dann doch um dich gekümmert.

Gekümmert, die Mutter war empört, gekümmert, sagst du, ich dachte, du lie…

Natürlich, Rosa, auch das.

Bertram sah sich hilfesuchend um. Aber ich … Rosa … Henri, Junge, der Opa, der ist doch … der ist doch schon in der Nacht vorher getürmt?!

Dass er in der Nacht weg ist, stimmt!, rief Erdmuthe. Aber, vielleicht, Bertram, denk nach, bist du doch schon am Abend bei dem Führer gewesen? – Henri, der Hans, der hat doch bestimmt was aufgeschrieben, Tagebücher oder so?! Du musst doch was gefunden haben?! Da steht doch bestimmt drin, dass er nicht freiwillig weg ist.

Ja, sagte Helder, ich habe etwas gefunden. Er ging zurück zur Tür und holte seinen Koffer. Aus dem Seitenfach zog er mehrere ehemals fest gebundene Schreibhefte, Hans Kaspars Aufzeichnungen, dicke Hefte in aufgequollenem Kartoneinband und mit sich lösender Fadenbindung.

Was ist das?, fragte der Vater.

Helder las den Titel: »Von der Kunst des Lavagehens«. Großvaters Aufzeichnungen.

Und? Lies vor, rief Erdmuthe.

Würde ich ja, sagte Helder, aber … Er schlug eines der Hefte auf und hob es hoch: hellblau verlaufene Tinte.

Helder hatte noch im Krankenhaus alles durchgeblättert, kaum etwas war noch lesbar, nur noch Fragmente. Aber davon kein einziges Wort zu den Ereignissen jener Tage. Die Flut hatte gründliche Arbeit geleistet.

Eine Tasse fiel klirrend in Scherben. Tante Erdmuthe war aufgestanden und ging zur Saaltür. Dort erst drehte sie sich um und sagte: Bertram, Rosa … es tut mir leid. Für euch. Und für mich. Ich hatte gewünscht, bis heute gewünscht, die Anzeige, von mir aus Bertrams Petzerei, hätte Hans Kaspar zur Flucht getrieben. Aber, Rosa, ich glaube, dein Bruder, der Willi, hatte doch recht. Es ist wohl doch etwas anderes gewesen, das ihn wegtrieb von uns.

Aber Mutter, sagte Rosa, das ist doch egal, ob so weg oder so.

Nein, sagte Erdmuthe, ist es nicht. Nicht für mich. – Eigentlich hat ihm seine anatolische Liebste das Leben gerettet. Wäre er nicht schon in der Nacht weg, hätten die ihn doch geholt. Ist doch so, Bertram? –

Manchmal, Rosa, sagte der mit zitternder Stimme, war ich kurz davor, dir alles zu sagen.

Und ich, sagte Rosa leise, dich danach zu fragen.

Ach, sagte Erdmuthe und winkte ab, es war, wie es war. Und dann, an Helder gewandt: Schade, Henri, ich dachte, du bringst mir bessere Nachricht. Sie lächelte traurig, dann drückte sie die Klinke nieder. In der Tür drehte sie jedoch um, schlurfte zurück und flüsterte Helder ins Ohr: Trotzdem danke, Henri. Schau mal im linken Schuh nach, hinterm Futter. Die Grüne Wituland …

Was?!, entfuhr es Helder, die ganze Zeit …

Tante Erdmuthe, die ja eigentlich Helders Großmutter war, nickte und legte einen Finger auf die Lippen. Dann verließ sie endgültig den Saal.

Die anderen Gäste nahmen dies erleichtert als Signal zum Aufbruch. Ihr verlegenes Schweigen verwandelte sich zunehmend in Getuschel und Geflüster, begleitet von einem emsigen Scharren und Schurren. Nach und nach leerte sich der Saal. Man verabschiedete sich eilig und händeschüttelnd vom Goldpaar. Jeder hatte plötzlich noch etwas Wichtiges vor, wollte nicht länger stören, es sei ja schon spät, alles in allem doch, ja, wirklich: eine sehr schöne Feier …

Schließlich gingen die Eltern schweigend an Helder vorüber. Der hob bedauernd die Schultern, als wollte er sagen, das habe ich nicht gewollt. Die da niedergeschlagen, wie ihres Lebens beraubt davonschlichen, waren doch immerhin seine Eltern.

Da saß er nun, allein, mit Großvaters zerlaufener Tagebuchtinte, seinen Schuhen … Die nun endgültig ins Feuer … mitsamt der Marke … er wollte keine Prämien mehr.

Draußen vor den blank geputzten Fenstern fuhr der kalte Wind in die leuchtenden Blütenkerzen der Kastanien, weiß wie Schnee wirbelten verblühte Blättchen umher.

Helder fror. Man hätte heizen sollen, dachte er und blickte auf den großen grünen Kachelofen in der Saalecke. Er stand auf, nahm die Schuhe vom Stuhl, ging zum Ofen hinüber und öffnete die gusseiserne Tür. Eine Weile starrte er ins leere, nur von Aschestaub bedeckte Feuerloch.

Es gibt keine Unschuld, dachte Helder. Dann zog er seine Halbschuhe aus, stellte sie ins Ofenloch und zog die Schuhe seines Großvaters an.

Er ging über die abgewetzten Dielen, sie knarrten. Er stand still und schloss die Augen. Er hörte nur noch den Wind, der durch die undichten Fenster pfiff. Er legte die rechte Hand auf das linke Schlüsselbein, die linke über das rechte. Er neigte den Kopf leicht nach rechts, so wie Mo es ihm gezeigt hatte. Dann ließ er die Hände langsam herabsinken, hob sie wieder, strich mit den Handrücken am Körper entlang, am Kopf vorbei aufwärts und öffnete Arme und Hände. Er begann sich zu drehen, die rechte Hand zum Stuckhimmel des Saales erhoben und die linke auf die abgetanzten Bretter weisend. Er drehte sich schneller und schneller. Die Dielen ächzten.

Da schlug eine Tür und brachte ihn zur Besinnung. Hastige Schritte, dann fiel die schwere Kneipentür ins Schloss. Helder trat an eines der Saalfenster und sah Susanne. Sie stieg in ein Auto. Er registrierte: Es war die Beifahrerseite. Als Letztes sah er ihre Füße, die in Sandaletten steckten. Ihre Fußnägel waren grün lackiert.

Vor dem Bahnhof stand Helder unschlüssig herum. Die Gedenktafel für Mendel war blank geputzt. Auf dem Vorplatz konnte man noch die Stelle erkennen, wo der ausgebrannte Imbisswagen gestanden hatte.

Plötzlich quietschten Reifen, ein Auto bremste. Das Fenster des klapprigen Fords wurde heruntergekurbelt, und sichtbar wurde Ede, das Bahnhofsfaktotum.

He, Henri, kommst du mit?, rief er.

Wohin, fragte Helder.

Zur Quelle!

Oje, die Wunderquelle. Aber deine Oma mit dem Rheuma ... Die ist doch längst tot, wollte er sagen, da erkannte er, wer noch in dem Wagen saß: Auf dem Beifahrersitz lümmelte der Vietnamese, Chorsänger und Besitzer der abgebrannten Bahnhofsimbissbude, eine Sonnenbrille auf der Nase und eine Zigarette im Mundwinkel. Auf dem Rücksitz, ebenfalls rauchend, Rosita. Sie schüttelte ihre Kupfermähne und nahm einen langen Zug, blies den Rauch aus und lächelte Helder an.

Zumindest schien es ihm, als ob sie lächelte. Ein Lächeln konnte er jetzt gut gebrauchen.

Ach ja, Rosita ... Helder seufzte. Der Vietnamese also war sein Nebenbuhler von damals? Hatte sie mit dem auch aus dem Gaubenfenster geguckt? Erst geguckt, dann Kind gekriegt. Nee, nicht mit mir. – Helder versuchte sich in Ironie und dachte: bye-bye, Rosita.

Er sehnte sich plötzlich nach einer Zigarette, einer fast aufgerauchten Zigarette. Jetzt die Kippe auf dem Pflaster austreten und die Straße hinuntergehen, allein unter einem grauen, kalten Himmel ...

Aber so einfach kommen wir aus Helders Geschichte nicht heraus. Und Helder erst recht nicht.

In diesem Moment fuhr ein junger Mann, so einer in extrabreiten Hosen, mit seinem Skateboard Helder fast über die Füße. Er sprang ab, ließ das Brett in seine Hände schnippen, riss die Autotür auf, rief: Hallo, Mum! Hi, Dad! Hi, Ede! und pflanzte sich auf die Rückbank neben Rosita.

Dunkle Haare, dunkle Augen, dunkler Teint, vietnamesisch eben.

Helder stutzte. Vietnamesisch? Warum nicht polynesisch?

Helder begann zu überlegen. Was, wenn Rosita damals doch nicht gelogen hatte und er …

Rosita sah ihn an. Ahnte sie, woran er dachte? Warum sonst schüttelte sie so energisch den Kopf?

Ede drängelte: Was nun, Henri, kommste oder kommste nich. Dein nächster Zug geht erst in drei Stunden.

Da stieg Helder ein, und Ede gab Gas.

Ja, ja, die Omma, sagte Ede, die Omma ist tot. Aber die hier, er deutete auf seine Mitfahrer, die brauchen eine neue Fressbude. Und heute, sage ich dir, heute klappt es. Rosita, sage ich dir, das ist eine Hellsichtige. Die wird die Quelle aufspüren. Wir werden ein Vermögen machen. Heute finden wir die Quelle.

Ein Vermögen? Helder stutzte, ihm fiel da etwas ein. Er zog seinen linken Schuh aus. Der Junge rümpfte die Nase,

Hast du mal ein Messer?

Der Junge hatte.

Die werden staunen, dachte Helder, wenn ich hier einfach so eine Grüne Wituland aus dem Leder ziehe. Können sich davon eine ganze Fastfoodkette kaufen!

Tatsächlich, ein winziger Umschlag aus Ölpapier.

Der Ford rumpelte über einen Feldweg.

Vorsichtig, ganz vorsichtig versuchte Helder das Papier auseinanderzufalten.

Da, ein Schlagloch. Noch eins. Ede kurvte. Seine Mitfahrer auf der Rückbank wurden hin und her geschleudert. Helder schloss die Finger fest um den Umschlag.

Als er seine Hand wieder öffnete, blickte er auf die zerbröselten Reste eines Vermögens. Zu viel Hitze, zu viel Wasser, zu viel Schweiß …

Was' denn das?, fragte der Junge.

Ach, nichts, sagte Helder, kurbelte das Fenster herunter, streckte die Hand raus, und der Fahrtwind trug die Krümel davon. Er lachte.

Für einen Moment war das Leben ganz leicht.

Quellenhinweis

Es heißt im Roman: *Die Wahrheit ist das Ausgedachte.* Dennoch kommt auch dieses Buch nicht ohne die Wirklichkeit aus und nicht ohne andere Bücher.

Insbesondere möchte der Autor mit Dank erwähnen:

- die Besatzung des Stellwerks B23 in Cottbus
- Herrn Prof. Thiel vom Lehrstuhl Eisenbahnwesen der TU Cottbus
- Jürgen Lodemann. Er berichtet in seinem Buch »Mit der Bagdadbahn durch die unbekannte Türkei« die Anekdote von der Warda-Brücke.
- Klaus Wilczynski. Sein autobiographischer Bericht »Das Gefangenenschiff« diente als Grundlage für die Beschreibung des Lebens auf der *Dunera* und im Lager »Tatura«.
- Thor Heyerdahl. Dessen Bericht über seinen Aufenthalt auf Fatu Hiva (»Fatu Hiva«) stand Pate für Prof. E. Malinowskis fiktive Tagebucheintragungen aus Französisch-Polynesien.
- Bronislaw Malinowski, dessen Tagebücher (»Ein Tagebuch im strikten Sinn des Wortes, Neuguinea 1914 bis 1918«) dafür ebenfalls als Quelle dienten.

  (Auch wenn der Roman anderes behauptet, die Person des Edvard Malinowski ist frei erfunden und folglich kein Verwandter von Bronislaw Malinowski.)
- Die im Roman geschilderten Verhältnisse auf der »Verbotenen Insel« sind eine literarische Erfindung. Das auch »Verbotene Insel« genannte Ni'ihau diente dabei lediglich als Anregung.

Richard Wolkenfuß
1831–1895
Musiker

... ∞ **Friedrich Brügg**
1848–1870
Grenadier

Isidor Wolkenfuß
1866–1914
Seeoffizier

Karl A. W. Stickenbacher
1878–1917
Tuchfabrikant

∞

Charlotte Stickenbacher,
geb. Denhardt
1886–1934

Eugen Karwenzel
1910–1989
Eisenbahner

∞

Lore Karwenzel, geb. Helder
1911–1975
Hutmacherin

Erdmuthe Stickenba
geb. 1898
Buchhalterin

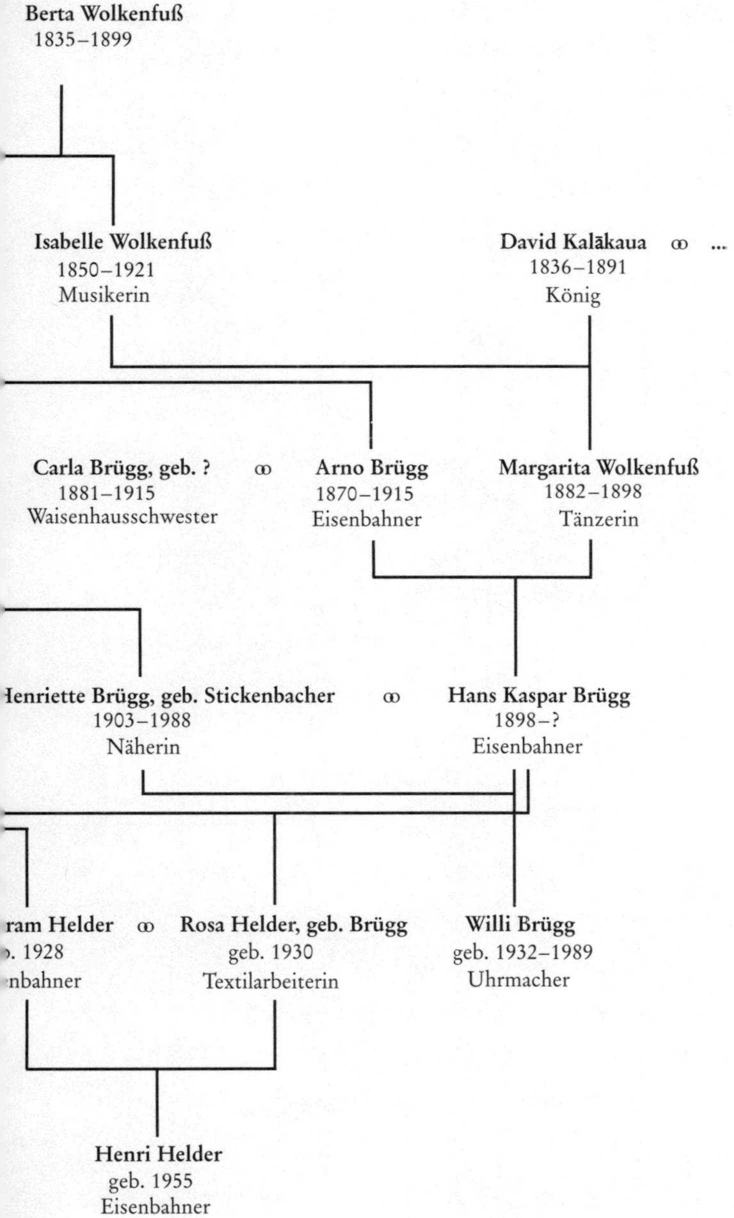
Berta Wolkenfuß
1835–1899
Isabelle Wolkenfuß
1850–1921
Musikerin
David Kalākaua ꝏ ...
1836–1891
König
Carla Brügg, geb. ? ꝏ
1881–1915
Waisenhausschwester
Arno Brügg
1870–1915
Eisenbahner
Margarita Wolkenfuß
1882–1898
Tänzerin
Henriette Brügg, geb. Stickenbacher ꝏ
1903–1988
Näherin
Hans Kaspar Brügg
1898–?
Eisenbahner
ram Helder ꝏ
. 1928
nbahner
Rosa Helder, geb. Brügg
geb. 1930
Textilarbeiterin
Willi Brügg
geb. 1932–1989
Uhrmacher
Henri Helder
geb. 1955
Eisenbahner

Tom McNab
Trans-Amerika
Roman
Aus dem Englischen von Verena von Koskull
551 Seiten. Gebunden
ISBN 978-3-351-03242-5

»Ein Meilenstein.«

THE NEW YORK TIMES

1931, auf dem Gipfelpunkt der großen Depression, richtet ein schillernder Promoter den Trans-Amerika-Super-Marathon aus, einen Wettlauf nicht nur gegen die Zeit, sondern auch gegen Arbeitslosigkeit und Rezession. Am Ziel des Rennens, das von Los Angeles über die Rocky Mountains durch Al Capones Chicago bis nach New York führt, erwartet den Sieger ein hohes Preisgeld Schnell entbrennt ein erbarmungsloser Wettkampf unter den Läufern. Dazu zählen ein ehemaliger Gewerkschaftsführer, ein englischer Lord, eine Mannschaft der Hitlerjugend, eine frühere Revuetänzerin und ein junger Mexikaner, der nur als Sieger sein Dorf vor dem Hungertod bewahren kann. Doch nur einer kann gewinnen.
Der Leser taucht ein in eine Welt aus Schmerz und Hoffnung und erlebt die Faszination des Laufens in allen ihren Facetten.

»McNab ist wirklich ein exzellenter Erzähler. ...
Ein wunderbares Buch und dabei so gut lesbar - Suchtgefahr!«

LAUSITZER RUNDSCHAU, KLAUS WILKE

»McNab schreibt mit faszinierender Eindringlichkeit. Ein Roman, der zu keiner Zeit an Spannung verliert.«

AACHENER ZEITUNG

Mehr Informationen erhalten Sie unter
www.aufbau-verlagsgruppe.de oder in Ihrer Buchhandlung

aufbau
AUFBAU VERLAGSGRUPPE